一

茅盾文学奖得主
徐贵祥散文

枣树里的阳光

徐贵祥 ◎ 著

中国文史出版社

目　录

谈文说艺

记忆之光

南来北往

山上山下

谈文说艺

比小说精彩的是生活

张子雨的长篇小说《黑白布局》即将出版，我很高兴。作为同乡同行，我了解子雨的才气，早在中华文学基金会将其纳入"21世纪文学之星丛书"的作家推出的时候，我就开始注意这个同乡才子了。最近几年，但凡发现张子雨的作品，我都要认真阅读。前不久《小说月报》（原创版）和《中篇小说选刊》《作家文摘》等分别刊载、选载和连载他的中篇小说《树上停着一只什么鸟》，我曾问过一些作家，大家对此反映都不错，可见此人才气灵气。我对朋友们笑说："看看，本哥们能够写出两本好小说，也不是偶然、碰巧的吧？一方水土养一方人啊！"

霍邱曾为古蓼国之地，东绕淠水，南倚群山，西襟豫地，北负长淮。这一片神奇的土地，哺育出一代又一代鸿文硕士，造就了"文藻之乡"美名。清末有著名文物鉴赏家、收藏家裴伯谦，翰林学士李肖峰。新文化运动时期有革命作家蒋光慈。新中国第一任文物局长王冶秋，更有韦素园、台静农、李霁野、韦丛芜这样的"未名社"英杰。八十年代有老作家陶锦源、王余九、苗振亚等。这几年，一批青年作家开始在安徽乃至全国文坛崭露头角，如莽汉、陈斌先、穆志强、柳冬妩、李训喜、张烈鹏、张冰等，张子雨名列其中。陈斌先成为签约作家，柳冬妩成为"打工诗人"的代表并获全国性大奖，穆志强作品多次被多家报刊选载，张子雨多部小说被影视改编。特别是2007年，张子雨和陈斌先同时加入中国作家协会……一路数来，当真是风生水起，一脉相承。

霍邱也有个作协，其主要职能就是坐在酒桌边协商，活动开展得有声有色。谁最近作品多了，影响大了，谁就当主席。承蒙他们谦让，这个非正式、松散型的临时机构，至今还是由我虚领"主席"一衔，穆志强、陈斌先、张子雨任副主席，轮流常务。子雨主持工作次数较多，因为喝酒是要买单的，当常务只有一个好处，就是掏腰包，在这个问题上，子雨责无旁贷，谁让他是大律师呢。在霍邱县作协或曰"坐协"里，有三个人是中国作协会员，一人是中国民间文艺家协会会员。我们在一起很坦诚很友善，相互之间对作品的看法直言不讳。不虚伪不虚无，言之凿凿一针见血。我们在外面有了成绩，有了荣誉，感觉良好，但回到霍邱县，气焰立即就收敛了。霍邱县的那些文友，在一起说话直来直去，知无不言，言无不尽，你有了成绩大家打你的"土豪"喝你的喜酒，但你要沾沾自喜扬扬得意，他们就会批评你围攻你，你只得老老实实地夹起"尾巴"。我这些年常回故乡，感到十分受益，为人作文都有了一些长进。大家在一起聊天、喝酒，评头论足，争高斗低，谈笑风生，相互寻找"撞击点"。香港《大公报》在一次刊文谈到"未名社"英杰时，特别提到过霍邱作家的"抱团精神"。也正是这种"抱团精神"让霍邱有了一帮作家群。

张子雨本职是律师，做得不错。可他精力旺盛，思维活跃，好客助友，闲暇之余还爱好文学，爱好之极就自己写。2001年才开始发表作品，但出道迟，起点高。我想这得益于他长期的生活积累。他的第一部中、短篇小说集就入选"21世纪文学之星丛书"2004年卷，与我正好间隔十年。这本集子后来又获"安徽省社科类文艺奖"，这是省政府奖，也是安徽最高的文学奖项。长期做律师的他练就性格外向，语言干练，文字极具张力。

做律师还有一个好处就是接触到的人和事多，很多人或事走进了他的小说。因此他的小说非常好看，有很多被影视剧看中，比如《警花燕子》《说声对不起》等。他的小说中的人物对话也极具蓼城特色，非常口语化。

2005年开始，张子雨开始了长篇小说创作。《黑白布局》是他的第一部长篇。在这部长篇里，张子雨展示出他出色的叙事能力。几条线同时并进，"纷"而不"乱"地讲述着一个团体对另一个团体的战争。"正方"的领军人物自然是市委书记李锋。李锋是个很有人情味的人物，他正直、敢于和黑恶势力较量，有一腔热血，也有勇有谋。小说中有这样一个场景：李锋书记请各大局局长偕夫人赴宴，每位局长要为夫人做一道菜，看哪位夫人能品出自己丈夫做的菜，品出来的有奖。李锋说："一个对家庭没有责任感，没有下过厨房的人，没有为妻子服务过的人，很难保证在工作上有责任感，有服务意识。"张子雨并没有把李锋写成"高大全"似的人物，在某一个特定时间，他也有过放弃有过退缩。在李锋身上注重体现一个"人"的形象，而不是一个政治符号。同样，对于"反方"领军人物方俊的写法也很不一般。方俊喜欢学习，喜欢思考，喜欢引经据典，用共产党人的思维方式来对付政府官员。比如他在省人大座谈会上对民营企业法律地位的思考，让李锋都深感意外。他试图在政治上从"后台"走向"前台"，他是省政协委员、人大代表，他要培养一大批人为其所用。他在攫取蓼风市的自然资源，同时也攫取政治资源。他去拜佛，一边在佛像前真诚地忏悔流泪，一边在电话里指挥生杀，凶性毕露。这些描写，无不表现出张子雨在对待人物处理上的匠心。

当然，丁原在小说中也是一条主线，这条主线引出生离死别，爱恨情仇，让小说十分好看。女警官王彬彬，律师陈红，会计师林珊……每个人都有着鲜明的性格。著名作家鲁彦周说过："长篇小说要有好看的故事。"我理解好看的故事并不排除对人的刻画，对细节的描写，尤其是情理之中意料之外的精彩描写，这一点小说中有很多，比如老百姓把猪拴在床腿上；杀人犯唱"霸王别姬"；李锋第一次给老主任送酒，滴酒不沾的老主任当面对着瓶流泪喝酒，让李锋从身体到心灵上受到一次极大的震动……这些情节和细节别出心裁，新颖独特。

因为律师职业的缘故，张子雨对公、检、法业务熟悉，因此他能准确地把握各色人物的语言和举止。比如公安和检察相互有配合，有监督，也有摩擦，但都是围绕着法律这根主线。在相互监督和配合之间彰显人物性格，人物定位很准。

合上《黑白布局》的书稿，我为作者内心的价值取向和审美取向而高兴。他没有陷入纷乱嘈杂的喧嚣里，而是冷静地从现实中抽一根根丝，织一段段锦。

后来张子雨又写了长篇《旧城》《贵妃醉酒》等。我认为他应该积淀积淀了，要多读书多思考，要"生活体验"而不是"体验生活"。

霍邱这个地方为什么出文人？我认为，与这块土地浓郁的连绵不绝的文化氛围是分不开的。既有历史的承继，也有现实的创新。一个作家应该有一片属于自己的土地。小说是虚构的，但不完全是空穴来风，我们对于人物的认识，对于生活的理解，离不开家乡文化的熏陶。以家乡为地理文化背景，实际上就是占领了一座精神高地，近水楼台，得天独厚，取之不尽。

风向东的时候，云可能是向北的。生活远比小说精彩。

常双群和王双群的故事

《仰角》写到三分之一的时候，写不下去了，打电话给同学谭荣登，聊当年的"贯山炮校"和我们共同的六班。谭荣登说："你怎么把王双群忘了呢？王双群的故事是最典型的，酸甜苦辣全都有了。"

一句话提醒了我，是啊，我怎么把王双群给忘了呢？

同王双群分手，分明是在一个初夏的下午，但在我的感觉里却一直萧瑟如深秋。没有太阳，天空昏黄，风卷阵阵黄沙，在枝头上回旋。我们六班的人都来给王双群送行了，靳建辉背着王双群的铺盖卷子，谭荣登背了一个军用背囊，汪正学拎着装鞋子的网兜，我和孙守胜则一左一右地挨着王双群，一路上我们很少说话，就这么心事重重甚至有几分悲壮地往大门口方向走。

像王双群这样的战士，高考仅差四分落榜，投笔从戎后发愤图强，专业训练是全师的尖子，打过仗立过功，按照约定俗成的看法，再往下走，提干当军官是顺理成章的。可是，就在我们当兵的第二年底，一道红头文件发下来，今后军官全部来源于院校，从此不再从士兵中直接提干。顿时，我们这些被各级看好的，已经造册备案的"干部苗子"的军官梦就被粉碎了。从军队长远建设意义上讲，这个决策无疑是英明的，但落实到个人身上，则是一次重创。

好在，机遇之门也并没有完全堵死。在院校毕业生到来之前，部队基层一度出现青黄不接的局面，上级通知，在现有干部苗子中，保留少量特别优秀者，通过短期培训提拔成军官，成为向知识化和专业化过渡时期的桥梁。培训的条件是，年龄相对放宽，学制相对缩短，但必须参加全军统考，而且专业技能和指挥素质也有更为苛刻的标准。如此一来，已经从士兵中百里挑一的干部苗子们还要经过一次百里挑一的筛选。最终，有六十多个人一路披荆斩棘，杀出重围，来到了豫西某县城边上一个山坳里。我们怀着狂喜的心情把我们的教导队命名为"贯山炮校"，无比珍惜地开始了向理想境界的攀登。

然而，竞争还在继续，因为不断有小道消息传来，这六十多人并不一定能够全部提干，最后可能还要"差额选举"，择优录用。大家于紧张的学习训练之余又难免有些不踏实。

在思想最不稳定的时候，王双群似乎是个例外。王双群个头不高，额头皱纹很深，说话慢条斯理，烟瘾奇大——由于他的成绩特别优秀，队领导和教员对于他抽烟违规往往睁一只眼，闭一只眼。他的口头禅是："多大个事啊？"听他那口气，天塌下来仿佛都不是个大事。弹测法是比较复杂的科目，即便是有多年指挥经验的营连指挥员对此也很发怵，我们运算起来就更难免手忙脚乱，但王双群不，王双群的膝盖上放着对数表，一只手夹着铅笔，另一只手还往往夹着一根烟卷，漫不经心地翻几下对数表，划拉几笔，别人还在念念有词地加减乘除，只见他小眼一眯，烟头一扔，射击诸元就出来了，而且准确率常常高得惊人。

我们那时候坚信，全队哪怕只剩下一个提干指标，也非王双群莫属——如果他不出大纰漏的话。不幸的是，他后来还果真出了个纰漏。

那已经是毕业前夕的最后冲刺阶段了，首先是在各种考核中淘汰了四个学员。接着就开始政审和体检，全队有三个学员身体不合格，居然就有王双群，他被检查出患了色盲症。知道这个结果，王双群懵了，教员也懵了，全队都懵了。

那几天，我们六班学员的心情真是复杂极了，一方面我们庆幸自己过五关斩六将，大功即将告成，四个兜的干部军服就在前方向我们招手；另一方面，也真诚地为王双群感到难过。

回想当年同王双群话别的细节，印象较深的是他那张小老头一样深沉的脸上挂着的苦笑。他苦笑着说："多大个事啊！你们放心，大路朝天，我老王还得好好地走。"握手的时候，我突然发现他的眼角挂着两颗亮晶晶的泪滴。其实大家都看见了，但谁也没有说透，倒是他自己捋起袖子揩了揩眼角说，妈的，好大的风，沙子都吹到眼里了。

星移斗转，岁月悠悠。二十年后，从"贯山炮校"出来的，留在军中的已经屈指可数，谭荣登现在是某师副师长，孙守胜在某师当副参谋长，我则供职在解放军出版社。而对早已脱下军装的王双群，印象已经不是很深了。

那天在电话里，我和谭荣登一致认为，像王双群这样在部队出类拔萃的人物，在地方也必然不会干得太差，若从政，他的资历应该在县长上下；若经商，以他的快速反应能力，应该比较发达。当然，也不排除另外一种可能，那就是他复员回乡之后，一蹶不振，终于被生活压弯了腰，甚至有些穷困。

但是，在我的倾注了大量亲身体验的长篇小说《仰角》里面，我还是满怀良好的愿望，把复员军人常双群（即由现实中的王双群派生出来的人物）塑造成一个敢作敢为、政绩卓著的好县长。

小说出版之后，我还曾经想过，假如有朝一日战友重逢，王双群看到这部作品，不知该作何感想？一个士兵在军营壮志未酬，回到庄稼地里，他能走出如此的康庄大道吗？通常说来，很难。也许他现在就是个面朝黄土背朝天的农民或者小商小贩之类……毕竟战友情深，我只能让他在我的小说里过一把县长瘾了。

意想不到的是，2001年春天我到合肥出差，同学孙守胜给了我一个惊喜，在骆岗机场，我竟然见到了阔别二十多年的王双群，还是那副小老头模样，还是那副慢吞吞、胸有成竹的样子，一只手上仍然夹着烟卷。见到我意外的表情，老王眯缝着眼走上前来给了我一拳，说："多大个事啊，山不转水转，我们还是见面了。"

顺便说一句，今天的王双群虽然没有我在小说《仰角》里虚构的那样出色，可也不是我们想象的那样潦倒。复员之后，他又是一路不动声色，慢吞吞地往前走，先被聘干，然后转干，从一个办事员当到了县里的局长，为官清廉，克己奉公，在当地口碑甚好。

从"另类"到"一样"

——《历史的天空》创作谈

　　《历史的天空》出版之后，有不少反映，读者感想、专家评说、成败得失，各有说法。后来改编拍摄成电视剧，又有观众媒体、亲朋好友，也是各抒己见，多是褒扬、鼓励、肯定、赞誉，时间久了，听得多了，倒也能够保持一颗平常心，人前人后尽量做出宠辱不惊状。

　　但是，有两句话却让我格外放在心上。一句是部队一名年轻军官说的，他在读完小说之后给我打来电话，长谈一个多小时，他说梁必达（作品中主要人物）是个"另类"。

　　还有一句话是一位观众说的。小说被改为电视剧播放之后，报载，一位参加过抗日战争的老八路对梁必达（因为一个莫名其妙的原因，电视剧改为姜必达）的扮演者张丰毅说："我们当年跟你一个屌样！"

　　两种截然不同的说法，耐人寻味。

　　所谓"另类"，是一种比较普遍的看法。后来我听不少人，包括文学评论界的专家都说过，《历史的天空》之所以在一个时期被看好，主要是因为梁必达这个人物形象独特，个性鲜明，区别于我们阅读经验的众多的战争文学（这里特指小说）中的人物形象，给人耳目一新的感觉。这个家伙，刚开始的时候让你提心吊胆，继而让你捉摸不透，渐渐让你刮目相看，最终让你肃然起敬。在读者的眼里，梁必达是不可以归为哪一个类型的，他总是不按常理出牌，他几乎每件事情都有怪招，又总是出奇制胜；他几乎每一句话都是歪理，但又总是话粗理不粗，甚至可以用辩证法来解释。就连他和东方闻音的爱情也是别具一格，有军阀的粗暴，又有慈父般的温情；有司空见惯的软缠硬磨，也有秉性纯真的人格魅力征服。随着时间的推进，梁大牙把自己的本性优点和缺点暴露得淋漓尽致，梁大牙越来越像梁大牙，到了最后，东方闻音这样一个纤纤女子，想不爱上梁大牙，已经不可能了。这个人物于是以全新的面孔皮笑肉不笑地出现在我们的面前，让我们惊讶和费解。

显然，当代读者和观众对于梁大牙产生了兴趣，是因为这个人物是一张新面孔，在这张新面孔身上发生的很多事情，都是新奇的，是闻所未闻前所未有的，是陌生的。换句话说，《历史的天空》受到欢迎，就是因为它"另类"。

可是，还有完全不同的看法，老八路观众那"一个屎样"的说法，等于告诉我们，梁大牙并不是新面孔，其实梁大牙我们早就认识，他就是我们中的一员，甚至，"他就是我"。老八路"认识"梁大牙，不是从已有的艺术作品中认识的，而是从战争实践和他自己的经历体验中认识的。我曾经为一位老将军整理回忆录和传记，也采访过战争年代诞生的数十位有名的战将，他们谈到《历史的天空》，几乎没有人指责我在胡编乱造，他们普遍认同梁大牙和梁大牙们。一位将军有一次同我谈起《历史的天空》，微笑着说，刚开始参加革命的时候，哪里知道革命是个什么？刚开始打仗的时候，哪里知道战争是什么？都是在战争中学习战争。还有一位将军认为，梁大牙还不算"另类"，战争年代，我们比梁大牙还"二逑"。

我们当然不会认为这些老革命的经历和行为都同梁必达"一个屎样"，但是，他们的判断却有力地肯定了梁必达这个典型人物的艺术价值，至少这个形象有代表性，有艺术真实的感染力，能够引起共鸣。

我在创作《历史的天空》的时候，并没有刻意追求创新，我只是希望能把梁大牙写得更像梁大牙。把梁大牙写得越像梁大牙，那么围绕这个核心人物的其他人物也就越像他们自己。梁必达几乎是从社会人格和道德的底线出发的，他的成长和成熟的过程，始终伴随着发生在这个人物内心世界的激烈的自我战争，始终伴随着人物灵魂同外部环境的博弈，这种战争随时决定着梁必达的命运，胜负双方常常难解难分，因此才让读者感到梁必达人生道路的每一步转折都是惊心动魄的，梁必达命运征程的每一步峰回路转都让人捏着一把冷汗，每一次化险为夷都让人长长地松出一口气——这个人物让读者牵肠挂肚，为之惊叹、惊呼、惊喜。这个人物于是栩栩如生。

如果说梁必达这个人物因其个性鲜明而终于冉冉升起的话，那么他身边和身后那些人物形象，也必然是个性分明的，因为对付梁大牙这个莫名其妙的家伙，他们也必须有一套特殊的套路，否则你没法和他对阵，没法和他斗争，没法和他团结，没法和他对话。他们在修炼梁大牙，梁大牙也在磨砺他们。在这些人物中，有多次力排众议冒险重用梁必达的司令员杨庭辉，有死板教条但不乏凛然正气的政工干部张普景，有谨小慎微而又足智多谋的窦玉泉，有国民党抗日部队里忍辱负重的石云彪和陈墨涵，在单位群体里，他们似乎都是"另类"，都有自身的个性光辉。他们搅在一起，死缠烂打，终于契合。

"另类"也好，"一个屎样"也罢，这两种效果都让我不以为耻，反以为荣。"另类"固然新颖，"一个屎样"其实才是本质的创新。谈起创新，可能会有一些误区，认为创新就是标新立异，甚至就是故弄玄虚。从读者和观众对于《历史的天空》不同的认同角度，我似乎悟出一些门道，也许，最新的其实就是最真的，把那个人写得越像那个人，把那件事写得越像那件事，创新就在其中了。

让艺术的光芒照亮历史

——在《孤独的天空》作品研讨会上的发言

此时此刻，窗外雪花飘飘，我们这间会议室却是春意盎然，高朋满座，《孤独的天空》作品研讨会在认真、诚挚、热烈的气氛中进行。记忆中，很长时间没有参加这样的会议了，它甚至勾起我许多美好的记忆……一个显而易见的事实是，近年来文学的处境有点尴尬，不说是低谷，也确实有点孤独。但是，我们空军的蓝天文化没有孤独，我们文学创作的天空没有孤独。今天我从各位老师春风满面的表情和慷慨激昂的声调里，明显地感受到了这一点。

《孤独的天空》是一部人物传记，书写的对象是有"中国航空之父"美誉的冯如。冯如是第一个发明试制飞机的中国人，事实上也可以算是中国空军第一人，1911 年，当他带着试制成功的飞机回到中国之后，先后被任命为广东革命军航空队队长、飞行教官。冯如罹难之后，被孙中山追授少将军衔。冯如这个人物，在中国空军发展史，乃至中国军事科技发展史上，都有着举足轻重而且不可替代的地位。因此，研究冯如、介绍冯如、宣传冯如，用冯如的精神激励后人，就成为空军蓝天文化的一个重要组成部分。

《孤独的天空》的作者郭晓晔是在军内外享有盛誉的诗人，因此诗人笔下的冯如，比起生活中的冯如，又有许多不同，更具有浪漫和审美的弧光，这是不容置疑的。也正是因为有了这不同，所以我们可以把这一部人物传记归类为传记文学范畴。具体说来，作品有以下几个特点：

一是对文史材料进行了审美加工，作品具有诗情画意的艺术风格。

传记文学怎么写？这是一个见仁见智的问题。但有一点是肯定的，传记文学不是编年史，也不是大事记。历史资料浩如烟海，民间传说莫衷一是，各种演义真假难辨，一个聪明的作家会从历史的故纸堆里撷取那些最具审美价值，最能体现人物个性，最能表现人物命运和情感的散珠碎玉，有机地组合在一起。这一点，郭晓晔做到了。

作者是个空军作家，我想，空军意识，那种居高临下、由近及远的辽阔视野已经在不知不觉中渗透到创作之中了。作品开篇，即为我们描绘了这样的场景，在 20 世纪之初，在贫瘠和动荡的中国的土地上，一个孤独的灵魂在星夜翱翔，向往天空。从童年的几乎出自本能的好奇，到游戏般的发明尝试，到理性的知识积累，到与世界航空事业接轨，无数次想象设计、试飞、失败，屡战屡败，屡败屡战，一条线伸出去，另外一条线拉回来，从大洋彼岸的苦苦求索，到中国乡村亲情的维系，从童少年的梦幻到青年时代梦想成真，时间和空间交织，事件和情感并行，形成一个立体叙事模式，一反我们通常见到的传记文学的流水账般罗列事实带来的沉默，情景交融，有相当的趣味性和可读性，这是难能可贵的。

当然，这里面也有作者得天独厚的语言优势在起作用，一般人达不到这个效果。

二是注重人物内心世界刻画，与外部行为相辅相成，人物血肉丰满。

天才总是孤独的，发明家如此，诗人也是如此，因此他们心心相印，相隔千山万水和百年风雨，相互打量，彼此好奇，于是就有了很多奇思妙想。

作品的开头部分，用了大量的笔墨，去描绘主人公冯如童年的梦想——这其实也是整个人类的梦想。童年的梦想就像一块块金子，谁把这些金子珍藏起来，铺展开来，谁就有了一条金光闪闪的道路。当然，作者从来没有忘记主人公成功背后的磨难，冯如在做着飞翔梦的时候，整个地球还没有摆脱刀耕火种，普通的中国人还拖着满清政府的长辫子，许多个夜晚，他的母亲还在为全家的生计辗转反侧，而他，已经完全忘记了私塾先生布置的作业，进入了一个神奇的境界。作品向我们展示的，一方面是一个纯真而又伟大的灵魂，一方面又是一个辛酸悲凉的现实，这就好比夜空中的太阳，光芒更加耀眼。

郭晓晔在创作这部作品的时候，同冯如应该有多次心灵的对话，因而他比较了解冯如，只有他最清楚，冯如是孤独的。在国内，在家乡，冯如不被理解，甚至被视为离经叛道，是一个精神病人。在异国他乡，他不仅不被理解，还被歧视，更被妒忌，还时不时地遭到阻碍。但这一切都没有掐断他的梦想。可以说，成功者往往都是孤独的，孤军深入，孤军奋战，一意孤行，终于梦想成真。作品里有一段虚实相间的文字，那是冯如在回国之后牺牲之前的一段心理描写——三菊（冯如之妻）忧心：你不是鸟，在天上飞，多危险啊！朱兆槐举着牛皮袋：拿去造飞机吧，这里有三个同胞的命！寥寥数语，干净利落，入木三分，把冯如的遭遇、情感、命运，几乎全部揭示或者暗示出来了。

三是现实主义和浪漫主义相结合，作品更见艺术真实的魅力。

不管传记文学创作有多少清规戒律，但是文字优美、故事生动、人物个性鲜明应该成为此类题材创作追求的目标。航空事业本身就具有浪漫的特质，本身就有一些不食人间烟火的梦幻色彩，同时也提供了与众不同的浪漫语境。

尽管是真人真事，作品中仍然运用了包括虚构在内的艺术手法。值得称道的是，几个虚构人物，几个虚构情节，在确保重大历史事件不失真的前提下，穿插其中，承上启下，在历史的各个环节上起着链接作用，反衬出主人公聪慧、执着和英勇献身的大无畏精神。比如陈石锁、冯树声等人物的设置，可能有点原型，也可能无中生有，但是不影响史实，不冲淡主题，却使得整个作品浑然一体且弥漫着空灵的气息，无伤大雅，有益无害。话又说回来了，这些虚构，或许并没有夸张，或者只是真实的冰山一角。在20世纪之初，在冯如的人生经历中，还有许多真实的陈石锁、冯树声存在过，并且对冯如产生过更大的影响。谁能否认这一点呢？

作品的结束部分，叙述了冯如之死，一个本来的悲剧，在理想主义的旗帜下，在浪漫主义的情怀下，作者对于死亡的理解，显得从容淡定。冯如有生必有死，冯如自从献身航空事业，就随时慷慨赴死。作者浓墨重彩，渲染了冯如面对死亡的心理活动，如同脱缰野马，尽情挥洒。尽管是作者的主观意识，但是同此前塑造的冯如的人生观、宇宙观一脉相承，不见牵强斧凿痕迹，而喷发出一股惊天地、泣鬼神的磅礴大气，这种平中见奇、虚中见实、淡中见浓的写法，不仅在传记文学创作领域值得重视和研究，就是对于其他文学门类，都是有启示意义的。

转眼之间，百年已过。看天空云卷云舒，望云端飞来飞去，飞机已经成了我们生活中司空见惯的交通运输工具和保家卫国的武器，可是百年之前，我们的那一双翅膀，要想飞上天去，需要克服的，何止是空气阻力和地球引力？真正将中国人制造的第一架飞机托上蓝天的，是中华民族不屈不挠勇敢牺牲的勇气！

感谢冯如改变了天空，感谢晓晔让我们知道了冯如。

和平年代的战争往事

——《特务连》创作谈

20 世纪 80 年代中期，我在野战军某部侦察连担任政治指导员，我的连队曾在边境线上执行为期一年的边防任务。无论是对于一个军人还是对于一个作家而言，这段经历都是不同寻常的。也就是在那里，我才真正地找到了军人的感觉。我和我的战友们一起巡逻，一起潜伏，一起承受意志、胆魄和能力的检验，一起分享艰难困苦和胜利的喜悦，栉风沐雨，风餐露宿，相濡以沫。每次完成任务之后，只要有可能，我就会登上驻地附近那座著名的飙水岩主峰，眺望蓝天白云，凝视浓重的云雾下面我们刚刚撤离的山岳丛林，回味刚刚发生的一切。枪声炮声呐喊声，还有我们的心跳声，一切都被覆盖了，一切都重新平静下来了。然而，我的思维却往往就在这一瞬间激动起来了，活跃起来了。

我的那些战友们给我留下了十分深刻的印象，现在我还能记得他们的名字：陈学礼、刘广超、邵海、管洪福、李全海……这些人都是二等功臣，还有那位牺牲在我身边的李军——他的母亲李祖珍后来被中央军委授予"子弟兵的好母亲"的荣誉称号。我在同他们朝夕相处的日子里，就像在读一本本年轻的书，读他们的言谈举止，读他们的内心世界，读他们的情感，读他们的命运。直到二十多年之后，这些形象在我的脑海里依然清晰，常常想起，不能忘记。

我的影集里有一张含有李军形象的照片，照片的核心位置是满面春风的我，只是在照片的一个角落里，留下了全副武装的李军的一个模糊侧影。为什么会这样呢？我记得很清楚，那次行动，李军被分配在尖兵组，出发之前，他要求我给他拍摄一张照片，并且嘟囔着半开玩笑说："给我照一张吧，没准这是最后一张照片了。"我听了这话，感到不吉利，于是批评了李军，我对他说："别人可以留影，你就算了。你的这张照片留着，等完成任务回来之后再照。"我想李军可能听明白了我的意思，所以他就没有再坚持，向我笑笑，然后就闪到一边，看着别人留影，并且在我的那张照片上留下模糊的笑容和一条清晰的扎着绑腿布条的腿。

没想到一语成谶，李军似乎对他的命运有点预感。就在那次执行任务的时候，李军踏雷负伤，血流不止。等我带领接应小分队赶到时，他已经牺牲了。这以后，只要我想起这件事情，心里就有一种难以言说的隐痛。

二十年后，我成了一名文字工作者，当编辑，编了很多书；当业余作者，也写了一些书，获得了一些荣誉。但这些作品总是在虚构，我觉得我应该写写我自己了，写写我身边的那些事情了。当我产生这个念头之后，脑子里首先就跳出李军等人的形象。多少年来，李军最后的思想状况，最后想说的话和想做的事情，一直是萦绕在我心头的谜团。我按照我对他的了解和我的想象去推理并且试图论证，假设了很多种可能，于是就派生出很多故事，到了最后，这些故事已经跟生活的真实大相径庭了。

如此说来，《特务连》仍然是一部虚构的作品，不同的是，这部作品的生活体验较之我本人的其他作品可能要真实一些，深入一些。关于这一点，从写作角度上也有所体现。我的多数作品的视角都是选择在作品的外围或曰上空去俯瞰或者透视，唯有这一部《特务连》，我采取了忽而亲临其境，忽而凌驾其上的半人半神的视角，写着写着，我成了一个叙述者，一个局外人；写着写着，我又回到了二十年前，回到了我所工作过的侦察连，回到了同李军、邵海和陈学礼他们并肩战斗的日子。写到动情处，我深陷其中，往往连自己都出现了思维障碍，搞不清楚哪个情节是真，哪个故事是假。我甚至自我安慰地想，也许这种似是而非、真假难辨的状态，正是小说创作的最佳状态。所谓投入，大约就是这个样子。

如果让我自己来总结《特务连》的特点，我觉得最大特点就是具有阅读的亲和力，因为生活积累比较丰富，酝酿比较充分，情感比较真挚，写作的时候水到渠成，基本上没有刻意雕琢，没有故弄玄虚，没有设置阅读障碍，所以我估计读者在阅读的时候，也可能会产生身临其境、一睹为快的感觉。而这，一直是我的重要创作原则之一。

我坚持认为，一部好的作品应该是简洁的、明白的，一个敬业的作家，应该最大限度地使用自己的建筑能力，能够将生活错综复杂的原材料精心筛选出来，严密组织起来，巧妙建造起来，也就是说，把一切复杂的劳动留给自己，把简洁通晓的作品献给读者，而不是把阅读的负担推给读者。基于这种认识，我在《特务连》的创作上走过了一段漫长的复杂的酝酿过程。从结构意义上讲，我感到我的努力是有效的，人物性格比较鲜明，故事脉络比较清晰，小说元素比较集中，这已经远远不是二十年前我在侦察连，在前线所体验的生活本身了，而成为一段高度凝练的情感往事。

淮河岸边的咏叹

认识陈斌先二十多年了，初次见面是在已故老作家陶锦源家里，那时候陈斌先又黑又瘦，可用羸弱来形容。记得当时陶老师一下拿出霍邱文友的很多稿件，让我细辨大家的潜力，我对陈斌先的一部中篇小说《残言絮语》有点兴趣，读完后对陶公说，这伙计今后有戏。当时我就那么一说，根本没有当真，或许就那么一说，等我再回到故里见到他时，他已经在很多文学刊物上发表中短篇小说了。这些年匆匆忙忙，我读过他的作品不多，仅有几部长篇纪实文学作品，虽然有一定的可读性，但没有看出其更多的才气。后来又听到他的作品被收入不同文集，不断发表作品的消息时，觉得无非种瓜得瓜，种豆得豆，一分耕耘一分回报罢了，不足为奇。

2007 年是陈斌先创作的丰收年，先是加入了中国作家协会，后是被聘为安徽省第二届签约作家，再后来一口气写了七八部中篇小说，将陆续见刊，直到新近听到他的两部中篇小说《听着淮河唱歌》《感谢大水》被一家影视公司购买了电影改编权正在筹拍电影等等消息时，作为同乡，我很为他高兴。我跟朋友笑说："看看，本哥们儿能够写出两本好小说，也不是偶然、碰巧的吧？一方水土养一方人啊！"

霍邱曾为古蓼国之地，东绕淠水，南倚群山，西襟豫地，北负长淮。这一片神奇的土地，哺育出一代又一代鸿文儒士，造就了"文藻之乡"美名。清末有著名文物鉴赏家、收藏家裴伯谦，翰林学士李肖峰；新文化运动时期有革命作家蒋光慈；有新中国第一任文物局长王冶秋，更有韦素园、台静农、李霁野、韦丛芜这样的"未名社"英杰。打下了一片文化江山，形成这块土地浓郁的连绵不断的文化氛围，除此之外，也有当今政府重视扶植做出的巨大贡献。这几年，一批青年作家开始在安徽乃至全国文坛崭露头角，如莽汉、张子雨、穆志强、柳冬妩、李训喜、张烈鹏、张冰等，这些人多数是党政干部，工作之余搞创作，受到各级领导支持，文学创作上有了成绩，精神物质都给予奖励。我获得第六届茅盾文学奖之后，霍邱县政府专项奖励我八万元人民币，钱虽不多，但影响深远，对于在家乡基层一线坚持业余创作的文友而言，也是一个鼓励。

霍邱也有个作协，其实就是几个文友相聚在一起，办公地点要么是大排档，要么是茶馆里，几个搞文学的穷光蛋轮流坐庄，一两瓶当地酒，三五个家乡菜，喝到七八分醉意，这时候没大没小，没有了矜持，没有了尊卑，大哥不认二哥，有话就讲，有屁就放，有意见就提，有不满就发泄，真正是回归到原生状态，疯疯癫癫，潇潇洒洒。我虽然谋生在外，但我特别喜欢回到这种状态之中，用自己的语言说话，用自己的脚步走路，用自己的脑子思考问题。不用正襟危坐，也不用字斟句酌。我们的话题天南海北，谈天谈地，谈我们喜欢的话题，但是，话题的灵魂还是文学。有时候酒酣耳热，难免会出现话不投机的情况，但是，哪怕吵得不可开交，拍桌子摔板凳，也绝不会影响彼此的亲密。我记得有一次我让张子雨组织文友小聚，在跟我敲定人员的时候，这哥们儿假装一脸深沉地对我说："陈斌先这小子只吃不请，还老是带老婆，为了阻止他带老婆，我干脆也不让我老婆参加。"我半真半假地批评子雨说："朋友聚会带老婆，第一说明聚会的纯洁性，第二说明朋友亲密无间，值得提倡，不仅他要带老婆，你也得把老婆带上！"后来大家到齐了，我揭发张子雨的阴谋，众人哈哈大笑。这种假斗争真团结的局面使我感到很温暖，这大约也是故乡吸引我的一个重要方面。

大家在一起喝酒聊天，评头论足，争高斗低，谈笑风生，无话不谈，相互寻找"撞击点"，彼此受益匪浅。记得香港《大公报》一篇文章谈到"未名社"英杰时，特别提到霍邱作家的"抱团精神"。也正是这种"抱团精神"，让霍邱有了作家群。这些话我在不久前为张子雨出的长篇小说《黑白布局》作序中已经提到，这里再重复说一遍，为的就是强化这种认识。我想说的是，大家的成功不是偶然，是霍邱的水土养育了这些文人志士的精神，让他们总能在纷繁复杂的现实生活中，张着清醒的眼睛，寻找述说的亮点，揭示生活的"原点"，挖掘生活的"矿点"。

陈斌先一直从政，先后在县委宣传部、县政协办公室、档案局、乡镇企业局、中小企业发展局工作，也到乡镇挂过职。他经历丰富，思维敏捷，做事干练，闲暇之余始终坚持文学创作，没有放弃。他担任乡镇企业局长后，我很担心他写不出作品了，没有想到他在创作领域却越走越顺。他从20世纪80年代就开始发表作品，迄今为止，已经出版、发表文学作品两百六十多万字。生活积累厚实，让他的小说多了一份厚重，他也总能在保持艺术性较好的前提下，实现与思想性的较好统一。读完他的小说，或喜或悲，或感慨或叹息，总会让你思考点什么。他总在试图告诫着人们应该怎么做人、做事，在这个过程中不断张扬着生命意识，甚至还有一些哲学思考，在审美层面上，闪现着人性的光辉。这是我读完他的小说的总体印象。

现在给单个作家出版作品集的出版社少了，弄不好出版社是要亏本的，但安徽文艺出版社慧眼识珠，在众多的作家群中，选择为陈斌先出中篇小说集，我想是需要一些胆识的。或许他们看到陈斌先更大的潜在创作力量，加以特殊推荐；或许就是陈斌先现在的小说力量已经具备了感动读者，能够引起关注的力量。不管哪种情况，安徽文艺出版社敢于创新，以培养青年作家为己任，这些都是值得称道的。《知命何忧》中篇小说集中，共收集了陈斌先的七部中篇小说，有两部是以前发表的，另外五部都是近一年多时间创作的。我看完后感到可以这么给他的小说归类，一部分写农村底层小人物的生活与挣扎，如《留守女人》《知命何忧》《听着淮河唱歌》《感谢大水》；一部分写基层干部的价值取舍与困惑，如《行走的姿态》《铁木社》等；还有一部《土城》不好特别归类，严格意义上也是写农村题材的，但他把视角放在了儒学文化与革命文化在特定年代的冲突、对立上，来审视人生、爱情、家族振兴等，在告诫人们只有儒学精神与革命精神的完美结合，才能最终振兴中华民族精神。所以我把这部小说单列一类，是有特殊意义的。在三种类别的小说中，应该说，陈斌先写农村题材的小说似乎更加得心应手，无论坚韧、善良、勤劳、本色的农村妇女边少春、冯丽、段采购等，还是忠厚、愚钝、娶不到老婆的皮桶，尖刻、刁滑，但不失农民本色的黑皮以及群体奉献精神的何文清、李晓、郑小玉等，都被他塑造得栩栩如生，这些人物似乎就站在你的眼前，呼之欲出。他们情感深重，不失道义；命运多舛，不失悲观；追求渺茫，不失坚贞；等等，都给人留下极为深刻的印象。但我想也不应该否定陈斌先对基层干部的形象塑造上的努力，李天是一个重点镇的党委书记，也是作者理想中的优秀的基层干部形象，在面临提拔重用之际，出现了很多让他意想不到的事情，他困惑、迷惘，甚至失去了斗志，但故事的结局是李天得到重用，事情原委也弄清楚了，一切都是他的竞争对手给他设置的障碍，这些障碍最终被组织上清除了。作品以李天的胜利，告诫基层干部，只要把心放在为民服务上，踏踏实实为人民做奉献，人民是不会忘记的。而《铁木社》中何建的形象更有代表意义，他似乎又在说明，作为基层干部，你不一定有那么大的能力左右一切，但组织上把你放在一定岗位上，你就要努力去做更多事，不论个人遇到多大的挑战，都应当把人民利益放在第一位，那样即便你做得还不完美，但过程仍然十分美丽。

七部中篇小说中，牵涉到的人物众多、繁杂，但每一个人物，陈斌先都做了精心安排和刻画，都达到了形象生动的目的。小说是人学，只有把人塑造活了，才能感染别人，影响别人，教化别人。陈斌先小说中有些次要人物，往往比主要人物更加鲜活，如香辣蟹的泼辣、自暴自弃、忌妒、善良等，《铁木社》中火暴脾气又不失真诚可爱的杨二锤、洪拐子等，这些众多次要人物都被他写得形象生动，有声有色。

小说总归是要通过人物说话的，把人物塑造生动了，无形之中就能表达作者的社会思考及人生思考。陈斌先把小说的人物基本都集中到改革开放后的年代，当然也有放到更加久远的岁月，但无论放在什么年代，他都注意了典型环境的描写，才造就他所写的人与事真实可信，才使他的小说克服了"扁平人物"模式，达到了多层次和多元化的丰富效果。

任何人物的塑造，都离不开小说语言。陈斌先小说的语言是细腻的，有着缓慢不惊的特征，他总是漫不经心地讲述着他的人与事，可能刚读他的小说你不会感到他的语言魅力，但仔细阅读，你又感到他的语言很劲道，是脱去表皮后留下的"木质"，当你静下心来，慢慢体会他所述说的人与事，就感到他语言的老到和成熟。我比较了一下，过去两部中篇小说与他近一年多写的小说相比，他的语言进步是很大的，他在语言"能指""所指"层面上自由滑动，让你感受他语言的厚实与凝重。

小说是虚构的，但也是现实生活的相关思考与反映。我们对人物的塑造，生活的理解，离不开家乡文化的熏陶，以家乡生活文化为背景，反映现实生活，必然占领了一座精神的高地。好在陈斌先在此以前已经做过努力，他有意打造淮河文化，讲述淮河情、淮河魂、淮河泪、淮河奉献等，创作了相对集中、相对系统的淮河咏叹调，已经有了建树，但我认为他做得还不够，无论是对于生活的挖掘、思想深度的开拓还是叙述的技巧，都还没有达到完美至善的地步，这些问题是一个业余作者必然面临的问题。我们期待着陈斌先以更加进取的态度和更加扎实的努力，在江淮大地这块肥沃的文化土壤里继续勤奋耕耘，写出更多更好的、弥漫着浓郁江淮文化气息的作品。

淮河无弦万古琴

我的故乡安徽省霍邱县素来以"文藻之乡"著称，在 20 世纪二三十年代，鲁迅先生创办的"未名文学社"，七君子里面，韦素园、李霁野、李何林、韦丛芜四个人都是霍邱人，中国现代文学大家台静农、蒋光慈等人也是霍邱人。到了 20 世纪 80 年代，霍邱作家陶锦源先生又组织了一个"未名文学新社"，我有幸被吸纳为社员，就是在陶锦源的家里，我认识了张烈鹏。

"未名文学新社"里面，多数都是年轻人，写诗的有李训喜、余春江、何怀玉等人，写歌词的有张冰、穆志强等人，写小说的有陈斌先、徐有亭、李志等人。到了陶先生辞世，树倒猢狲散，这些弟子各自为战，但仍有不少人坚持创作，各有成就。这两年名气渐大的张子雨当时不在圈子内，好像那时候他是个教师，正在教书育人，他写小说崭露头角是 21 世纪之后的事情，属于后起之秀。最近几年，每次回到故乡，见到最多的就是穆志强、张子雨、陈斌先、张烈鹏、徐有亭等几个人，这大概应该算是霍邱县文学创作的主力队伍了。张烈鹏最初给我的印象是个文弱青年，性格似乎有点内向，理智大于感性，既不像穆志强那样忧国忧民，也不像陈斌先那样踌躇满志，更不像张子雨那样锋芒毕露，显得比较沉稳，这也符合他的地方官吏的身份，这种性格同时也比较适合当一个旁观的评论者，因为相对冷静客观。

使我感动的是，无论社会怎样变革，市场怎样经济，故乡的作家们依然宠辱不惊、笔耕不辍，这些年创作成绩斐然，有一年同时有两个人成为中国作家协会会员，据说整个六安市，除了一个八十多岁的老者，也就这两名中国作协会员。还有一些作品获得省级金奖、银奖，几部作品被改编拍摄为影视作品。当然，这些身外之物也许并不能说明什么，但至少可以说明霍邱县有一股风气，文学创作蔚然成风，从事业余文学创作的人们乐在其中，茶余饭后多了很多话题。坦率地说，这也是吸引我近年常回故乡的原因之一。

说来惭愧，前些年很长一段时间，我都没有把张烈鹏看成我的文友，因为不了解，老认为他写评论，原创作品不多，而且酒量很差，不像张子雨那样敢喝敢醉敢撒野，也不像陈斌先那样善装善赖善诡辩。我这个人有个毛病，不喜欢喝酒过于矜持的人。但是，张烈鹏本人恰好与之相反，他从来没有把自己看成外人，他执拗地认为他就是文学圈内的人，搞急眼了，他照样跟你大碗碰撞，扬起脖子一饮而尽，直到烂醉如泥。讨论文学，话不投机，他照样拍案而起，寸土不让。直到有一天，他打电话告诉我，我的长篇小说《高地》在《当代》发表，他从头到尾看了，并且当即指出成败得失。我吃了一惊，因为这部作品还没有正式出版。后来，我的《四面八方》和《马上天下》等等作品相继出笼，都是他在第一时间告诉我，并立即做出反应，写出评论文章。到了这个时候，我就不能不对此人刮目相看了。其实，张烈鹏也是故乡坚守文学前沿阵地的重要队伍，痴心不改，一如既往，先声夺人。他先后在《小说月报》《微型小说选刊》等报刊发表了数十篇文学评论，短小精悍，视角独特。他曾在报纸发表文章，评论我的中篇小说《预约晚餐》，文字简朴，言之有物，我很受启发。

去年春天我回故乡，兴趣突发，约张烈鹏逛西湖。打发掉送行的车子，我们俩在一望无际的湖滩上徒步前行，饱览美景，叙旧话新。我们谈西湖从围垦造田到退垦还湖的历史，谈文学怎样从"写日子"到"写生活"转变，谈彼此的家长里短、进退荣辱……不知不觉走了老远老远。确实有些疲惫，但抬眼望去，前面炊烟袅袅、碧草青青，应该还有更好的景致。我误认此人身在机关养尊处优，问他能不能坚持，他毫不犹豫地做出肯定的答复，语气十分坚决。那一天，是我对他深入了解的开始。

张烈鹏长期在县委机关工作，主业爬格子，而且不是那种自己喜欢爬的格子，对此，作为曾经的集团军机关干部，我深表同情和理解。值得称道的是，此人工作创作两不误，他把博览群书带来的积淀，千里长淮赋予的特质，苦练心志形成的执着，融合起来，用于文学创作，集腋成裘，有了一批作品问世。他的作品以散文和诗歌见长，有的在省级获奖，有的被书报杂志选刊。前年，张烈鹏调到组织部门工作，工作性质决定他对人、对事有了更加细致的观察，更加深刻的分析，更加全面的思考。因此，纵览张烈鹏近年来的新作，确实是越写越老到，越写越丰满了。

淮河无弦万古琴。霍邱县是文藻之乡，历史上鸿儒辈出，蔚为壮观。这几年，一批中青年作家开始在安徽乃至全国文坛崭露头角，成为引人瞩目的"霍邱作家群"，传承并发扬光大了这一方水土的文脉，成为霍邱文化的一张名片。在这张弥漫着时代气息的名片上，有一行醒目的楷书：张烈鹏。

假如我们都是杨靖宇

——《八月桂花遍地开》创作谈

　　写抗战小说，不能不写好鬼子。坦率地说，过去有不少作品在这个问题上简单化了。其实，日本民族是一个个性非常鲜明的民族，集体责任感非常强烈。具体到每个战斗成员，也是一个很复杂的文化载体，他的意识形态、精神动力、战术技术以及生活习性，都是需要作家潜心研究的，而不能仅仅用中国式的地痞流氓的形象来描摹。

　　写好敌人，正是为了写好自己。在《八月桂花遍地开》里，我写了松冈、荒木冈原、河田、岩下等各阶层的日本官兵。虽然在向外扩张、加害中国人的总目标和愚忠天皇这些大的原则上，日本官兵有着十分趋近的心理，但在其行为处理和心理描写上，我还是设身处地地进入了他们的内心世界，写出日本文化背景下的日本官兵形象，写出了个体的性格差异和人生价值取向的不同特点。无论是凶残还是勇猛，也包括偶尔的恻隐，我都要为他们找到依据，因此我让我的读者看到的敌人是血肉丰满的，是真鬼子而不是"造假"。把敌人写透了，与之博弈的抗战英雄们也就有了立足之地，高大而实在，既不是随心所欲心想事成的神，也不是呼风唤雨飞檐走壁的仙，而是活生生的人，是在同活生生的敌人的博弈中冉冉升起的活生生民族精英，就像生活中真实的杨靖宇。

　　写抗战题材的小说，更不能不写汉奸，尤其重要的是不能不把汉奸写好。在第二次世界大战中，中国的汉奸人数之多，破坏性之大，为举世奇闻，这是不容回避的客观存在。汉奸现象说明了什么问题？说明这些人贪生怕死？从现象上看是这样的，可是似乎又不能简单地完全用贪生怕死来解释汉奸的本质特征。我是按照这样的程序剖析汉奸的：首先仍然把汉奸看成中国人，分析他的生存状态和成为汉奸的外部环境、心理基础；第二步才探寻他们成为败类的必然或偶然条件；第三步我试图给他们创造条件，帮助他们找回中国人的感觉，最大可能地让这些汉奸回到抗战的阵营。《八月桂花遍地开》不仅写了共产党军队抗战，也不仅写了国民党军队抗战，还写了绿林武装、民间武装，也包括一度成为汉奸的人一起抗战。这是深层次的统一战线。我绝不会为汉奸开脱，这些民族败类死有余辜，但我也绝不会把汉奸现象简单化，我必须把他们当汉奸的原因搞明白或者说搞得比较明白。我们中间为什么会有那么多汉奸呢？同样是中国人，同样的装备、待遇甚至还有更差的装备和待遇，为什么有些人当了汉奸，却为什么又有那么多英勇战斗以身殉国的英雄，譬如杨靖宇，譬如佟麟阁和赵登禹，譬如黄浦江边的八百壮士。遗憾的是，我们中间不全是杨靖宇、佟麟阁和赵登禹，也不全是八百壮士，这或许就是中国的抗日战争要打八年、要在战争中付出灾难代价的重要原因之一。

反思自身问题，改正自身缺点，使我们每一个人都高尚和强大起来，这是一项实实在在的爱国行动。我在《八月桂花遍地开》的扉页上写了这么两句话：没有谁能够击倒我们，除非我们自己；没有谁能够拯救我们，只有我们自己。怎么拯救？还是那句老话，国家兴亡，匹夫有责。我们这些匹夫如果都能认识到自己的弱点，都能懂得皮之不存，毛将焉附的道理，都不去当汉奸，更理想的话，如果我们都是杨靖宇、佟麟阁和赵登禹，如果我们中间出现更多的八百壮士这样的战斗集体，那么，小鬼子算得了什么？小小的，微不足道的，他动一动我们就让他死啦死啦的！

苦难地上写风流

——简评长篇小说《寂静的鸭绿江》

　　写小说就好比竞选总统，就像没有绝对好的总统一样，小说也没有绝对好的，总是见仁见智的，区别在于你的作品拥有的读者比别人的作品多，你的支持率比别人多几个百分点，你就是相对好的。从这个意义上讲，我认为《寂静的鸭绿江》（解放军文艺出版社 2008 年 2 月版，李燕子著）是一部比较好的作品。

　　我读小说，先入为主，三言两语，大致判断，或者是语言别致，或者是视角独特，或是细节精彩，再接着往下看。否则，三分钟之内如果产生不了兴趣，哪怕你是流芳千古的经典名著，我也不看，因为它不属于我。别人再怎么叫好，与我无关。翻阅《寂静的鸭绿江》，看了两页，看下去了，再看几页，被吸引了，于是乎点一根香烟，沏一杯绿茶，静下心来看。

　　我的第一个感觉是，这部作品有点奇怪，简而言之，这是一个以"拉帮套"的怪异的家庭结构作为作品结构主线的小说。"拉帮套"这种情况并不奇怪，在中国某些贫穷落后的地区，也有类似的现象，有的兄弟共妻，有的邻里相帮，暗中来往，心照不宣，但那多数都是不和谐的，明争暗斗伴随着苦涩的生活，睁一只眼闭一只眼就算高境界了。而在《寂静的鸭绿江》里，在最初的风暴之后，既成事实归于平静，甚至归于理所当然。灵芝同九柱的同居最后成了一件理直气壮的事情，灵芝的丈夫和公婆由最初的不能接受到最后接受，乃至到支持——不仅仅是面子上的支持，而是发自内心的需要。在作家的笔下，不正常的东西终于变得正常起来了，变得顺理成章了。我想，这恐怕不是什么神来之笔，这得益于作家对于那个时代，对于那块土地和那块土地上生活的人们的深层次的了解。

小说是想象的产物，而想象往往是建立在生活经验的基础上的，离开这个基础，就成了神话或者鬼话，艺术的真实性就无从谈起。一个作家写什么固然是重要的，而更重要的还是怎么写。作品选择了一块相对偏僻、相对封闭的土地，从而和时代背景、社会背景若即若离，也从而得以让作家理想的翅膀在那块土地的上空翱翔。作品的叙述风格大刀阔斧、汪洋恣肆，大段大段的关于土地的描述，关于农耕生活的描述，关于江水的描述，沉重而又浪漫，粗犷中不失细腻，浑厚中不乏温情。那里的一草一木，都显示了顽强的生命力，野火烧不尽，春风吹又生，漫山遍野，生机勃勃。那里的一波一浪，都体现了精神的不屈，奔放，冲撞，寂静覆盖喧嚣，澎湃遮掩着骚动。字里行间，充满了对生活的热忱。作品人物和他们生活的土地浑然一色，他们就像生长在这块土地上的植物，发芽、开花、结果、落叶、腐烂，然后新生。抑或说，他们就是土地，土地就是他们。他们像土地那样有着黝黑的颜色，他们和土地一样在冰封的日子里沉默着发酵，他们同土地一起肥沃，一同贫瘠。

坦率地说，我不太喜欢文学作品里颠来倒去地描写性生活，尤其是不喜欢津津乐道地工笔细描性活动细节。艺术高于生活，这是一个常识问题。《寂静的鸭绿江》里也有不少性活动场面，有的还刻画得很细微。我后来理解了作者，这里的性文字同那些"性文学"是两回事，因为作品的主要故事框架是"拉帮套"，是一个女人和两个男人之间的故事，而这些故事多数都发生在床上，他们的思想，他们的欲望，他们的反抗精神，连同他们的躯干和呼吸，最后都要在床上落实。床，是这个作品的一个重要舞台，女主人公灵芝在这个床上经历了失望、绝望和希望，并由懦弱升华到坚强；男主人公九柱在这个床上经历了快乐、尴尬、屈辱，并培养出了向命运抗争的精神；作为一个需要另一个男人"拉帮套"的瘫子赵文举，更是离不开这张床。

我们有理由相信，无论是灵芝还是九柱，更遑论赵文举，他们中间没有一个人愿意过这种非驴非马的生活，没有一个人希望长久维持这种既没有尊严更谈不上自尊的生活。然而，这种生活又是实实在在的，又往往是生活和生命所期盼的，羸弱的需要强壮的，饥渴的需要富有的，就像旱田需要甘霖，涝地需要排洪一样，九柱需要灵芝的肉体，灵芝需要九柱的劳动力，赵文举需要九柱和灵芝的苟合来维持家庭和生存茅屋的平衡。对于弱势群体而言，如果不能从别的地方以更好的方式得到，资源共享、同舟共济就是最好的选择！

这是真正的乱世人生，苦难风流！

在这个作品里，我想至少有两个英雄级人物。灵芝这个人物使我想到了严歌苓小说《第九个寡妇》中的那个王葡萄，在这两个女性的身上，我们看到了作家理想的光芒，她们都是历经苦难，都是忍辱负重，都是含辛茹苦，在中华民族的苦难史上，中国男人承受的，她们承受了；中国男人没有承受的，她们也承受了。王葡萄被一种朴素的革命理想启发了觉悟，支持新婚的郎君参加八路军，丈夫在抗战中阵亡了，她因此成了寡妇，日本人走了，国民党诬其为"通敌"，共产党夺取政权之后，她和丈夫的其他遗属又成了土改斗争的对象。颠沛流离之中，王葡萄信守诺言，矢志不渝地捍卫夫家的利益，冒着生命危险，先后在日本人、国民党军队和土改工作队的眼皮子底下，让她那个颇有几分绅士派头的公爹在地窖里数次躲过劫难，不失尊严，并且满怀感激地活到最后。相比王葡萄，灵芝似乎又多了一些磨难，她倒是没有守寡，但是她要承受肉体和精神的双重苦难。一边是瘫痪的丈夫，求生的欲望和对灵芝的依恋使他作为男人的自尊几乎丧失殆尽。对这样的人，灵芝只能哀其不幸，爱之不能，弃之不忍。无疑，他是套在灵芝脖子上的一道枷锁。那个具有健全男人品质的九柱，虽然曾经给了灵芝一片精神的栖息地，帮助灵芝和她的瘫丈夫渡过了生活的难关，但是，两男一女，三个人睡一张床的现实是他无论如何不能接受的，因此他选择了逃脱，一次，两次，三次。他是扯着灵芝心头的一根绳索。灵芝的心一分两半，被一个瘫子男人紧紧锁住，又被一个非瘫男人牢牢牵扯，就在这种撕扯中，她的青春凋零了，凋谢了，并且无情地老去。作为一个女人，对于这个社会，她尽力了，她已经做得足够了。

作品中还有一个人物引起了我的关注，那就是瘫子赵文举。作品在赵文举的身上，下的笔墨并不多，然而这个人物却给人留下了深刻的、一言难尽的印象。试想，在那张三人共眠的床上，自己的妻子和另一个男人经常如胶似漆，哪怕是深更半夜，哪怕是雷打不动的熟睡之中，只要床的另外半边有一点风吹草动，这个瘫子心灵的双眼就会骤然睁开。他在那张床上所经历的，更是灵魂和肉体的双重磨难。对于赵文举来说，没有白天黑夜，没有春夏秋冬，只有屈辱、克制、恼怒、隐忍，只有没完没了的噩梦。他的境况比《伏羲伏羲》中的那个杨天白更加悲惨，因为他比杨天白清醒，更因为他比杨天白善良，自己的妻子就在自己的身边同别人苟合，哪怕一声微弱的叹息，都是扎进他心灵的钢刀。然而作品里的他，那张苍白的脸上还居然经常露出笑容，尽管那笑容是苦涩的，他的笑容对健全的男人来说，也不啻于一把锋利的钢刀。看得出来，作者在塑造这个人物的时候，下笔是艰难的、迟疑的，笔锋是滞缓的。但是，我们仍然有理由认为，这个人具有英雄的品质，尽管作者的理想可能同现实相去甚远。

无奈，这个世界有太多的无奈，生活在其中的人经常被逼进绝境。作品还有一层重要的意义，就在于没有绝望，即便是难堪的、难以忍受的境地里，作者仍然给予生命以真诚的热爱、理解和宽容，设身处地地为他们探寻各种活下去的理由和方式。在作者的笔下，哪怕是牲口般的生活，也隐隐流露出粗犷的乐观。因此我们可以说，底层关怀更需要温情，苦中作乐也是乐，苦难中的风流也是风流！

捧出一颗透明的心

——《三尺布》创作谈

大量接触抗战史料，是上个世纪末，当时我在解放军出版社工作，参与编辑解放军高级将领传和国民党高级将领传。那些史料——当然也包括在这个过程中接触的战争人物——给我带来的感受是新奇的，最初是意外，然后是惊愕，再然后就是欣喜了。原来，在我们过去的阅读和视听之外，中国的抗战还有那么多鲜为人知的事情，在意识形态的屏风后面还有那么多被尘封了的故事。这个发现引起我的长久思考，抗战是中国人的抗战，在那场关乎民族存亡的伟大战争中，每一个中国人，他们的立场、思想、行动、情感、命运等等，这的确是一个非常值得深思的问题。这种思考对于作家来说是非常重要的，我的思考成果就是在21世纪初相继创作了《历史的天空》和《八月桂花遍地开》。后者出版的时候，我坚持让出版社在扉页上印上两句话，"没有谁能够击倒我们，除非我们自己；没有谁能够拯救我们，只有我们自己。"这两句话，成为我后来创作的核心价值追求。

但是，这里面有个前提，那就是，能够拯救我们的我们，应该是有良知、有血性、有爱国之心的中国人。诚然，在中国的抗战历史上，不乏贪生怕死的逃兵，不乏摇身一变的汉奸，然而，那不是中华民族的主体，在抗战的艰难岁月里，我们还是诞生了大量的宁死不屈、英勇战斗的英雄，譬如杨靖宇，譬如赵尚志，譬如投江的八女和狼牙山五壮士。还有，浴血疆场的国军将士。

五年前，我着手创作一个抗战题材的长篇小说，翻阅了很多资料，走访了抗日战场遗址，一个战例引起了我的高度注意。在山东某根据地，同时活跃着共产党领导的八路军和国军部队，虽然也有摩擦，但是在国共合作的旗帜下，面对共同的敌人——日本侵略者，这两支部队的指挥官还是能够胸怀大局，在几次作战中心照不宣，配合默契。这个战例让我突发灵感，作品有了精神旨归——团结起来，众志成城，这就是我们胜利的法宝，这就是未来中国的希望。这个长篇小说虽然还没有完成，但是里面有很多人物和故事已经初具雏形，我选了其中的一个片段，整理为中篇小说《三尺布》在《人民文学》2015 年第 8 期发表，作品中的人物，不同阵营，不同阶层，不同身份，都有了一个共同的身份——中国人。

写了几十年小说，我明白了一个道理，写小说最难的不是技术问题，也不是艺术问题，而是创作者的思想高度和深度，能够俯瞰历史、社会和人生，能够透视现象，直抵本质。说到底，文学艺术是思想境界的产物。第二次世界大战结束之后，在世界范围内，先后诞生了大量优秀的反法西斯文学作品，但是，在这个大的格局里，中国的抗日战争文学似乎并没有产生应有的作用，并没有取得应有的地位。这是因为，我们没有写好我们的敌人，与此相应，没有写好我们的敌人，也就没有写好我们自己，我们对于中华民族的认识长久停留在善良、勤劳、勇敢等等大而化之的口号式判断，或者说是盲目自信上，对于民族性格和精神缺乏足够的反思和批判，同时，对于我们必须正视的问题也缺乏恰当的认识和表现。这个问题是什么？那就是民族的凝聚力，中华民族万众一心、众志成城的理想境界。

文学，作为社会的良知，应该成为民族情感的探测器和民族命运的预言，军事文学同国家民族命运血肉相连，更应该为民族复兴提供正能量，这也是我创作《三尺布》的重要的精神动力。从表象上看，这个作品在形式技巧的层面似乎没有太多的翻新，几乎到了没有技巧的地步，剔除了形式上的花里胡哨，最终回到人物和故事本身，紧凑的结构，淳朴的感情，质朴的语言，寻常的故事，然而它却携带着我的理想和信念。我相信，好的文学作品，就应该是千锤百炼而洗尽铅华的，一如清澈透明的泉水。我的目标是，用最简洁的形式、最简明的结构、最简洁的语言描绘一个作家丰富斑斓的理想境界，捧出一颗真诚的心，尽管我可能还没有完美地做到，但这将是我不懈的追求。

天才的眼睛

这个题目，其实包含了两个问题，一个意思是谈天才，另外一个意思是谈天才的眼睛，即观察。

第一个话题：文学创作，需不需要天才？

回答这个问题，我们还得首先看看，什么是天才？我们不妨望文生义做一个简单的定义，天才即天生的才能。紧随这个问题的是，什么人可以称为天才？我还是简单地回答，人人都可以说是天才，哪怕是个傻子，尺有所短，寸有所长，他在这方面可能智力不是很健全，在另外某个领域可能有特异功能。

那么，回到我们关心的问题，文学创作，当然需要天才。文学创作的天才，等于文学创作的先天潜质加上后天兴趣的开发。也就是说，文学创作的天才，需要兴趣作为武器，一点一点地开发出来。

兴趣这东西，也有两个方面，一方面可能是遗传的，与生俱来的，一方面是后天形成的。与生俱来的东西很神秘，我解释不了，我们还是谈谈后天的兴趣吧。

后天形成的文学创作的兴趣，源头主要来自两个方面。一是童年记忆。弗洛伊德在《创作家与白日梦》一文中说："目前的强烈经验，唤起了创作家对早先经验的回忆（通常是孩提时代的经验），这种回忆在现在产生了一种愿望，这愿望在作品中得到实现。作品本身包含两种成分：最近的诱发性事件和旧事的回忆。"

尽管我对弗洛伊德的泛性论不以为然，但是我认为，弗氏的这个判断是有道理的。我以我的经历验证了弗洛伊德的理论。

36

作家王汶石说，作家跳不出他的生活经验，就像一个人跳不出他自己的影子。可以说，我的写作，主要是靠经验，而在经验里面，有很多是童年记忆。我小时候住过的公社大院，炊事员陶大伯给我讲的那些故事，对我以后的创作产生过不可忽视的作用。我曾经开玩笑说，那个公社大院就是我的少年军校和文学系。

关于童年记忆对于文学创作的重要性，不少名家大师都有阐述，大家可能都有类似的体会，应该是共识，这里就不多讲了。我们主要谈在生活中培养出来的兴趣。

兴趣的形成，除了接近天生的童年记忆以外，也有后天强制性的。比如，大家今天坐在教室里，把学习文学创作作为一项任务来完成，这么一种强制手段，能不能产生兴趣呢？我看也是完全可能的。比如，我们解放军艺术学院，文学系招生对象是应届高中毕业生，现在的孩子，对于将来要从事的职业，有很多种选择，不客气地说，有些学生报考军艺文学系，可能并不是出于对文学的热爱，可能很多就是为了就学和就业，但是，到了文学系这个氛围，我们要求他用文学的意识思维，用文学的语言说话，我们判断他的成绩，用文学作品说话，久而久之，就在他心里埋下了种子，他从茫然到清晰，从被动到主动，四年下来，很多人已经热爱上了文学创作，并且也能写出很好的作品。

这里我给大家讲个故事。奥地利作家茨威格写过一篇小说《象棋的故事》，讲的是一次远洋航行，旅途生活十分枯燥，有个刚刚获得国际大奖的象棋大师在船上摆擂台，那自然是战无不胜。这个消息在船上不胫而走，终于来了一个象棋高手，要求大师让他两个主力棋子，大师慷慨答应。于是，情况有了变化，大师面前有了对手，二人对弈还真的难解难分，引得围观者群情激昂，高手似乎也有些得意忘形。然而，就在他即将展开新的攻势的时候，围观的人群中传来一个低沉的声音："千万不能这么走！"下面的话大约是，一着不慎，全盘皆输。

下面的故事可想而知，在这个被作者命名为 K 君的羸弱苍白的男人的指导下，大师输了。再往后，大师数次挑战，围观者押上赌注，K 君无处可逃，只好同大师对弈，结果是，大师屡战屡败。

这个故事采用倒叙的手法，层层剥开悬念，写得一波三折，峰回路转，很有可读性。但是，我要说的不是茨威格的创作技巧，而是那个名叫K君的男人，他的高超棋艺是怎么来的？

原来，K君是个犹太人，在二战中被德国军队关进集中营。在长期的关押中，寂寞难耐，有一次提审，纳粹军官中途外出，K君发现审讯室内有一本书，喜出望外，冒着生命危险将这本书带回牢房，然而，却大失所望，因为看不懂。K君将书一扔老远，可是几天之后，还是寂寞，忍不住又把书找出来看，就这样，就靠这个棋谱，他坚持活了下来，并把象棋琢磨得滚瓜烂熟，终于在获得自由之后，一展身手。

茨威格是个写实高手，而且擅长纪实，我们有理由相信这个小说取材于真实的故事。我讲这个故事的目的，就是想告诉大家，兴趣是可以后天培养的，因此，天才也是可以后天形成的。今天，我们幸运地不再有那样特殊的遭遇，我们是在自由的环境里，如果我们决心投身文学创作，那么，我们更有条件在文学创作这一领域里得心应手。那就要看毅力和恒心了。

兴趣驱动热情，而仅仅有兴趣有热情，还是远远不够的。我个人认为，进行文学创作，必须首先提高几种能力。我在军艺文学系的教室里给我的学生写了八个字：观察、想象、审美、表现。我告诉我的学生，在文学系四年，就学这八个字。这八个字悟透了，就可以进行创作实践了。

今天，我们就从"观察"讲起。

一、观察力是创作的基本功

初学写作的人，可能会遇到一个普遍的问题，面对丰富斑斓的生活，却往往不知从哪里下手。因此，培养一双慧眼，能够从司空见惯的生活里面发现文学的元素，找到自己的创作支撑点，是非常重要的。

观察力是构成智力的一个重要组成部分，是一种有意识、有目的、有组织的知觉能力。观察，是一个广义词，并不仅仅单指视角，也包括听觉、嗅觉、触觉、味觉等等。

一个作家，往往有着不同寻常的洞察力，有一颗敏感的心，能够由表及里、由此及彼，发现别人没有发现的东西，发现别人没有发现的意义。

一个成熟的作家，抓住什么都能引申开去，写出作品。

罗丹说："所谓大师，就是这样的人，他们用自己的眼睛去看别人见过的东西，在别人司空见惯的东西上能够发现美。"要达到这个境界，就要培养观察力。作家和其他门类的艺术家有很多培养观察力的方法。画家从写生入手，就是对观察力的培养。小说家也有类似写生的方法，福楼拜就曾经要他的学生莫泊桑做过这样的训练，他说："当你走过一位坐在自家门前的杂货商的门前，走过一位吸着烟斗的守门人的面前，走过一个马车站的面前的时候，请你给我画出这杂货商和守门人的姿态，用形象化的手法描绘出他们的包藏着道德本性的形象外貌，要使得我不会把他们和其他杂货商混同起来。还请你只用一句话就让我知道马车站有一匹马，和它前前后后五十来匹马有什么不同。"

福楼拜对莫泊桑的强化训练真够狠的了，所以莫泊桑也成了世界级大师。

作家、艺术家的观察，不仅仅是用眼睛去看，它是用身体各个感觉器官去感觉，最后用大脑去看。作家有一颗多愁善感的心和一双反应灵敏的眼睛，对过去的事情记忆犹新，对眼前的事情始终保持好奇和敏感，随时随地发现那些具有审美价值的素材，首先让自己动心，然后让读者动心。

二、观察的核心是"察"

观察观察，观其行，察其心。"观"是外部行为，"察"是内心省察。"观"是手段，"察"是目的，是观察力的核心。"观"是感觉，是我们身体的各个感觉器官对外部事物的反应，包括眼看、耳闻、鼻嗅、体触等等。而"察"则是心理活动，是感悟。观察力的核心是感悟能力。观察的过程好比雷达在空中扫描，得到的信息要进入数据中心进行分析。

作家的观察力通常表现在以下几个方面：一是观察自然界，二是观察人物，三是观察社会。

1. 观察自然界。中国古代诗人，在观察景物方面堪称一绝，唐诗宋词里面有很多名作都是见景生情、借景抒情、咏物言志，而且里面不乏通感，不仅能看到景物，而且能听到景物，嗅到景物的思想，甚至"人景一体"，情感交融。

前段时间我读余光中的《听听那冷雨》，他笔下的雨，那真是声势浩大、无孔不入，你读了几段，很有可能放下书本站起来，看看门后有没有雨伞。再读几段，大晴天里闭上眼睛，也似乎能够看到杏花春雨江南，千山万山，千伞万伞，历历在目。离开大陆二十五年，那种挥之不去的乡愁就像冷雨的气息，弥漫在我们的肺叶上。你甚至可以看到更久远的一幕："春花秋月何时了，往事知多少。小楼昨夜又东风，故国不堪回首月明中。雕栏玉砌应犹在，只是朱颜改。问君能有几多愁，恰似一江春水向东流。"离情别绪，一脉相承，真是一江春水向东流啊！

2. 观察社会。通常说来，伟大的作家也是思想家，他们除了观察人物，善于在寻常生活中发现艺术的源泉，还站在社会的高度，进行形而上的感悟。比如鲁迅说，希望本无所谓有无所谓无的，就像世上本没有路，走的人多了也就成了路；再如钱钟书先生说，婚姻好比围城，城里的人想出来，城外的人想进去；托尔斯泰说，幸福的家庭大都相似，不幸的家庭各有各的不幸；等等，这些至理名言都是在对社会生活反复观察体味中得出来的。

观察社会还有一个层面，就是观察社会现象、风俗民情、精神面貌、生活状态，这也需要作家独具慧眼。鲁迅在 20 世纪 20 年代对中国民间进行细微的观察，终于发现了阿Q，概括出"精神胜利法"（"老子先前比你阔多了""儿子打老子"），刻画了典型的阿Q精神。茅盾为了写《子夜》，曾有一段时间泡在民族资本家的中间，深深地体会到旧有的经济体制奄奄一息，所以在小说的第一章就写乡下的吴老太爷进城，患脑充血而死。吴老太爷好像"古老的僵尸"，一见太阳和空气便风化了。这个意味深长的隐喻实际上是作家对于当时的中国社会悉心揣摩得出来的。

同样一件事情，个人的看法也不同，一千个人读过《红楼梦》，就会出现一千个林黛玉。而作家，往往会看出一千零一个林黛玉，他从林黛玉的身后又看出来另外一个，作家的艺术眼光往往比肉眼锐利。比如请客吃饭，普通人的重点在于"吃"，而作家一定是在"请"字上做文章。中国古代女子包小脚，长期以来我们都认为那是因为审美需要，男人变态，喜欢那东西。而作家刘震云却从中看到了另外的动机：为了防止她跑得快，所以就把她的脚包得特别小。当然这个看法不一定正确。作家的看法无须多么正确，但是必须独特。

3. 观察人物。对于作家来说，观察人物尤其是看家的本事。

观察人物，通常都是从肢体语言观察，由上而下。大家都知道，眼睛是心灵的窗口，但是，这已经成了公开的秘密了，有些人就会掩饰自己的眼神，实在不行就装瞎或者戴墨镜，不让你从他的眼睛看到他的心灵。

其实，心灵的窗口远远不只是眼睛，我们身体的每一个部位都有表情，面肌痉挛就是一种表情。两个人在茶馆里聊天，你看他们的坐姿，你就知道他们的关系，谁是谁的老板，谁有求于谁。还有，人紧张了是什么表情，他会不厌其烦地抽烟，或者喝水。人恐惧的时候是什么表情，除了瞳孔放大，还有手脚，手指和脚趾都会有反应。

我们大家看电影，看里面的独裁者，肢体语言是最丰富的。希特勒是全世界的公敌，但是他为什么有那么大的煽动力，我感觉他就是会演讲，而在演讲的过程中，他的独特的手势可能也起到了一定的作用。

我读中学的时候，对鲁迅先生笔下的祥林嫂印象很深，这个人物外在形象的刻画，前面只有一笔：眼珠间或一轮，还可以表示她是一个活物。就这一笔，祥林嫂的呆滞、绝望、希望，全都跃然纸上。

鲁迅先生用寥寥几笔把一个活人写得像个死人，而且写得那么传神，入骨三分，一个字都不多。这无疑得益于长久细致的观察。

茨威格写了很多精彩的小说。在我看来，他有一个特殊的本事，就是善于观察。以茨威格的中篇小说《一个女人一生中的二十四小时》为例，作品写的是一个寡妇受丈夫影响，学看手相，在赌场里，发现各种各样的手，有的手有激情，有的手有个性，有的手有思想，手的表情来反映输赢。"每一只手都仿佛是野性难驯的凶兽，只是生着形形色色的指头，有的钩曲多毛，攫钱时无异蜘蛛，有的神经战栗指甲灰白，不敢放胆抓取，高尚的、卑鄙的、残暴的、猥琐的、诡诈奸巧的、如怨如诉的，无不应有尽有——给人的印象却是各各不同，因为，每一双手就反映出一种独特的人生，只有四五双管台子的人的手算是例外……"

我们知道，真正观察这双手的，当然不是作品中的所谓 C 夫人，而是作家茨威格观察的结果。有一天，一双陌生的手出现了——"我绕着走向第三只台了，摸出几个金币预备下注，忽然迎面传来一阵非常奇怪的声响，使我吃了一惊。那时正当人人定睛个个紧张，心神似乎都被静默震慑住了的一霎，每逢圆球奔跑得疲惫无力只在最后两个码盘上颠踬着时，就会出现这样的一霎，此刻我竟听到一阵咯咯喳喳的响声，像是骨节折裂。我不自主地向对面望了一眼，立刻见到——真的，我吓呆了！——两只我从没见过的手，一只右手一只左手，像两匹暴戾的猛兽互相扭缠，在疯狂的对搏中你揪我压，使得指节间发出轧碎核桃一般的脆声。那两只手美丽得少见，秀窄修长，却又丰润白皙，指甲放着青光，甲尖柔圆而带珠泽。那晚上我一直盯着这双手——这双超群出众得简直可以说是世间唯一的手，的确令我痴痴发怔了——尤其使我惊骇不已的是手上所表现的激情，是那种狂热的感情，那样抽搐痉挛的互相扭结彼此纠缠。我一见就意识到，这儿有一个情感充沛的人，正把自己的全部激情一齐驱上手指，免得留存体内胀裂了心胸，突然，在圆球发着轻微的脆响落进码盘，管台子的唱出彩门的那一秒钟，这双手顿时解开了，像两只猛兽被一颗枪弹同时击中似的。两只手一齐瘫倒，不仅显得筋弛力懈，真可说是已经死了，它们瘫在那儿像是雕塑一般，表现出的是沉睡、是绝望、是受了电击、是永逝，我实在无法形容。因为，在这以前和自此以后，我从没有也再见不到这么含义无穷的双手了……"

这是写手吗？是的，可是，确实通过对于手的描写表现赌徒灵魂的搏斗和挣扎。正是因为这双手，给C夫人带来了不可抗拒的好奇，结果把她拖入一场难以忘怀而又羞于启齿的感情纠纷中。茨威格对人的外在行为观察得如此细腻，表现得如此淋漓尽致，是他的小说受到普遍欢迎的主要原因。作家要写的当然不是手，而是C夫人的情感经历，但是他是通过C夫人的观察，从手的表情入手，进而观察赌徒的表情，进一步观察赌徒的心灵世界，从而写出C夫人的情感历程。

茨威格写手，堪称一绝。我记得还有一个作品，名字好像叫《恐惧》，写一个女人偷情，做贼心虚，回来的路上提心吊胆，老是怕被发现。后来她真的被打劫了。她把钱财交出去之后，怀着庆幸的心理，正要离开，突然又一只狰狞的手出现在她的面前，让她毛骨悚然，这一只手的描写，把女人内心的恐惧刻画到极致。其实，那还是盗贼的手，盗贼获取钱财之后，还不罢休，"把钱包给我！"出人意料，但是悬念吓人。

观察力的敏锐程度决定了从一个人身上得到的信息的多寡。也就是说，只有敏锐的人才能迅速判断一个人的职业。比如，我们在街上看到一个身穿便衣的军人，不管他怎么乔装打扮，他总会留下一些痕迹。我曾经写过一个小说，里面的女特务被我们的地下组织识破了，最初的线索就是她走路的姿势，地下党在这个女特务匆匆行走的时候，突然喊了一声立正，这个女特务立马以标准的军人姿势站定了。本能反应。

同学们都知道，我们部队的著名作家朱苏进，写了很多好作品，像《炮群》《射天狼》《第三只眼》等等，尤其是他写部队基层生活的军事训练，活灵活现，让你身临其境，不仅抓住你的眼睛，还能迅速抓住你的神经。他从军营最平凡的生活提炼出可以上升到军营文化层面的元素，比如他在《射天狼》里写队列：颜子鹄站在与全团排面成等腰三角形的指挥位置上，目光掠去，一眼就认出那一片是一连。他们普遍比其他连队的战士黑些瘦些，一声向右看齐，腹部回收，胸脯一概挺起来，胸兜里没有凸出香烟盒、打火机之类的杂物，也没有歪腰扭腚、抽动腮帮子的。这高质量的队列，就像一串环环相扣的铁链，胆小鬼夹杂其中也会勇敢起来。

这是一段关于队列的经典描写。想一想，我们谁没有经历过队列训练？可是我们往往认为，那静止的队列，实在没有什么写头，而朱苏进就是从这静止的队列里发现了很多东西。首先，从外在的形式上，他看了一眼就看出那是"一连"，因为他们比其他连队瘦一些黑一些。接着他发现：胸兜里没有凸出香烟盒、打火机之类的杂物，也没有歪腰扭腚、抽动腮帮子的。这高质量的队列，就像一串环环相扣的铁链……作品里的叙述者副团长颜子鹄发现了连队扎实的作风，要害是后面一句：胆小鬼夹杂其中也会勇敢起来。就这一句话，他把从队列里观察出的外在形象，同人的内心世界，同战斗力结合起来了，这可真是透过现象看本质，观察得入木三分。

在我看来，朱苏进是一个特别善于观察，观察得特别出新意的作家。

二十年前我读他的中篇小说《凝眸》与《第三只眼》，感到他本人似乎也有第三只眼。作家都应该有第三只眼，那就是感觉。

前几天我看一篇回忆文章，美国的一个摄影师回忆他的九十三岁的父亲临终之前的三年，他一直陪在老人身边，在描述了他的诸多观察之后，他突然来了一笔：他还表现为一个"色老头"，老人家对儿媳妇的穿着很感兴趣，赞美她的身材，还建议她穿超短裙。老人家色眯眯地看着儿媳妇。这段回忆，也涉及性，还涉及伦理道德。可是我看这段文字，丝毫没有龌龊的感觉，我觉得我被他打动了。显然，这个摄影师发现了人生中的一大隐秘，并且把它用恰到好处的方式表现出来了。

小说之所以是小说，或许就是因为它可以小中见大，以微观映照宏观，影响宏观。

一个作家有没有才华，其标志是能否从生活中直接发现别人熟视无睹的题材和其中包含着令人深思的、发人深省的人生真谛，并且能否用自己独特的方式把它表现出来。一个作家成功的根本因素是他丰富的生活库存和他对于生活的洞察力。我们说生活是艺术的源泉，离开这个源泉，我们就会一无所有；如果我们不会观察这个源泉，不会从这个源泉里感悟出具有审美价值的元素，我们同样一无所有。

三、观"表"察"内"，找到"故事"

我们知道，故事是小说的载体，只有通过故事，我们才有表达情感，表达我们的价值观和道德感的平台。初学写作的人往往会感到棘手，就是找不到故事。

那么故事在哪里呢？我可以负责任地告诉大家，故事就在你的身边，故事就在你的心里，凡是有人的地方就有故事，就看你有没有一双慧眼，能不能从寻常的生活中发现故事，能不能从千头万绪的故事中找到你需要的故事。俄罗斯作家契诃夫有一次对朋友说："只要你高兴，我可以根据这个茶杯写个小说，你信不信？"我们中国有一句话，只要你手里掂着锤子，满大街都是钉子。我刚到空军的时候，听过一个钉子汤的故事，讲的也是观察和发现的意思。带着文学创作的眼睛观察生活，你会发现满眼都是素材，就看你要写什么了。

结合自己的创作体会，我总结出一个路径，大家可以试试。

发现故事的路径：需求——行动（故事诞生的缘由）——得不到满足（矛盾）——部分得到满足（转折）——产生新的不满足（更大的矛盾）——新的满足（更大的转折）——愿望实现或者绝望（结局，前者是喜剧结局，后者是悲剧结局）。如果是一部长篇，小说情节推进的过程，实际上就是主要人物化解危机的过程，不断地面临危机，不断地化解，不断地遭遇新的危机。《历史的天空》就是这么构思出来的。

小说实际上就是对人的一种检验，只有让人物始终处于非常状态，才有可能呈现非常态。那么如何让人"非常"呢？有很多路径，我选择的是"需求"。人的需求有很多层次，大致有精神层面的和物质层面的，更多的是兼而有之。我曾经在课堂上让学生出个题，我们师生当场在课堂上完成一个构思，学生出的题是：街上行色匆匆的农民工，下面就看我们构思的小说框架。

我们先讲第一个层面：物质需求生发的故事。

首先，我们赋予这个农民工一个符号，假设他就叫张三，再假设他的需求，春节前要回家团圆，需要购买火车票。结果有两种，一种是买到了车票，需求满足了，但是旧的需求满足了，新的需求又出现了，他上了火车之后还有故事，我们按下不提。

现在我们看看第二种情况，他第一次去排队，轮到他了，票没了。他第二次去排队，他怕悲剧重演，加塞，结果与别人发生争执，被驱逐出来了。第三次去排队，遇上"好心人"，卖给他一张票，付钱之后，他发现是假的。第四次还去排队，票贩子又来了，被他发现。他联合老乡将票贩子扭送派出所，路上交给了一个正巧路过的警察，警察带走了票贩子。张三继续排队，这是第五次了，正排着队，结果发现票贩子又出现了，原来警察是假的，是票贩子的同伙。假警察和票贩子联合起来敲诈勒索张三，故事就进入高潮阶段。

以上各个阶段，都有情节点。这些情节的产生自然而然，奥秘就是我们把握一个原则，不让他顺利地买到票。我们不断地给他设置障碍，障碍派生情节。

只要你展开想象力，我们可以设想无数个结局。

结局之一：张三自认倒霉，给了票贩子一笔血汗钱，回到家里，一蹶不振，大病一场。一场人生悲剧就此展开。

结局之二：在票贩子勒索他的时候，他不紧不慢地从怀里掏出一个证件，原来他是新任的铁路公安局的局长。一个抑恶扬善的故事诞生了。

结局之三：张三作为公安局长，收拾了票贩子之后，得到一笔钱财，并没有上交，而是收买了一批打手，也在车站干起了票贩子的行当。原来张三的公安局长身份也是假的，证件是他伪造的。几年之后，张三成了最大的票贩子，火车站的龙头老大，而且是武装贩票。再几年后，张三被抓获，再几年后……再几年后，我们这些作家想让他是什么结局，他就是什么结局。

从这个例子我们可以看出，只要有需求，就一定有行动，行动一旦受到障碍，就一定会有解决障碍的行动，依此类推，各个阶段都有情节，故事应运而生。

田野之上有我们的城郭

——《四面八方》后记

《四面八方》是从什么时候开始创作的？我想，这应该是很久以前的事情了。

我生长在皖西的一个集镇上。三十年前，这个集镇其实是一座以土墙和草房为主体建筑的大村庄，仅有的砖墙瓦房就是一家百货商店和一座清真寺，再加上街东头的一座道观小庙。童年时代，我很向往城市，那城市出入在成年人们的口头描述中，有汽车、公园和高楼，还有吃不完的饼干、糖果和冰棒。城里的人们似乎都很神奇，无所不能，人间的一切艰难困苦都不在话下，那里似乎没有饥饿、寒冷和疾病。我羡慕他们并且幻想成为他们。

一个梦被我记了很久。

以后回忆起来，那个景象应该出现在我刚刚出生不久，我还在母亲的怀里。母亲抱着我在春天的阳光下行走，我依稀记得不远处有一团鲜艳的绿树叶子，在绿叶丛中露出红楼一角，叶子和楼角水洗一般闪闪发光。

这个画面照亮了我的整个童年。稍大一点，每当和小伙伴谈起我还在褓褓里就去过大城市，我就会兴致勃勃，眉飞色舞，脑子里尽是高楼大厦，脸上都是幸福自豪。以后我曾经多次问过父母，在我很小的时候，他们中是不是有人带着我到过大城市？母亲和父亲总是摇头说，小时候家里穷得连吃饭都成问题，哪里可能去过大城市？

我不能说《四面八方》是我童年梦想的结晶，但是我可以说，它同我的梦想有关。

我的梦想是什么呢？是一幢楼。

《四面八方》就是一幢楼。这幢楼的基本轮廓是这样的：

小城皖西解放前夜，攻城部队兵临城下，一封公开的情书拉开了国民党军医学校四名同窗生死抉择的序幕。地下党员肖卓然釜底抽薪，策反同学反戈一击，成为新政权的翘楚；程先觉接受汪亦适劝说，先行一步赶往风雨桥头，跻身起义队伍；被特务裹胁的汪亦适劝说郑霍山携枪起义，阴差阳错，双双被俘。四个人的命运从此分野，历次运动此起彼伏，爱情友谊峰回路转，事业前程各有千秋。作品主要人物的遭遇阴差阳错，带有很大的偶然性。新政权第一代领导人陈向真，清正廉明，鞠躬尽瘁。天地之间有杆秤，秤星就是老百姓，这句话从他的心里喊出来，他的追随者跟着喊了几十年。老八路丁范生，解放后当了领导干部，有补偿心理，多吃多占，后来发现老百姓还很困苦，幡然醒悟，终生赎罪，一直到生命的尽头还是用这句话鞭策自己——这就是《四面八方》的时代背景和人文环境，也是一个特殊文学建筑的地基。

作品的主人公肖卓然，是一个被赋予了浓厚理想色彩的人物。事实上这个人一辈子只做了一件事情，就是要为皖西的老百姓建造一个体检大楼，从而让老百姓知道自己正在过着什么样的生活，应该过什么样的生活，进而知道怎样才能过上那样的生活。我们的生活不仅需要粮食，我们的生活不仅需要金子。我们的物质条件改善了，不等于我们的生活水平提高了；我们的生活水平提高了，不等于我们的生活质量提高了；我们的生活质量提高了，不等于我们幸福了；我们幸福了，不等于我们的子孙后代还能得到幸福……肖卓然的这些观点，即便在今天看来，也应该是振聋发聩的。

这部小说，从结构和内容上看，渗透了"城堡情结"，也渗透了我自己的很多生活体验，甚至包括童年的梦境和记忆。我曾经研究过《皖西革命斗争史》，对安徽省政协编辑的《安徽文史资料》也很有兴趣。家乡有很多老干部，譬如著名的淠史杭水利工程的早期领导人、原六安地区专员赵子厚，为皖西的水利事业呕心沥血、鞠躬尽瘁，很像焦裕禄。还有我父亲的一个老同事，名叫许友明，曾经是我老家的公社主任，在粮食困难时期，他有一句名言，群众吃干，干部吃稀，群众吃稀，干部喝水。他就像一辆救护车，哪里旱了，哪里涝了，哪里的老百姓出现了困难，哪里的生产出现了问题，他就扑向哪里，以致积劳成疾，五十多岁就去世了。家乡人民对他们那一代基层干部非常崇敬、非常怀念。每当写到乡土的时候，我的眼前就会时不时地出现他们的影子。

在《四面八方》里，我这支怀旧的笔描述了一段也许是绝无仅有的历史，在这段历史里，我笔下的人们追求健康和文明的生活，尊重自然，改变社会，改变自身的命运，为了建设和谐美好的家园，一代又一代人进行了艰苦卓绝的努力。终于，那座凝聚着几代人心血的，也是我在心灵世界里惨淡经营了几十年的，象征着人民意愿的十八层白色大楼耸立起来了，它在天穹之下、阡陌之上，沐浴着明媚的阳光，呼吸着田野的气息，脱颖而出，茕茕孑立。我们所有的苦难、曲折、悲伤、爱情、希望、成功，都被这幢以梦想为栋梁，以文字为砖瓦构筑的大厦承载其中，昭示四面八方。也许这座城堡并不真实存在，却依然屹立在我们心灵的上空。

文化的力量

史红雨和徐航都是我所敬重的文学前辈。敬重他们的不仅是我，还有家乡的许多各层次各等级的文化人，也包括一些文化程度不高，甚至根本没有学历但又不乏文化意识的人。人们敬重他们的不是他们的社会地位，不是他们的财富，甚至不是他们的才华，而是他们身上所特有的率真、质朴、敬业的文化人的品格。

文化的力量有多大？我认为文化的力量无穷大，大到可以毁灭宇宙或者重建乾坤。这是一个天大的哲学命题，抽象到让人难以想象下去的地步。但是，对于一个特定的时期里的一个具体的地区来说，文化的力量却是有目可睹、伸手可触的。首先，文化是一个地区政治、经济、科技、教育等领域建设和发展的总和；其次，一个地区的政治、经济、科技、教育等领域的建议和发展状况，又无不显示着该地区的文化层次。只要是关乎建设和发展的，就必然离不开文化的内涵和外延。这样讲似乎有点玄乎，再具体一点进行微观分析，文化对于经济发展的影响和推进作用，是再清晰不过的了。

两位先生在皖西都是颇负盛名的文人，但他们不是那种为文而文的人，他们都属于奉献型的文人。早些时候，我读过两位先生主编的《皖西经纬》，也读过他们的一些随笔散记文章，内容多是歌咏风土人情，介绍山水美景。近日他们又把一部厚重的《皖西漫步》书稿给了我。我在阅读这部书稿的时候，心中生出许多感动。这是一部介绍皖西风景名胜、土产特产和地域文化的文集，也是介绍皖西自然和人文资源的百科全书。我的感动之处不在于书稿对于家乡地域文化的全面细微的观照，也不在于字里行间涌现的那种让我感到亲切的浓浓的乡情，而是两位先生渗透在这部书稿里的艰辛的劳动。这部书稿与其说是用笔写出来的，不如说是用心智用双手和双脚写出来的。我说这话，是有感而发。

2003 年春天，我回皖西探亲，因故滞留，两位先生有空便带我游历家乡河山。所到之处，我有两个发现，一是他们对于故乡山水的熟悉程度，二是家乡老百姓对他们的熟悉程度。在金安区开发中的东石笋风景区，史红雨先生几乎能说出每个景点乃至每条小河、每块岩石的名字。在霍山的铜锣寨，一位农家妇女一见到我们，马上闪到路边含笑注视，一问才知道，当初勘察铜锣寨的时候，就是这位妇女给史老师带的路。她告诉我们，这里的群众都很感激史老师。从她嘴里我听明白了，开发铜锣寨，从总体设计到景点取名，史老师出了不少点子，譬如"象趣园"，若不细看，本是一堆山间乱石，因了一个"象"字，使其有了生命的动感；又因了一个"趣"字，使其有了灵性。选择一个恰当的角度，还果真隐隐约约、似真似幻地看见一头母象带领一群象仔嬉戏玩耍，其乐悠悠。我记得当时我说了一句话："铜锣寨处处有景，史老师景景有情。"这句顺口溜还真不是顺口说的。想当初，对铜锣寨进行开发包装的时候，满山荆棘巉岩，有许多地方，两位先生硬是在没有路的线路上踩出了一条路，在没有景的地方找到了景的模坯和观景的角度，并独具匠心地取了一些形似神似的名字，奇松异石，各得其所，使得一座静态的山峰充满了诗情画意和勃勃生机。

我和史红雨先生都是霍邱南乡人，但交往历史并不悠久，而一旦认识了，就迅速成了忘年莫逆。不久前，我曾经写过一篇散文《皖西有个史红雨》，对他有过一番评价，把他定位为百姓文友、民间文豪。在我看来，文人做学问，目的千万种，出人头地是多数人的夙愿，然而，学以致用并且用在老百姓的头上，则更是一种高尚的追求。史老师在企业文化包装和开发皖西旅游方面的创意，如果投放市场，可以换取不菲的报酬，但他分文不取。他创作的那些歌词、楹联、散文、小品以及即兴之作，整理起来应该是一本十分丰富的专著，但他没有整理，他只是为六安市潜心主编了一本旅游指南《皖西概览》，而他自己的那些作品，都像散珠碎玉般地流落民间，成为皖西百姓劳作之余丰富精神生活的美味佳肴，也包括这部《皖西漫步》。

认识徐航先生，是十多年前的事，那时我是文学青年，他是《皖西日报》的副刊部主任，承蒙先生厚爱，多次帮助和赐教于我。今年春天，他和史老师以及《皖西日报》副刊部现任主任文济齐同志，陪我攀登大别山主峰白马尖，由于所选道路险峻，登山过程中时而躬身侧脊，时而手脚并用，来回耗时七个多小时。本人正值壮年，已是精疲力竭，头重脚轻，几欲瘫痪。而已过花甲之年的徐航先生则全无怯意，始终精神抖擞，并不断鼓励我"坚持到底就是胜利"。下山时，徐航先生一路昂首挺胸，谈笑风生。那天史先生同文济齐走的是另一条路，据文济齐说，大腹便便的史老师虽然气喘吁吁，走不了多远就要躺在岩石上"耍赖"，但小憩片刻，则又重抖精神，时而吟诗作词，时而引吭高歌。我想，两位先生的这种精神状态和体力状态，大约得益于两点，一是皖西的自然风光赋予他们豁达的胸怀，二是皖西的山路走硬了他们的筋骨。他们为装点家乡的锦绣河山和发展经济，进行企业文化包装，不辞辛劳地常年跋山涉水，家乡的山水则回报他们以美好的心境和健康的体魄。久而久之，他们已经同皖西山水浑然一体、相互映照了。

说到这里，再回过头来看这部《皖西漫步》，我们就能品味出其中深厚的文化底蕴了。书稿分为四大部分：第一部分是人文和自然景观介绍。需要指出的是，这种介绍不是说明书式的，而是凝结着两位先生理解皖西历史的真知灼见和独特体验。第二部分是楹联，共有三百余副，几乎把皖西值得一提的地方都囊括进去了，形式精巧，语言机智、风趣，从而使这些城、镇、山、水、楼、寨、寺、馆的特色更加鲜明，优势更加集中。第三部分属于地名文化范畴。毋庸置疑，任何一个地名都有一番经历和一段故事，从一定意义上讲，一方天地的历史往往就是由这些林林总总的地名文化编织而成的。两位先生选择了十个较有代表性的古集古镇，基本上构建了皖西地名文化的主体工程。第四部分是风俗民情。这是一个地方特色文化的重点部分，其中包括食文化、茶文化、酒文化以及民俗和民间艺术，追本穷源，考究细微，集知识性、实用性和趣味性于一体。

浏览这四大部分，两位先生数年来坚持不懈地研究家乡地域文化，深入生活，收集、考证、整理、刷新，并使之系统化、体系化、规范化。一书在手，皖西气息扑面而来，皖西山水历历在目，皖西的奇石异葩尽收眼底，皖西的风土人情也了然于心了。还有皖西的人才资源、区位优势、发展趋势，基本上都有了轮廓。

在中华民族博大精深的文化海洋里，皖西这方土地的特色文化是一笔不可轻视的财富，是民族文化中值得着力发掘和发展的一个分支。一个地区的地域文化不仅有着丰富的积累和传播价值，而且，通过她的润色和影响，也必然使该地区的综合文明素质得到提升，甚至直接作用于经济发展。文化的渗透力量是不动声色和天长地久的，也是不可遏止和中断的。基于这种看法，我有理由认为，《皖西漫步》的出版，不仅是皖西人民文化生活中的一件大事，也是皖西人民政治、经济乃至日常生活中的一件大事。

文学系的一二三四

同学们：

从开学到现在，你们一直在参加军训，我们没有见面，只是在开学典礼大会上，我们隔台相望。我想，你们一定和我一样，也在打量这个陌生的地方，这个有过许多传说，令人神往的地方，你们一定会有很多想象，想象那些将和你们一起度过四年大学生活的老师们，想象军艺的校园、教室、宿舍……你们来得正是时候，你们走进军艺校园的同时，也走进了金秋季节，你们很快就会看到，图书馆前面的花园里，硕果累累，你徜徉在林间小道上，不时会有亮晶晶的红枣落在你的面前，就像一颗颗微型太阳在你面前舞蹈，它们代表北京魏公村这块土地，向你们表示欢迎，告诉你们，这里一直是文学的百花园。

自从你们报考了军艺文学系，并真的梦想成真之后，有一个问题一定会在你们的脑海萦绕，解放军艺术学院文学系，到底是干什么的？现在我来告诉大家，军艺文学系是培养部队文学创作人才，进而培养军队作家的。也就是说，未来四年，你们将以军事文学创作作为主攻方向。把你们培养成为军队文学创作人才，这就是我们的目标。

那么，怎么才能达到这个目标？今天我来谈谈设想：

一是高举一面旗帜，这面旗帜叫作真善美。同学们现在已经是一名军校生了，军校生同地方大学生是有区别的，毕业之后就是军官，即将成为人民公仆，所以首先要树立正确的价值观。我们要用道德的力量、信仰的力量、美的力量来净化我们这个社会，用富有感染力的作品伸张正义、弘扬正气、鼓舞士气，为民族振兴添砖加瓦。上个月，我们让大家反复写开学典礼和军训的感受，一遍不行再来一遍，三遍四遍地修改，为什么？除了测试大家的毅力、意志、悟性和表现能力以外，更重要的是，要校正大家的价值观，看看在同学们的心目中，什么是美的，什么是丑的；什么是值得发扬的，什么是应该摒弃的；什么是值得赞美的，什么是必须反对的。你们身上的军装向你们发出指令：高举真善美的旗帜前进！

二是开辟两个战场，课堂教育和课后创作训练相结合。学而时习之，"学"是一个有形的战场，而"习"则是无处不在的战场。我们文学系，建系初衷是培养军队作家，但自21世纪以来，也承担学历教育。因此同学们可能会面临这样的问题，一方面要应对学历教育的各种要求，一方面要提高写作能力。这二者之间有没有矛盾呢？从本质讲，没有矛盾，但是在具体操作的时候，可能会有一些矛盾。我们的政策是，两条腿走路，学历教育任务必须完成，写作培养绝不放松。而且，对于能力培养而言，应试教育尽管有很多弊端，但是在公正选才方面，还是起到了把关作用。这次招生中，专业考试成绩靠前的，在后来的高考统考中，成绩同样靠前，这说明了两个问题，一是说明我们文学系的专业考试慧眼识珠，二是知识和能力往往相辅相成。我们有三个教研室，史论教研室承担着培养作家素质，提高作家修养的重要任务，在文学创作原理、文学概论和文学史方面，帮助大家打基础；文学创作教研室和影视创作教研室，则具体承担创作指导任务，从观念到技巧，从内容到形式，引领大家入门。我要告诉大家的是，除了教室上课，我们的创作课贯穿在生活的所有领域，甚至在你们的梦中。我们将进一步规范阅读指导，力所能及地组织各种教学实践活动，比如体验生活、观摩参观、召开作业分析、组织各种讨论会报告会等等，我们致力于把同学们的作业打磨成作品。在课堂以外的第二个战场上，我们所有的老师都是你们的师父。将来你们毕业了，还是两个课堂，生活实践和创作实践相辅相成。

三是增强三个意识，即爱民意识、爱国意识、爱军意识。首先，作家是人类社会的良知，是人民的代言人，所以作家必须有一颗爱民之心，以人为本。托尔斯泰、陀思妥耶夫斯基、巴尔扎克、雨果、鲁迅、茅盾这些人类灵魂的大师，无不以关注人民生存状态和命运作为自己书写的目标。

当代优秀作家，其作品也是因为关注人民受到我们的敬重。我最近读了几位新锐作家的作品，如鲁敏、魏微、孙频等，他们的字里行间频繁出现"取暖""照亮""抚慰""滋润"等意象，还有毕飞宇的《推拿》，这些作品总是洋溢着温馨的暖意。我最近读了李浩的《爷爷的"债务"》，阅读过程中一直感到揪心，一群社会底层的人，因为一个偶然事件，陷入困境，争吵甚至殴打，但是良知未泯。在种种矛盾中固守诚信，互相慰藉，他们遭遇的、应对的所有的事情几乎都是坏事，但是他们的本质特征却又都是好人，让我们在阅读中动心、动容、动情。这就是文学的力量。说到底，文学应该是照亮人生的灯光。民国时期，安徽大学校长刘文典概括作家素质时，强调五个字：观世音菩萨。前面三个字讲的是观察、体验和表现，是技术层面的。所谓菩萨，则是指作家的心灵，就是说，作家要有爱心，要有救苦救难、关爱众生的菩萨心肠。其次，"修身齐家治国平天下"，是知识分子千百年来埋藏在心底的抱负，文学作为思想意识形态一个重要阵地，作为国家综合实力的一部分，要为国富民强提供正能量，维护和捍卫国家利益是作家的神圣职责和使命。最后，我们培养的是军队作家，之所以在"作家"的前面冠以"军队"二字，就是突出我们的职业特征，以追求和平、启迪智慧、塑造英雄、鼓舞士气、鞭挞丑恶为己任。

四是培养四种能力。这四种能力就是观察、想象、审美和表现。

一个人能不能成为作家，首先要看他有没有一双作家的眼睛。今天我先谈谈观察的问题。既然文学是"人"学，我们就要学会研究人、了解人、找到人，首先就要训练我们的观察力。作家应该有一双敏锐的眼睛，善于在平凡中"观"出不平凡。作家还应该有一颗敏感的心，能够在寻常的事物中"察"出不同寻常的思想。一个人到底能不能成为作家，归根到底取决于"观察"，取决于体验和感悟能力，取决于见解和境界。所以说，观察能力是一个作家最基本的能力，是作家艺术培养感觉和材料储备的第一种能力。当然，这四种能力不是截然分界的，它们是相互依存、相互渗透、相互影响的。这个以后再说。当务之急，就是要培养观察能力。从现在开始，我们要实现从学生到军人，从普通学生到军队创作人才的转变，我们不仅要带着作家的意识打量我们身边的事物，还要带着作家的思想体察领悟事物表象后面的实质。

怎么培养作家，这也是我们苦苦思考的问题，因为创作教学是一门新的学问，有很多东西需要我们摸索探讨。但是，文学创作也有一些普遍规律，有一些基本原理。我刚才讲的四种能力，是文学创作的 ABC，前三种能力主要解决的是"写什么"的问题，侧重培养作家意识和作家素质，进行艺术积累。而后面一种能力，则可能主要解决"怎么写"的问题，侧重于技术层面和形式探索。我个人认为，一个学生把这八个字悟透了，基本上就可以写作了，可以放单飞了。当然，我这样说，不是说大家必须先具有这四种能力再去写作，写作不比科学实验，没有公式和定律，我们提倡"从战争中学习战争，从写作中学习写作"，我们将采取师父带徒弟的办法，根据你的手艺活直接启发点拨。

同学们，你们经过四十多天军训，今天刚刚返校，鞍马劳顿，征衣未解，就把你们集合起来。陈政委和廖副主任要我讲讲话，目的是为了赶在放假之前，让同学们带着问题度过入校参军后的第一个假期，从眼下起，你们就要迅速进入状态，迅速转换角色。四年时间，虽然很长，但也短暂。暑假后上班第一天我就对陈政委感慨，暑假结束了，寒假还会远吗？看看，确实又快了，时不我待，必须以一当十，争分夺秒。

今天简要提几点要求，也算是个动员。以后我们就开始朝夕相处了，再一个问题一个问题地讨论，细化深化。

我们的文学理想

写作有经验，讲课不敢当。这就好比一个木匠，刨刨锯锯，做几件家具，手把手带徒弟还凑合，但是很多窍门可能难登大雅之堂。所以，这次东莞文联让我来参加这个文学沙龙，一方面感到很荣幸，一方面又有点忐忑，不知道讲什么好，想来想去，还是选了一个力所能及的角度，结合自己的作品，谈谈我对文学的一些认识，零零星星，不成体系，好在是交流，大家对我这个"老木匠"也不抱太大的期望，完成任务而已。

大家都知道，我现在是个教育工作者了，以教书育人为己任，因此，我的创作体会，可能或多或少地掺杂着一些教学体会。

前不久，我接手招收的第一批学生军训结束，我给他们上了第一堂课，课题名叫《文学系的一二三四》，要求我的学生高举一面旗帜，即真善美；开辟两个战场，即课堂与课后；增强三个意识，即爱民意识、爱国意识、爱军意识；提高四种能力，即观察、想象、审美、表现。我的这个"一二三四"，主要谈的是对文学的看法，这其中，或者说是我个人对文学的理想和目标，也是我本人从事文学创作的根本出发点和最高的目标点。

一、文学是照亮人生的一簇火光

先讲个故事。

去年我去俄罗斯，到雅斯纳·波良纳庄园（即托尔斯泰庄园）参观，看到了追求"平民化"的托尔斯泰当年种地用的农具、做鞋的工具，还有一些简朴的生活用品。庄园里面有一棵小树，据说，当年托尔斯泰在这里写作的时候，周围的穷人经常到托尔斯泰庄园来寻求帮助。他们不愿意在托尔斯泰工作的时候打扰他，就在这个地方等待，待托尔斯泰出来散步，这才上前向他倾诉，获取帮助。后来，这棵树就成了一个中心，托尔斯泰常常在树下的长椅上同农奴们交谈，帮助他们寻求自由之路。所以，这棵树被人命名为"穷人树"。托尔斯泰晚年因不甘被家庭和社会的种种矛盾缠绕，离家出走，在逃亡途中罹患感冒，弥留之际又一次振作起来并呻吟道："农民——农民究竟怎样生活？"庄园工作人员告诉我们，托尔斯泰最后说的话是，人类所有的哲学只有一句话：爱与和平。

我的阅读非常有限，中学以前读的都是在当时被视为"毒草"的东西，其中包括《红楼梦》《三国演义》《水浒传》在内的毒草，也包括当时同样是"毒草"，后来被平反为"红色经典"的那一部分，比如《烈火金刚》《敌后武工队》等等。参军之前我读的外国作品，屈指可数的如《钢铁是怎样炼成的》《牛虻》《茶花女》等。我阅读外国名著，基本上都集中在 20 世纪 80 年代，因为那时候我决定挤上文学小道，所以如饥似渴。

在这里，我可以向大家透露一个秘密，我读外国作品有一个障碍，记不住名字，托尔斯泰的作品让我特别痛苦，他的《战争与和平》是我作为一个军旅作家不得不读的作品，但那里面往往长达十几个字的人物名字和对于景物不厌其烦、近乎工笔画的描写，常常让我望而却步，所以我自己发明了一个办法，阅读的时候，把他作品里的人物编成甲乙丙丁，就靠这个办法，还是常常张冠李戴，看起来特别费劲，这大约就是我至今未能读完《战争与和平》的缘故。但是，我记住了《复活》里面的那个叫玛丝诺娃的妓女，记住了玛丝诺娃在法庭出场的时候那个震撼人心的场面。我第二次去俄罗斯，在冬宫博物馆看到一幅以《圣经》内容为素材的油画，主题是一个因通奸而即将被处以极刑的女人，耶稣说："如果你们谁能证明你比她更纯洁，那就用你手中的石头砸她吧！"这是一个无言的结局，我不知道人们手中的石头会不会砸向那个女人，我只知道耶稣的话命中了我们心灵深处最柔弱的地方，也因此我知道，作家托尔斯泰和上帝的情感是一致的，文学具有上帝般明察秋毫的慧眼和博爱精神。

像这样的例子还有很多，比如雨果的《悲惨世界》和《巴黎圣母院》，陀思妥耶夫斯基的《罪与罚》，哈代的《德伯家的苔丝》，福楼拜的《包法利夫人》，以及巴尔扎克、莫泊桑等人的短篇小说等等。

鲁迅一生中没有写过长篇小说，但是他那短小精悍的作品，总是渗透着对底层百姓生活状态和命运的关注，比如《故乡》《阿Q正传》《祝福》等等。这些作品或揭示人的苦难，或传递人的温暖，无不把人类的生存状态和命运作为自己的主要关注对象。

普希金是伟大的诗人，我不懂诗，但是我喜欢普希金的小说，他的《驿站长》是个短篇小说，里面写了一个忍辱负重的底层角色，他含辛茹苦拉扯大的唯一相依为命的女儿，经不住一个过路上尉的诱惑，无情地弃爹而去，这个受伤至深的孤独老头从此踏上了悲愤的寻找之路，无望而不屈，艰难而执着。我至今还能记得，作品写到老人终于找到了女儿，而女儿避而不见的时候，老人一遍一遍地哀求上尉："把她还给我吧，反正你已经把她玩够了，还给我吧……"读到这里，我们内心涌动的就不仅仅是同情了，拍案而起、拔刀相助的念头都有。

郭沫若说，个人的苦闷，社会的苦闷，全人类的苦闷，都是血泪的源泉，三者可以说是一根直线的三个分段，由个人的苦闷可以反射出全人类的苦闷来。所以说，文学往往就是针对这苦闷发出的呐喊。

我的早期阅读经历告诉我，作家是人类社会的良知，是人民的代言人，是站在弱者一边的，所以作家必须有一颗爱民之心，以人为本。

二、文学是培育民族精神的一剂良药

鸦片战争之后，随着西方列强对中国的瓜分蹂躏，书斋里的知识分子一方面对晚清政府深感失望，备感屈辱。官场中有林则徐"睁开眼睛看世界"，魏源提出"师夷之长以制夷"，除了对政治体制的疑惑，西方的坚船利炮让中国朝野不得不正视"科技的伟力"，文人墨客，柔弱书生，痛定思痛，开始做梦，试图用文学的方式敦促实现"富国强兵"的梦想，一批以追求"坚船利炮""奇电飞船"为创作主旨的小说应运而生，这其中比较典型的有碧荷馆主人的《新纪元》和《未来空中征战记》《电术奇谈》等等，描写中国抵御外侮的军力已经到了无所不能的地步，并且在上个世纪初的小说作品里就出现了空降兵（飞兵队）和潜艇（海底神兵），这些作品虽然因其过于神话而遭到讥讽，为文学史所忽略，但是，其呼唤"科技强军"的爱国愿望是难能可贵的。

也正是在这样的语境下，一批忧国忧民的知识精英开始注意到了文学，尤其是小说同民族精神和国家命运的关系，进行了形而上的思考。

最早把小说推到了关乎国家民族命运的前台的，是近代思想启蒙家梁启超。戊戌变法失败后，梁启超两眼漆黑，看不见出路，大约是从日本的"政治小说"中获取灵感，一时间竟激动得有些不知所措了。1902 年，他在《论小说与群治之关系》一文中正式提出"小说界革命"的口号，"今日欲改良群治，必自小说界革命始；欲新民，必自新小说始"，"欲新道德，必新小说；欲新宗教，必新小说；欲新政治，必新小说；乃至欲新人心，欲新人格，必新小说"。

在梁启超当时的感觉中，小说有不可思议之力支配人道，所以，小说这个文学家族的远亲，一下子回到了家族的祠堂中央，并摇身一变，一跃而成为"文学之最上乘"并承担起救国救民的重任，简直就是灵丹妙药、救世良方。

在 20 世纪之初，把文学当作救世良方的并不是梁启超一个人，《论小说与群治之关系》发表之后，一些有地位的评论家和作家纷纷拟文呼应，呼吁大力创作新小说，比如夏曾佑、吴趼人、严复等等。与这支队伍成为精神同盟的还有后来的鲁迅。鲁迅为什么弃医从文？他在《藤野先生》中说得很明白："这一学年没有完毕，我已经到了东京了，因为从那一回以后，我便觉得医学并非一件紧要事，凡是愚弱的国民，即使体格如何健全，如何苗壮，也只能做毫无意义的示众的材料和看客，病死多少是不必以为不幸的。所以我们的第一要著，是在改变他们的精神，而善于改变精神的是，我那时以为当然要推文艺，于是想提倡文艺运动了。"

尽管后来的事实让梁启超和鲁迅等人深感失望，文学并没有达到拯救中国人民于水深火热之中，但是，也并非就是"百无一用是书生"，在此后不久的抗日战争和各个阶段的民族战争中，文学还是以它独特的魅力给了苦难中的中国人民以极大的精神鼓舞和情感慰藉，当时的民族主义文艺（以国民党官方为主体）、左翼联盟（以茅盾等人为代表）和稍后的"国防文学"（以周扬等人为首倡导），并且作为战斗力的一部分同日本的"笔部队"在意识形态领域展开博弈，我最近正在撰写《战争文学与文学战争》，还没有定稿，暂不多讲。

第二次世界大战结束之后，苏联和西方同盟国出现了许多反思战争、披露灾难、开掘人性、呼唤和平的作品，尤其是苏联卫国战争文学作品，对中国军队作家影响很大，在新中国，也出现了大量的弘扬民族精神、爱国主义和英雄主义精神的文学作品，在当时几乎覆盖了中国文坛的半壁河山。遗憾的是，这些作品处在当时火热的语境中，因为明显的政治功利追求而多数呈现脸谱化和概念化的瑕疵，但是，它们对几代人的英雄主义精神的培育，还是不容抹杀的。

关于战争小说的人性书写，我想举两个中国的例子。

1.《百合花》。在座的朋友大都读过茹志娟的短篇小说《百合花》，讲的是解放战争一次战斗前夕，文工团员鲁兰让他的通讯员为包扎所借被子。小战士来到刚过门三天的新媳妇荷花家，笨嘴笨舌，未能完成任务，向鲁兰抱怨新媳妇"落后"。鲁兰批评了小战士工作方法简单，亲自前去借被子。当他们发现借来的是一床精心刺绣着百合花图案的新婚嫁妆时，十分过意不去。小战士又把被子还了回去，荷花却坚决不肯收下。总攻打响后，小战士身负重伤。在包扎所护理伤员的鲁兰和荷花见担架队抬来生命垂危的小战士，十分震惊。小战士牺牲了。新媳妇饱含热泪，为小战士缝好军装上的破口，庄重地将那床绣着百合花的新婚被子，盖在这位不知姓名的年轻子弟兵身上。

我特别欣赏的是小说的结构，《百合花》虽然是写战争的，但是通篇极少出现正面战斗，作品里面有两个道具，我把它们命名为"结构核"，一个是那床百合花图案的被子，它是故事的缘由，并且起到了将故事发展各个阶段的情节凝聚在一起的作用，被子是道具，借被子是结构核。还有一个是小道具，就是小战士肩膀上的破洞。我们不妨稍微展开分析一下。破洞一共出现过四次，第一次是通讯员终于借到被子，搂着被子慌慌张张往外走，衣服被门钩挂住了，刺啦一声，破洞诞生了。第二次是通讯员还回被子后回部队，"他人已经走了，但还见他肩膀撕扯下来的布片在风中一飘一飘"。第三次是通讯员牺牲前，新媳妇端着水盆过来，看见门板上伤员肩膀上的破洞，啊了一声。第四次是作品结尾部分，医生听了听通讯员的心脏，默默地站起身说："不用打针了。"新媳妇却像什么也没有听见，依然拿着针，细细地、密密地缝着那个破洞……

这个破洞很重要，它实际上承载着结构情感的作用，是情感的结构核，从最初的接触、好感、震惊到最后的悲痛，一次一次向上推动感情。表达悲痛有很多方式，但是作者表达悲痛的方式却是别出心裁的，她没有让人物放声大哭，可是却让我们禁不住热泪滚滚。

卫生员让人抬来一口棺材，动手揭掉他身上的被子，要把他放进棺材里去。新媳妇这时脸发白，劈手夺过被子，自己动手把半条被子平展地铺在棺材底，半条盖在他身上。卫生员为难地说："被子……是借老百姓的……"

"是我的——"她气汹汹地嚷了半句，就扭过脸去……

这篇小说没有写战争场面，却将战争中人性的光辉擦亮了、放大了，至今仍然让我们为之动容。

2.《通腿儿》。20 世纪 80 年代到 90 年代，是中国的文艺复兴时期，出现了很多好的文学作品。在我的印象中，山东作家赵德发的《通腿儿》是一篇非常精致的小说，通篇没有战斗，写的却是战争故事。这篇作品里的结构核不像《百合花》那样有显而易见的物质的道具，而是一件"事情"或者说习俗。沂蒙山穷，一家只有一床被子，孩子大了怎么办，两家合伙再添一床被子，让两个半大男孩"通腿儿"。后来男孩长大了，结婚了，先后参军走了，远走高飞了一个，以后在城里当了"陈世美"。还有一个牺牲了，剩下两个寡妇，怎么办，还是"通腿儿"，两个人养一个儿子，儿子大了又参军走了，牺牲了，两个寡妇又"通腿儿"。

小说的结尾是这样的：若干年后的一天晚上，当年离开家乡，后来在城里另娶的那个男人带着他同城里妻子生育的男孩回到家里，在油灯下看着两个瘦弱的老女人有气无力地躺在一张床上。两个女人看见那孩子，一起起身喊"抗战"。小伙子倏地闪开。他把老的拉到一旁，用上海话悄悄地问："爹爹，伊拉一边一个头，啥个子困法？"老的泪光闪闪地说："这叫通腿儿……"

到了这个地步，两个通腿儿一辈子的女人，已经不分彼此，认不出谁是谁了。战争带给人民的苦难，远远不是物质、精神层面的了，已经渗透到生命的核心位置。作品没有特意描写沂蒙山对中国革命的巨大贡献，就是通过通腿儿这么一件事情，把两个女人先后送走了自己的丈夫，送走了自己的儿子，同中国的解放战争宏大背景勾连在一起。

三、文学是我们生活中盛开的鲜花

文学是语言艺术、形象艺术、情感艺术、思想艺术的总和，具有形象性、情感性、审美性、符号性的文学性特征。需要强调的是，在这个框架里面，起到核心结构作用的，应该是感情。感情是文学创作的灵魂，也就是说，作家在感受生活时产生的强烈的心理反应，在引导作家进行创作，进行表达。罗丹说过，"艺术就是感情"，托尔斯泰更具体并且形象地描述了感情和创作的关系：在自己心里唤起曾经一度体验过的感情……之后，用动作、线条、色彩、声音以及言辞所表达的形象来传达出这种感情，使别人也能体验到这同样的感情——这就是艺术活动。

中国的文学大师，对于情感之于文学创作的重要性，也都多有阐述。鲁迅说："创作须情感，至少总得发点热"，"……所以文人还是人，既然还是人，他心里就仍有是非，有爱憎；但又因为是文人，他的是非就愈分明，爱憎也就愈热烈"。巴金说得更明确："我的生活里有过爱和恨，悲哀和渴望；我在写作的时候也有我的爱和恨，悲哀和渴望的。倘使没有这些我就不会写小说。"

由此可见，情感既是作家进行创作的目的，也是推动创作的内在驱动力。

一个投身文学事业的人，会经常遇到一个问题：我为什么写作？面对这个问题，我常常会想到《安徒生的童话》，或许，那个饥饿的寒夜就是弱者的人生，那个衣衫褴褛的小女孩就是底层人民的缩影，而她手中的火柴，就是作家的作品，尽管她不能改变世界，但是，在擦亮那根火柴的瞬间，她还是给我们带来刹那的光明和温暖。如果我们每个人都能擦亮自己手中的火柴，也许，那就是一堆永不熄灭的篝火，火光中，香喷喷的烤鹅和亲爱的祖母真的会向我们走来。擦一根火柴照亮人生，这就是我的文学理想。

担负教学工作之后，我突击读了几位当代作家的作品，如鲁敏、魏微、孙频等，他们的作品字里行间频繁出现"取暖""照亮""抚慰""滋润"等意象，还有毕飞宇的《推拿》，这些作品总是洋溢着温馨的暖意。

这里我讲两个作品。

一、李浩的《爷爷的"债务"》

我先把故事简要介绍一下：

爷爷是个农民，有天赶集回来，在路边草丛里发现一个绿色的布袋，里面是四百多元钱。忠厚老实的爷爷守在路边等待失主，一会儿见到一个骑自行车的中年男人愁眉苦脸而来，爷爷如释重负，主动上去询问男人是不是丢了东西，是不是一个装钱的布袋，男人慌乱地点头，接过布袋，千恩万谢地骑上车子走了，爷爷还在后面追着喊，数数钱少了没有。男人走后，也往回走，半路上遇到一个干瘦老头，一路低头寻找，爷爷疑惑，一问，才知道，这干瘦老头是村里的会计。布袋里面的钱是全村凑齐让他买织网材料的，全村人都指望织网脱贫，没想到钱丢了。爷爷稍微犹豫了一下，最后还是坦诚相告，钱是他拾的，但是又被骗走了。干瘦老头坐地大哭，爷爷安慰他，一定要把骗子找到，把钱还给干瘦老人。

从此，爷爷就走上了寻找的道路，走遍了周边几十个乡村，渺无音讯。这期间，干瘦老人村里数次寻衅，到爷爷家里要钱，干瘦老人的儿子儿媳多次到爷爷家里赖吃赖喝，家里婆媳之间、妯娌之间屡次发生战争，爷爷忍辱负重。后来爷爷听说老会计病了，爷爷前去探望，两个老人高度默契，互相信任，爷爷毅然决定摔锅卖铁把这个钱还上——这里，出现第一个转折，老会计的不慎失误由爷爷主动担当过来。爷爷的行为自然又引发家庭各派势力的战争。就在爷爷厚着脸皮东借西凑把钱凑齐了，送到老会计家里的时候，老会计的儿子过来了，说钱不用还了，老会计已经去世，父债子还，欠村人的债，由他慢慢还——第二次转折出现了，恩怨开始转化，由爷爷的主动担当又回到老会计儿子的担当。之后不久，在村人的帮助下，爷爷终于找到骗子，骗子的妻子投水寻死，爷爷冒险相救，差点冻死在骗子家门外的水塘里。"我"的四叔得到这个消息，二话不说，连夜赶到骗子家，二人发生争斗，四叔砍伤了骗子的一条腿，结果被关进看守所。爷爷全家为营救四叔，凑钱给骗子治腿，以求给四叔减刑，却意外得知，骗子坚决不去县城医院，只在乡村卫生院里做简单治疗，并且向政府提出，不起诉四叔，二人自我了结——第三次转折，也是第三个担当。原来，这个骗子，也是一言难尽，当初并没有想到要骗钱，只是母亲病重，弥留之际想吃一顿饺子，骗子见财起意，把钱骗走，本想把剩余部分还回，可是后来，因为想给母亲买药，一分一分地花完了，骗子愿意到爷爷的村里做工，继续还钱……

我在阅读这篇作品的时候，一直感到揪心，一群社会底层的人，因为一个偶然事件，陷入困境，猜疑、争吵甚至殴打，但是良知未泯。在种种矛盾中固守诚信，互相慰藉，他们遭遇的、应对的所有的事情几乎都是坏事，但是他们的本质特征却又都是好人，让我们在阅读中动心、动容、动情。这就是文学的力量。

二、孙频的《青铜之身》

小说选取一段抗战往事，日军进犯黄村，将全村男女分别关押在祠堂两侧，轮奸一侧的老幼妇女，另一侧的男人但闻其声却无可奈何。强奸结束后，连经常劝说失贞妇女"死了吧"的黄寡妇也不再言死，而是抻抻衣襟，若无其事地对众女人说，都回家吧，愣着干啥。这个"若无其事"意味深长，至少表示了一种反正大家都一样的感觉。自此以后，黄庄男女在度过了短暂的尴尬之后，炊烟照常升起。突然又一天，回来了三个躲过劫难的女人，庄大有的女人和她的两个女儿，从此打破了黄庄好不容易才沉寂下来的平静，理由很简单，既然大家都被强奸了，为什么唯独他们家没有被强奸？大家都被强奸了，就平等了，彼此的尊严就有了保障。可是她们母女三人没被强奸，她们在精神上就成了村里的上等人，因此庄大有一家很快就被孤立起来。再过些日子，鬼子又来了，要村民推举三个慰安妇，在祠堂门口，大家经过短暂的沉默，突然一个女人高喊一声，庄大有家的，接着，不仅是女人附和，男人也振臂高呼。庄大有叫天天不应。庄大有家的三个女人被抓到日军炮楼，母亲和大女儿很快被蹂躏致死，小女儿明珠被日军军官西山看中，据为己有，反而保了一条命。抗战结束，明珠回到村里，原以为母女三人献身使全村躲过一劫，却不料村人见之如躲瘟疫。明珠带着西山的孩子生活在山洞里，坚持不死，每当村庄红白喜事，明珠就带着孩子出现，似乎在揭示村人最忌讳的一段耻辱往事。直至最后，形如青铜。后面的结果这里不说了。

坦率地说，在新锐作家里面，我是比较欣赏孙频的，这个刚刚三十岁的山西女子，对于历史、战争和人性深层的细微洞察，几乎是我这一代和上几代作家都难以企及的程度。我还读过她的其他一些作品，其中的《月煞》也是很有深度的，结构精致，引人入胜，不动声色地挖掘人性的丑恶和善良，说到底，真善美是由假恶丑反衬出来的，假恶丑挖掘到了极致，真善美尤其绚丽。我喜欢这样对人深刻认识的作品，它让我们警醒，也让我们振作。

最后，我想谈谈我的作品《四面八方》。故事梗概是这样的——小城皖西解放前夜，攻城部队兵临城下，一封公开的情书拉开了国民党军医学校四名同窗生死抉择的序幕。地下党员肖卓然釜底抽薪，策反同学反戈一击，成为新政权的翘楚；程先觉接受汪亦适劝说，先行一步赶往风雨桥头，跻身起义队伍；被特务裹胁的汪亦适劝说郑霍山携枪起义，阴差阳错，双双被俘。四个人的命运从此分野，历次运动此起彼伏，爱情友谊峰回路转，事业前程各有千秋。作品主要人物的遭遇阴差阳错，带有很大的偶然性。新政权第一代领导人陈向真，清正廉明，鞠躬尽瘁。天地之间有杆秤，秤星就是老百姓，这句话从他的心里喊出来，他的追随者跟着喊了几十年。老八路丁范生，解放后当了领导干部，有补偿心理，多吃多占，后来发现老百姓还很困苦，幡然醒悟，终生赎罪，一直到生命的尽头还是用这句话鞭策自己——这就是《四面八方》的时代背景和人文环境，也是一个特殊文学建筑的地基。

作品的主人公肖卓然，是一个被赋予了浓厚理想色彩的人物。事实上这个人一辈子只做了一件事情，就是要为皖西的老百姓建造一个体检大楼，从而让老百姓知道自己正在过着什么样的生活，应该过什么样的生活，进而知道怎样才能过上那样的生活。我们的生活不仅需要粮食，我们的生活不仅需要金子。我们的物质条件改善了，不等于我们的生活水平提高了；我们的生活水平提高了，不等于我们的生活质量提高了；我们的生活质量提高了，不等于我们幸福了；我们幸福了，不等于我们的子孙后代还能得到幸福……肖卓然的这些观点，即便在今天看来，也应该是振聋发聩的。

这部小说，从结构和内容上看，渗透了"城堡情结"，也渗透了我自己的很多生活体验，甚至包括童年的梦境和记忆。我崇尚英雄，崇尚肖卓然那样引领人民走出困境、走向健康的真正的公仆，在他们的身上，我寄托着我的梦想和希望，我甚至希望我就是他们。

小说是这样结束的：终于，那座凝聚着几代人心血的，也是我在心灵世界里惨淡经营了几十年的，象征着人民意愿的十八层白色大楼耸立起来了，它在天穹之下、阡陌之上，沐浴着明媚的阳光，呼吸着田野的气息，脱颖而出，茕茕孑立。我们所有的苦难、曲折、悲伤、爱情、希望、成功，都被这幢以梦想为栋梁，以文字为砖瓦构筑的大厦承载其中，昭示四面八方。

当然，这座城堡并不真实存在，它只存在于一个作家的想象世界，它是我们的白日梦，我们的梦乡鲜花盛开！

结束之前，做一个招生广告：就学即就业，当兵即当官。

小说的说

——在空军文学创作笔会座谈上的讲话摘要

去年夏天，有一次参加一个活动，我和空政创作室同事、诗人简宁同乘一辆车子。路上聊起我的新作品《马上天下》，简宁热情洋溢，谈笑风生。但是后来出现一点小小的意外。简宁讲着讲着，进入了哲学状态，两眼望着远处，烟卷举在鼻子和嘴巴之间，旁若无人地嘟囔了一句："太不像话了，一个没有多少文学准备的人，居然也能写出这么好的小说！"语气中颇有几分不服气。

实事求是地说，简宁的困惑，也是我本人的困惑，甚至是很多人的困惑。

反思了大半年，我琢磨出头绪了。一个没有多少文学准备的人，有时候也能写出比较好的小说，可能的答案是，得益于经验。

经验是什么？望文生义地解释一下，经验就是在长期的创作实践中积累的经历和体验，这种体验不是以逻辑概念储存在我们的脑海中，而是像盐粒一样渗透在我们的血液之中，在你需要它的时候，它就会本能地、无须刻意寻找地涌现出来，带动你手中的笔尖前进。

第一个问题：小说是什么？

小说这个概念，不知道是怎么形成的，它到底是个什么意思？我没有找到答案。我还是望文生义地解释，小说是相对于大说。大说是哲学家、政治家、历史学家和其他社会科学家的任务，他们站在宏观的、社会的、历史的高度，他们要告诉我们，这个世界是什么样的，应该是什么样的。而小说家，是站在微观的立场上，关注的是微小个体的，那些发生在生活中的小事，表达作者的人生观、道德观和价值观。所以我说它是用形象诠释抽象。

第二个问题：我们为什么写小说？

我的判断是，至少有两个原因，促使我们走上小说创作的道路：一是我们曾经阅读的那些小说和由小说衍生出的文艺作品，让我们感受到小说艺术的美妙和神奇，唤起我们的共鸣，使我们产生了敬仰的心理，因此愿意成为这门艺术的一名信徒；二是生活中有一些特殊的人和事激活了我们的审美本能，使我们产生了从生活中提炼、加工、升华我们的感情，并进一步照亮生活的冲动。如果还有第三个原因，那就是谋生糊口、实现价值的需要。当然，后一个原因不是孤立存在的，为当小说家而写小说，把写小说仅仅作为一门技术和一门机械性的工作，是不太可能写出好小说的，除非他在干技术活的过程中领悟到小说艺术的真谛。

第三个问题：写小说要具备哪些条件？

有人说，写小说需要天赋，这话我同意，但也不是绝对的。所谓天赋，有先天的，比如作者的性格、习惯，但更多的是后天形成的，如环境的影响、经历、受教育程度方式等等。但是最重要的是兴趣。我认为，只要有兴趣，沉浸其中，苦中作乐，很多先天不足可以得到后天弥补。一个写小说的人，必须具备以下几种能力。

一是想象力。想象力就是虚构的能力。人类是以两种形态生活的，一种是可视的外在行为，一种是不可视的内心世界。就是这两种形态给小说提供了可能，即根据人的外在行为去捕捉、感受、判断和描述人的内心世界，把人员变成人物，把事件变成故事。如果我们把人类的外在行为理解为真实的话，那么建立在这个基础上的虚构的部分就是小说。事实上，不仅是文学，在其他学科领域里，包括自然科学领域，虚构都是一个十分重要的概念。

在人的所有的能力当中，想象力是最伟大的精神力量，没有想象力，就没有飞机，没有舰艇，没有《西游记》；没有想象力，就没有我们的今天。我个人认为，《西游记》的作者吴承恩是中国最有想象力的作家，也是一个科学的预言家，《西游记》里所有的超人的想象，在今天都已成为现实，比如一个跟头十万八千里、千里眼、顺风耳等等。从这个意义上讲，作家的预见性也是很重要的，他能从历史和现实这两个点上，连出一条直线，扫描到未来。文学作品源于生活，高于生活，一部作品的成败得失，归根到底就是看高出生活的那一部分，也可能就是虚构的那一部分。

二是洞察力。我在解放军艺术学院就读的时候，曾听一位学者说过，历史学家停笔的地方，可能正是作家应该敏感的地方。生活的源泉每个人都有，但是，只有少数人从源泉里面提炼出小说。那是因为，作家有着不同寻常的洞察力，有一颗敏感的心，能够由表及里、由此及彼发现别人没有发现的东西。90 年代中后期，我为一位老将军整理回忆录，在回忆一次著名的战役的时候，他对手下一名师长进行了高度评价，末了，他情不自禁地来了一句："那个白匪！"因为那个师长是红军时期从直罗镇战役中俘虏过来的。后来我采访的那位师长，虽然对老上级充满了敬佩之情，但是末了他也来了一句："他对我很好，但是只要是硬骨头，他就交给某某某，我只能助攻。"这两个人无意间流露的情绪，回忆录里不好表现，但它恰好是小说家要关注的重点。此后几年，我一直在回味他们的话，猜测他们的关系。他们那种既亲密并肩战斗，同时在内心深处又隐约争斗的生活真实，为我的《历史的天空》提供了人物关系新的模式和丰富的故事基础，于是乎，梁大牙、张普景等人的形象在脑海里就有轮廓了。他们在革命战争中同敌人战斗，同本阵营的对立面战斗，互相战斗，他们在战斗中成长。到了最后，他们自己同自己斗，自己战胜了自己，一个全新的形象就像太阳一样冉冉升起了。

从那两位战争人物的回忆中，我捕捉到了正史不可能深入的，也不可能表现的人物内心的隐秘活动，从而对人物的本质有所洞悉，对战争人物关系有了新的理解，才写出了几个与众不同的人物。

再举一例。有一部长篇小说叫《沧浪之水》，这部小说后面有点啰唆，但开篇有一个细节非常精彩。一个研究生毕业了到卫生厅报到，接待他的是一个本科生，本科生对新来的研究生有点傲慢。受自尊心驱使，这个研究生向本科生介绍自己的情况的时候，在简历上标注自己是某某名牌大学研究生的那行文字的下面，用手指特意划了一下，这是研究生对本科生的反抗或者说挑衅。但是，本科生也做出了反抗，他的反抗就是故意不去看研究生特意强调的那行文字，而是漫不经心地淡淡地说，放那里吧。研究生以后每每想起这个细节，就羞愧难当，因为在那次不动声色的较量中他的自尊受到伤害，而且是自己造成的。就是这个细节，使两个人物的形象在极短的篇幅内便栩栩如生。贯穿这两个人的终身的争斗，就是从这个细节拉开的序幕。这个效果，与其说是作者虚构的，我更相信它是真实的事情。可惜的是，生活中有很多这样极具艺术审美价值的细节被我们忽略了，值得庆幸的是，生活中仍然有很多、更多的这样的细节等待我们去发现、去捕捉。

小说之所以是小说，或许就是因为它可以小中见大，以微观映照宏观，影响宏观。

三是鉴别力。一个作家，写出的东西是个什么品位，这与作者的世界观、道德观和价值观有关。世界上没有无缘无故的作品，任何小说作品都能体现作者的立场，就连《卖火柴的小女孩》那样的童话，里面也蕴含着丰富的思想含量，譬如同情、惋惜、期待等等。尤其是军事题材的小说作者，因为我们创作的领域具有更强的社会性，所以更需要提升思想境界，高举真善美的旗帜。写小说是需要见识的，也需要社会责任感。我不太喜欢那些对审丑津津乐道的作品，比如对于性爱无孔不入的描写，对于人的具体的动作，尤其是不具有审美价值的言行不厌其烦刻画的作品，就像我们描述吃饭，没有必要把舌头和牙齿的动作写得淋漓尽致。

前几天我看一篇回忆文章，美国的一个摄影师回忆他的九十三岁的父亲临终之前的三年，他一直陪在老人身边，在描述了他的诸多观察之后，他突然来了一笔：他还表现为一个"色老头"，老人家对儿媳妇的穿着很感兴趣，赞美她的身材，还建议她穿超短裙。老人家色眯眯地看着儿媳妇。这段回忆，也涉及性，还涉及伦理道德。可是我看这段文字，丝毫没有龌龊的感觉，我觉得我被他打动了。显然，这个摄影师发现了人生中的一大隐秘，并且把它用恰到好处的方式表现出来了。

与此相映成趣的，有一部电影，《西西里美丽的传说》，开场就是一群少年，在沙滩上远远看着一个美女，袅袅娜娜地走来，孩子们的眼睛直了，其中有一个镜头，一个孩子身体某一部位发生了变化。这个镜头，也涉及性和伦理道德，同样没有让我们感到龌龊。回想一下，我们不是也有这样的经历和体验吗？作品表达了我们最渴望、最困惑、最想搞明白、最想表达的情感。这两个故事的主人公，一个是老人，一个是孩子，揭示的是性心理而不是性行为。老人的"色"意识和孩子的肢体语言表达的是心理变化，不仅不丑，而且有美感，因为它触动了我们心中最敏感的部位，命中了我们灵魂深处最隐秘的角落。

文学的功能是什么，就在于我们生命的细微之处发出细微的声音，然而又能牵动我们排山倒海的感情。文学对这个社会、对人类文明的作用，也许，就在于它会越来越深入地、越来越精确地拨开社会强加于我们的包装，而将我们的隐秘展示在阳光之下。当然，我们还会有新的隐秘，这就是文学永远不会消失的理由。

四是创新力。怎么才能做到创新呢？我的笨办法是多读。你要想知道什么是新的，必须首先搞清楚哪些是旧的，所谓"温故而知新"。我有一个观点，读书读书，"读大于书"，意思就是读出书以外的东西，对书籍进行深度开发。读书的过程就是感悟的过程。我们阅读那些优秀的经典作品，往往就是读出一种感觉，一种境界，一种体验。当你站在别人的肩膀上的时候，你自然就会比别人高出一截，那就叫脱颖而出。简宁为什么表扬我的《马上天下》？就因为里面有个战术专家陈秋石，这个人因为不愿意打仗才学会了打仗，这个人以他的怯懦行为展示了他的勇敢，对于世人来说，这是一张全新的面孔。我从别人的作品里见过太多的与生俱来的英雄，我偏要塑造一个胆小的英雄，因为这才可能是真实的英雄。

当代中国战争文学，走过了一段漫长的概念化脸谱化历程，到了《高山下的花环》《西线轶事》等，受苏联卫国战争的影响，从情感到人性的复归，再到意识和潜意识的发掘，已经向人类的灵魂深处挺进了。谈起创新，可能会有一些误区，认为创新就是标新立异，甚至就是故弄玄虚。我认为真正的创新还是体现在对书写对象的深层理解，把那个人写得越像那个人，把那件事写得越像那件事，创新就在其中了。我们读过的那些经典文学作品，那些让我们记住的人物，都不是老面孔，因为他们"只像他自己"。王光英在谈到企业成功秘诀的时候说过一句话："人无我有，人有我好，人好我转。"用在文学创新上，同样适用。

五是表现力。对于作家而言，表现力就是作者驾驭作品的能力。表现力不是孤立存在的，它往往是由上述几种能力决定的。具体地说，表现力就是技术含量，对于人物个性的把握，各种修辞技巧的运用，故事结构的谋局布阵，情节细节的组合编织，甚至包括语言风格特色，还有作品的思想高度、思想含量、时代特色等等。这种能力的表现形式是外在的，是技术性的，但是实质上却是一个作家的看家本事。怎么提高表现力，我不知道有没有诀窍，我的路数就是多写。套用鲁迅的话说，世上本无小说，写得多了，自然就成了小说。

每个作家都有自己的创作路径，我的习惯是用人物带动故事。比如《历史的天空》，最初就是因为我认识了一个人，这个人因为娶不上媳妇，发愤图强，终于成功。我把这个人放回到战争年代，我把他命名为梁大牙，然后设计一个女人不愿意嫁给梁大牙，宁肯上吊，梁大牙的一辈子就因此改变了，他要改变自己的活法，他后来的所有的成功都起源于他要征服这个女人，顺理成章，自然而然。也有一些作品，是用故事带动人物。比如《第四十一个》里的玛柳特卡，始终都是被爱和恨这两种交织的感情折磨着，爱和恨快把这个女人撕成两半了，她是跟着故事前进的；再比如《象棋的故事》里的B博士，首先是他遇上了法西斯，他的人生轨迹就不由自主了，通过法西斯的摧残成长为一名象棋高手，这个人物也是跟着故事走的。还有的时候，一句耐人寻味的话语，甚至一个动作，就可以让我们产生灵感，脑子里会出现一个形象，然后我们的思维紧紧地跟在这个形象的后面，注视着他，分析着他，久而久之，他的故事就在我们的脑海里成型了。

写作是一件辛苦的事情，也是一件幸福的事情。但写作同战争一样，需要有一颗坚强的心。在座的都知道我出版过不少作品，可是有一个情况你们未必清楚，比作品数量，你们可能比不过我；比退稿的数量，你们也一定比不过我，我在你们这个年纪的时候，我接到的退稿可以以麻袋为单位，我为退稿承受的苦难不比海深，但是一定比你们深。开句玩笑，要不是心理素质好，我恐怕三十岁之前就成了抑郁患者或者上吊了。可是我没有成精神病，也没有上吊，我挺过来了，还能正常地跟大家坐在一起探讨写小说。挺好。

虚构的力量

——2006 年在世界图书和版权日的讲话

很高兴参加这次盛会，感谢北京出版集团提供了一个很好的交流学习机会，也很感谢北京出版集团给我们选择了一个有意思的话题：真实与虚构。作为一个小说作家，我对这个话题很感兴趣。

显而易见，正是虚构的出现，才为小说的存在和发展铺平了道路。人类是以两种形态生活的，一种是可视的外在行为，一种是不可视的内心世界。这样就给小说提供了可能，即根据人的外在行为去捕捉、感受、判断和描述人的内心世界，根据已经出现了的人物去勾勒尚未出现的人物，根据已经发生了的事件去编织尚未出现的事件。如果我们把人类的外在行为理解为真实的话，那么建立在这个基础上的虚构就是小说。从这个意义上讲，小说的虚构和生活的真实，又似乎不是对立的，而往往是相互关联的，甚至可以讲，真实和虚构的关系，是母体和新生的关系。

事实上，不仅是文学，在其他学科领域里，包括自然科学领域，虚构都是一个十分重要的概念。虚构既是想象力和创造力的结晶，又是引导想象力和创造力前进的太阳。虚构常常让我们梦想成真。

去年年初，北京出版集团出版了我的长篇小说《八月桂花遍地开》，除了时间和空间模拟真实以外，小说的人物和故事都是虚构的。我虚构了一个克己奉公的政府，虚构了一群把民族和国家利益放在首位的官员，虚构了一批深明大义的军官，虚构了一群有着良好爱国素养的百姓。结构小说的核心来源于我内心期待的一场战争，在这场战争中，骆安州全体民众，包括新四军、国民党军、地方武装、老百姓，甚至良知未泯的汉奸，

76

一句话，全体中国人同仇敌忾，同日本鬼子决战。

　　虚构不等于神话。我不知道在我们的抗战历史上是否有过这样的上下军民一心抗战的局面，有没有我们描述的那样严谨的、理性的和义无反顾的，甚至是完美的爱国行动，但是我知道，在抗日战争中，我们毕竟有杨靖宇、冯玉祥、佟麟阁、狼牙山五壮士和淞沪抗战的八百壮士等等光耀千秋的名字和事件。正是因为有了这些事实，我们的虚构便有了精神基础，我们的梦想变成了理想。我找到了深埋在我们民族土壤里的那些值得珍藏的东西，我看到了我们民族中那些目标坚定、不屈不挠、韬光养晦、公而忘私的民族气度，我把这些闪闪发光的品质发掘出来，提炼出来，积聚起来，赋予我的作品人物如沈轩辕、方索瓦、霍英山这些中国人的身上，赋予在1938年的江淮土地上。在创作《八月桂花遍地开》的日子里，我的内心波澜壮阔，我甚至经常在心里哼着国歌："中华民族到了最危险的时候，每个人被迫着发出了最后的吼声！起来！起来！起来！我们万众一心，冒着敌人的炮火前进，冒着敌人的炮火前进！前进！前进！进！"我就是带着这样的情绪和我的小说一起度过了那段难忘的岁月。当写到国民党军队和新四军前嫌尽弃，尤其是写到最后一股"皇协军"反戈一击，日军松冈联队遭受灭顶之灾的时候，我从心里长长地出了一口气，热泪长流。

　　是的，《八月桂花遍地开》是虚构的，然而它却是存在于我心灵世界的真实，是我艺术良心千呼万唤的真实。我相信，这种虚构是可靠而有益的，是从现实的土地养育的精神之花！这种虚构对于唤起民众的自尊，提高民族素养，铸造英雄品格，有着广泛而深远的影响。虚构的力量地久天长！

寻找英雄

——《马上天下》创作谈

21 世纪最初几年，文学评论界有人称我为"正面强攻战争文学"，引起了我的反思。回顾创作经历，我的确写了不少战争题材的作品，大约要占到我所有作品的百分之九十以上。客观地说，我是军人，曾经两次参加过边境局部战争，曾经在野战部队参与整理本部队军史，曾经就读于解放军艺术学院，曾经主要阅读和观赏战争文艺作品；调入解放军出版社工作之后，曾经参与战争人物回忆录和传记的编辑、整理工作，曾经接触、采访过近百名战争亲历者，在一个相当长的时期，战争体验、战争回忆、战争想象和战争思考，占据了我文学思维的主要空间，这是我当时并没有清醒认识，如今逐渐醒悟的事实。也许，就是这些比较特殊的经历，在不知不觉中牵引我的笔触，以至于混出个"正面强攻"来，近水楼台也好，得天独厚也罢，其结果似乎成了情有独钟。

我并不排斥"正面强攻"的说法，这些年，我提着我的狼毫，攻打一个又一个山头，从《历史的天空》到《仰角》，到《明天战争》，从《高地》到《特务连》，到《四面八方》，再到《八月桂花遍地开》。

扪心自问，写小说只是外在的行为。其实，一个自诩为战争文学的作家，打遍天下也许只是为了寻找，寻找什么？当然是英雄。

我的寻找从很久以前就开始了，我非常渴望在现实生活中能够找到一个让我五体投地的人，就像童年，从长者嘴里听到的那些能够扭转乾坤、拯救人类的大力士，他们既有超凡的本领，又是道德完人；既能驱除人间一切邪恶和灾难，又能在天塌下来的时候毅然挺起肩膀扛住。如果我们的生活中有这样的人，那么，我们跟在他们的后面，一切就变得简单了，我们就可以偷懒而不必自己奋斗了。

可是，我们找不到这样的人，因为他们都在天上。于是我们退而求其次，在人间寻找肉身英雄，我们还是很难找到我们最理想的，他们或者足智多谋，但存在道德瑕疵；或者道德完美，却又昏聩无能；或者道德智慧一流，却又在性格上存在致命弱点；或者能够安邦济世，却又贪杯好色，生活作风糜烂；等等，不一而足。从古到今，没有哪一个人值得我们完全信赖或者依赖。

找不到了，我们失望了。怎么办？一旦放弃了寻找，也就是放弃了信仰；而一旦放弃了信仰，我们的灵魂就会流离失所；一旦我们的灵魂随风漂泊，我们的生命就只剩下一堆碳水化合物了。

好在我们没有放弃，因为有文学。年复一年，我们在自己的思维空间里耕耘，我们栽树种花植草。于是，这个人先后以不同的面貌出现了，梁大牙、韩阡陌、兰泽光等等，八仙过海，各显身手，特别是《八月桂花遍地开》里面出了个沈轩辕，忧国忧民，韬光养晦，大智大勇，几乎就是我要找的大力士，我感觉我的思维触角正在向战争的深层挺进，正在向我理想中的英雄靠近。曾几何时，我自鸣得意地认为，离那个地方还有一步之遥，快了，快了……

直到有一天，我深入地研究了一个战例，了解了许多前所未闻的内幕，并为在战争中一位高级指挥员超常的思维所震惊，引发了我对于战争的深层思考。我突然发现，我和"那个地方"的距离，还有很远很远。

我捧着那个战例，反复想象那场战斗，想象着那些活着或者死去的人，日复一日，忽然发现一个人，从字里行间冉冉升起。

两年后，我写出了《马上天下》。

《马上天下》故事很简单，我写了战术专家陈秋石和战斗英雄陈三川父子在不同的战争阶段不同的战争生活和迥异的战争观念、悬殊的战术水平，我想达到的目的是，通过这对父子的生离死别，对于战争与和平、勇敢与怯懦、忠诚与背叛等对立关系以新的视角进行诠释。

战争小说，不能不写战术专家；战争文学，不能不追求战争境界。中国是一个兵法大国，关于战争，老祖宗早有警言："兵者，国之利器，不可不察也。"孙子说："不战而屈人之兵。"我在《马上天下》里营造了这一境界，我让我的主人公陈秋石说，三流的指挥员被敌人消灭，二流的指挥员消灭敌人，一流的指挥员既不是消灭敌人，更不是被敌人消灭，而是让他投降滚蛋。作为声名显赫的战术专家，陈秋石还老老实实地说过一句话："我就是因为不想打仗，才学会了打仗。"

这两句话，可以看成是《马上天下》的核心价值。

文化与知识决定了人的思维的高度，陈秋石的"读书人"的身份决定了他的战争境界。我在创作《马上天下》的时候，从战术这一核心要素出发，重视了战争文化的价值，通过陈秋石表现知识分子将领在战争中的作用，强调"上战不战，止戈为武"的战争理念。这与当下弘扬的英雄主义和这个主义那个主义可能不相吻合，但我坚持认为，这是战争文学作家必须达到的高度。需要说明的是，作为小说，我强调的是战术意识而不是战术本身。战术意识只是作品人物内在联系的结构线索，而并不是战术教科书。

战争意味着杀戮，但战争又是不可避免的，所以守望大爱与大义的终极人文关怀就显得弥足珍贵。理智和审慎地对待战争，用智慧和人格化解战争，也许就是最好的战争。从这个意义上讲，我认为陈秋石才是英雄，尽管他可能是一个缺乏亮度的英雄，但这样的英雄才可能是真实的英雄。

一个女兵半部《仰角》

　　认识丛钰坤，是在二十六年前，那时候因为军队干部制度改革，一度一刀切，不从基层提干了，我们这些所谓的干部苗子被"抢救"到桐柏山下的原武汉军区炮兵教导大队，进行学历速成培训。到教导大队之后不久，我就注意到，保障排里有一个女兵，看脸蛋不过十七八岁，看神情却有点少年老成的味道。后来得知，她比我还早一年参军，已是三年兵龄了。她是我们大队卫生所的女兵班长，据说也是个干部苗子，还没有来得及穿上四个兜干部服，提干指标就冻结了。也就是说，在我们考入教导大队之前，她同我们的境遇是一样的，而在此后，我们经过一年多的培训，过渡一下，多数人还能提干，而她却似乎看不到什么希望，也许就这么再当几年老兵，然后复员。

　　我想，这大约就是她不苟言笑的原因之一吧。那个年代，当军官是多数青年人梦寐以求的事情，一颗红星两面红旗的领章帽徽，加上四个兜的军官服，虽然简朴，但是其中蕴含的荣誉感和优越感却丝毫不比今天的毛料军服逊色。更何况，她是那样的执着，又是那样地热爱军人这个称谓呢。渐渐地我们就知道了她的一些情况，她的父亲是一个军医，"文革"中很不得志，她是在下放农村后，通过自己辛勤的劳动，获得贫下中农和当地领导充分好感之后，才被推荐参军的。那年头崇尚表现，衡量一个人表现如何，主要是看能不能吃苦，能不能搞好团结，能不能艰苦朴素。这些她都做到了，而且做得很好，所以她年年受奖，还立过两个三等功。保障排的任务很重，除了本职工作，还要打杂，放完电影后要清场，学员洗完澡后要打扫澡堂，抽空还得帮厨，这些粗活累活她干起来总是默默无闻。更难得的是，她当的是卫生员，却把自己当成医生，医书看了不少，小伤小病也治了不少，在我们教导大队，实际上她是被当作一个军医使用的。也正因为如此，她被干部部门顺理成章地纳入预提对象，理所当然地进入了"干部苗子"的花名册。然而天有不测风云，一声干部制度改革，预提成了不提，苗子永远只能是苗子，只能为人作嫁搞保障。

她倒是心安理得，我们野训，她跟班，风里雨里，一丝不苟，呼来唤去，绝无怨言。我记得有一次定点，有个学员迷路了，大家分头去找，她也跟去了，还给各个小组发了防创伤和防毒蛇的药。她话不多，走在山路上，一个学员跟她聊天说："眼看就快脱军装了，还这么任劳任怨地为我们保障，心里平衡吗？"她说："有什么不平衡的？红花还需绿叶扶持嘛，我当不了红花，给你们当一片绿叶也是人尽其才了。"这些话现在看来有些冠冕堂皇，似乎不太像心里话，但是我们知道，这确实是那个时代的真实话语。

那年春天，我因为坐骨神经疼发作，经常去卫生所打针，接触丛钰坤的次数就多了一些，我发现卫生所门外的水泥地上晾晒着许多中草药，其中有一味就是治疗坐骨神经疼的。据卫生所姚所长介绍，我们教导大队因为训练强度大，学员中患有腰肌劳损、胃病和关节病的不少，这些中草药大都是丛钰坤从山上挖来的，经过临床检验，效果不错，有些学员毕业之后，还写信到教导大队要药。至此，我对丛钰坤更是刮目相看了。

丛钰坤的转机出现在1981年夏天，军区给了炮兵教导大队几个考军校的名额，大队领导首先就想到了丛钰坤。从表现上讲，丛钰坤一直是教导大队有口皆碑的，勤劳，好学，大家都是看在眼里的；从文化程度上讲，丛钰坤高中毕业，虽然那个年代的学历水分很大，多数名不副实，但是丛钰坤不一样，她性格文静，不浮不躁，即使在动乱的岁月里也能潜下心来读书，比起一般的高中生，自然又多些功夫。如此说来，应该没有什么问题了，但是不行，因为本大队还有一个后台很硬的女兵跟她竞争。大队两次向上申报丛钰坤，两次被驳回。就在这时候，丛钰坤接到了一个电话，是她父亲的老上级家里打来的，当年在朝鲜战场上，这位老上级突发急病，就是丛钰坤的父亲把他从死神手中抢救过来的，首长家没有女儿，自幼视丛钰坤为掌上明珠。"文革"前两家关系十分密切，"文革"中丛钰坤的父亲被打成反动学术权威，为了不牵连首长，这才主动疏远。现在，老首长也恢复了工作，在总部担任重要领导职务，几经打听，知道了丛钰坤一家的消息，首长夫人身患绝症，弥留之际要见丛钰坤。丛钰坤赶到北京，首长夫人拉着她的手，一再问她，需要不需要她帮助，首长家里的人也劝她，改掉清高的臭毛病，赶紧把自己面临的难题跟夫人说，以首长的威望和老太太的余热，解决她的问题轻而易举。但是丛钰坤踌躇再三，什么也没有说，只是说她一切很好，请阿姨放心。一个老兵的自尊心再次堵住了丛钰坤前途上的捷径。

这件事情终于不了了之，后来同丛钰坤竞争的那位女兵如愿以偿上了军校，丛钰坤仍然在教导大队当一名老兵。

我是提干后第三年因编写教材回到教导大队的，丛钰坤见到我，居然一本正经地给我敬了一个礼。看着她一身发白的棉布军装和依然平静的脸庞，我的心里很不是滋味。那天我联络了几个同学，请当年的教员吃饭，把唯一残存在教导大队的老兵丛钰坤也请了去，大家一再追问丛钰坤，为什么当年放弃那么好的机会，她起先不讲，问急了才说："机会就一个，大家都不容易，我可以竞争，但我不能开后门。"

这些话今天听来难以置信，而我们大家相信丛钰坤当时就是这么想的。放弃并不意味着自暴自弃。丛钰坤之所以能够拿得起放得下，是建立在充分自信的基础上。后来的情况是，就在这次重逢不久，大裁军开始了，教导大队解散。以后又得到消息，丛钰坤复员后，凭借自己的实力考入南方一家医科大学，毕业后成为一名出色的外科医生。

2003 年秋天，我到武汉出差，原教导大队的一名教员组织了一场聚会，席间有十多人，都是当年在军区炮兵教导大队学习或工作过的，教员一一介绍，但只介绍当前情况，不介绍名字，让我自己辨识。我注意到了，在窗前的木椅子旁边，站着一名优雅端庄的中年女子，含笑不语，静静地看着我。

毕竟快三十年没见面了，大家的变化都很大，我还真的不敢马上确认。教员说："你们是老战友了，当年她给你治过坐骨神经疼，现在她是本市第二人民医院的主任医师，博士生导师。真正的大知识分子。"

我脱口而出，丛钰坤……

她还是一脸平静的微笑，眸子还是当年那样清澈，她微笑着向我点头致意，让我在瞬间似乎又看到了二十多年前忙碌于桐柏山下的那个略带忧郁而又执着不屈的年轻女兵。

两年后，我写出了我的第一部长篇小说《仰角》，其中有很大的篇幅，详细地刻画了一个自尊自强，令人肃然起敬的女兵形象，作品中的丛坤茗，即来源于生活中的丛钰坤。

一张旧地图

——《高地》创作谈

公历 2005 年最后一天是个假日，我懒洋洋地起床后，发现北京的天空似乎压得很低，空气中弥漫着潮湿的气息。我的心里突然涌上一阵喜悦，预感到要下雪。果然，到了八点钟左右，花瓣一样的大雪纷纷扬扬飘落下来，而且越下越猛。我喜欢从天上掉下来的东西，下雨、下雪乃至下霜都会让我感到亲切，让我产生一种同自然和童年亲密接触的感觉。我于是出门，在款款不绝丝绸一样的落雪中走到北三环，尽情地享受苍天赐予我的天籁之音。

一个小时后，我回到了宿舍，打开电脑。坐在桌前，我仍然密切关注着窗外的情景，我渴望雪花来得更猛烈一些，这种感觉就像高尔基呼唤让暴风雨来得更猛烈些吧！那场大雪仅仅下了个把小时就停了，然而我心中的大雪却刚刚启程。

就是那个上午，我产生了强烈的创作冲动。我不知道我的冲动与这场突如其来的大雪有没有关系，我只知道，那场大雪让我心灵的大门洞开，我透过漫天飞雪看到了另一场大雪，曾经真实地诞生于朝鲜战场的那一场大雪。

20 世纪 80 年代中期，我在河南安阳驻军某部政治部当干事，认识了本部队一位首长，并从他的遗产里继承了三样东西，一个公文包，一把指挥尺，一张作战地图。这张作战地图的正反两面都有文字，推理，推翻，论证，否定，还有很多气象信息和问号。

那是在本部争议很久的一个战例。两支亲如兄弟的部队，因为一场战斗的功过是非，存疑了几十年。我认识的那位首长，在那场战斗中，是本部某团的参谋长，因为一个偶然的因素——突如其来的大雪把他的道路堵塞了，他带领的主攻营未能在预定时间到达指定位置，于是他的部队成了助攻营。这个结果，让那位首长哑巴吃黄连。从此，他就收起那张作战地图，变得沉默寡言。因为他后来到师里工作，他要顾及本部队的稳定与团结，直到晚年退休，那张地图才被重新翻出来。老八路戴着老花镜，在干休所的葡萄架下一遍又一遍地推演，地图正反两面的笔记记录着老八路的困惑和希望。

老八路去世之后，我接过那张地图，对照已经拥有的战史，开始了我的研究。我后来常常来到老首长经常待的葡萄架下，想象老首长在生命最后岁月里，默默无语，独自看着西边燃烧的晚霞，回忆他的年轻时代，回忆他最辉煌的，可能也是最后的，还可能是最伤感的那次战斗。可是，我还是没有搞清楚真相，老八路失利的原因到底是什么，他耿耿于怀的到底是什么，他为什么要在生命的最后阶段还孜孜不倦地研究这个战例，难道他想重返战场，证明自己没有失误，证明另一支部队错误？

地图已经快被磨烂了，有些地方模糊难辨。随着对文字资料的深入研究，我渐渐发现，凡是有记载的战例，几乎都有很多空白的地方，都有一些说不清道不明的东西。几年过去了，我对那个战例的研究在不知不觉中偏离老八路的初衷，因为我不可能帮他找到答案。而我却在研究中收获了另外的东西：对于那场战斗参与者的研究，对于战斗中人的研究，包括那位老八路。

后来我调到北京工作，中止了对那个战例的探寻。

直到 2005 年最后一天遇上那场大雪，我站在北京北三环的马路牙子上，恍有所悟。也许，我误会了老八路，因为我并不了解他们那一代人，也许，老首长对于那场战斗孜孜求索，只不过是想搞清事实，只不过是为了学术求证，只不过是为了解开一个战争谜团。是什么驱动他如此执着？是为了捍卫军人的荣誉还是为了追求真理？我为什么一头钻进个人恩怨的误区，用狭隘的心胸去衡量他们的价值观和道德观？在那些貌似个人恩怨、争夺冲突的背后，也许隐藏着军人的深层品质。他们捍卫集体荣誉，更捍卫国家利益，他们对于旧事耿耿于怀而绝不影响他们履行军人的职责，因此他们之间的争论乃至斗争、抗争，都有着不同寻常的意味。

我为这个猜想兴奋不已。

那个下大雪的上午，我登上了自己的精神高地。两个职业军人的形象从遥远的雪天里向我走来，《高地》应运而生。

在创作《高地》的日子里，我感到我进入了最佳的状态，我把我的理想赋予了我的作品人物，我的作品人物成了我表达理想的载体，我同他们同呼吸，共命运。我重新认识我曾经认识的那位老首长和他的对手。他们是在抗日战争尾声参加八路军的，在抗日战争期间，他们曾经有过忍辱负重的经历；在解放战争中，他们"百万雄师"南下，一路所向披靡；在朝鲜战场上，他们所在和我后来所在的部队打出了八面威风……他们是在战争的特殊环境里锻造出来的特殊材料。可是，就在他们刚刚上足了发条，要在战争中大显身手的时候，战争戛然而止，他们就像奔驰的骏马被突然勒住缰绳，惯性使他们猝不及防地从事业的巅峰滚落下来。生活、爱情、工作……这一切都不能取代他们对于战争的追求，不能满足他内心的渴望。他们成了奇怪的人，茫然四顾，找不到北。

我在作品里把他们分别命名为兰泽光和王铁山。兰泽光的一生是幸运与不幸交替进行，有幸地参加了战争，却不幸地很快失去了战场；有幸地成为战术专家，却很快地失去了战争；有幸地成为高级指挥员，却很快失去了指挥平台。没有了战场，没有了敌人，没有了对手，他的生命便黯然失色了。于是乎，他们的搭档，彼此最耿耿于怀的当然也是彼此最重视的人成了他的假想敌，准确地说是陪练的标靶，成了他们最大的障碍和最能心心相印，"打断骨头连着筋"的铁杆目标。他只能依托王铁山，只能依托地图和沙盘以及演兵场，在战争准备的平台上，在虚拟的战争里，偶尔青春再现。战争艺术成为他生命的主体工程。

当我写到他们的生命的终点，也是小说的结局的时候，我同我的读者一样恍然大悟，我认识的那位老八路临终前还耿耿于怀地摆弄他的地图，其实并不一定有什么政治目的或者军事目的，也许只不过是一种习惯，我把这种习惯理解为职业精神。

无形之美

　　前几天，我刚刚写完最新一部长篇小说《特务连》，有个媒体的记者来采访我，谈起这部小说的特色，我跟他说了一句话，最好的特色是没有特色——这样说好像有点欠准确，我这里说的"没有"，就是让你看不出来的意思。表层上没有，而深藏其中。就像一滴透明的水，在阳光下亮得炫目，美得惊心，但这并不等于说这滴水里什么也没有，它不仅有复杂的元素结构，更有复杂的纯净过程。这大约就是所谓的大象无形。为了说明这一点，我举一个似乎有点离题的例子。

　　当过兵的人都知道，连队生活，有一项内容，叫作"整理内务"，说白了就是做家务。作为一个老兵，我对士兵的"家"是这样理解的：固定的家就是一张床，移动的家就是一个背包。更多的时候，我们是在固定的家里生活，早晨出操完毕，要打扫室内卫生，要整理内务，在这段时间里，粗手大脚的战士们全都成了绣花姑娘，床单抻得平平展展，被子叠得整整齐齐，就连床头铁丝上挂着的毛巾，也捋得一丝不苟。内务整好之后，纵横是线，前后是面，高低是块，清新整洁，赏心悦目。

　　这就是美，这就是我们通常所说的直线加方块给我们带来的美感。简单吧？似乎太简单了。但是，我可以告诉你，在这简单的背后，却有一个复杂的劳动过程。殊不知，一次内务整理下来，能工巧匠或许得心应手，而那些新战士，往往汗流浃背。老兵也有个说法，床上一分钟，床下一年功。

　　将近三十年过去了，我终于成为一个舞文弄墨的人，生活阅历大大地丰富了，知识面大大地拓宽了。新兵时期的很多往事都已经淡忘，但是，蓦然回首，却发现它们并没有完全从记忆中消失，只不过在更多的时候，它们退居一隅，默不作声。然而，在需要它们的时候，它们就会在不知不觉中发挥作用，不动声色地影响着我们的生活习惯、工作风格，甚至为人处世的原则和品质，甚至影响到我们的审美判断。

我不能说我的创作理念就是我当新兵的时候通过整理内务整出来的，但是，我必须承认，我的美学观点，肯定会受到这个经历的启示。多少年来，我一直坚持认为，一部好的作品应该是简洁的，明白的，不能玩花招，不能玩雕虫小技，尤其不能故弄玄虚。一个敬业的作家，不能把阅读的负担推给读者，而应该滤去思想上和技术上的杂质，把自己最精辟的见解用最精辟的方式表达出来，深入浅出——我一直深信，只有深入，才能浅出——也就是说，把一切复杂的劳动留给自己，把简洁通晓的作品献给读者。如果说文学作品是一座宫殿，作家应该为读者提供一道容易进出的大门，而不能搞迷魂阵。

小说创作靠的是天赋，小说是从作家的心里流淌出来的，而不是靠车床车出来的。这个天赋有几层含义，包括这个人的悟性、兴趣，也包括他的意志力和创造力，还包括他的努力。总之，创作靠的是实力。我认为一个作家的创作实力首先体现在他的思想深度，包括他的人生观、价值观和道德观，包括他对历史、时代、社会、生活、生命和情感的理解和体验，以及表现这些理解的艺术功力乃至技巧，甚至对于语言文字的驾驭建筑能力，这需要一个长期的艰辛的积淀过程。不能说，我们今天想把小说写好一点，就果然好了一点；我们今天想让我们的小说花哨一点，果然就花哨一点——那不行，作为一个久经考验的作家，我们不能干这种轻飘飘的事情。一个成熟的作品，应该是除却粉饰、朴实无华的。

也许，有时候——当我们被纷纭复杂的生活表象所困惑的时候，当我们被各种潮流和学派搅和得茫然不知所措的时候，回过头来看看当年的"整理内务"，或许会恍然顿悟，别把事情搞得太复杂了，其实最美好的作品，或许就是形式上最简洁的作品，只不过在这简洁的背后，需要我们创作者默默无闻地付出。

中关村里的文学部队

——序《穿透阳光的日子》

第一次走进中关村南大街 18 号院，是 1989 年初秋，那也是我第一次正式到北京，并拉开架势准备长期驻扎。

我是解放军艺术学院文学系第三届学员，我们那一届，连同武警和地方委培学员，共有三十八名。那时候，这个院子和那个时代一样，简朴，天真，文学也像朝霞一样映照着大地。我们这些来自部队基层的文学青年，踌躇满志，壮怀激烈，如梦方醒地阅读，两眼放光地写作，在文学的道路上扶老携幼跋涉了两年。然后，我们从这里出发，回到老营盘，回到训练场。二十四年弹道无痕，三十八人马上天下，日复一日，年复一年。

2013 年年初，我回来了，带着的是补偿和忐忑的心理，还有沧桑和疲惫。

我说忐忑，并非矫情。时过境迁，院子还是那个院子，学校还是那个学校，但老师和学生已经换了一茬又一茬，它让我感到亲切却又陌生。20 世纪 90 年代，学校转型，招收本科学员，成了一所学历教育的大学，教师队伍中，硕士、博士和博士后多了起来，师生的文化程度猛地往上蹿了一大截，像我这样土生土长，只有成人教育学历的人，来到这个环境里，当真有些刘姥姥进大观园的感觉，一时半会儿回不过神来。

但不久，情况发生了变化。

2013 年 3 月，全军和武警部队中青年作家、评论家研修班开班。这三十一个学员，至少有一半我认识，不认识的也彼此听说，都是近几年活跃在军内外文坛的作家和评论家，多数是业余的，基层干部、机关干部、学者教员、医生护士、工程师技术员……从身份看，琳琅满目，五花八门。哈哈，这太好了，太像当年的我们了。

我在开班仪式上真诚致辞，我希望从他们的身上看到文学系初创时期，那种肝胆相照、取长补短、热烈探讨、激烈争论、良性竞争的生动活泼的局面。我们甚至期待，当年的黄埔军校、延安抗大、西南联大的学风将弥漫在我们这支文学部队的上空，为解放军艺术学院的教学注入新鲜的文化活力。

研修班在校期间，我们想了很多办法丰富他们的学习和生活，举办高端讲座，进行专业授课，组织参观见学，开展研讨交流。作为这次研修班的具体承办者，文学系向大家郑重承诺，解放军艺术学院文学系将秉承文学系徐怀中老主任开创的"不拘一格，八面来风"、注重实践等成功办学传统，为同学们的学习和创作"端好盘子""扶好梯子"，尽可能地提供最优质的服务保障。开学第一天，研修班的同学每个人都登台，自报家门，表达自己的文学理想和军事文学创作计划。这期间，我们先后邀请王蒙、莫言、蒋子龙、李敬泽等名家大师来讲座，研修班的同学和本科生坐在一个教室里上课，营造了很好的创作教学氛围。

莫言返校那次，文学系全体教职员工和全体学员，济济一堂。外系的师生闻讯而来，也挤在会场的各个角落。没有领导，没有嘉宾，没有记者，没有鲜花，没有军乐，没有红地毯，只有中关村南大街18号"母系社会"（军艺文学系）的子民N世同堂，欢迎载誉归来的兄弟。至今难忘那热烈坦诚的场面，欢声笑语，其乐融融。研修班的同学处在两代人之间，活跃其中，承上启下，话题滔滔，不时擦亮思想的燧石，绽放语言的花朵。

随着这支队伍的到来，我渐渐找到了感觉，找回了自信，找回了二十四年前的激情。我们称兄道弟，亦师亦友，高谈阔论，吹牛聊天。酒逢知己，没完没了；话不投机，吹胡子瞪眼。他们中有很多人亲切地喊我"老大"。有一次研修班和本科生合课，课间休息的时候，我问曾皓到哪里去了，研修班女生孙彤马上跑到教室门口吆喝："曾皓曾皓，老大找你。"本科生面面相觑，平常我在这些孩子面前挺注意为人师表的，他们无法想象这么一个严肃的老师何时成了个"老大",以至于"老大"这个称号后来不胫而走,文学系的司机和公务员在背地里都喊我"老大"。

跟他们在一起,我感到我像个掉队的红军又回到了组织的怀抱,更重要的是,也正是通过他们,我开始摸索学历教育和能力教育相结合的路径。我请他们给本科生讲座,一起讨论,手把手地带徒弟。早晨出操,这支年龄参差不齐的队伍,军容严整,步伐一致,口令嘹亮,让缺乏军旅生活体验的本科生叹为观止,从这些学兄学姐的身上,他们对军队、军人和军旅作家有了近距离的、直观的了解。在那些日子里,每到下午体能训练时间,学校的操场上,常常可见研修班同学和本科生同学在一起的身影,从蓝天白云下聊到夕阳余晖中,他们为文学系的创作教学传递的是直接的经验,对此我们寄予很大的希望。

记得盛夏一次中午散步,我和研修班年龄稍长的学员蔡静平一起散步,在图书馆门口的花园边上,看着滚了一地的小枣,珍珠玛瑙一般,蔡静平突发感慨:"这块土地很神奇啊,好像地下流淌着诗的泉水,插一根树枝都能长出文学的大树。"蔡同学的感慨其实也是研修班多数同学的感受。就在这短暂的几个月里,在这块滋养过莫言、李存葆、柳建伟、麦家、王海鸰、石钟山、刘静等人的土地上,研修班的同学倍加珍惜,潜心创作,写出了很多上乘作品,其中有一些已经成为在校学生的教材。

2013年8月上旬,研修班和四年级本科生一起到华北某训练基地进行教学实践。因为时间关系,乘坐的是一列破旧的火车,从北京站登车时,机关组织得极其混乱,十分狼狈。上车后又得知,半夜到达的那个小站,只停靠一分钟,而且只有一个车门。本科生有点紧张,那么多的行李,肩扛手提,队伍臃肿,过道狭窄,要想在一分钟之内顺利下车,还真不是一件简单的事情。研修班学员区队长蔡静平,副区队长丰杰,班长李茂增、魏远峰、杨新华等几个人在车厢里开会,进行分工,居然成立了男生突击队,女生也进行了编组,行李集中摆放。几个骨干过来向我和廖副主任报告,请老大放心,军事化行动,万无一失。那段旅程,我一点也没有操心,呼呼大睡。

半夜里车到小站,女生退居一隅,但见研修班二十几名男生虎虎生威，车上车下，厢内厢外，无声行动，快速传递，井然有序。随后女生班长杨新华一个手势，本科生在前，研修班的女生殿后，在不到五十秒的时间内，人和物资全部下车。火车还没有离站，已经整队完毕。那情景，就像战争年代部队穿越敌人的封锁线。这次行动，给我留下极深的印象，也让本科生受到一次极好的教育。什么叫军事素质？这就是。什么叫军人作风？看看研修班的老大哥老大姐就知道了。本科生有个同学对我说，当年的老八路，可能就是这个样子。

那次到华北，还有一件事情让我很有感慨。因为很多同学都是第一次到大漠深处，我们考虑安排研修班进行一次体验民俗民风活动，我委托训练基地的郭副司令安排了几个蒙古包。但是上级领导坚决反对。上级领导的慎重自然也有道理，因为研修班学员都是部队干部，团营级别的占了一半，军中有句话，战士怕分散，干部怕集中，干部集中在一起主意多，不好管理，如果再烤个全羊会个餐，兴情所至，酣畅淋漓间容易闹事。经过再三权衡，系里决定，这个活动还是要搞，精心组织就是了。当天下午，我把队伍集合起来，宣布今晚进行夜间科目训练，同时也在这里给研修班举行结业仪式。不许喝酒，只喝草原水。大家都挺高兴。结果到了蒙古包才知道，基地领导送来了两件"草原王"，七十元钱一瓶的当地白酒。那一顿饭，载歌载舞，如火如荼。第二天出操，上级领导莅临操场，一行一行数人头，三人一伍，一共九伍，研修班到训练基地的二十七人，一个不落，步伐矫健，精神抖擞。上级领导也很高兴，明知故问："我怎么闻到味道不对啊？"我说是啊，草原上的水甘冽清醇，晨风扑鼻啊！上级领导意味深长地说，文学系研修班太有战斗力了，喝水都能喝出排山倒海的气势。我说，哈哈！

那时候，我们是多么的默契，多么的惬意，我和研修班的同学，经常会为一些小小的计谋得逞而乐在其中。

转眼，四个月过去了，研修班结业了，真的恋恋不舍。我在总结会上说，军艺文学系，永远是大家文学创作道路上的充电器和加油站，同学们结业后，不管走到哪里，我们文学系都是军队作家和评论家的精神家园，都将一如既往地关注并支持研修班同学的创作，为大家取得的每一点滴进步而快乐。这不是套话。

　　20世纪80年代之初，文学系首届作家班招生，也是三十一个人，毕业结集作品，书名是《梦想成真——三十五个文学梦》。这一次研修班，是三十一个文学梦，梦中鲜花盛开。他们的作品即将出版，请我作序，捧着厚厚的样稿，我的眼前不断闪回他们在校的日子，那些洋溢着阳光和诗意的意象纷至沓来，所以我采用了杨新华的小说标题，把本书命名为《穿透阳光的日子》。

我们改变了，世界就改变了

——在文学系"中国梦征文"动员大会上的讲话

同学们：

　　刚才廖副主任就开展"中国梦强军梦"主题征文活动进行了部署，下面我就如何高质量地完成这项任务，谈几点意见。说是动员，其实也是上课。

　　一、提高认识，进入状态

　　看起来，这次征文活动是个政治任务，似乎是临时性的工作，但是它恰好契合了我们文学系的工作中心。我们文学系是干什么的？就是培养创作人才的，长远地看，就是培养作家的。所以说，这次征文活动，就是一次作业，就是对我们创作思想和创作能力的检验。我们义不容辞，责无旁贷，必须高质量地完成任务。

　　进入状态是什么意思呢，就是要迅速地融入文学创作的氛围当中，迅速跟上飞快前行的队伍。

　　这里我给大家介绍一下系领导对创作教学的设计。自从前年彭院长到文学系调研，给我们确定了培养军队作家的人才培养方向之后，我们一直在探索学历教育和人才的结合部，也尝试了一些教学方法，比如开展军事文学讨论，组织高年级深入部队体验生活，组织低年级入学强化写作训练，结合国家广电总局电影剧本扶持计划，发动在校生和往届生创作等，虽然做了一些事情，但是效果并不理想。一是因为老师奇缺，手把手辅导力度不够。二是领导——主要是我个人急功近利，过于理想化，期望值过高，有揠苗助长的倾向。第三个原因就是同学们自身的原因了，还是创作积极性没有调动起来。当然，这个过程中我们也发现了好苗子，各个年级都有，在一些报刊上也发表了一些作品。我希望大家不要等待，不要依赖。我曾经发表一个观点，文学创作，最好的老师还是自己，创作的微妙、精髓，往往是自己在阅读和创作实践中悟出来的，能不能成为一个作家，成为一个写作人才，除了老师的引导和点拨，很大程度上取决于自己。在写作中领悟写作的诀窍，在创作中发现创作的奥秘，这是很多作家成功的秘诀。

当前，我们面临很多创作任务，一是国家广电总局电影剧本扶持项目，经过同学们的努力，已经完成二十三部作品，评选在即。这一页很快就掀过去了，下一页从现在开始，大家要重视起来。二是长江文艺出版社北京分社计划要以军艺文学系为主体，出版"文学部队系列丛书"，我们的本科生也被纳入第三梯队，能不能担当，有没有作品，就靠大家了。三是《人民文学》杂志计划在第八期重点发表军事题材作品，原来说的是一个专辑，六七个中短篇就行了，现在又传来新的意见，要开辟专号，一期杂志三十万字，我们文学系就承担不了了，廖副主任已经联系全军作家，一道来完成这个任务。我们在校学生要抓住这个机遇，争取有所建树。四是《解放军文艺》专辑约稿任务，去年年底我们抓了大一新生入学创作，在《解放军文艺》发表，集体亮相，精神可嘉，但关起门来说，质量不高，拿不出手。这项工作还得一以贯之，持续发展。五是评报评刊工作，去年年底我们就同《解放军报》和《解放军文艺》的领导商量，要组织文学系学生评报评刊，这两家报刊都很积极，愿意参加我们的评报评刊会，愿意接受我们评头论足，愿意为同学们提供版面发表文章。这项工作一定要落实，再忙也要抽出时间搞。所以，大家要注意浏览《解放军报》和《解放军文艺》，把当前的征文活动和即将展开的评报评刊活动结合起来准备。

同学们，记得本学期开学的时候我说的那句话吗？寒假结束了，暑假还远吗？看看，说到就快到了，真是光阴似箭啊！要看到我们面临的严峻形势，机遇和挑战并存，使命和困难同在。我们要积极行动起来，广泛阅读，深入体会，潜心创作。文学创作需要废寝忘食、朝思暮想的精神。

二、观察生活，体验生活

对于初学创作者而言，通常的要求是深入生活，就是说要介入到生活的深层。但是，同学们都是在校学生，现在把你们放到部队，放到基层，同官兵一起摸爬滚打，来不及了，也不可能，所以我提出体验生活，就是细细地琢磨生活，玩味生活，感悟生活。同学们在军校生活，同军人打交道，介入军事生活，阅读军事文学作品，事实上，这些都是生活的源泉。区别在于，我们是以体验的心态去观察这些生活，还是把这些生活当作普通的过日子。如果以创作的心态去观察，你会发现到处都是素材，身边的每一个人都是文学人物，生活中的每个细节后面都有故事，同学交往，师生交往，同基层官兵交往，都有感情纠葛和矛盾冲突，甚至都有向上、向善或者与之相反的利益冲突，我们崇尚真善美，就一定会遇到假丑恶的阻碍，我们的生活一定会有挫折和困境，也一定会有战胜挫折和困境的努力，这些对立都构成文学创作的基础，推动情节构思。只要把我们追求真善美的文学理想用具体的人物形象、用故事情节编织起来，用文学的语言和结构呈现出来，就是好的作品。

生活是创作的源泉。我记得我曾经给大家举过一个例子，一个人如果从来没有见过狗，那么让他写狗叫，他就不可能写好，他有可能把狗叫写成猫叫或者驴叫，总之是他熟悉的叫声。进一步说，如果不留心观察，即使会写，也只能写出普通的狗叫，而不是有个性的狗叫。普通的狗叫没有文学价值，只有有个性的狗叫才是我们需要关注的。只有悉心观察，眼看、耳听、心想，才有可能区别有个性的狗叫，不同的狗，欢喜的时候，恐惧的时候，愤怒的时候，悲伤的时候，它的叫声是不一样的。从狗的叫声中产生联想，多想想为什么，多想想狗的处境，狗和人的关系，都可以写一篇小说。

二十多年前，我在军艺学习的时候读过一篇作品，写的是物质匮乏时期，一个村里有男女两个同学，约好同行徒步到城里中学上学，女同学到男同学家，正好撞上男同学的母亲做好饭，男同学的母亲知道女孩家里贫穷，很客气地给她也盛了一碗面条。事情到了这里，无非就是一个普通的好人好事，但是作者的目的显然不是写好人好事的，他笔锋一转，写到男孩的筷子往碗里一搅，停住了，他转脸看着女孩，女孩并无异样，原来男孩发现他的碗底卧着两个鸡蛋，而女孩的碗里没有。然后呢，你接着往下想吧，男孩躲到屋里去吃完那碗面条是一回事，男孩趁母亲不注意，把两个人的面条换过来又是一回事，或者男孩当着母亲的面，把碗里的鸡蛋扒拉一个到女孩的碗里，或者二人都放下饭碗扬长而去……就这么个小事，能把感情纠葛写得回肠荡气。小说是小说，不是大说，小说是由细节组成的，甚至是由细节派生的，繁殖出来的。如果没有敏锐的观察力和想象力，是不会发现细节的。这个问题，今天不展开谈。

我到文学系工作之后，但凡学校有活动，包括新年茶话会，包括体育运动和文艺演出，包括兄弟系的教学成果汇报，包括院里组织的名师讲座，甚至包括到八宝山为去世的老干部送行，我都希望文学系的同学参加。有的同学不理解，以为这是抓公差，其实这些就是生活，是非常有益的活动。在那些场合，可以分享别人的艺术成果，可以学习为人处世，可以观察人的感情流露，可以观察人的内心世界，可以体会生离死别的感受。以后，学员队要注意掌握，尽量让同学们参加集体活动，最好每次参加活动之后都能写出感受，形成文章。

三、找准定位，树立信心

我到军艺文学系工作一年多了，发现文学系的学生虽然没有想象的那么出类拔萃，但是总体素质非常好，都是有悟性的，都是有创作潜质的，有的表现得早一点，有的表现得迟一点，有的在这方面表现得突出一些，有的在那方面表现得优秀一些，但最终都会有出息的。所以我给大家一个忠告，树立信心，信心是一切成功的前提。

文学是什么？我一直认为，文学同体育有点相似，体育是测试人的生理极限，跳得多高，跑得多快，投得多准；文学测量人的情感极限，喜怒哀乐，善恶美丑。

不成功的作家，失败的原因五花八门，而成功的作家，成功的道路大都相似。作为一个作家，我再给大家传授一个经验，就是要找准自己的土地。莫言找到了他的高密东北乡，以那里的人民生活状况为主要书写内容，把人与人、人与自然的情感写得淋漓尽致；麦家曾经是密码工程的高才生，他选择了谍战，主要是以密码信息领域为自己的写作背景，揭示特殊领域人的精神和灵魂密码。我本人也是这样，过去什么都写，农民生活，都市生活，商业生活，写过武打传奇，甚至还玩过荒诞，每一次转型，都要费很大的劲，还往往出力不讨好。其实每个作家都走过弯路，包括巴尔扎克和托尔斯泰，也包括莫言和麦家。我现在的身份是老师，为人师表，老师的职责就是帮助学生尽快找到正确的路径，因此我要把我们的经验教训告诉你们，我们走过的弯路，你们不必再走。

为什么要给自己定位，或者说要有自己的领域呢？初学创作者最初都会遇到类似的问题，不知道为什么要写，不知道要写什么，当然也不知道怎么写，往往是东一榔头西一棒子，往往是写了西瓜又写芝麻，结果是既不像西瓜又不像芝麻，非驴非马。古人说，闻道有先后，术业有专攻，强调的就是要专一，一技之长往往身怀绝技，身怀绝技的人往往有较大的成功概率。如果我们选择了某一个领域，某一个群体，某一个行业，某一个问题，把这个领域、这个行当、这个群体的奥秘摸得烂熟于心，再来表现他们，就能游刃有余。我在创作《历史的天空》的时候，走访过几十个战争年代里走过来的将军，翻阅过几百万字的材料，才酝酿出梁大牙这么个亦邪亦正，半是草莽半是智者的人物形象，到写《八月桂花遍地开》和《马上天下》的时候，抗日战争的时代背景、战争状况，特别是特殊的语境，全都了然于心，这个时候，营造氛围就得心应手了，我的主要精力都可以放在塑造人物和建筑结构以及组织语言方面，这就好比有了土地，撒上不同的种子会长出不同的禾苗，而不必重新开荒，是一个道理。

我们有些同学已经开始意识到这个问题了，比如，有个同学比较关注晚清文学，虽然她没有经历过那些战争，但阅读多了，则如临其境。我们说体验生活，并不是体验什么生活就写什么生活，我们今天的人际关系，今天的矛盾冲突，放到非现实生活的作品里，同样适用。而如果没有今天的体验，不了解世态炎凉，不对今天的人性做深刻的思考，那么虚构就成了无本之木，那就举步维艰。再比如，有个同学写了一个老年人生活状况的作品，观察老年人的心态和行为，关注老年人的需求，老年人的感情生活，将来社会的老年人面临的问题，把情况摸清楚，将来可以成为老年人问题专家，可以成为老年文学专职作家。还有的同学关注特种兵生活，关注军校生活，关注战争生活，关注童年记忆……我希望你们继续沿着这个方向，往细微处关注，往深层次关注，不一定马上成为专家，但是只要不半途而废，就一定能够逼近核心，发现别人没有发现的奥秘，写出别人没有写过的特色。

以上讲的这些问题，写什么和怎么写，很多属于写作技术问题。最后还要回到为什么要写。这一次是应征作文，那就要按征文的要求。廖副主任说过了，不再重复。

最后我想强调的是，强国梦和强军梦，是全国人民的梦，也是我们这些莘莘学子共同的梦。位卑未敢忘忧国，文学四两拨千斤。不要以为我们是渺小的，不要以为我们手中的笔无足轻重。文学的力量是无穷的，文学的力量无处不在，春风化雨，不动声色，潜移默化。如果我们一个小小的作品有一点小小的见解，能够给别人一点启迪，一点慰藉，一点鼓励，一点劝诫，一点感动，那么实际上我们已经为脚下的土地锦上添花了。我们改变了，世界就改变了。我们正在改变世界。

说对说错皆用心

——文学系师生合集《背锅人》序

这是一次谋划已久的行动。

2013 年初，我从空军文艺创作室调到解放军艺术学院文学系工作，谈话的时候，院首长开宗明义地交给我一个任务：培养军队文学创作人才，并要求文学系"焕发徐怀中时代的光芒"。离开办公楼，走到多年前我曾经住过的学员宿舍楼前，徘徊在大枣树下面，我的心情久久不能平静。

"徐怀中时代"是个什么时代？对于文学系新的一代人来说，那是个遥远的、模糊的概念，只有我和这两棵高龄枣树记忆犹新，那是一个火热的时代，是军事文学复兴的时代，是军队文学青年圆梦的时代。文学系首任主任徐怀中开创了"不拘一格，八面来风"的教学理念，注重实用、注重实践、注重实战，突出一个"实"字，紧贴部队文学创作人才需求，在不到十年的时间内，培养出莫言、李存葆、柳建伟、麦家、阎连科、江奇涛、王海鸰、陈怀国、石钟山、王久辛、殷实、衣向东……一支支精锐的文学部队，一届一届从这里出发，奔赴部队基层，奔赴创作一线，奔赴中国乃至世界文坛高峰。我入校的时候，文学系主任已经换成王愿坚，印象中老主任只给我们上过一堂课，讲短篇小说结构技巧——草蛇灰线。老人家对我们的创作情况十分关注，鼓励我们多读、多悟、多写。那个时代，中关村南大街18号院，校园虽然破旧，却弥漫着浓郁的艺术空气，文学系南阶梯教室里，常常出现戏剧系、音乐系、舞蹈系、美术系学员的身影，文学系的学员，也有很多时间出现在其他系的教室里。院里还经常组织各系一起进行座谈、演讲、读书报告等活动，综合素养全面加强，实战能力普遍提高。文学系生活和学习的大本营是 2 号楼，常常有人潜伏在厚厚的帘子下面，写作直到半夜甚至通宵达旦。每当精彩的授课之后，争论的声音从教室延伸到宿舍。仅有的三五个教员，站在讲台上是老师，出了教室就是朋友，学员会撵着教员发表不同观念，探讨写作方法。有时候，为了一篇作品，为了一个观点，师生争得面红耳赤，各执一词互不相让，最终达成一致，沾沾自喜者有，暗暗得意者也有。几年之后，学生成了老师，老师成了作家和评论家，随着学生在广袤的文学沃野上声名大振，老师也当仁不让地在文坛占据重要一隅，譬如朱向前、黄献国、张志忠、刘毅然……那真是一个肝胆相照、教学相长的时代，也是个实实在在的艺术时代。用莫言的话说，大门右边的那座楼，就是一个文学作品工厂，出版社和杂志社的编辑，每次来都不会空手而归。

毕业二十二年后，我回到学校接任文学系主任。那天面对已经改造为教学楼的学员故居，回望高大巍峨的教学楼和办公楼，我感到肩膀沉重、视野模糊。院首长交给我的任务是光荣而又艰巨的，可是，我能做到吗？这个学校，已经发展成为一所军队综合艺术院校，文学系的功能由单一转向多元，师资结构由野战派转为学院派，学生是前高中生，他们的首要任务是完成规定的学业，拿到学历，老师的想象力和创造力因受条条框框的限制，得不到充分的发挥，诸如此类的现实问题摆在面前。我，一介武夫，土生土长，半路出家，歪打正着，写小说尚有经验，讲道理捉襟见肘，由我来领导文学系，将向何方，能否到达，这是连我自己都很茫然的事情。

可是，我没有退路，也不能退缩。

那个春节，我和文学系政委陈存松去拜访了徐怀中老主任，接着，又走访了吕永泽、黄献国、宋学武、朱向前、张志忠等老师，并多次向前任主任张方、张婷婷、许福芦、刘建华等人请教，从他们那里，我们知道了，接下来，我们该怎么做。

这几年，文学系耗费很大精力做了一件事情，就是推动写作训练。在这个过程中，我发现学生对于文学创作的渴望是强烈的。上任之初，我们出了一个题目"我心目中的文学系"，经常组织学生座谈。我接手后的第一届毕业生，十一名同学在即将离校之际，表达了一个共同的感受：原来以为文学系是学文学创作和文学批评的，可是四年本科读完之后，才发现不是这么回事……只要到部队参加活动，我就尽量走访往届学员，一个学生直言不讳地说："在单位，我们不好意思说我们是文学系的毕业生，因为我们没有学会创作，没有发表过文学作品。"

这些话，让我非常纠结，也敦促我坚定了一个信念。

从 2013 年开始，系领导想了很多招，在优化现有课程的基础上，开辟第二课堂，推动课外创作训练。依托本系老师和学员队干部，借助院外作家、任职班学员、文学期刊的编辑等资源，组成建制内和松散型相结合的导师队伍，大处着眼，小处下手，软硬兼施，由少渐多，把学生拖进文学创作的状态，先后在《解放军文艺》《解放军报》《人民文学》以专辑、专版、专刊等形式发表作品，还出版了一部长篇小说。全系老师悉数参与国家广电总局"青年编剧扶持计划"和"强军梦"征文等活动，指导学生写作，不仅强化了创作意识，也营造了文学氛围。这些作品其实是作业，虽然稚嫩，但是对学生鼓舞很大。

这几年，学校大兴调研之风，先后组织我们到沈阳军区、广州军区、海军舰艇部队和复旦大学、上海大学、南京政院、海军工程学院等院校，探索教学改革之路，提高教学的针对性。在这样一个背景下，我们形成一个思路，贴近部队人才需求，贴近学员学习需要，贴近创作教学规律，以具体的课题引领创作。三个教研室任务方向逐步明晰，史论教研室主抓基础理论培养，提高综合文学素养；影视教研室兼而顾之，一手抓影视理论教育，一手抓影视短剧创作训练；军事文学创作教研室以主要精力抓创作训练，并在教学实践中逐步形成文学创作教学理论。

今年上半年，我特意设计了一个中篇小说《好一朵茉莉花》，人物形象半明半暗，情节结构时续时断，意在鼓励学生续写、补写，创意为"节外生枝"，作为教学的有益补充和创作的有效训练。我的想法是，尝试性启动，探索式前进，根据兴趣和创作实力，发动部分同学参加，课外展开，待经验丰富了，路径熟悉了，理论成形了，条件成熟了，将作为文学系创作训练的主要课程。这个想法得到了创作教研室主任张志强老师的支持，并由他具体组织，同时也得到了学生的热烈响应，仅仅一个暑假，就完成了十五篇再生作品。东方出版社对这个创意很感兴趣，主动要求合作，暑假结束不久即出版了师生作品合集《好一朵茉莉花》，封底印了这么两句话："小说之树开放的小说之花，作家之手托举的作家之星。"

这两句话，就是我们要达到的目的。为了这个目的，我们将不屈不挠，牵引牵引再牵引，推动推动再推动，从感性到理性，从实践到理论，从松散到体系，从课外到课堂。

在《好一朵茉莉花》的基础上，东方出版社决定出版军艺文学系创意教学系列丛书，预约了第二本书稿。今年下半年，我将我的作品《三尺布》《识字班》《背锅人》发给在校学生，告诉大家只做一件事，开展批评。我在动员会上说，同学们不要有任何心理障碍，学生连老师都敢批评，一是说明学生成长了，二是说明老师成功了。10月31日凌晨，我看了张志强老师发来的二十篇学生撰写的"大批判"文章，喜出望外。这些90后的学生，几乎不受任何世俗的束缚，少有杂七杂八的顾虑，谈问题一针见血，不乏真知灼见。我印象比较深的是，有个同学在文章里这样写道："作为一个经验丰富的作家，徐贵祥老师不应该犯这样的低级错误。"她提出两个问题，一是在《背锅人》这个作品里，开头写了一个国军军官的正面形象，大量铺陈，而在作品里，这个人物逐渐弱化，这个人和他的故事显得多余；二是真正的主角从叛匪到汉奸，再到八路军民工的转变，缺乏细微的心理刻画，在最应该出彩的地方没有出彩。一个研究生认为："快节奏推进，忽略了精神世界的矛盾冲突，人性深处的微妙碰撞、交会、反复、转折等等，偶然性大于必然性，戏剧性影响了真实性。"另有一个同学，毫不客气地指出，作品在结构上有明显硬伤，几个重要的情节之间，缺乏内在的联系，甚至逻辑混乱。还有一个同学，对于作品中经常昙花一现的人物表示莫名其妙。凡此种种，不一而足。

东方出版社非常重视这次行动，认为这不仅是创作训练的有效尝试，也有市场亮点，进行装帧设计的时候，在封面上印上很有煽动性的文字："50后90后文学论战短兵相接，创作者批评者思想交锋飞沙走石"，"文坛老兵苦心孤诣导演草船借箭，军艺新秀将计就计谱写四面楚歌"。

姑且不论这些同学的判断是否正确，重要的是，他们能够进入作品内部，鸡蛋里面挑骨头。我相信，就是这种条分缕析、吹毛求疵的精神，不动声色地把同学们拖进了文学创作的特定情境当中，让他们亲临现场，设身处地，直接感受。更重要的是，我们组织这个"大批判活动"，还有一项附加作业：不仅要指出问题，还要拿出解决问题的办法——假如是我，如何来写？这个作业，直接就把学生带入创作思维和创作状态之中。一个同学开玩笑说："这可不是搞着玩的，徐主任那么大个块头，不是轻易能够被击倒的。假如是我，我写得怎么样，那是要刺刀见红的。"

我认真看了几位同学"假如是我"的设计，有几篇确实别有洞天，令人耳目一新，大有"出蓝胜蓝"的趋势。但是，公允地说，他们毕竟年轻，创作经验缺乏，生活体验单薄，他们的设计未必比我高明很多，整体质量有待提高。尽管如此，我还是感到欣喜欣慰，说对说错皆用心，说高说低都是真。至少，他们已经上路了，他们在我行走的路上，迈出了自己的步伐。我是多么希望他们走在我的前面啊！那一天也许并不遥远。

生命的颜色

——《识字班》创作谈

关于战争的文学作品，读了很多，想了很多，也写了很多，但是关于战争人物，或者说对于战争环境中的人物，此情此景中的人物，彼时彼地的人物，我们的认识，还是冰山一角，而且永远都是。

调到解放军艺术学院工作之后，我最卖力的一件事情，就是试图以文学的方式进行文学教育。有一次，我列了一个公式，来阐释"人性"的结构：人性＝神性＋圣性＋魔性＋兽性。这里的神性和魔性是能量评价，分别指向正和负；圣性和兽性是道德评价，分别指向善和恶。我在黑板上挂了一个调色板，四个颜料盒依次为"神""圣""魔""兽"，分别装着红、黄、蓝、黑四种颜色，然后就用这四种颜料调色，神性加上圣性，红加黄，橘黄色，暖暖的调子，可以说是完美的人格，或智勇双全，或积德行善。魔性加上兽性，蓝加黑，暗蓝色，阴沉沉的，似乎是残缺的人格，不仅有恶的欲念，还有恶的能力，有很大的破坏性。

然而，如果人性果真如此泾渭分明，那世界就很简单了——永远的二元对立，绝对的两极分化，不是正义战胜了邪恶，就是邪恶东山再起，然后是正义再次镇压了邪恶，循环往复，如此而已。可是，我们不能满足这样的答案。

那堂课的作业，就是让学生把这四种颜色挂在心里，进行混合配方，然后用语言把它描述出来。答案是五花八门的。我印象较深的是，一位同学这样表述她的感受："那是不可穷尽的变幻，从朝霞满天到晴空万里，从火烧云到乌金云，它们没有半秒钟是相同的、静止的、凝固的，只要时

106

间在走，颜色就在变……"大家非常直观地明白了一个基本的道理，生命的颜色并非只有红和黄，也并非只有蓝和黑，这四种颜色同时存在于我们的生命之中，向上向善的人格追求是文化的结果，而向下向恶则是生命自由落体的自然属性。它们在不同的时间和不同的地方，总是时强时弱，此消彼长。四种颜色的混合调配已经成了万花筒，更何况作为高级动物，我们的灵魂宇宙里还有很多其他颜色呢？

是的，我们不能同时跨入两条河流，世界上没有两片相同的树叶，也没有完全相同的"人性"，它丰富驳杂，具有无限的可能性。在我看来，文学关怀即是人性关怀，简而言之，作家的任务，就是按照作家的认知给人性配方，比如，我刚刚发表的小说《识字班》，那种颜色你应该没有见过。

故乡的马上天下

电视剧《马上天下》播映之后，听到很多议论，总体来说表扬多于批评，其中来自家乡的声音更多。我的一个朋友给我发短信说："你这个半吊子，写了这么一个作品，把我的眼睛都哭肿了。"还有一位朋友说："大别山的人，做大别山的事，讲大别山的话，虽然演员们讲的是普通话，但是一听就是皖西半吊子。"我的师兄谢德新说："那个舔碗的动作绝了，看到那个动作我就想到了童年，想到了在家乡度日的艰难岁月。"一言以蔽之，《马上天下》让家乡人感到亲切，感到就是发生在他们身边的事情，不用说，家乡人民也知道这是"自己人的作品"，这使我很开心。

前两天，我在网上看到一条消息，几个网友探询主人公陈秋石的原型是谁，有人推测，可能是陈绍禹（王明）；也有人说是皖西地区某位革命战争将领，"应该是金寨发生的事，徐贵祥的作品大都以他的家乡为背景"。这些说法都有一定的道理，但是不完全对，因为陈秋石不是哪一个具体的人，他似曾相识，似是而非，半明半暗，时隐时现，因而使我们产生很多奇妙的联想。从这个意义上讲，这个人物是成功的，因为他是一个完全不同于我们经验的战争人物，他是一张崭新的面孔。

一如《历史的天空》《八月桂花遍地开》和《四面八方》，《马上天下》的地理文化背景确实是我的故乡，这同我的成长经历有关，就像作家王汶石说的："一个作家，离不开他的生活经历，就像一个人不能揪着他的头发离开他的影子一样。"我记得我很小的时候，我的母亲就指着西南方向一溜黛色的山脊对我说，那是大别山，山里住着红军。我在姚李中学读书的时候，经常在傍晚坐在学校东南方的土岗子上，眺望南边，过了漫流河就是绵延起伏的山脉了。前些年我经常回去，我的师兄喻廷江和皖西文学前辈史红雨等人陪着我在大别山北麓走了很多地方，听了很多故事。几乎每到一处，都会浮想联翩，历史烟云纷至沓来，英雄人物栩栩如生，那些日子，真是心潮澎湃，思如泉涌。久而久之，它们就像种子一样落地生根，开花结果，长成了一棵又一棵大树。

我写家乡，意义并不在于那些地名、人名、方言和习俗，也不仅仅是那些故事，而是由那些符号和故事携带的一种精神。这种精神是什么呢？就是皖西文化孕育的家国天下情怀，皖西人那种"舍我其谁"的气概。家乡人有一句话："多大个事啊！"给我印象很深。我的爷爷就是这个性格，当年，为了实现自己的价值，可以跟人拼命，豪气忽来水下酒，壮志冲冠笔当剑。天大的事情也无非就是一死，"砍头不过碗大的疤，二十年后又是一条好汉"。正是因为这块土地上飘扬着延绵不绝的无畏气概，所以在历史上才诞生了那么多忧国忧民、文韬武略的家国栋梁。在20世纪的革命战争中，才会有那么多有志之士投身革命，前仆后继。鄂豫皖地区是中国革命的摇篮，一个突出的特点是，那些早年投身革命的，有很多是知识分子，甚至是大知识分子，他们同草莽英雄的显著区别是，他们是有信仰、有准备的革命者，也是有智慧或有力量的革命者，因此他们更能引起我们的崇敬和信赖。《马上天下》里的陈秋石，就是从他们中间脱颖而出的一个具象，在他的身上，既体现了中国革命战争将领的理想信念，也体现了中国传统兵法的智慧和谋略，他的种种创造性的智慧艺术，并不是神来之笔，而是来自中国文化的千年沃野。

那么，陈秋石的原型到底是谁？有人说是陈赓，有人说是某某某，其实都不是，简而言之，他是一个神，名字叫精神，他是由昨天、今天他们和我们生命当中那些贵重的品质凝聚而成，他是由大别山山川河流、草木土石在阳光雨露中升腾起来的一片彩云。

在当下"神剧"充斥、"闹剧"流行的影视市场，《马上天下》确实带来了一股清新之风，庄重而不失情趣，严肃而不失温情，热闹而不失真实。作为视觉艺术，这个电视剧基本上实现了思想性和艺术性的双重追求，得益于导演和编剧以及演员对于原著精神的把握，也得益于再度创作人员整体审美境界的提升。这里我特别要提到改编，总体来看，忠实原著，把握原著精髓是比较到位的，特别是加了梁伟这个人物，这个人物是原著以外的人物，由于他的出现，把梁楚韵和陈秋石的感情纠葛、矛盾冲突建立在梁伟因为掩护陈秋石而牺牲的情感基础上，作为戏剧结构，有其必要性和合理性，前面几集，梁楚韵同陈秋石的对立冲突，还是比较感人的。

但是，坦率地说，我还是觉得有很多遗憾。比如，对于中国革命战争历史研究不够，出现了很多常识性的错误。关于战斗、编制建制、指挥程序、管理模式等等。看过前几集，我给高希希打电话说，《马上天下》的武器装备至少比现实超前了二十年。他解释说，道具枪管理得很严，找不到老枪，只能找到这些，所以红军时期就用上了卡宾枪。事实上，不仅仅是枪，还有坦克、手表，以及豪华酒店等等，都是超前的。好在瑕不掩瑜，无伤大雅。

在演员当中，扮演陈秋石的张鲁一和扮演陈三川的何润东，都离我的设想相去甚远，一口现代腔，语速语调都有点怪异，举止做派不像军人，也不像大别山人。小说中的陈秋石不苟言笑，多愁善感，总是心事重重，也总是深思熟虑，用他自己的话说："我就是因为不想打仗，才学会了打仗。"这句话是作品的核心价值，可惜没有得到很好的体现。电视剧里的陈秋石，多了一些油滑，多了一些世故，多了一些喜剧效果，好像他就是一个天生的军事将领，甚至掐指能算。我不是很喜欢。但是看多了，习惯了，也就慢慢地接受了。也许，年轻的观众会更接受一些。陈三川这个人，在小说里同陈秋石形成鲜明对比，基本上属于草莽英雄类型，甚至嗜杀成性，滥杀无辜，演员确实想表现他的"草莽"特征，但是可能因为文化的问题，我感觉剧中的陈三川少了几分土气，多了几分洋气，那种刻意做出来的鲁莽和凶残，有点不像。我倒是比较喜欢袁春梅的扮演者叶璇，这个人刚开始出现的时候，我非常失望，觉得格格不入，没想到越到后面感觉越好，沉稳，干练，举手投足越来越像一个特殊环境里磨炼出来的外柔内刚的知识女性。另外，如杨邑的扮演者邵峰，赵子明的扮演者印小天，感觉都还说得过去。

　　当然，电视剧是大众艺术，带有很强的娱乐性市场追求的目的，追求瞬间和短时间的视觉效果，这同小说有很大的区别，我们的确不能对其进行纯粹的艺术考量，大家看得下去，看得高兴，也就算是很大的进步了。

让英雄照亮时代

——序长篇小说《谜金》

2014 年 4 月的一天晚上，我正在理发，接到一个陌生人的电话，约谈一个电视剧本的创作事项。当时我的第一反应就是婉言谢绝，因为我刚刚由空政文艺创作室调到解放军艺术学院，从自由创作到教书育人，外行领导内行，很不适应，亟须补课，哪有时间写电视剧啊？出于礼貌，我让陌生的朋友一个小时后到我的办公室面谈。回去的路上我还在想，这年头怪事真多，很多企业都插手文化产业了，民营企业和个体户都在忙乎新闻出版和影视拍摄，看来这个领域经济效益不错啊！

大约一个小时以后，一个仪表堂堂却又一脸敦厚的山东汉子来到我的办公室，自报家门，名叫张辉，是青岛市政府机关的干部。三言两语说明来意，他拿出一本《王一民烈士专集》，告诉我，这个人是他的姥爷，他要为他的姥爷制作一个电视剧。说真的，我当时还是不以为然，现在为祖宗树碑立传的人太多，眼前又来了一位。我请客人喝茶看报，然后装模作样地翻阅他带来的那本书。那是一本内部资料性出版物，页码不多，除了战友、同事和亲人的回忆，还有两万多字的"王一民传"，我主要看这一部分，没想到，这一看就看进去了，眼前就像过电影一样，不断浮现七十多年前的那一幕，风在吼，马在叫，黄河在咆哮，胶东半岛烽火连天，有志之士挺身而出，登高振臂，率领跟随者汇入抗战的滚滚洪流……

在不到一个小时的阅读中，我被王一民的事迹深深地吸引了，热血沸腾。多少年来，作为一名军旅作家，我一直行走在寻找英雄的路上，从《历史的天空》里梁大牙那样的草莽英雄，到《八月桂花遍地开》里沈轩辕那样韬光养晦的英雄，再到《马上天下》里陈秋石那样智勇双全的英雄，一路走来，一路激动。而那天，我又被王一民激动了。从王一民的身上，我看到了中国式英雄的另一种风貌，那就是对于国家民族利益的担当。

王一民是个读书人，他的血液里流淌着修身齐家平国治天下的传统文化基因，他的精神世界里活跃着中国知识分子独善其身和兼济天下的理想。早在中学时代，他就在一篇作文里抒发了自己的志向：苟安于家庭小康，乃是庸人之趣，报效于国家社稷，方为男儿之志……日军侵入山东招远的时候，王一民才十九岁，还是益都师范的学生，当即结束求学，回到家乡拉起了一支抗日队伍。这支队伍一无军饷，二无武器装备，王一民说服父亲和八名兄弟姐妹，毁家纾难，把自己家生产和经营白酒"老烧锅"得来的钱财全部用作军用，父亲和兄弟姐妹八人皆参加抗日活动。王家本来家大业大，但是自从王一民拉起抗日队伍，日伪先后三次进村抓捕王一民亲人，两次焚烧王家老宅，王家家道中落，最后几乎沦为乞讨的地步。在那些年里，日伪先后把王一民的父亲和妹妹抓去当人质，严刑拷打，百般折磨，并派人向王一民发出通牒，要挟王一民停止战斗。王一民绝不妥协，告诉部队的同志："如果抓了我的亲人我就妥协，他们还会继续抓。如果他们把我的亲人杀了，只能激发我更大的战斗热情。"

王一民的抗日队伍终于站住了，扒公路，拔据点，截辎重，有声有色，队伍也在不断壮大。后来这支起始于民间的队伍被胶东军区整编为青年营，王一民担任营长。正是因为其具有文武双全的才干，独当一面的能力和孤胆英雄的气质，深得胶东军区首长的器重，委任他担任"大股伪军工作团团长"，深入汉奸部队，进行分化瓦解工作。直到抗战胜利，王一民奉命潜入青岛，秘密筹备接管青岛的工作。解放战争前夕，王一民接到命令，建立地下组织，长期潜伏，迎接青岛解放。从而，从一名驰骋疆场的军事指挥员到一名隐蔽战线的负责人，工作卓有成效。

在王一民的故事中，有几个地方引起了我的注意：一是抗战初期，在日寇长驱直入而抗战力量十分薄弱，甚至出现消极和逃避的情况下，王一民却反其道而行之，举全家之力拉起了队伍；二是在日伪多次抓捕王一民的亲人的时候，王一民拒绝交换；三是在汉奸部队和在青岛做地下工作的时候，因其名气大，身份容易暴露，组织上多次安排他到后方学习，避敌锋芒，但王一民一直以"我最熟悉情况""我最合适"为理由，坚持在最严酷的环境里战斗，最终牺牲在黎明前夕。

我在阅读有关王一民的资料时，脑子里不断出现"逆流而上""逆水行舟""知难而进""视死如归"这些字眼，我想，这可能就是我要找的另一种英雄，不是战天斗地的英雄，不是改天换地的英雄，不是像艾森豪威尔那样改变战争进程的战争英雄，也不是飞虎队那样改变战斗格局的战斗英雄。在王一民的身上，充分地体现了中国式英雄的特殊品质——家国天下。近代中华民族，由于政治、经济、军事和外交等等方面的原因，积弱积贫，江山风雨飘摇，大厦摇摇欲坠，在中华民族最危险的时候，我们最需要的就是敢于担当、敢于作为的民族英雄，需要那种"舍我其谁"的气概！

那天晚上，就有关王一民的创作问题，我同张辉同志探讨了很长时间，以后很快就达成共识，把这部电视剧的剧名确定为《家国天下》。尽管在中国历史上，具有"精忠报国"情怀的人物比比皆是，但我还是认为，像王一民这样有思想、有知识、有准备的革命者，具有军事斗争和地下工作的双重领导才干，更有代表性。同时，像王一民这样举全家之力，并带动很多家庭献身国家民族事业的，也很有典型性，使用"家国天下"这个意象，非常贴切，非常符合历史语境。

当年暑假，我和青岛方面的几个同志，沿着王一民当年的战斗足迹，先后在青岛、在招远辛庄镇徐家疃村，见到了很多人，听到了很多闻所未闻的故事。

王一民的女儿王令君，当年只是个五六岁的孩子，在王一民担负青岛地下工作负责人期间，很快就被训练成"转移专家"，一有风吹草动，五六岁的小女孩很快就能背上早已准备好的小小背包，跟随大人颠沛流离。2014年，在青岛讲述往事的时候，老人家讲过这样一件事情，她长大后，老是觉得胳膊疼，有一次爱人问她，为什么会有这个情况，王令君回答，因为小时候经常被大人架起胳膊就跑，次数多了，就落下这个病根。还有她的弟弟王成军，也是在仓促转移中被摔伤，留下了后遗症。

有一次在青岛开座谈会，与会者有一位老人，名叫刘哲生，是王一民大姐王梅松的儿子，也就是王一民的外甥。刘哲生那天回忆了很多往事，激动时还唱了王一民为胶东军区青年营创作的营歌。我注意到一个异常的情况：刘哲生随身带了一个尼龙提袋，进门时张辉的姐姐张伟接过那个尼龙袋，把它同大家的物品一起放在一个椅子上。但是，很快我就发现，这个尼龙袋不知道什么时候又回到刘哲生的身边，他把它牢牢地系在自己的椅背上，但是过了一会儿，他又把它解下来挎在自己的肩膀上。直到座谈会结束，这个尼龙袋都没有离开刘哲生的肩膀，那里面其实只有一个茶杯。这个细节自然引起我的注意，张伟解释说，哲生舅舅在抗战时期就参加了儿童团，经常站岗放哨，通风报信，警惕性特别高，久而久之，已经成为下意识了，他会经常进入幻觉状态，把那个尼龙袋里面的物品当作鸡毛信。

在招远辛庄徐家瞳和洼孙村，我们了解到，支持并跟随王一民参加抗战的，不仅是王一民一家，还有他的岳父柳绍堂和妻弟柳耀南。柳家祖上柳云培是个大书法家，曾经受过乾隆御赐，到了柳绍堂这一辈，仍是书香门第、殷实人家，自从柳淑琴嫁给王一民，柳家也是不断变卖家产，支持王一民抗战。后来王一民在青岛做地下工作，柳绍堂跟到青岛做生意，掩护女婿，最终也是家破人亡。

在招远县玲珑镇，我们见到了王一民的侄孙王国良，他是三哥王松山的孙子。当年，王一民拉队伍的时候，王松山是最积极的响应者，并且成为王一民最得力的助手和战友，直至成为独当一面的军事指挥员。在担任武工队长期间，多次执行胶东军区赋予的向延安护送黄金的任务，从海上到陆地，在敌伪的眼皮子底下，建立了一条秘密的却是通畅的黄金运输线。

王国良在工作之余，倾注了很大的精力搜集和整理王一民家族的抗战故事，就是从他那里，我们得知了王一民家族的总体情况，除了王松山，还有王一民的父亲王腾武、大哥王子耀、二哥王万寿、大姐王梅松、二姐王珍溪、三妹王清溪、四妹王玉溪，甚至还有王一民的大嫂刘桂甫等等，先后都参加了抗战工作，王腾武和王子耀、王万寿惨淡经营，家产多用于抗战军饷，王一民和王松山两支队伍，早期供给保障多数来自家庭。王家姐妹悉数参加革命，大姐和二姐负责护理和掩护伤员，三妹和四妹同时走出家门，在抗战烽火中锻炼成长，新中国成立后，担任相当级别的领导职务。这一家，真可以说是革命家族。

这些故事让我的心情久久不能平静。在走访中我们发现，真实的历史远远比我们看到的、知道的精彩得多，很多细节，很多过程，很多尘封在隐秘战线的隐秘线索，散珠碎玉一般珍藏在岁月的皱褶里，等待后人挖掘、擦拭，这就给我们的想象提供了辽阔的空间。我们无法还原历史，但是我们可以凭借文学和艺术的方式，展开想象的翅膀，力图接近真实，再接近真实，并具有高度艺术真实性地重新展示历史，展示英雄的战斗英姿和风貌。

同时，王一民能够以自己的两个家庭为基础，迅速拉起抗战队伍，也说明了，中华民族是一个识大局、顾大体的民族，在国家和民族需要的时候，可以放弃个人的一切。中国有一座万里长城，可是这个长城并没有挡住侵略者的步伐。这里我插一个题外的故事，前不久解放军艺术学院文学系的一堂课上，老师谈到一位外国作家对中国长城的质疑：一座长城就能保证一个国家的安全吗？老师提问，有没有这样的城？来自青岛的学生王辰玮起立回答，有，众志成城！老师又问，有没有一个神能够保佑我们民族实现伟大复兴长久不衰？我的研究生徐彤回答，有，这个神名字叫精神！

中国传统的英雄文化源远流长、根深蒂固，世世代代，一脉相承，家国天下的种子，为民族担当的责任意识，实际上就蛰伏在我们每个人的心中。王一民正是在这块土地上冉冉升起的民族英雄。

英国历史学家卡莱尔说："英雄是自身有生命力的光源，这光源灿烂夺目，照亮了黑暗的世界。"王一民的故事给了我很多启示。首先，英雄是人不是神，不是遥不可及，其实英雄就在我们身边，就是在我们面临困境，国家民族处于危难的关头，那个挺身而出，带领我们走出困境的人。其次，较之侠肝义胆的草莽英雄，知识分子更具有成为英雄的潜质，"宁为玉碎，不为瓦全"的人格理想，始终在培育着知识分子的精神信仰，从而使偶然成为必然。第三，英雄对于人类文明有强大的助推作用。常言道，时势造英雄，是说英雄诞生的时代和外部环境的作用。但是，我们也可以从相反的方向思考问题，也可以认为英雄造时势。英雄和时势的关系，是互动的关系，是相辅相成、良性循环的过程，好比两个轮子，只有同时转动，才能匀速前进。

今天的中国，改革开放的巨轮已经驶入深水区，方向坚定，百折不挠。我们的前方，各种文化浪潮碰撞，暗礁密布。在这样一个重大的转型时期，社会上出现了一些不和谐的杂音，在所难免。但是，质疑历史，颠覆价值，消解英雄，迎合西方反华势力和平演变中国的阴谋，企图以否定历史和消解英雄作为杠杆，撬动中国人的理想信念，这是我们必须高度警惕的。正是在这样的背景下，张辉和崔运安二同志以王一民烈士为原型，撰写了一部长篇小说《瞒天过海》，讴歌英雄，携带、传播英雄精神，让历史告诉未来，让英雄照亮我们的今天，为改革开放提供精神文化的正能量，是一件十分有意义的事情。

记忆之光

奔走于文学内外

认识舒晋瑜，是十几年前的事了，那时候她还是个小女孩，接受她采访的时候，被她一双纯净的大眼睛专注甚至虔诚地注视着，那种目光似乎在营造着一种宽松的氛围。但是几个问题下来，我发现这个小女孩不简单，见面之前她已经做了很多功课，好像她比我本人还了解我，作品中那些并不为人注意到的细节被她注意到了，写作中无意渗透在作品里的一些思考被她发现了，甚至，有一些隐秘的感受被她捕捉到了，意义或者隐喻被她放大了。采访进入深处，她会不动声色地提问、提示、提醒，让你放松警戒、越过防线，打开你的话匣子，敞开你的心扉，引导你走入她预先设计的路线。

作为一个游走于文学领域的年轻编辑，舒晋瑜给我的印象，一是她的貌似清纯实则敏锐的眼睛，二是她的虽然年轻但不乏文学素养的敏感的心，第三就是作为一个记者必须拥有的勤奋的双腿。

十几年后，我在解放军艺术学院文学系工作，文学系组织的创意写作训练，再次引起了她的关注。多年之后见面，我谈起当年认识的那个小女孩，她哈哈一笑说，已经是小女孩的妈妈了。诚然，我们都有了很多变化，可是，那双眼睛，那颗心，那双腿，还是属于文学，仍然在为文学闪烁，为文学颤动，为文学奔走。

这些年，舒晋瑜采访了中国当代很多著名作家，有点像中国文学界的奥里亚娜·法拉奇，我认真地阅读了其中几篇文章，我觉得舒晋瑜的访谈有一个很重要的特点，就是对于作家的发现，发现他们的童年，发现他们的经历，发现他们的阅读，发现他们的风格，发现他们的生活态度和文学观，发现他们丰富驳杂的精神世界，一言以蔽之，发现他们的奥秘。有些奥秘甚至不为作家本人自觉，到她不经意间点破，作家往往一愣，继而会心一笑。我本人就有这样的体验。我认为一个记者会提问题是至关重要的，提问题不仅需要修养，更需要艺术，要让被采访者有话要说，愿意掏出心窝子说，还愿意喋喋不休。舒晋瑜提出的问题有不少是高难度的擦边球，往往会有一定的敏感性或隐秘性，但是同时又有一定的鼓动性，让被采访者无法拒绝。她就是这样对付莫言、贾平凹、格非、苏童等人的，循循善诱，让他们说出内心深处的东西。唯其因为有难度，作家才能谈出高度，作为记者，才有可能把高质量的发现呈现给读者。

舒晋瑜访谈文章的第二个特点是文学性，用文学的方式表现文学人物和文学现象。她甚至会越过"访谈"这样带有规定性的文体规范来书写她的对象，有时候你会觉得她在用"纪实文学"的方式临摹作家，寥寥数笔就描绘出以拙藏智的贾平凹，寥寥数语就刻画出一个稳如磐石的莫言，几个情节就勾勒出徐怀中在战争年代的风采——与此相似，舒晋瑜也是一个文学领域的战地记者，总是活跃在看不见的硝烟之中。作为一个文学记者，当然不同于诸如时政、新闻记者，无论是文章的结构还是语言，甚至表达文学的理性思考和见解，都会自觉或不自觉地沾染上文学的味道，事例生动，引人入胜；情感饱满，动人心弦；语言鲜活，令人耳目一新。渐渐地，从她的笔下，我们能够大致地看到一个个作家成长的足迹，看清他们的轮廓。她的努力是行之有效的，为我们了解当代中国文学描绘了一道独特的风景。

欢迎师兄莫言

2013 年 5 月 16 日上午，解放军艺术学院文学系"以亲情和隐蔽的方式"组织了"欢迎莫言大师兄"座谈会，莫言的师弟、文学系主任徐贵祥发表了热情洋溢的讲话，莫言认为这个讲话"貌似欢迎词，其实是一篇很好的小说"。

此稿根据录音整理，已经本人审定。

今天是个好日子，我们终于迎来了我们尊敬的师兄莫言，大家看看，出现在我们眼前的莫言，不是虚构的。

莫言的身份，众所周知，但我还是要按惯例介绍一下：莫言，解放军艺术学院文学系第一届学员，解放军军事文学研究中心顾问，中国作家协会副主席，北京师范大学国际写作中心主任。尽管莫言还有很多公开的和非公开的职务和头衔，但是我想特别提到莫言的一个独属于他自己的头衔：高密东北乡乡长。

下面，我把参加见面会的人员介绍给师兄。文学系教职员工，除了出差的，全都到齐了。09 级本科生、10 级本科生、11 级本科生、12 级本科生，全部硕士研究生。全军中青年作家、评论家高级研修班除了请假的，全都参加了。特别要说明的是，我比较喜欢的那个学员裴志海，对莫言的多数作品都能倒背如流，他特别珍惜这次当面请教的机会，但是因为临时生了一点小病，又错过了这次机会，我就代表他向莫言表达敬仰之情，把我家乡的茶叶送给莫言，请师兄品尝。顺便说一下，大家可能已经注意到了，在座的每个人面前都放着一瓶矿泉水，只有莫言面前有一个名牌和一杯绿茶，这就是我们能够给师兄提供的唯一的特殊的物质待遇。还要顺便说一下，这杯碧绿澄澈、满屋飘香的好茶，茶叶是我家乡的特产六安瓜片，茶水是莫言的另一位师弟、我们文学系副主任廖建斌亲自沏的，因为他懂茶道。一个小时前我特意检查了，茶杯已经消毒，没有遗留茶渍，师兄您放心享用。

我们还有一位年轻的女学员孙彤，因为不知道今天的活动，已经于十天前请假回家结婚去了，我本来要发加急电报让她推迟婚期，赶回来参加今天的活动，但是被我们文学系的政委陈存松同志劝阻了，因为这位女生是莫言的山东老乡，见面机会还有很多。尊重她个人的意愿，我把她的喜糖带来了，师兄您收好。

我们的研修班，缺席的还有两位学员：蔡敬平和李茂增。顺便向师兄汇报一下，自从您获得诺贝尔文学奖之后，我们经常把其他院校的教授招来当学生。全军组织院校语文教学大奖赛，这两个学员是评委，恰好我们系里的谷海慧教授入围。因为比赛还没有结束，所以这三个人都没有回来，这也许是我的错。但是，就在半个小时前，他们发来电报，莫言母系的老师谷海慧的教学课被评上了一等奖，他们怀揣着捷报正在向机场挺进，也许，师兄你跟大家多聊一会儿，他们就能把奖状和奖金赠送给师兄了，请笑纳。

总而言之，解放军艺术学院文学系男女老少，能来的都来了。总而言之，解放军艺术学院的男女老少，即便是不能来的，也都从祖国的大江南北、四面八方，通过各种途径表达了他们对这次活动的重视，力所能及地为这次活动增添喜庆色彩，他们传递的，全是正能量。

好，介绍完了，现在我正式向师兄和全体师生以及广大的闻风而动的不速之客汇报这次座谈会的筹备情况。

全军中青年作家、评论家研修班开班以来，我们一直惦记一件事情，请莫言回到军艺文学系跟大家见面。我们委托文学系的元老苏达仁老师同莫言联系，让我们感到特别温暖的是，莫言欣然答应，一个字：好！

此后，我们设计了接待莫言的种种方案，我们想寻找一种恰当的方式来迎接一位功勋卓著的作家，来表达我们对我们的师兄莫言同志的敬意。

　　我们设计的第一个方案是，在学校操场上组织一次盛大的阅兵仪式，鸣响四十一炮，让我们的学员精神抖擞地列队通过，请莫言招手致意，一次又一次地喊：同志们好，同志们辛苦了！我们文学系全体师生立正回答：师兄越来越幽默！

　　我之所以设计这个方案，是因为我曾经读过莫言师兄的一篇散文，写他到部队的情景，那里面就有关于阅兵的故事，不过，那一次他好像没有过瘾，因为那次参加阅兵式的兵力只有一个排。这次我们可以多组织几个人请他检阅，你想阅几次就阅几次，你想喊几声就喊几声。

　　你们的掌声使我感到惭愧，因为这个方案没有被批准，莫言回复说：不搞形式主义。

　　此后，我们就开始设计第二个方案。我们打算在魏公村东北乡找一块红高粱地，再买一头大肥猪，现场办公，包饺子，莫言吃两碗，我们每个人吃一碗。

　　我之所以设计这个方案，是因为我在莫言的作品里看见过成千上万个关于"吃"的故事，我渐渐地理解了"吃"是多么的重要，没有"吃"就没有我们。显而易见，"吃"这个动词，在莫言作品里的位置是举足轻重的，它和另一个生命主题意象双峰并峙，成为莫言作品高视阔步前进的左脚和右脚。尤其是饺子，莫言对它情有独钟，此时此刻，我们似乎还能听见莫言笔下吞咽饺子的咕咕噜噜、噼里啪啦的声音。它是童年莫言的梦想，也是童年人类的梦想。师兄，现在我可以这么说了，我可以无条件地帮你实现吃饺子的梦想！

　　你们的掌声使我再次感到惭愧，因为这个方案同样没有被批准。莫言回复，改变作风，不要铺张浪费。因为莫言从斯德哥尔摩载誉归来之后，他已经不再稀罕饺子了。

　　莫言的态度使我感到很为难，左思右想，我再也想不出更好的接待方式了。我终于生死疲劳了。

　　可是，就在我这么瞻前顾后、苦思冥想的时候，莫言师兄，他就像一个普普通通的中国人那样，不要我们去接，带着他自己的车，低调，神不知鬼不觉地来到了我们中间。没有鲜花，没有军乐，没有红地毯，只有北京魏公村母系社会的子民 N 世同堂。

需要说明的是，尽管我们的保密工作慎之又慎，但还是有很多媒体嗅到了风声，他们通过各种途径各种方式，企图打入我军内部，均遭到了我们的婉言谢绝，为此，我们还加强了大门口的警卫力量。但是，师兄，您看见了，我们当中还是潜伏了几个记者，我没有办法，也不忍心把他们全部撵走，我向您学习，睁一只眼闭一只眼，假装全都不认识他们。

我们之所以对媒体婉言谢绝，不是出于政治、经济、军事和文化等等方面的考虑，唯一的原因，仅仅是因为坐不下，仅仅因为我们这个解放军军事文学研究中心最多只能容纳二百人，而且如果真的来了二百人的话，有一半人还必须站着。现在已经有不少人站着了，我看见他们像芭蕾舞演员那样正踮着脚尖弓起脚背向莫言行注目礼。

我想，我们已经找到了最好的方式，那就是作家的方式，文学的方式，简洁的方式。我们最初拟定的主题有很多，诸如"庆祝师兄莫言获得诺贝尔文学奖""对话莫言""和莫言一起讲故事"等等，就在昨天晚上，我才找到感觉，决定把"欢迎莫言大师兄"作为这次座谈会的主题，座谈会其实就是个见面会。没有领导，没有大腕，没有媒体。这是我们文学系自己的事，这个会我们想怎么开就怎么开。我们以这种校友聚会的方式，以亲切的、轻松的和隐蔽的方式来接待我们亲爱的大师兄，听他讲故事，听他谈文学和非文学。现在，让我们用耳朵阅读，以真诚的掌声欢迎莫言讲话！

回家领奖

很荣幸参加解放军报社和淮北市委联合召开的"中国梦强军梦"军民文化融合研讨会；更荣幸的，是踏进家门回到故乡来参加这个会议，回家领奖，我有点光宗耀祖的感觉；尤其重要的是，我今天还有一个重要身份，是《长征》副刊文艺奖获奖作者代表，为了获得这个荣誉，我整整奋斗了二十六年。

二十六年前，也就是 1988 年秋天，《解放军报·长征》副刊在山东省蓬莱市组织了一个笔会，当时我还是某野战军政治部组织处的干事，那时我第一次接触到《解放军报》的编辑记者，也是我第一次见到大海。在蓬莱的海边上，在长岛的碎石路上，《长征》副刊的编辑曾凡华始终和我们这些基层业余作者一起，谈文化，谈文学，谈军事文学，谈部队生活，谈观察发现，谈审美想象。事实上，我在军队报刊发表的第一篇作品就是此后不久发表在《长征》副刊"蓬莱笔会"专版头条上的《军官和他们的妻》。

曾凡华同志对这篇作品很欣赏，并且预言我可以成为一个作家。从此以后，我同《长征》副刊就结下了不解之缘。陈先义、李鑫、刘业勇、曹慧民、赵阳等，都是我的良师益友。我每次发表或出版作品，《长征》副刊都要以较大的篇幅宣传、介绍，我们也会借助《长征》副刊这个平台，表达我们的军人情感和文学理想。我的中篇小说《潇洒行军》发表后，军报文化部原主任陈先义同志撰写长篇评论，大画家陈玉先老师专门配图，让我非常珍惜，至今难忘。

这次获奖的还有石祥、唐栋、周大新等著名的作家、艺术家，大家和我都有相似的经历。我们的成长和进步，与《解放军报·长征》副刊有着千丝万缕的联系，请允许我代表全军作家、艺术家和广大业余作者，向《解放军报·长征》副刊致以诚挚的感谢！

淮北我是第一次来，但并不陌生，小时候就闻濉溪大曲的酒香，当兵时就以口子窖引以为豪。知道这里物产丰富，也知道这里人才辈出，以后研究军史战史，才知道这里曾经是淮海战役的指挥部，过去有个称号叫小徐州，以徐州为核心，淮北应该在古战场文化圈子内，有丰富的战争文化资源。那些雄阔悲壮的战争历史，人类智慧的结晶，散珠碎玉般地广布在淮北广袤的土地上，像一个个沉默的课题，静静地等待我们去挖掘、去开采、去发现。

文化是一个大命题。文化不仅仅是用来看的，不仅是用来听的，更不是用来吃的，文化是用来滋养我们的心灵的。过去有一句话，说作家是人类心灵的工程师，引申一步说，一切文学艺术工作者，一切文化工作者，都是人类心灵的工程师，都是民族精神的保健师。我昨天到淮北，大致浏览了淮北市情，感受蓬勃的生机。除了区位优势、矿产资源以外，最重要的是人才辈出，历史上有，今天也有。历史上的嵇康价值不止于他会弹《广陵散》，他不仅是个器乐高手，他还是个思想家和文学家，至于他不愿意当官，我们宁肯相信是真的。在中国古代，能把官位看淡的，实在不多，也实在难得。中国古代，官员泛滥成灾。还有那个刘伶，如果他仅仅是个酒鬼，别说"死便埋我"，即便他死上十回八回，我们也没有必要记住他，我们记住他了，是因为他是竹林七贤之一，所以可见人才的重要性，人才就是城市的一张名片。淮北不缺这样的名片，但那都是老名片，我们还需要刷新。

昨天进宾馆，我看见当天的《淮北日报》头版上有一篇评论员文章《扎实推进未成年人思想道德建设》，后来又研究有关资料，才知道淮北是全国未成年人思想道德建设工作先进城市，是有称号的。刚才听肖书记说，十九年不懈努力，争创文明卫生城市。还有国土绿化和城市拥军，特别是军民文化融合情况让我们感到振奋。我认为思想道德建设，是一篇大文章，是一项带有根本性的，体现核心价值的大工程，或许这就是我们的特色，或许我们能以此作为文化建设的长远战略，作为突破口，占领制高点，建设区别于其他地域，独属于淮北的文化品牌。

经济建设上去了，不等于我们幸福了。我们幸福了，不等于我们的子孙能幸福。环境保护，尤其是心灵环境保护，资源保护，尤其是文化资源保护，对于人类灵魂工程而言，依然任重道远。当年刘伶说，天当被子地当床，那天是蓝蓝的天，地是绿绿的地，那天地之间才是美好人间。我们今天为什么要实行文化融合？就是要找回我们美好的人间。在淮北市实施"九个一工程"的宏伟进程中，我们这些文艺工作者，也是亲历者，也是实践者。我们一定能够找到我们的用武之地，一定能够找到自己的战斗位置，一定会发出响亮的声音。

军艺生活点滴

1989 年的夏天，我所在的集团军搞了一个"旅团营连四长集训"，白天是战术技术，夜晚是偷袭捕俘，龙腾虎跃，气势旺盛。尽管天气炎热，体力消耗巨大，但在训练之余，我还是趴在高低床上，汗流浃背地写小说。此前，作为一个业余作者，我已经在《小说林》《清明》《飞天》等刊物上发表了六个中篇小说和若干短篇小说，正是方兴未艾、踌躇满志之际，根本不知道什么叫苦和累。那时候，我一心想着要当作家，哪有心思研究战术啊！

一天中午，我正鬼鬼祟祟地写小说，我的好哥们、宣传处干事李光明给我打了一个秘密电话，他压低声音告诉我，解放军艺术学院招生的通知下来了。

天哪，这几年我朝思暮想上军艺，终于看见曙光了。我迫不及待地对李光明说："老兄，请你帮我报名，我尽快请假回机关。"

但是李光明紧接着又给我透露一个信息，他向政治部首长推荐人选的时候，首长明确表示，不能让徐贵祥上军艺。

犹如一瓢凉水当头泼来，我火冒三丈地问，为什么？

李光明说，他也不知道为什么。

我很快就冷静下来，认真寻找原因。首先我想到的是，我的手里确实有几项工作没有完成，但是这些工作是长期的，如果我被这些工作缠住，就等于在一棵树上吊死。而考入军艺，不仅能实现我的梦想，也可以使我迅速摆脱那些我本来就毫无兴趣的文牍工作。我分析首长的心态，只要我提出报名，首长虽然可能会为难，但也不会直截了当地挫伤我的积极性，再说，这些工作我可以做，别人也可以做，而报考军艺，在我们集团军范围内，只有我最有资格。我最后得出结论，这件事情还有回旋的余地。

眉头一皱，计上心来。我对李光明说："请你向首长报告，就说徐贵祥要求报考军艺的愿望迫切，如果组织上不批准，对徐贵祥是个打击，这个人可能会一蹶不振，会严重影响工作。为了稳定徐的情绪，不妨给他报个候补的名字，反正他也考不上。"

李光明叫了起来："你小子别害我，你万一考上了怎么办？你屁股一拍走了，首长不骂我啊？"

我说："你太高看我了，考军艺要参加全军统考，还要经过军艺甄选，我连函授大学的学历都拿不到，作品虽然数量多，但是不上档次。你可以向首长保证我考不上。"

李光明说："你明知考不上，你还死乞白赖地报名干什么？"

我说："不到黄河不死心啊，我总得试试吧。"

李光明疑疑惑惑，不停地嘀咕："你这家伙诡计多端，你小子万一考上了怎么办？"

我火了。我说："老兄，你就这么没担当？万一我考上了，你说你怎么办？你好办得很，万一我考上了，你脸上有光，你就是伯乐。我考上了，生米做成熟饭，首长能把你枪毙了？没准首长早就想让我滚蛋了，只有你在那里帮我自作多情！"

经过反复密谋，李光明最后终于答应，帮我把名先报上再说。好在，政治部首长终于同意了。

当我决定报考军艺之后，我的另一位朋友，也是本集团军文艺界大名鼎鼎的业余文工团创作员老某，信誓旦旦地告诉我，我的作品虽然发表刊物的级别不高，但是分量不轻，他和军艺的教员朱向前是莫逆之交，可以向朱老师推荐。这个信息使我增添了信心。我二话不说，就挂通了朱老师的长途。岂料，朱向前说他并不认识老某，倒是很早就关注我了。我一听这话更激动，就像掉队的红军找到了组织，我满腔热忱地向朱老师表达我的愿望和理想。最后，朱老师让我把最新的作品寄给他，先看了再说。

几天后，朱向前打电话告诉我，我的作品不错，但有差距，主要是没有在军内文学期刊上发表作品。就创作专业水平而言，在前面二十五名考生中，我的作品排在十六名至二十五名之间。这是什么意思呢？后来才知道，作品排在前十五名的，基本上就录取了，而进修生正式名额是二十个，剩下的五个指标，要从十六名到二十五名十个人中，通过全军统考，以文化成绩论成败，十中取五。

这对我来说无疑又是一个严峻的考验。好在那几年我一直为学历而奋斗，先后报考过各类电大、函大乃至刊大，多少还有些基础。加上临阵磨枪，考试并没有把我难倒。开学之前，朱向前给我打电话说："你老弟还挺争气，在文学系录取的学员中，你的文化考试成绩，总分排在第一。"

1989 年 7 月，我以三十高龄，考入解放军艺术学院文学系。

以后才知道，在我当初决定报名的时候，本集团军政治部首长确实不是很想放我走，他们也是好意，认为可以把我培养成为一个带兵的干部而不是文字匠人，他们认为我写小说"可惜了"。我入学后，政治部从基层调了两个干部上来接替我，这两个人，一个人现在已经当了将军，另一个正准备当将军——这是后话了。

我们这一茬人上军艺，当时北京正处于浮躁之中，我印象很深的是，有几个同学常常在夜里发出莫名其妙的号叫，宿舍过道里，还经常有人打架。校方和教员对我们这些人比较宽容，大概把一些反常的现象理解为"行为艺术"吧。因为我在基层当过主官，也可能因为我五大三粗，加上一脸横肉，看起来比较威严，所以就让我当了班长。刚开始的时候，我确实踌躇满志，经常吆五喝六，组织打扫卫生、检查内务等等。同学们议论我是侦察连长出身，刚从战场上下来，还有的说我是拳击冠军，所以很长时间大家对我都很戒备，走路迎面碰上，老远便绕开。本来，我还以为因为我是从基层来的，大家看不起我，哪里知道原来他们是怕我，这让我很难受。其实那时候我既自卑又孤独。入学不久，我写了一个中篇小说《大路朝天》（发表在《清明》杂志上），就是这种处境和心态的真实写照。

80 年代后期，解放军艺术学院条件还很艰苦，我和诗人王久辛、小说家赵琪和编辑家曹慧民住在一间宿舍里。这间宿舍后来被王久辛命名为"102 室"。102 室面积很大，每人用布帘子隔了一个空间，从此就开始了为期两年的"深造"。

说是军校，但给我的感觉是，我们这些军队干部学员聚集在一起，就是一个长期的规模较大的笔会，用现在的话说，就是"互动"。系主任张学恒和教员朱向前、黄献国、张志忠、刘毅然等人，经常到我们宿舍聊天，坐在床上，高兴了，用电炉煮一盆速冻饺子，用茶缸喝酒，吹大牛，侃大山。王久辛同教员们早就熟络，大大咧咧地不喊老师，直呼其名，久而久之，我们也就向前、献国、志忠、毅然地乱喊，高兴了还拍肩膀。其实，就年龄而言，教员们跟我们相仿，大不了几岁，有的学员比教员还要年长，彼此之间亲密得很，像兄弟。他们除了在正课时间传授创作理论以外，更多的是在课余和我们交流创作经验。对于作家而言，经验之谈，尤其实用。

我在军艺进修两年，这期间听过不少名家大师授课，课程很丰富，应接不暇，有些还很深奥。印象中，钱理群和王富仁讲鲁迅讲得比较系统，王扶汉还讲了几天易经。我这个人比较功利，一是只听自己听得懂的，二是只听对我有用的。所以两年下来，理论上仍然模糊，倒是积累了一些创作经验。

与同学相处，同宿舍的四个人，狗脸亲家，今天吵架，明天喝酒。但总体来说，最初半年，我和赵琪、曹慧民相处得更为融洽一点。王久辛诗人性格，好为人师，爱出风头，我们三人常常暗中联合起来，你一言我一语讽刺挖苦王久辛。但王久辛全不在乎，照样颐指气使，指手画脚。渐渐熟悉了，觉得王同学可爱之处也很多。我后来写《高地》，主人公兰泽光自我标榜说："我的缺点都是小缺点，无伤大雅；我的优点都是大优点，有利于国家。"这句话的前半部分就是评价王久辛的。讲一句良心话，王久辛读书甚多，对于文学，确实有一些独到的见解，我本人还是受过不少帮助的。那时候他正在创作长诗《狂血》，每天深更半夜，都能听到他的钢笔敲击桌面的声音，时轻时缓，犹如奔驰的马蹄。他的勤奋一点儿也不亚于赵琪和曹慧民，仅次于我。

我记得有一次赵琪说我不会写短篇小说，我一气之下，一周之内写了三个短篇，请王大师指点。王久辛连夜看完，往赵琪桌子上一扔说，这不是短篇小说是什么？看看吧，短篇小说就要这样写。这三个短篇，标题分别叫《错误颜色》《某个夏夜的话题》《胆量历程》，后来分别发表在《作家》《作品》《解放军文艺》杂志上，均为头题。这个结果，一是说明本人有较强的短篇创作潜力，二是说明诗人王久辛并非不懂小说。我的中篇小说《决战》发表的时候，王久辛好像正在医院陪护病人，拿到刊物，在病床前一口气看完，又一气呵成写了一篇洋洋洒洒的评论《人格的力量光芒万丈》，此后，我每出版一部作品，他都要谆谆教诲我一番。

在军艺，还有一个同学马正建我不能不提起。这个山东大汉是个老八路的后代，为人憨厚耿直，在我最缺乏自信的时候，他给了我很多安慰，帮助我树立信心。我们常常一起散步，我后来写《弹道无痕》和《潇洒行军》，他提供了很好的意见。直到多年之后，我仍然视他亲如兄弟，只要他来北京，我再忙也要约他喝一顿。

经过近两年的磨合，102室的四个人，渐渐成了一个小小的团队，就差拜把子了。王久辛一度叫嚣，军艺文学系第三届102室如何如何。这个叫嚣虽然有点夸张，但是也能体现集体荣誉感。我们102室的几名同学，当然不可能如何如何，只是，在后来的岁月里，我们始终没有沉默，在各自的位置上，多少都有点动静。其实，我们那一届进修班，出了很多优秀的作家和作品，102室只是一个小小的缩影——这话扯远了，书归正传。

快毕业的时候，大家手里有了一点稿费，嫌学校食堂伙食不好，王久辛居心叵测地提议，每个人从稿费里拿出百分之十，统一交给赵琪负责，天天下馆子。王久辛当着赵琪的面说，赵琪忠厚老实，把钱交给他，大家放心。当着我的面，王久辛说，赵琪是南方人，会算账，会讨价还价，由他管钱，不会吃亏。我当时有所觉察，因为赵琪那时候主要写短篇，而且深耕细作，发表的数量有限；曹慧民正在琢磨毕业后调到《解放军报》工作，那时候主攻新闻；王久辛写诗，长诗《狂血》还没有定稿，短诗稿费微乎其微。算来算去，我发现，从我手里提成出来的银子最多，因为那一年我连续发表了四部中篇小说，稿费有五千多元，提取了五百多元充作吃喝费用，在90年代初期，五百多元人民币差不多算巨款了。

他们吃我的喝我的，不仅不领情，还振振有词地都在叫唤自己出钱多了，都在喊不公平。更有甚者，还说我抠门，还希望我增加预算，不增加就是抠门。

这些人物，这些生活，这些感情，这些经历，后来都在不知不觉中进入了我们的作品。

2005 年，我的长篇小说《高地》由赵琪改编为电视剧，这是我和赵琪合作最为密切的一次。我写小说的时候，向他请教。他改剧本的时候，同我切磋。军线电话打长途很方便，几乎天天打。到了开机拍摄，他来北京，我们两个一起去塞外探班，散步时聊起军艺生活，赵琪才披露真相，说是毕业前后天天下馆子吃饭，其实花的都是我一个人的钱，他们三个，谁也没有交纳提成。

我哈哈大笑，我说："我早就知道，你们那时候就是把我当土豪打。我花钱我乐意，因为我稿费比你们多，吃喝的时候心理占优势。"

赵琪一针见血地指出："你小子，还是典型的农民心态！"

一晃二十年过去了，当年三十岁的年轻人，如今都已跨过半百，回忆军艺生活，历历在目，说来话长，滔滔不绝，篇幅有限，以后再说。打住。

两个女人千年一叹

一

初识沈培艺，是在十八年前，当时我在解放军艺术学院文学系进修，期末考试阶段，去看舞蹈系的热闹，倏然之间，眼睛就被一个漂亮的女子擦亮了，或者说被她打动了。后来听说，该女生并非军艺学员，而是总政歌舞团舞蹈演员，是被军艺舞蹈系的男生请来陪练的。我当时的感觉是，那几个和我同届的舞蹈系男生没有一个人值得这个女生陪练，她的身材、形象，甚至于随意站立的姿势，都几乎到了无懈可击的地步，甚至连她汗涔涔的脸上始终挂着的矜持的微笑，也有一种神秘的美感。她打动我们的绝不仅仅是她的漂亮——恕我不恭，事实上就外部形象而言，她还算不上绝色佳人——但是她身体的每一个部分，和她的每一个细小的动作，以及每一个含蓄的微笑，都是那样的和谐，她的漂亮是气质型的而非生物型的。她微笑着站在那里，听那些相形见绌的教员和学员们提出这样的要求，那样的设计，始终都在谦虚地做聆听状，然后一次又一次上场，不遗余力地配合别人的动作。我等虽然不懂舞蹈，但是我们能够感受到，从她的举手投足之间洋溢出来的神韵。一旦陪练开始，进入舞蹈状态，她的肢体似乎就不再属于她本人了，而很像是一位书法大师手中的笔锋，在空中一路翻转跳跃，敏捷流畅，忽疾忽徐，忽而凌空画过一道弧线，忽而落地生根，亭亭玉立。其实能够看得出来，她那天的表现完全是附属性的，是为了给别人做陪衬，而她居然把陪衬做得那样认真，那样用心，那样奋不顾身。

这个人给我留下了十分美好的印象，连同她的舞姿和她的微笑。以至于后来排练结束，她拎着一双舞鞋大汗淋漓地从我们眼前走过的时候，我不禁多看了她一眼，然后冲着她的侧影又看了一眼。她看起来是那样的单薄，然而在那修长的身躯里却蕴含着极大的爆发力，还有敬业、友善和自信。我当时就有一种预感，这个人早晚要成大器。

二

从军艺毕业之后，我离开原部队，辗转调到北京工作。十多年不见，沈培艺一步一个脚印，已经是军内外一位重量级的舞蹈家了。我担任解放军出版社总编室主任期间，一位编辑策划了一套军中明星丛书，请我出面向沈培艺约稿。我虽然不太主张出版所谓的军中明星丛书，但是基于我对于沈培艺的特殊关注，我还是给她打了电话，谈了十年前一面之交她给我留下的印象，同时也说明了我们这位编辑的想法。果然不出所料，沈培艺很低调，表示暂时不想树碑立传，她想实实在在地当一个舞者。此事于是不了了之。

2002 年 10 月初，我在山东某部代职结束，所在部队首长为我饯行，大家喝酒聊天，顺便看电视，突然荧屏上出现了沈培艺。那是一场青年舞蹈演员的选拔赛，她是评委之一。在我的坚持下，我们停止了喝酒，聚精会神地观看这场比赛。我最看好的是一个名叫黄亚彬（也许是王亚彬）的女孩，那个舞跳得真是好，要让我这个门外汉说说怎么个好法，可能贻笑大方，反正凭直感就是觉得好，动作行云流水，一气呵成，简洁流畅，飘逸大气。

我们几个同志打赌，我说这个女孩子不拿第一名，那就是评委出问题了。后来评委们一亮分数牌，我没有忍住，一掌拍在桌子上，把酒杯都打翻了。沈培艺给这个女孩子打的分数被去掉了——去掉一个最高分。去掉了这个最高分，再去掉一个最低分，这个女孩子还是那次比赛的第一名。我当时很得意，跟那些部队的同事吹嘘说，怎么样，我老徐没看走眼吧？

我和著名舞蹈家是一个眼光，英雄所见略同啊！

三

不知道为什么，我后来很少看见过沈培艺跳舞了，而老是看她当评委，电视访谈节目上也见过她两次。直到前不久，她策划了一个中日和平主题的舞蹈晚会，发短信问我有没有兴趣，我说太有兴趣了。我的兴趣在于，我倒是要看看，这个年届不惑的舞蹈大家是怎样复活她的艺术青春的。

那天晚上，我和朋友坐在国安剧场里，我一遍又一遍对朋友说，别着急，她一定会亲自上场的。但是后来我们发现上当了，她没有再穿舞鞋，而是充当节目主持人，实际上也是组织者。她在继续做着为人作嫁的工作，中方演员中，她推出了她的学生柴明明。我看着舞台上的柴明明，想象着十八年前的沈培艺，那副做派倒很神似。

几天之后，我收到了她的专辑光碟《易安心事》。这时候我才知道，两年前她又干了一件让人目瞪口呆的大事。她接受了一个日本艺术家的邀请，在中日韩三国三个女人组合演出中，一个人独舞三十分钟。那一年她应该四十岁了。作为一个普通的人，四十岁当然不算老，但是作为一个舞蹈演员，四十岁怎么说也算不得年轻了。三十分钟啊，且不说一个四十岁的女人，就是一个豆蔻年华的女孩，一个人在台上蹦跶三十分钟，除非她身上的每一块肌肉都闪闪发光，否则观众怎么能坐得住呢？我真是为她后怕。我能想象得出来，在那些准备的日子里，她是怎样的一副心情。无疑这是一次严峻的挑战，也是一次千载难逢的机遇。我甚至想，也许，在登台前的那一瞬间，她应该是悲壮的，是视死如归的，是大义凛然的，如同涅槃。

舞蹈就是舞蹈家的宗教，为这个宗教献身，沈培艺是可以义无反顾的。我相信她在沉寂的十年里，一定读过很多书。她在中国传统文化的海洋上面，终于找到了让她艺术心灵翱翔的那片天空。穿过千百年时间的隧道，她和那个女人不期而遇，她聆听了她的哀怨，她领悟了她的惆怅，于是她成了她。凄婉的秋雨，清冷的春风，雨打梧桐的怅惘的调子，遥望天穹思念的目光……这一切，都在瞬间顿悟，都在顷刻复苏。她秉着一把红色纸伞，踯躅蹒跚，如歌如诉，怎一个愁字了得？才下眉头，又上心头。她用自己的躯干肢体诠释了那份挥之不去的怅惘，她无言地把那个女人跳活了，跳得我们热泪盈眶。那个愁字啊，让人心碎，也让人心醉。我们在品味一个女人——不，应该是两个时代的两个女人——还不，应该是所有的女人的那个"愁"字的时候，骤然一惊——竟然，人间还有这么重要的情绪，女人的愁，足以化解男人的仇恨，足以牵回浪子的野心，足以浇灭战争的火焰。为了那些爱恋着我们、等待着我们、期盼着我们的女人们，我们还争夺什么？打点行装，上路回家吧！女人的愁，就是我们的精神家园啊！

我有理由推测，沈培艺在研读李清照的时候，她有可能会产生幻觉，那种知识女性独特的离愁别绪，正好与她内心的某种情愫对接了。冒昧地说一句，沈培艺在她的艺术生涯中，一定有她的失衡，一定有她的隐痛，一定有过失望和绝望。而这一切，恰好造就了她。背水一战，破釜沉舟，多年在遏制中酝酿积蓄的艺术激情在瞬间爆破，舞蹈中的她已经不再属于自己，她已然成为一个跃动的符号，一缕恣意泼洒的烟雨，鬼魂附身，妖魔蛊心，同那个著名的愁字号品牌女词人融为一体，那个人把她自己的灵魂附着在一个21世纪的舞蹈家身上，这个舞蹈家把自己的艺术激情倾注在那个幽灵的艺术生命里。

看完《易安心事》之后，我的心情久久不能平静。我太震撼了，似乎这时候才恍然有悟，历史原来可以这样表现，舞蹈原来可以这样进行，文化原来可以这样传承——只有你深刻地懂得她，你才可以成为她。如此说来，我不能再写下去了，蓦然回首，我发现我们对沈培艺，还是了解得太少太少。

母亲的忐忑

一

我的母亲八岁那年，姥爷给她取了个名字胡馥声，把她送到公立小学读书，读到初小毕业，就不让她读了，要把财力集中用在我大舅身上。我母亲后来说起这件事情，心里还很难过，但是她并不埋怨姥爷和姥姥，因为她是长女，家里需要她干活了。

我两三岁的时候，母亲就教我认字，她用硬纸板剪成的"字丁"（我母亲发明的教辅工具），上面写着"天、地、日、月、人、树、花、田"等等。母亲教一个字，我能认识很多字。比如，她先让我认"一"，然后认"十"，依次是"寸""木""又""权""对"，等我最后认得了"树"，实际上我已经认识了七个字，而且对每个字的含义都有了印象。母亲的教学法，让我受益至今。

母亲参加工作之初，在老家小镇公私合营的商店当营业员，商店原先有我姥爷的股份，后来没有了，我母亲就成了集体企业的职工。当时的商店党支部，认为我母亲工作认真，把她当作进步青年培养。我母亲的性格是"一根筋"，单位领导虚报"损耗"，我母亲二话不说就揭发了。后来组织上讨论发展新党员，单位领导找我母亲谈话说："现在我们党支部有两个小组，一个是左派，一个是右派，左派小组人员已经很多了，你参加右派小组怎么样？"我母亲说："那我就参加右派小组吧，反正是入党。"结果是，我母亲党没入上，不仅稀里糊涂地戴了一顶右派倾向的帽子，反而还被查出了贪污的劣迹，实际上是被栽赃了，定性为错款，开除公职。

这以后，我母亲就开始了人生的艰苦奔波。以后我听我老舅经常讲起一个故事。那正是饥饿年代，我刚刚出生不久，为了糊口，我母亲在姚李镇卫生院谋到一份保健员的临时工作，老舅上学也住在我家，吃饭的时候，家里有白碗黑碗之分。所谓白碗黑碗，说的并不是碗，而是碗里的内容，我的碗里是白米汤，舅舅的碗里是白米稀饭，而我母亲的碗里是薯叶和杂粮，颜色是黑的。

我记事的时候，母亲在老家洪集汽车代办站当代办员，人称胡站长，其实就是一个合同工。为了笼络司机，多载几个乘客，我母亲下班之后走村串户，给司机们采购鲜鸡蛋。有些老弱病残乘客当天搭不上汽车，我母亲会把他们带到家里，管吃管住，我们家里一度就像收容站。我记得，因为这件事情，我和我姐姐、妹妹，甚至还有我父亲，都和我母亲吵过。我印象最深的是有一次，我母亲把一个挺着很大肚子的孕妇带回家，把我父亲吓坏了，生怕出事。我母亲说："有什么办法呢？她没有搭上车，离家还有十多里路，我总不能让她摸黑回家吧？"

接受这篇约稿，我最初不想写我母亲如何善良，怎样帮助他人。我知道，对于子女而言，自己的母亲都是伟大的、无私的，所以子女眼中的母亲，往往都是不客观的。我把我原先写的初稿发给我的表弟任家杰，他很直率地告诉我，我写的大姨不像他的大姨，他心目中的大姨就是一个善良慈祥而又坚持公正的人。家杰问我："有一年冬天，姥姥见大姨穿得少，给她缝了一件新棉袄，很快，大姨把这件棉衣给了另外一位更冷的旅客。这件事情你知道吗？"我老老实实地说，我不知道。但我知道，这样的事情我母亲能够做得出来。

20世纪六七十年代，我家所在的洪集镇没有中学，读中学要到五十里外的叶集，就是我老舅当初就读的那个学校。每到周末晚上，农村的孩子要回到家里背粮食。那时候生活艰苦，学生们营养不良，一天之内徒步来回两趟，非常劳累。可是乘车吧，又没有钱买票。我母亲对此很是同情，经常替他们拦截货车。要知道，我母亲的工资是靠营业额提成的，学生乘坐货车不买票，就意味着我们家的收入会减少。但是我母亲有她的原则，她能设身处地地体会穷孩子读书的不易，宁可减少收入，多费口舌，她也愿意帮助他们。

前几年我到河南出差，我的同乡、原河南省军区司令员袁家新回忆他上中学的时候，我母亲帮他们那批穷学生搭车的情景，还充满深情地说："你妈妈可真是个好人啊，那时候帮我们搭车，不知费了多少心血！"

我母亲做的好事可以写一本书，以至于我后来写小说写出一点动静，又调到北京工作，老家上了年纪的人都说，他有什么本事？还不是他娘修行的！

老家人的这个看法是有道理的，我小时候读书不用功，加上正赶上"特殊年代"，月上东山，街头巷尾，哪里有孩子打群架，哪里就有我。一句话说到底，在老家长辈的眼里，小时候的我就是个混世魔王。这样一个不学无术的孩子，长大后居然能够写出"七侠五义"来，实在不好理解，他们只能把这件事情归功于我母亲的功德。现在，我也是这么认为。也许，母亲做的好事都回报到我的头上来了。

二

母亲去世之后，我经常在梦里见到她老人家，每次醒来都是泪流满面，除了思念，更有愧疚。我一直怀疑，我的母亲是被我吓死的。

母亲被我惊吓，从我的童年就开始了。

我父亲和母亲都有一份工作，白天很少在家，我和妹妹是跟着我奶奶长大的。奶奶年纪大了，眼神不济，根本管不住我，所以我上学经常逃学，基本上是个野孩子。

记得是八九岁的时候，有一年家乡发大水，我家房后西马堰河水陡涨，房根后面出现几平方公里的水面。那几天不用上学了，我高兴得很，就像一根上足劲的发条，白天一会儿也不肯停下来。有一天，上午下着大雨，我把邻居的鱼桶——比小舢板还小的打鱼工具，偷偷地拖到岸上，到对面陈真家的河湾偷梨子。

有人很快报告了母亲。母亲三步并作两步，匆匆赶到岸边，隔岸喊了一遍又一遍："回来吧孩子，掉到水里就淹死啦！"

母亲的声音是颤抖的。

我那时玩得兴起，哪里理会母亲的呼喊？我在水里充分表演技术，一会儿金鸡独立，随波逐流；一会儿弯腰哈背，展翅如飞。母亲无奈，急中生智，大喊："孩子，你要的铅笔盒给你买回来了，你要的盒子枪也给你买回来了。"

我没想到我的撒野还会带来这么大的好处。我站了起来，两腿一蹦一蹦，很快就把鱼桶拱到岸边，一个亮相，跳到岸上。我正要跟母亲讨价还价，不料斜刺里蹿上来两个黑脸大汉，分别是我的堂兄和表哥，一左一右，像缚小鸡一样把我擒住，按在地上。我的母亲，可怜的母亲这才回过神来，举着一根青竹竿，照我的屁股猛抽起来。我疼得哇哇大叫，挣扎着反抗："打吧，你就是打死我，我也不投降，革命者是不会屈服的！"

那一顿暴打，是我平生挨过的最疼的一次，母亲手里的竹竿都打裂了。当天晚上，我父亲下班回来，察看我的屁股，已是皮开肉绽。父亲同母亲吵了起来，父亲哭了，母亲也哭了，后来我也哭了。

三

我给母亲带来惊吓，是屡见不鲜的事情，譬如在学校肇事，把人家的红纸油伞捅破，人家告状告到家里，母亲只得赔礼道歉，赔人家的雨伞——自然，这些都是小事。

依稀还记得一件事情。母亲在车站当"站长"期间，有一次一辆大客车因为故障，停放在车站对面的粮站大院里。我那时候正读小学，放学回来，看见空荡荡的客车，喜出望外，居然拉开车门爬了上去——小时候，当一个汽车司机也是我梦寐以求的事情——好像是司机下车时没有拔钥匙，我七鼓八捣，居然把火点着了，而且车子启动了，照直向水塘驶去，大约走了十多米，我手忙脚乱，再也没有办法让车停下来，幸亏车子速度不快，被水塘岸上几棵大柳树挡住。母亲闻讯赶来，吓得说不出话来。

那一次有没有挨打，我记不得了。

我印象中最深的，我成年后给母亲，也包括父亲，还有一次比较大的惊吓，是 1979 年春天。那时候我刚刚参军一个月，部队就到前线作战了。我的父亲是当地的公社书记，人前人后谈笑风生，鼓励安慰那些同样有孩子在前线的家长，可是转过脸去，就是热泪长流。据我父亲的一位同事说，那一年春节，公社干部互相拜年，大家都害怕在我家吃饭，我父亲一端起酒杯，话没出口，泪已涌出，搞得满桌子沉闷。我的母亲表现得反倒比我父亲坚强，我母亲经常用一些诸如好男儿志在四方之类的大道理宽慰我的父亲。可是，我姐姐后来说，她发现，我母亲经常半夜起来烧香磕头，菩萨也拜，道士也求，连灶王爷也不放过，只要是跟神仙沾边的，她都跪在人家面前，一遍一遍地求。

而在过去，我母亲是一个无神论者，那时候她只信仰共产党，她四十岁以前不知道写过多少入党申请书。可是，唯一的儿子在前线，她就再也不敢忽视神仙了，宁信其有，不信其无啊。

好在我后来活着回来了，并且立功提干，当了军官。就在那一年，我母亲错款的问题被甄别了，入了党，恢复了公职，补发工资一千多元。父亲在电话里对我说："你娘要把补发的工资全部作为党费上交。"我觉得母亲有点好笑，她把自己等同于那些平反昭雪的大干部了。但是我没有反对，全家人都没有反对，反对也没有用，我母亲的主张通常都是很坚决的。

几年后，我才知道母亲的真正用意。母亲说："我一个儿子在外面当兵，经常动枪动炮的，一下子拿这么多钱，我心里慌。我把钱送出去，保佑我儿平安。"

我想，可能每一个母亲都是迷信的。

继上次参战之后的第四年，云南边境烽烟又起，我们部队组建侦察大队，指挥组需要一名政工干部。那时候我血气方刚，一听说有这样的任务，立即向领导请缨，要求上战场。因为我有过战争经历，领导同意我随侦察大队赴前线轮战。

出发前我接到父母联名来信，里面措辞相当生涩，既有白话文，也有文言文，拐弯抹角，云遮雾障。后来我还是揣摩出来了，他们的意思是暖昧的，一句话说到底，不能装孬，但是也不能逞匹夫之勇，得眼观六路，耳听八方，因为子弹不长眼睛。我想，盼望我活着回来，才是这封信的核心意思。

部队很快就开到云南省麻栗坡县，驻扎在一个叫下金厂的地方，常年云雾缭绕，汽车硬着头皮开进去，就再也不敢乱动了。交通不便，通信不便，再加上保密要求，一连几十天没有音讯。我的父母又陷入恐惧之中。

我后来听说，当时在我老家，关于我的传说很多。一则消息说，徐贵祥作战勇敢，军用水壶里面装的都是烧酒，喝一口酒打一个冲锋，就像当年的杨国夫。杨国夫是我老家洪集的传奇人物，红军英雄，开国中将，曾经担任过济南军区副司令员。把我和杨国夫相提并论，让我的父母心情很复杂。

还有一个传说说，徐贵祥带领一个排深入敌境，被对方包围在一个山洞里，徐本人身负重伤，被打断了一条腿，然后被对方活捉，投降了。这个传说就不那么让人自豪了。

可以想象，在那些日子里，我的父母受着怎样的煎熬，一定是心乱如麻，百口莫辩。我相信，无论是褒义的传说，还是无意的诋毁，传过去的讯息，都不是我父母希望见到的结果。

当时，家乡小镇还有几个当年参军的新兵，所在的部队也到前线去了。后来我听表弟家杰说，我的一个街坊老弟，名叫王启军，他所在的部队比我们先从前线撤下来，很快家里就收到他的来信，信封的背面有三行字——"我回来了"，一行比一行字大，后面分别是三个感叹号。启军的姐姐在街上读信的时候，街坊邻居雀跃欢呼，我的母亲特别地为他高兴，可是回到家里，我母亲和父亲相对无言，转过身，各自抹泪，因为那时候他们还是没有得到我的消息。

真实的情况是，我那时候写了很多信，只是没办法投递。后来麻栗坡县政府采取有效的拥军行动，把邮递员冯大爹调到我们那个方向，凭借人工传递，这才有几封信陆续寄到家里。前几年我在电视上看过一个报道，题目是《子弟兵的贴心人》，我一眼就认出来，那就是麻栗坡的冯大爹，当年就是他凭借双肩和一双铁脚板，为我们传递家书。

父亲收到我从前线发出的第一封信，欣喜若狂，当晚在家里摆了一桌酒席，把我的舅舅、姨妈、姑妈一干人等都请到家里。客人走了之后，我的父母又做了一件谁也想不到的事情。他们在油灯下仔细地研究我的那封信，从邮戳日期到笔迹，研究得十分仔细，就像法医鉴定证据那样一丝不苟。最后他们得出结论，这封信不能说明我还活着，因为这封信是一个月以前写的。

那天夜晚，我的母亲又自作主张，请了一尊菩萨，在家里烧香磕头。20 世纪 80 年代，在人们的集体意识里，宗教和迷信是一回事，都是党政干部忌讳的。而在那天，过去一向反对迷信的我父亲，假装没有看见，待我母亲离去，我的父亲也在菩萨前面，恭恭敬敬地跪下了他的双腿。

好在，没过几天，我的后续家信陆续到达，父亲和母亲这才稍微放心一点。可是，还有一个问题，那就是关于我负伤的事情——人活着，不等于没伤着，在没有见到我本人之前，他们是不会彻底放心的。

1985 年夏天，我所在的侦察大队完成了边境作战任务，顺利归建。父母言辞恳切，迫不及待地催我探亲回家。我到家的当天下午，小院里人声鼎沸，父母迎来送往，不用多说。

客人散尽之后，母亲让我姐姐打来一盆热水，就像小时候一样，母亲督促我洗脚。我觉得有点奇怪，我说现在是夏天，干吗用热水洗脚啊，况且一会儿还要洗澡。我看着父亲，父亲看着母亲。父亲说，洗洗吧，热水洗脚解乏。没办法，我只好从命。就在我洗脚的时候，母亲突然走到脚盆前，弯下腰，两只手一上一下地捋着我的腿杆。我一下子急了，我说干什么干什么，我都这么大了……再说我跑了这么远的路，脚臭……

母亲还是一言不发，上上下下地捏我的腿肚子，捏我的膝盖，捏得生疼。这时候姐姐在一旁插话说："家乡传说你的腿被打断了，安了一个美国假腿，俺娘俺爸不放心，要看看你腿上的那些血管，是不是美国电线。"

我顿时明白过来了，哈哈大笑，笑着笑着，泪水滚滚而下。

四

20 世纪 80 年代末，我们家的生活状况大为改观。我本人结婚生子，求学调动，日子渐渐安定下来。前线一年的经历，关于战争的体验，在我的胸膛发酵多年，终于变成文字，后来我渐渐踏上文学小道，成了一个作家。

父母得知我当了作家，既高兴，也担心。用我母亲的话说，我的"文化程度"有限。

1991 年，我从解放军艺术学院文学系毕业后，调到解放军出版社工作，家属随军，我把父母也接到北京小住。记得有一次我们全家上街，路过天桥的时候，有一个衣衫褴褛、模样吓人的残疾叫花子伸手乞讨，我拉着母亲快速逃离，结果，母亲一路上数落不停，说我没有同情心。我只好又返回跑了二百多米，给那个叫花子送去一元钱，母亲才说，这就对了，做好事，有好报。

1996 年秋天，我们家里发生重大变故。

继我大姑妈去世之后不久，1994 年到 1995 年，我的小姑妈和她的独子、我父亲最器重的他的亲外甥又相继去世，父亲终于被击倒了，也于 1996 年秋天撒手人寰。

我记得那天清晨，当母亲赶到医院，听说父亲已经去世的噩耗，泪流满面，哽咽着说："你爸去世了，我可怎么办啊？"我说："娘，我对不起你，是我无能，没能把爸爸救活，我一定会把你照顾好的。"

父亲去世之后，我把我对父母的孝心都集中在我母亲的身上，我在老家小镇给母亲买了一套房子，母亲在里面住了十年。

本世纪初，我在单位当一个有点职权的小官，母亲的心里又悬上了一块石头。有一次回家探亲，母亲语重心长地对我说："你娘老了，不用花啥钱，有钱多花，没钱少花，有口饭吃就行了。咱们是穷人家的孩子，有了今天不容易，你要珍惜。"

我说娘："你怎么想的？你是不是担心我贪污受贿啊？我的每一分钱

都是自己挣来的。我有稿费啊！"

母亲说，那就好。母亲虽然这样说，其实并没有完全放下心来。她老人家不相信我的稿费够我挥霍。

后来我姐姐悄悄地告诉我说："俺娘的箱底攒了很多钱，连毛票子都聚着，一捆一捆的，你知道是为啥？"我说不知道。姐姐说："俺娘说：'贵祥手大心大胆子大，手里不能有权。他给我的钱我得留着，万一有个啥事，我得把我的儿子赎回来。'"

母亲的担心，直到我辞去那个职务为止。

母亲住在新房子里，照样吃剩饭剩菜，极其节俭。我们姐弟兄妹三人，先后给母亲找过几个保姆，但是我前脚刚离开，母亲接着就把保姆辞退了。探亲期间，有一次我看见母亲买了一只很大的鸡，是那种速成的大洋鸡，我当时气不打一处来，我说："我千里迢迢回来，你就给我吃这个？难怪姐姐和妹妹都不愿意回家吃饭！"母亲可怜巴巴地看着我说："左邻右舍不都是吃这个吗？你小时候能吃到这个就不错了！人啊，不能忘本。"

说到这里，我想起了母亲曾经一度挂在嘴边的话："忘记过去，就意味着背叛。"名人伟人的话，我母亲记得不少。

还有一次，我喝了两杯酒，高谈阔论，我说如果我爸爸还活着，我让他每天都喝茅台！我至今记忆犹新，母亲看我的眼神就像看陌生人，忐忑不安。母亲摇摇头，叹了一口气："你就吹！"

母亲还有一件让我不能容忍的事情，就是收破烂。还有一次探亲回去，我把母亲堆放在楼梯拐角下面的坛坛罐罐、旧书废纸统统清理掉了，我的理由是那些东西离厨房近，容易引起火灾。母亲当然反对，我在这边扔，她在那边捡，僵持了很长时间，最后还是我胜利了，我发动姐姐妹妹一起扔。那次把母亲气得不轻，老人家差点儿就离家出走了。而那次，我也感到寒心，当母亲的，怎么就不理解儿女呢？为什么老是唱反调？

我本来以为，只要让母亲衣食无忧，儿子的孝心就算尽到了。可是我想错了。孝顺孝顺，我在孝道方面还算做过一些实事，可是在"顺"的层面上，确实愧对父母。我是不理解老人啊！

我粗略地算了一下，从上个世纪末到母亲去世，我给她老人家的钱不少了，平均至少每个月一千元，加上她本人每月有近七百元的退休金，足够她花了。可是，我的母亲永远都是个穷人，永远都是省吃俭用。那么，她的钱哪里去了呢？我的舅舅曾经向我提供一个大概的数字，全都是母亲接济别人的。受我的影响，我的妹妹曾经说过一句话："俺娘就是运输大队长，把俺家的东西都运出去了，给了不相干的人。"愿母亲在天之灵接受子女的忏悔，我们都知错了——我母亲去世的时候，我们原先居住的小镇上有几个孤寡老太太得到噩耗，当即凑钱包车到县城为我母亲送行，她们伏在玻璃棺材上号啕大哭。感觉中，我的母亲，也是她们的亲人！过去的岁月里，我的母亲就是她们的主心骨。

其实，母亲就是再无私，她又能给别人提供多少接济呢？毕竟是杯水车薪，但是她不屈不挠，不改初衷，一点一滴。我现在经常回忆《安徒生童话》，一想到《卖火柴的小女孩》，我的心里就痛，就想我的娘。

五

最近几年，我常常反思，检讨我对不起母亲的种种，但是也有一些略感安慰的事情。要说我是个不孝的儿子，那不是事实。20世纪90年代初，老舅到北京，告诉我，我母亲幼年的时候，我姥姥就给她扎了两个耳洞，可是快六十岁了，母亲还没有戴过耳环。我当时并不富裕，但我立即拉着老舅直扑王府井，几乎倾其所有，给母亲买了一对很大的耳环，还有一个镌刻"寿"字的戒指。重要的是，我让老舅转告我母亲，买的东西就是预备给她老人家丢的。我为什么这样说呢？因为我母亲年轻的时候备受打击，精神受过刺激，记忆力不是很好，经常丢三落四。我想，给她买了这么贵重的东西，她万一在洗菜的时候丢到水里，或者忘记在哪里，或者被别人骗走，那岂不是害了她老人家？所以我有言在先，不丢更好，丢了也好，破财消灾。从这件事情上看，我这个做儿子的，也还算粗中有细。

还有一件事情。有一年我休假回去，发现母亲卧室里的床腿很高，母亲上下很不方便。我立即找木匠做了一个结实的阶梯脚踏，放在母亲的床前。我并且以这件事情为教材，把我姐姐和妹妹都叫到家里，现场演示。

我至今能够记得，母亲试用这个脚踏的时候，笑得非常开心。也许，我让母亲最感到高兴的，我为母亲做过的最有意义的事情，最让母亲感到温暖和踏实的，可能就是那个阶梯脚踏。可惜，这样的事情我做得并不多，我忽视了母亲的精神需要。

2005年，我的长篇小说《历史的天空》获得茅盾文学奖，不仅出乎我的意料，也让我的母亲颇感惊讶。接二连三的赞扬向我母亲涌来，当地政府也往家里送米送油，让老人家惴惴不安。在通电话的时候，母亲疑惑地说，孩子，茅盾文学奖是什么奖？我说是比较重要的奖。母亲说："你也没好好读过书，没有多少文化，你怎么就能拿到那么大的奖呢？"我说，可能是沾了电视剧的光，那个剧本不是我写的，是根据我的小说改编的，老百姓喜欢，我就获奖了。母亲半是明白半是糊涂地说，哦，那就对了！有了成绩，千万不能忘本。

那段时间，当地市县有一些记者跟踪到我家采访，扛着摄像机、照相机，在院子或者二楼架起来，有点吓人。我母亲没有感受到多少荣耀，反而诚惶诚恐。她经常提醒我，不懂就是不懂，不要装懂，不要说大话，不要吹牛，实事求是，有什么讲什么。

有什么讲什么，是我母亲的一句口头禅。

在我接受记者采访的时候，我母亲会在院子里忧心忡忡地走来走去，远远地看着我，特别是我高谈阔论的时候，母亲会流露出不安的神色。因为只有母亲和父亲最清楚，我是一个"文化程度"不高的人，他们生怕我说漏嘴了，让人家笑话。

有一天晚上，母亲看我屋里灯光亮着，进屋对我说："别那么累了，你一个农村孩子，文化程度不高，有了今天，应该知足了，往后，不要那么写了。"

我诧异地看着母亲问："娘，你说这话是什么意思？"

母亲说："名利都是身外之物，有名有利会更累，你也是奔五十岁的人了，该歇歇了。"

在我踌躇满志的时候，别人都认为我应该乘势而上，而最早打击我积极性的就是我的母亲。我记不得在哪里曾经读到过这样一句话："别人都关注你是否成功了，只有母亲，关心你累不累。"现在，我对这句话的体验太深了。

2006年，我在老家买了一个庭院，盖了一幢两层小楼，把我母亲从小镇接到县城，由我妹妹一家和她同住。之所以这么安排，是因为在那个小区里，隔壁还有我的表舅和我的战友，可以互相照应。哪晓得母亲一看院子很大，惶惶不安："我的妈呀，这要花多少钱？"

我说："没有花多少钱，农村地皮便宜，再加上贷款，前期投入不大。你老人家就放心住吧。"

母亲说："你就吹！"

母亲在晚年，经常说我："你就吹！"

那一年秋天，从10月1日到11月1日，我陪母亲在新家住了一个月。几乎每天早晨，我起床后都能看见母亲的身影。她的腿不好，一瘸一拐，拿着火钳，在院子里翻拣，薄膜袋、洋铁皮、塑料桶、旧报纸……但凡可以回收的废品，她老人家都要捡回来。我感到奇怪，下楼问她干什么，她不回答。我指挥妹妹把冰箱的包装箱扔了，她老人家趁我们不注意，又捡回来，蚂蚁搬家似的将笨重的包装箱从一楼拖到三层阁楼上。妹妹后来告诉我，母亲搜捡这些东西，准备卖给回收站，她要为我还贷款。

一个月后，我要返回北京了。临行前的一天早晨，我陪母亲散步。院子里，我让人沿院墙修了一条周长近百米的防滑小路，刚刚竣工。我指着这条路同母亲开玩笑说："我把这条路命名为胡馥声小道，以后你就在这里散步。"母亲高兴地笑了一下，突然皱起眉，不安地问我："修这条路，花多少钱呐？"我回答说，没有多少钱，地砖是降价的，工钱打了折。母亲说："你就吹。"我说我没吹，是真的，霍邱的房价比北京便宜多了。母亲说："我这里还有一张存款，一万三千多块，你要用就拿去。"我说，好，先让姐夫用这个钱支付修路的工钱。母亲二话不说，就到屋里找出一个存折交给我。

我回北京之后，才过了二十多天，妹妹打电话说，母亲病了，让她去医院，她高低不去。我问为什么，妹妹回答说，怕花钱。

我当即给母亲打电话，我说："一定要去医院，别说你有医疗保险，就是没有，给你看病的钱，你儿子有的是。"

母亲说："你就吹！"

好说歹说，母亲终于答应去医院治疗。经诊断，母亲患有轻度脑血栓，需要住院输液。可是母亲一听说挂一次吊水（输液）需要五百多元，又坚决不干了，当天下午就回家了。其实，医药费并不多，仅仅是前几天需要多花一点钱而已。但是无论我们怎么解释，母亲就是不信。

此后的两天，简直就像战争，我发动姐姐姐夫、妹妹妹夫、表弟表妹、外甥外甥女，亲戚战友，一起做工作。可是统统无效，母亲坚决不去医院，只同意在家挂吊水。

到了第四天下午，隔壁表舅妈到家看望母亲，正好我把电话打回去，我趁机请表舅妈做工作，还是动员母亲住院治疗。我们三人来回说，讲了半个多小时，我谎称已经同母亲原属单位说好，医药费全部由单位负责。母亲说："你就吹！"母亲其实并不糊涂，她知道她原先所在的单位供销社穷得要死，根本拿不出钱来。但是母亲见我着急，还是答应次日去医院。母亲最后对我朗声说："好啦，明天我就去，你放心，你娘死不了。"我说那好，我该下班了。

放下电话，我匆匆奔向即将开动的班车，坐在车上，我长长地松了一口气。岂料，车子从平安里启动，还没到新街口，噩耗就传来了，我的母亲溘然长逝。

我无法形容那个下午在班车上，当天夜里在火车上我的心情，我只是记得，在天快亮的时候，在快要回到家的时候，我终于停止了饮泣，我的心里居然涌过一丝解脱的感觉：好了，终于，我再也没有什么可以担心的事了，母亲的胃病、关节炎、脑血栓等等，我全都不用牵挂了。回到家里，我扑向一动不动躺着的母亲，哭天抹泪，使劲地抚摸母亲的手掌，可是，那手掌再也暖不过来了。

事后表舅妈对我说，我的母亲放下电话之后，到卫生间刷牙，好像打算晚上去看一个亲戚。可是就在卫生间里，母亲滑倒了，脑颅出血，抢救无效。

表舅是建筑工程师，事后告诉我："卫生间没有必要建那么大，要是小一点，你母亲也不至于摔倒。"

这句话让我悔恨交加——就算母亲不是被我吓死的，也是被我好大喜功的虚荣心害死的。今生今世，我是没有办法挽回我的过失了。

让孩子像孩子那样欢笑

我的儿子读小学三年级的时候转学到北京，成绩一直不是很好。后来几年，家长和老师软硬兼施，用了不少手段，才勉强算上中等。这以后，他就再也不肯前进了，仍是贪玩。放学回来，左手挽着足球，右手挽着篮球。单位同事半真半假地开玩笑，说："你这孩子可爱，长大了可能当球星。"我气不打一处来，可是又没有办法。每次想督促他学习，我的妻子就和稀泥，说："中等就行了，成绩那么好干什么？你小时候成绩不也就是那么回事吗？"

我很难受，也很无奈。

儿子还是照旧，放学回来，左手挽着足球，右手挽着篮球，有时候还有排球。有一次我看着来气，大步迎了上去，想把他胳肢窝的球捣出去，可是走近了，看见孩子防备的眼神和背上沉甸甸的书包，我又忍住了。

儿子读初中的时候，有一次上自习迟迟没有回家，我到学校接他，这一接，我的心情就被破坏了。那是一间不乏光明的、宽敞的教室，里面坐着男男女女四十多个孩子，没有声音，没有表情，像一群被关押的心事重重的小鸡崽，只有沉重的呼吸和偶尔的叹息——我站在窗外，不知道是现实还是幻觉，反正我是听到了叹息。我的心不禁为之一酸。他们正是豆蔻年华，我在他们这个年纪上，正在老家街上当"司令"，玩"杨子荣智斗座山雕"和"史更新大战猪头小队长"之类的游戏。儿子和他的同学让我感到沉重。

我的童年正好是"文化大革命"时期，那时候上学十分马虎，很多日子不上课，上课也是三天打鱼，两天晒网，我平均每天逃学一至两次，比塞林格笔下那个霍尔顿有过之而无不及。对我这种情况，用我们当地贬义的话说，是有人养，没人管。这是事实。我的父亲母亲各有工作，管不了我；我的老师各有苦衷，管不住我。大约有两三年时间，我都是在无拘无束中度过的，下河捉鳖，上房揭瓦，白天漫山遍野走狗斗鸡，晚上街头巷尾打游击战、运动战，天天都做美梦，当司令，当英雄，当孙悟空，当杨子荣。

现在回想起来，我之所以性格散淡，与我童年的经历有关。当然，上学马虎，并不等于读书马虎。我的幸运是，在那两三年内，我读了很多书。就是在那种乡村战争游戏中，我和我的战友（有时候也是"敌人"）们练就了一身飞檐走壁、开门撬锁的功夫，有一次我们爬到公社院子唯一的土楼子里，把"扫四旧"扫来的书籍翻出来，我在重重包围中杀开一条血路，怀里抱着二十多本书，有外国的，也有国产的，还有连环画。这些书我看了几年，有几本我看了好几遍，有好多连环画和章回小说我当时能够倒背如流，譬如《烈火金刚》和高尔基的《我的大学》。

什么是幸福？一个孩子，当他饥饿的时候，他有饭吃；当他需要自由的时候，他有自由；当他想看书的时候，他有书看，这就是自由。一个成年人，能够做他自己想做的，并且是能做的事情，这就是幸福。所以说，我认为我的童年是很幸福的，尽管那时候的伙食比现在差，尽管那时候我们只能住土坯茅草房子，可是，我的幸福的感觉绝不比我的儿子和他的同学差。

就是那次晚自习之后，我开始反思我对儿子的教育方法了。我沉默了一段时间，虽然对儿子的学习仍然没有放松过问和监督，但不像过去那么凶恶了。孩子上晚自习的情景经常在我的脑海中旋转。是啊，重点高中，重点大学，就那么几所，你也考，我也考，谁考不上就是谁的不幸。孩子们的对手其实就是他们自己，你追求高分，我追求更高分，竞争到最后，就形成恶性循环。他们很小的时候就被无情地推到了人生的竞技场上了，身体搞坏了，精神搞坏了，性格也搞坏了，甚至可以说，他们的人生也被搞坏了。这是一件多么残酷的事啊！况且，他们死记硬背的那些东西，有很多用不上，还有很多是假东西，甚至是有害的东西。

我在出版社工作的时候，曾经接待过一个作者，外籍中国人曾铭，她有一次对我说："在国外，你跟中学生打招呼，不管男孩女孩，都会很快乐地跟你交流。在中国，你跟一个陌生的中学生打招呼，他就算冲着你笑，笑容里也有戒备和拘谨，就像很有城府的小老头。中国的孩子过早地成熟了，没有童年，不敢大笑，也笑不出来，一个个都是心事重重的。"

我相信这种感觉。我们的孩子，很多人已经不会像孩子那样欢笑了，甚至不会淘气了，连撒娇期都缩短了许多。他们的精神压力比他们书包重得多。

我们这样歇斯底里地要求孩子这样那样，有什么道理？还不是把我们的梦想强加给孩子？还不是希望我们做不到的事情由孩子来做？

如果孩子们连童年的快乐都没有了，那他还要所谓美好的前途干什么？比起孩子的快乐，一切都是次要的。回想我看到的那些少年老成的眼神和未老先衰的脸蛋，我突然想，这些孩子真可怜，干脆，让我的儿子退出竞争，给别人多一点机会吧！

这个念头虽然稍纵即逝，但是，还是在我心里划了一道痕迹。尽管大家都说，中国的高考制度被普遍认为是中国目前唯一公平竞争的制度，但我仍然对这种应试教育的模式感到不解，干吗要让孩子们死记硬背那么多没有用的东西？孩子们的脑子被死学问和假学问填满了，他们还有想象和创造的空间吗？

本世纪初我写了一部小说《八月桂花遍地开》，里面有个游击队司令，名叫霍英山，此人一天学也没有上过，目不识丁。部队要学文化，这就给他带来了很多麻烦，他是宁肯到战场跟鬼子拼刺刀也不愿意学文化，因为在他看来，拼刺刀他不一定倒下，而让他学文化他就死定了，所以他对女教员说："天下就那么多文化，你也学我也学，那还不学光了？反正我就这样了，把分给我的那一点文化匀给别人吧。"

这个细节，就是那个晚自习给我点燃的灵感。霍英山的逻辑当然是荒唐的，他的意义就在于，虽然他没有文化，但是他智商并不低，他很会打仗，他打仗的水平甚至超过那些有文化的人。当然，我绝不是说鼓励大家当文盲，我更不鼓励大家当文化精英。文化精英就那么几个，还是让那些想当精英的人去当吧——这话扯远了。

不久，又发生一件事情。有天晚上，我儿子闪烁其词地说，因为他是从外地转学来的，老师对他有偏见，没有让他当班干部。他妈妈说："明天我去找你们老师，把这瓶法国香水给她。"我当时提出反对，但在夫人那里，我的反对总是无效。倒是儿子，沉默了一阵子，坚决地说："不要。妈妈，你不要把不正之风带到学校去。同学们都不容易，我们应该公平竞争。如果咱们去贿赂，让老师特殊照顾，那对别的孩子就是不公平。"

那一瞬间，我发现我的儿子长大了，长大了的儿子是聪明的，也是善良的，比我们这些老谋深算的成年人要纯洁得多。我相信下一代胜过相信我们这一代。

儿子考大学前夕，我跟儿子说："只要你尽力了，你就是考不上，老子也认了。你不要有任何压力。"儿子点点头说："好，我尽力而为。"我说："别太累了，顺其自然。考不上大学，我给你买个车子开出租车。"

孩子大了，自然知道上进了。那段时间，根本不用督促，他自己就把学习计划如此这般安排好了。因为基础差点，只考上二本，而这也在我们的期望范围内。接到录取通知书那天，我和他妈妈备酒祝贺，我对儿子说，一个真正有本事的人，不能以他上什么大学为荣，而是要让你那所大学以你为荣。儿子笑笑，未置可否。在他眼里，我始终都有利欲熏心的嫌疑。

我对我儿子的智商和品质是充满信心的。他很小的时候就喜欢汽车，夏天爷俩坐在马路边的花台上，他目不转睛，一辆一辆地观察，把夏利车叫青蛙车。稍微大点，他就开始买《汽车杂志》。有了电脑，更是废寝忘食地研究。这大约也是他学习成绩始终没能名列前茅的主要原因。只要是关于汽车的知识，他就特别敏感，过目不忘，表现出惊人的记忆力和理解力。他几乎能够把世界上任何汽车公司的背景、轶闻趣事、产品性能，以及各种技术参数、更新换代情况和性价比搞得清清楚楚。有一次我带他去《高地》剧组探班，我向同车的朋友炫耀他的汽车知识，朋友不信，一路上见到陌生品牌的车子就问我儿子，儿子对答如流，举一反三，一百多公里路程，朋友问了他一路，他讲解了一路，没有一个问题难倒他，朋友引以为奇。

儿子大学毕业后决定到英国留学。我对他说："从英国回来，你就去一家汽车公司搞销售得了。"我儿子说："那可不行。我研究汽车，只是作为业余爱好，是一种乐趣，我要是把它作为自己的职业，那我还爱好什么呢？"

想想，也是。我问儿子："那你打算搞什么职业？"儿子神秘一笑说："你别管，只要你不插手，我就会有理想的工作。"

我说："好，老子过去不勉强你，现在不勉强你，将来还不会勉强你。"

同裘山山在一起的日子

　　记得是在本世纪初，有一次在一个无聊的会议上浏览一本《小说选刊》，被一篇作品吸引，从头到尾看了下去，居然流出了几滴鳄鱼的眼泪。看完了才回过头来找作者，原来是裘山山。那篇作品的名字叫《我讲最后一个故事》，讲的是西藏边防一对恋人分手的故事，那个曾经被我们疑为动摇、视为软弱、斥为无情的女子，最后不动声色地给我们讲了分手的原因，出人意料，催人泪下，无情处恰好见了真情。读完后，我的心情久久不能平静，我过去一直津津乐道、大刀阔斧地展示军人的生活，沾沾自喜于军人的崇高追求，自以为是地所谓金戈铁马、刀光剑影，何曾进入到他们的内心世界，去体验那种纠缠不清、割舍不下、挥之不去的情感诉求？我觉得在书写军人感情方面，裘山山高出我很多。

　　裘山山写了很多以青藏高原、军旅生活为题材的作品，比较著名的有《我在天堂等你》，我的感觉，这是一部感情的蓄水池，深深浅浅都是一个"情"字，那一代人的非凡经历和深层的感情磨合，跌宕起伏，峰回路转，读之令人扼腕。我曾经在一些场合向年轻的朋友推荐过这本书。有人问我在当代作家里比较欣赏谁，我也毫不含糊地回答，裘山山是重要之一。

　　裘山山后来成了我的好朋友，她也是我为数不多的女性作家朋友重要之一，因为这个人不像一般的女作家，不矫揉造作，也不故作高深，而是开明爽朗，还有点豪情侠骨。2008年秋天，我们一起到丹东开会，我从一堆乱糟糟的照片中挑了几张，让我儿子分析爸爸跟谁关系最好，儿子毫不犹豫地选中了一张由飞行员诗人宁明抓拍的我和裘山山的合影照，我问儿子："根据什么判断我们是好朋友？"儿子说："两个人相处，只要有一个人假模假式，那整个画面的格调就是别扭的，而这张照片上，你们两个人的表情都很自然，没有装模作样，说明你们在一起很放松。还有，这个阿姨面善，给人感觉安全。"

啊，我的儿子说得很准。

成为好朋友之后，似乎就揭开了神秘的面纱，可以在一起胡扯，可以经常开展批评与自我批评，或者吹捧与自我吹捧。有一次在北京开会，她坐在我前面好几排，我发现她的头发颜色不对，发短信问她："听说你染了红头发？"她马上回复说："是哪个色盲告诉你的？"

我有好几次被她骂过没有文化。我记得有一次我们发短信调侃，她说她在周庄，我问周庄在哪里，有什么好玩的，她回信说，没文化！我自作聪明地自己回答说，知道了，是一个著名的乡镇企业。她回信说，还是没有文化！我再次弥补错误，赶紧说，哦，想起来了，是鲁迅的故乡。她回信说，更没文化！

那次不久，她到北京来，我到宾馆去看她，见她的茶杯里的茶叶半沉半浮，茶水碧绿清澈，我惊叹还有这么美观的茶杯和茶水。她很得意地告诉我，生活中她有很多随意，也有很多不随意，其中喝茶是从不马虎的，好茶要用好水，还得用好的器皿，看着养眼，喝着养心。她的茶叶是上好的龙井，印象中除了自备的纯净水，好像连烧水壶都是自备的。

我当时惭愧地想，难怪她能写出那么讲究的文字，这个人多么会生活啊！

就是那一次，她把我的《历史的天空》介绍给人民文学出版社的洪清波，再经由脚印和高贤均等人的力挺，这部先后两次遭到退稿的作品，终于时来运转，得以露脸。现在想起，裘山山对我还有知遇之恩呢。

2001年10月份，中国军事作家代表团访问俄罗斯。有几件事情我印象比较深。一次是到达莫斯科的第一个早晨，我们住在俄罗斯国防部的招待所里，因为时差，早餐离我们上一顿晚餐隔了将近二十个小时，再加上半夜颠簸，大家早已饥肠辘辘，可是到了餐厅，大失所望，餐厅里只有一个红脸小兵在切面包，那孩子看起来不过十六七岁，边忙乎还边吸鼻子，流露出他对那点食物的欲望。

早餐实在太简单了，每人一个鸡蛋，一截香肠，几块面包，一杯牛奶，完了。当时我在代表团里男同志当中算是年轻的，也是最壮实的，庞天舒带去的一个以猫食罐头为主体的背囊，主要由我和朱苏进搬运，而朱年长于我，又是我尊敬的作家，我怎么能让他受累呢？每当我故意拖拉，等背囊几经周折又到了朱苏进肩上的时候，我则重新把它抢过来，尽管我很不情愿——可想而知我是多么需要热量！那点早餐对我来说，其作用跟杯水车薪差不多。朱秀海和乔良等人都喊不够吃，连周大新这样言语不多的人都嘀咕伙食太差了。我侥幸地想，女同志饭量小，没准她们吃不完。可是我想错了。我风卷残云吃掉自己那份早餐之后，眼巴巴地看着裘山山、项小米、庞天舒，这几个人类灵魂的女工程师，谁也不看我，只顾埋头吃她们的，那情景如今回想起来，酷似公共汽车上对站立老人视而不见的不良青年。我忍不住了，只好公开索要，我说："你们谁有吃不完的东西，不要浪费了，我可以帮忙。"我说完了，项小米和裘山山都不吭气，好像还埋头窃笑。最后是庞天舒动了恻隐之心，给了我一截香肠。为了这截香肠，在后来的七八天里，庞的那个沉重的背囊始终驮在我的肩上。

当然，这件事情我不能怪裘山山，也不能怪项小米。说实在话，那一次我们去的不是时候，正好赶上俄罗斯经济不景气，食物匮乏，大家吃不饱肚子是经常的事。经济基础决定意识形态，没有多余的食物，发扬风格就是强人所难了。

当然，在自顾有余的情况下，裘山山等人还是很够朋友的。我这个人做事粗枝大叶，第一次出国，只顾兴奋，居然忘了带相机。头两天还不以为然，觉得照不照相无所谓，可是后来到了夏宫，那雪地里的彩色宫殿和庭院里挂在树上的冰凌雪花，给了我们强烈的视觉冲击，大家纷纷顶雪留影，唯我孑然一身，无计之计，我只好捣乱，谁照相我就抢谁的镜头，并且理直气壮地宣布，作为一个没有带相机的人，我有理由要求大家实行革命的人道主义，对我进行帮助，每个人都有义务为我照相。后来的结果是，在整个俄罗斯期间，我留下的照片最多，裘山山居然成了我的专业摄影师。要知道，那时候他们用的相机还不是数码的，用的是胶卷，而胶卷是需要花钱的。所以说，裘山山不是一个小气人。

在俄罗斯期间，还发生过一件事情，至今我也说不上是好事还是坏事。好像是在卡路嘉的一个乡村教堂旁边的商店里，我和裘山山不谋而合地看中了一件工艺品，是玻璃底座的烛台。我这个人占有欲强，一旦看好，悉数抢购，一口气买了四个。裘山山一个也没买到，气得跺脚骂我吃独食。

晚饭后，我兴冲冲地拿出烛台来欣赏，这一看不打紧，倒吸了一口冷气。原来是光线作怪，傍晚看好的底座上的红宝石，变成了洼坑，洼坑上涂了一层红色的荧光粉，在黄昏朦胧的光线里，被我当成宝石了。别说宝石了，就是镶嵌一块石头也行啊，这个洼坑算是怎么回事？大呼上当之余，我差点儿就把这几个烛台扔了。可是真扔又舍不得，三千二百卢布买的，折合人民币千把元啊！不扔吧，这几个大家伙有十几斤重，我就算漂洋过海把它背回家，我老婆也会把它扔掉。怎么办呢？眉头一皱，计上心来，我想，裘山山白天不是跟我抢吗，何不做个顺水人情送给她？都送也不合适，那会引起她的怀疑，那就送两个。主意打定，我去敲裘山山的门，我一脸真诚地说："裘老师，白天我不该跟你抢，出门在外，咱们应该互相照应，你说是不是？有福同享，有难同当，你说是不是？"

裘山山警惕地问我："你要干什么？"

我说："我买四个烛台干什么？我就是为你买的。白天人多，我不好意思说，现在，我把它送回来了，见面一半，给你两个。"

裘山山盯着我看了很久，突然笑着说："咦，太阳从西边出来了。你徐贵祥什么时候变得绅士了？"

我说："你不要把我看得那么低，我这个人还是懂得人情世故的。你这一路给我照相，我总得为你做点什么吧。"

裘山山这才释然说："好，既然你感恩，我就笑纳。"

我压住窃喜，回到房间才哼起小调。送掉两个，再扔掉两个，心痛也就减轻了一半。一夜好梦。

第二天早上，我们收拾好行囊，正在旅馆大厅里等待启程，突然楼上跑下一个胖乎乎的老太太，边嘟囔边比画。翻译刘宪平听明白了，问，207房间是谁？谁把东西落下了？

我一看脑袋就大了，原来老太太手里摇晃着我扔掉的两个烛台。此刻裘山山也在看着那个老太太，事不宜迟，我一个箭步冲上去接过烛台，又是鞠躬又是作揖，一连声向老太太道谢："谢谢大妈，您老人家简直就是雷锋，简直就是俄罗斯当代雷锋。"我一边说，还一边咬牙切齿地把捆好的行李打开，假装小心翼翼地把烛台包好，满头大汗地装了进去。

这一场虚惊很快就过去了，裘山山似乎并没有介意。

第二天到了一个小城，我吸取教训，离开旅馆之前，我把那两个烛台塞在卫生间里的浴巾里，裹得严严实实。早餐完毕，照例是打好行李等待结账。心想，这回总算天衣无缝了，这会儿工夫，服务员哪有时间检查浴巾啊？

正在暗自得意，悲剧又发生了——又一个老太太从楼上奔了下来，手里举着我扔掉的那两个烛台，边嘟囔边比画……我的脑袋一下就大了，情不自禁地扭头去看裘山山，裘山山表情十分复杂地瞪着我问："徐贵祥，你是不是故意扔的？"我吓出一身冷汗，连忙说："天地良心，我花了那么多钱，费了那么大的劲才买到手的，我为什么要扔？我又不是神经病！"

裘山山说："那为什么两次你落下的都是烛台？"

我说："纯属巧合啊，再说，也不光是烛台啊，你看这俄罗斯老雷锋的手里还有我的拖鞋啊！你是知道的，我昨天一天都在忙乎买这双拖鞋啊，我为什么买了又扔？难道我想赤脚洗澡？"

这双拖鞋再次救了我。裘山山虽然仍旧狐疑，但是幸好有这双拖鞋垫底。她知道我不会故意扔拖鞋，那么也勉强可以理解为烛台和拖鞋都是遗忘的。

在圣彼得堡，我总算聪明起来了，把那两只烛台裹上塑料袋，装在挎包里背到街上，趁人不注意，扔进垃圾桶里。

另外那两只烛台，被裘山山背回了成都。从这件事情上，也可以看出她的厚道，同朋友打交道没有那么多心眼儿。我今天不说这个事，也许她永远都不知道。而她如果知道了，我也希望她不要再扔了，我可以出两倍的价钱回收，没准以后还是文物呢。

裘山山是专业创作员，还兼着《西南军事文学》的主编。有一件小事，可以体现这个人的敬业精神。2005 年在中国作家重走长征路的途中，我突然接到裘山山的电话，告诉我说她刚刚看完登在《当代》上的我的长篇新作《明天战争》，感觉不错，推荐给几位部队干部。那一次，她倒是没有批评我没有文化，但还是骂了我一顿。她说："徐贵祥你这个人特没有良心，每次你的作品出来，《西南军事文学》都以较大篇幅拍手较好，可是自从你获了大奖之后，从来没有给《西南军事文学》一篇原创的稿子，明明是我们约稿，写好之后你就拿到大刊物上去了，你这个人就是个暴发户，过河便拆桥。"我赶紧检讨，并信誓旦旦地保证："我一定要用心写个短篇或者中篇小说，一定先拿到贵刊，你们扔掉的，我再拿给《当代》《十月》之类。"她恨恨地说："鬼才相信你的鬼话！不过话又说回来了，你能写出好的作品，在哪里发我们都高兴，《西南军事文学》永远支持你。"

这句话，还真把人说得心里热乎乎的。

说到底，裘山山是一个很有胸怀、很有见识并且很有善心的作家。

2008年7月，我在地震重灾区青川县捐款20万元人民币，用于支援灾区恢复和发展教育，每年奖励青川县文、理科高考状元各一万元，资助应届贫困大学生四名各五千元。没想到这件事情也把裘山山给扯进来了。成都科技大学一位名叫胡桂芳的大学生，在青川县教育局的捐助公示榜上看到了我捐款的信息，七找八找，把我的电话号码找到了，给我发短信，申请资助。当时我有点为难，因为胡桂芳是在校大学生，不在我的资助范围内。但是既然找上门来，想必也是出于无奈。后来我就给裘山山打电话，请她帮助考察胡桂芳的情况，如果这个学生确实是大学生，确实很困难的话，可以代我给她两千元学费，以解燃眉之急。很快，裘山山会见了这个学生，聊了半天，不仅同情，还有好感。裘山山回话说，这个学生家里受灾严重，房屋全被埋在山下，一贫如洗，而且她是个优等生。裘山山已经给了她两千元，并表示不要我偿还。我当然婉言谢绝，我做人情朋友出钱的事情不能干。

事实上，我听别人说，裘山山很早就开始资助贫困学生的活动了，出钱出力的事情没有少做，资助了不少穷孩子上学。只不过裘山山做好事一直都是默默无闻，真抓实干，不像我等，做点好事唯恐别人不知道，到处说。说句心里话，我做事强调做到明处，我做了好事就是希望别人知道，甚至希望别人向我学习。我的优点本来不多，如果我做的好事还瞒着，那我的形象就更是不堪入目了。不仅如此，我做了好事，还希望别人回报，我认为帮助和回报是一个良性循环的链条，它会让我们这个社会更多一些义务感和责任感，也必然会多一些真情——话说远了，暂且打住。

那件事情的结果是，胡桂芳后来跟我联系少了，却又变成了裘山山的亲密小朋友。目前我知道的胡桂芳的情况，多数都是从裘山山那里得到的，在胡桂芳明确表示无须继续资助之后，裘山山还不断地会见她，给她一些衣服、生活用具之类的东西，还向她采访灾区的情况，感觉她们已经建立了很好的关系。去年冬天，中国作协开全委会，裘山山和我坐一起，给我看了她的新作《亲历五月》电子版，里面有胡桂芳的很多情况，我看了很高兴。

有时候我想，我们每个人都有两面，有好的一面，也有不好的一面，可是当我们同比较好的人在一起，共同做着比较好的事情的时候，我们就会把自己灵魂深处那些好的元素放大再放大，把那些不好的元素缩小再缩小，这样，或许可以使我们至少看起来像个好人。我还认为，一个作家，当他拿起笔来，至少在他想写点文字的时候，他的境界一定会在那一瞬间变得纯洁起来，他的心灵甚至会在一个特定的时期高尚起来，所以说，在作家队伍中产生好人的概率要高于其他行业。

我看裴山山基本上是个好人，至少很像。

我也是。

投　稿

　　20 世纪 70 年代末，我所在的部队赴边境执行任务，本连出了个战斗英雄。部队归建后，我被抽调到军、师两级创作组，主要的任务就是撰写报告文学《炮兵英雄王聚华》，反复修改，数易其稿，那是我第一次投稿，梦寐以求自己的作品能够变成铅字。很快就有消息了，集团军政治部同河南人民出版社联系，我们的作品将结集出版。我们这些战士作者，心中的喜悦可想而知。

　　不久，新书出版，文化处通知我们去领书，我怀着激动的心情，用颤抖的手打开目录，从头往下看，可是看着看着，我的心就沉下去了。天哪，我们那个创作组六七个人，其他人的作品都在书里，唯独我一个人的作品没上，我怎么向我的连队和首长交代啊！那是一种什么样的心情？自杀的念头都有。

　　几天之后，我背着铺盖灰溜溜地回到连队，我对指导员赵蜀川说："指导员，我对不起连队，对不起王聚华，我写了半年，可是人家没有用。"赵指导员说："怎么会啊？你那个稿子我们看了，写得挺好嘛。你把这个书留下来，我来看看。"第二天一大早，赵指导员就告诉我说："书我看了，有的比你写得好，多数不如你。咱那篇稿子他们没有用，是他们的问题，不是咱们的问题。"

　　那一段时间，我对文学心灰意冷了，放下包袱，把全部心思用在训练和工作上，班长当得很好。我带的那个班是全团示范班，炮兵基准班。不久，团里又推荐我考取了军区炮兵教导大队，并且于一年后毕业当了排长。那时候当个小军官，浑身都是劲，我把我那个排带得朝气蓬勃，虎虎生威。

后来得知，我的第一篇作品《炮兵英雄王聚华》当年未能及时发表，果然不是我的问题。因为我们连队那个英雄，是个二级战斗英雄，而其他那些创作骨干书写的对象，是一级战斗英雄。另外，那本书还有续集，我的作品会编在续集里。当时不知道这些背景。如果没有指导员的那一番话，也许我就破罐子破摔了。

1984年春天，我所在的部队再次到前线执行任务，战斗间隙，在热带丛林十分艰苦的环境里，我仍然坚持文学创作，常常夜不能寐，奋笔疾书。一年多的时间内，我一共写过六部中篇小说。那时候，侦察大队的同志都知道我是个作家，大家随时准备祝贺大作发表，我也随时准备一鸣惊人，但我很快失望了，投稿后几乎全都石沉大海。每周，麻栗坡邮局的冯大爹挑着沉重的担子，翻山越岭来到前线，都会引起我无限的期待。起初，通信员赖四毛只要发现有我的大宗包裹，就会欢天喜地地冲进连部大呼小叫："徐干事，你的作品发表了！"可是每次打开，都是退稿，搞得我无地自容。年轻的时候，自尊心和虚荣心都很强，我不想让别人知道我老是被退稿。后来，我找赖四毛郑重其事地谈了一次话，以后但凡有我的大宗包裹，先藏起来，等没有别人在场的时候再交给我。

1985年冬天，部队已经归建半年了，我由师机关的干事调任侦察连指导员，有一天我到通信员和文书合住的宿舍检查卫生，发现赖四毛的床下藏着一堆脏乎乎的东西。我问这是什么东西，赖四毛鬼鬼祟祟地说："指导员，是你的退稿，怕别人看见了影响不好，我把它藏起来了。"我掂掂包裹，很大很沉，心里疑惑：我哪里会有这么大的退稿啊？我让赖四毛把包裹打开，眼前顿时一亮，原来是十本崭新的《小说林》杂志，打开封面一看，眼前更亮，我的中篇小说《征服》赫然出现在头条上。这次成功就像打开了闸门，此后不久，就接到《清明》《莽原》等文学刊物的通知，六部中篇小说，有四部早在半年前就发表了。那年头能领到近千元的稿费，可谓是巨款，我请本部的文友大吃了一顿。

我的老政委

那天傍晚下着小雨，我在不安中等来了送我的小车，正要上车，突然，一个首长出现在团部的院子里，厉声喝问，干什么？团政治处干事贾学坤一头汗水，跑去向首长报告，这是从下面抽调来的通讯报道骨干，刚听完课，徐副主任指示派车送他回连队。首长黑着脸瞅了我一会儿，大手一挥说："一个战士回连队，就要动用指挥车？架子不小！"

闻讯而来的团政治处副主任徐尚礼向那位首长解释说，九连离团部远，要绕过几座山，一个战士，单独行走，怕不安全。

那位首长瞪着徐副主任，黑着脸说："你们就是这样带兵的？婆婆妈妈的！挖两锹土装他挎包里，让他背回去！"

显然，那位首长比徐副主任官大。

这是我参军以后受到的第一次屈辱。在徒步返回连队的路上，天上的雨水和脸上的泪水一起流淌。我恨那个首长，也感激徐副主任和贾干事。我的胶鞋在红土地上踩出一串深深的脚印，我的心里一遍一遍地发誓，一定要好好干，一定要混出个人样儿，让那个黑脸首长看看我配不配坐团部的小车，也为徐副主任和贾干事争口气，让他们知道，他们那次派小车送我，是有眼光的，他们因为我而受到批评，是值得的。

这是发生在三十二年前的事情，当时我是陆军某部炮团九连战士，部队刚从前线下来，暂住在广西扶绥县山圩农场。

几个月后，部队归建回到中原，徐副主任也升任政治处主任，对我们这些战士报道员给予很大的支持。那个时期对我来说太重要了，从小学到高中毕业，我的学生生涯不偏不倚地伴随着"文革"十年，文化功底可想而知。而恰好是新兵战后的一年，我先后被抽调到团报道组和师创作组，泡在各级举办的笔会和学习班里，那真是如饥似渴。

在我的创作生涯中，发生过一件很重要的事情。在边境执行任务中，我们连队出了个战斗英雄。我后来被抽调到军、师两级创作组，主要的任务就是撰写报告文学《炮兵英雄王聚华》，反复修改，数易其稿，准备由河南人民出版社出版。新书寄来那天，我们激动得要死，打开目录，从头看到底，可是看着看着，我的心就沉下去了。天哪，我们那个创作组六七个人，其他人的作品都在书里，唯独我一个人的作品没上，我怎么向我的连队和首长交代啊！那是一种什么样的心情？自杀的念头都有。

几天之后，我背着铺盖灰溜溜地回到连队，我对指导员赵蜀川说："指导员，我对不起连队，对不起王聚华，我写了半年，可是人家没有用。"赵指导员说："怎么会啊？你那个稿子我们看了，写得挺好嘛。你把这个书留下来，我来看看。"第二天一大早，赵指导员就告诉我说："书我看了，有的比你写得好，多数不如你。咱那篇稿子他们没有用，是他们的问题。"

那一段时间，我对文学心灰意冷了，放下包袱，把全部心思用在训练和工作上，班长当得非常好。我带的那个班是全团示范班，炮兵基准班。几个月后，赵指导员找我谈话，说团里徐主任和曾副政委重点推荐我，把我列为干部苗子。不久，团里又推荐我考取了军区炮兵教导大队，并且于一年后毕业当了排长。那时候当个小军官，浑身都是劲，我把我那个排带得朝气蓬勃，虎虎生威。

我回部队当排长的时候，徐尚礼已经担任团政委，小道消息说，徐政委在一个场合曾经说过，不要二十年，炮团就是二徐的——大意是说我和另外一名姓徐的排长，将来可以分别担任炮团的团长和政委。徐政委对我的器重由此可见一斑。

后来得知，我的第一篇作品《炮兵英雄王聚华》当年未能及时发表，果然不是我的问题。因为我们连队那个英雄，是个二级战斗英雄，而其他那些创作骨干书写的对象，是一级战斗英雄。另外，那本书还有续集，我的作品会编在续集里。当时不知道这些背景。如果没有指导员的那一番话，也许我就破罐子破摔了。

而在赵指导员的背后，还站着一个徐政委，这是更晚些时候从赵指导员的嘴里知道的。20世纪80年代中期，我作为师机关干部下部队，见到了已调到步兵团任职的老指导员，那时候我已经是小有名气的业余作家了。老指导员说："小徐，我告诉你，你有今天，要感谢两个人。一个是老教导员曾忠富，曾教导员曾经非常希望把你培养成为一个记者。再一个就是徐政委，徐政委认为你一定能够成为一个作家，而且是一个大作家。徐政委多次跟我们说，不要用一般的标准衡量你，要给你特殊政策。"

就是那一次，我知道了，在我文学创作生涯第一次遭遇滑铁卢的时候，徐尚礼向赵指导员做过专门交代："我们炮团出个人才不容易，一定要保护好这个苗子，不能让他夭折了。"

按照徐政委当年的设计，我应该成为一个很有希望的基层指挥员，可是不久发生了一件事，又改变了我的人生轨迹。我当排长那年冬天，连长和副连长参加整党，全连的干部只有指导员王道聚和我，我们两人带着部队顺利地完成了一件重大的施工任务。回到营房的当天，指导员的爱人做了几个菜，连长和副连长也回到连队为我们庆功，一激动，喝高了。当天夜里，指导员把他那个还在吃奶的孩子压得差点儿窒息，我则干了一件让人啼笑皆非的事情。我在半夜里酒劲发作，跌跌撞撞地把连部的自行车偷了出去，车子后面挂上了准备过年用的鞭炮，我点燃鞭炮，骑着车子在营房绕场一周，把全团都吵醒了。那年年终总结，在炮团小礼堂，我们九连被点名站起来的干部有两个，一个是副连长华振东，他是因为带领战士同地方群众发生冲突，另一个就是我。

徐政委那次把我骂得狗血喷头，什么骄傲自满，得意忘形，总之是恨铁不成钢。不久，师政治部群联科李科长到炮团选调干部，徐政委便把我推荐给李科长，之后我就调到师政治部当干事了。到了机关，同文字打交道，终于，死灰复燃，我的创作激情又被点燃了。1982 年，《飞天》杂志发表了我的第一个短篇小说《相识在早晨》。

80 年代初，部队开展培养两用人才活动，我的老部队仍然把我作为炮团的人才。炮团政治处办展览，徐政委亲自向他们提供我的作品，把我零星发表的小诗小文都翻出来，做了一个很大的展板。我回到炮团，面对那个展板，看着那些微不足道的豆腐块，无限感慨。瞧瞧，这就是你的部队，这就是你的首长，这就是你的亲人，你的一点微不足道的成绩，都足以让他们喜悦。为了给他们带来更多的喜悦，你有责任把小豆腐块变成大豆腐块，你更有责任把豆腐块变成金块银块。

80 年代末，徐政委转业到苏州，在一家国营企业担任主要领导，这些年我们的联系时断时续。老政委春节前打来电话，说他要出一本书，想请我写一篇文章，我没有一丝犹豫，答应回北京就写。可是真的坐在电脑前，我才发现，分别多年，我对老政委所知甚少，我没有读过老政委的作品，我怎么写呢？写什么呢？直到今天早晨，我才找到感觉，就写写我和老政委的关系吧。其实，在我本人的成长历程中，老政委的心血一直在潜移默化，从三十二年前他为我派车挨批评那一天起，他的双手就在我的背后支撑着我。

文学道路

一、童年阅读

我读小学的时候，正是"文化大革命"初期，那时候上课很不正常，也学不到东西，这倒非常符合我们的愿望，无所事事，把主要精力放在打架斗殴上。这里要提到我的家庭背景，我的父亲当时是公社的宣传委员，母亲是集镇车站的临时工，我和妹妹跟着年迈且眼睛很不好使的奶奶生活在一起，基本上是个没人管的野孩子。稍微大一点，随我父亲一起住在公社干部宿舍，我父亲成天下乡，抓革命促生产，还是不怎么管我。我们公社食堂炊事员陶大伯是复员军人，参加过抗美援朝，经常给我们讲战斗故事，讲着讲着，还用手指比画成手枪状，很潇洒地在胸前划一道弧线，嘴里念念有词，啪，好，美国鬼子被消灭了！

陶大伯的这个动作给我留下了很深的印象，后来我看样板戏《沙家浜》，郭建光击毙胡传魁，就是那个动作，但郭建光的动作比起我的陶大伯，那就差远了，因为郭建光的动作比较秀气，而我的陶大伯，在用手指比画成手枪，击毙敌人的时候，上身向后倾斜，眼睛里流露出不屑一顾的蔑视的光芒，那副姿态，巍峨挺拔，大义凛然，现在想起来还历历在目。陶大伯给我留下的印象，大概就是我在现实生活中认识的第一位英雄。

比起纯粹的农家子弟，公社干部的孩子有幸地过上了集体生活，十几个大大小小的孩子汇集在一起，就成了一支队伍。每当夜幕落下，月亮升起，这支队伍就雄赳赳气昂昂地出发了。干什么呢？打仗去。关于潜伏、隐蔽、伏击战之内的战术，我们都是无师自通，街头巷尾都是战场。

我小时候的家乡小镇，主要有三支队伍，北头小孩、南头小孩和公社小孩。其中武器装备最先进的当然是公社小孩，有手电筒，有军用水壶，我记得有一次武装部长的儿子还偷出来一支七九式步枪，虽然根本打不响，但是我们还是耀武扬威，争先恐后地轮流扛着。后来被大人发现了，当天夜晚，那个不足三千平方米的公社院落，每一个家庭都传出了男孩的鬼哭狼嚎。

我记事的时候，"文化大革命"刚刚进入高潮，公社西边的土楼子里，破四旧搜来很多"毒草"，我们这些大人眼里的"活土匪"，差不多都是飞檐走壁的高手，常常在夜里潜入土楼，把"毒草"偷出来读。那里面居然有莎士比亚和雨果、大仲马的书，还有《钢铁是怎样炼成的》，更多的是新中国成立后的一大批小说，就是今天被我们称为红色经典的那些文学作品，其中有《烈火金刚》《平原枪声》《铁道游击队》《敌后武工队》等等。新中国成立后生产的"毒草"，我差不多都读过，包括《三家巷》和《家》《春》《秋》。我在阅读那些作品的时候，往往心潮澎湃，浮想联翩。特别是保尔·柯察金和冬妮娅的故事，在那整整一个夏天都揪着我的心，不知道流了多少眼泪，做了多少梦。在梦里，我经常是主人公的战友，智勇双全，飞檐走壁，甚至还会七十二变。在我崇拜的那些主人公遇到危险的时候，我从天而降，怀里抱着机枪向敌人扫射。有些梦中，我干脆就是他们本人，是史更新、魏强和肖飞，也是林丽、芳林嫂和冬妮娅的保护神，当敌人的子弹射向她们的时候，我挺身而出，然后倒在她们的怀里，幸福地闭上自己的眼睛。

我记不清是哪一年读到了英国小说《牛虻》，很有可能是先看到连环画然后再读的小说，作为革命者的牛虻——亚瑟被执行枪决的前后，那段描写其实很超现实意味，亚瑟从一开始就对即将到来的死亡谈笑风生并且评头论足，唇枪舌剑，拒绝忏悔。在士兵向他射击时，他一次次地嘲笑和校正士兵的枪法。

这哪里是一个即将死去的人？这简直就是一个恨铁不成钢的教练。亚瑟的大义凛然、视死如归的形象，多少年来在我的脑海里栩栩如生，挥之不去。

无疑，童年的阅读经验，为我以后从事军事文学创作奠定了思想、情感和方向上的准备。也许，我的世界观，在那个时候已经上路了。

在中国当代红色文学作品中，我最喜欢的还是《烈火金刚》，尽管它是章回体，还有点像武侠小说，人们对其评价褒贬不一，但是我一直认为，这部作品对于历史和战争的透视，是很独到的，故事也很生动传神。作品里，何大拿一家的人员构成尤其耐人寻味，父亲是汉奸维持会长，小老婆所生的女儿是八路军，大儿子是汉奸翻译官，二儿子是国民党。这一家，几乎就是一个沦陷区的缩影。难能可贵的是，在当时的单一视角和统一目的的创作环境里，作者还是情不自禁地写到了人性的深度。我记得有个情节，在日本兵即将发现八路军伤员藏身的地洞口时，林丽挺身而出，冒险爬到了洞口，汉奸何志文和何大拿都看见了林丽，他们并没有出卖林丽。记得作品为这件事情还让何大拿和何志文父子有过一番密谋，意思好像是说何志文之所以没有出卖庶出的妹妹，是因为怕连累自己。当然，这样处理也是一种技巧，回避了"人性"这个概念，作者用心良苦，在当时的政治文化背景下，只能这样避重就轻了。

我小时候吸收的"毒草"里面，还有童话，除了安徒生童话以外，还有一本是蒙古童话。前些日子看见《作家文摘》登了一个陈姓女翻译的故事，我估计我最早看到的蒙古童话就是她翻译的，这些童话对于我今后的道路，不知不觉中一定起了作用。

还有一个背景，我的老家在皖西，天气预报说的"江淮之间"，指的就是我们那一块。那一块民风剽悍，争强好胜。在闹太平天国的时候，我们那里组建过捻军，就是当地人说的"捻子"。新中国成立后，安徽出版了很多关于捻军的故事集，我看了不少，对其中的张乐行非常崇拜，对李鸿章恨之入骨。我小时候听我的一位堂伯父说起我的爷爷，号称徐六，就是一条宁折不弯的汉子，早年在老家长丰，因为好斗，混不下去了，才一副担子挑着我的父亲和锅碗瓢勺，后面跟着我的小脚奶奶和大姑，到霍邱投奔亲戚，那时候常常因为农田用水同乡邻发生械斗，我的爷爷总是冲锋在前。我一直认为，我祖上当年参加过捻军，替天行道，行侠仗义。不管这猜测是否有根据，但是它极大地丰富了我的想象。

莫言获得诺贝尔文学奖之后，有两个概念凸显出来了，一个就是作家的根据地，一个是讲故事，虽然这其中有深刻的精神内涵，但是，一方水土养一方人，这句话是实实在在的。事实上，每个作家都有自己的地盘。我也有。

在距离我家直线距离不到一百公里的东北方八公山，就是历史上著名的"淝水之战"古战场。我小时候除了阅读，还经常听大鼓书，小镇的夏天，乘凉时刻，往往十分热闹，不知从哪里来的大鼓书艺人，敲着皮鼓，抑扬顿挫，从《三国演义》到《水浒传》，倒背如流，听得我们如醉如痴。我现在还能记得几句："投鞭断流淝水长，八公山上摆战场，击其半渡成泡影，杯弓蛇影吓断肠，风声鹤唳笑苻坚，草木皆兵弱为强……"

这首歌词确实不怎么样，像打油诗，但是，它却把淝水之战里面主要的意象都概括出来了，所以我的脑子里，至今还有很多淝水之战的画面，比如投鞭断流、击其半渡、风声鹤唳、草木皆兵，还有那个夜晚人仰马翻、人马践踏以及天上的月亮、地上的树影……似乎睁眼可见，伸手可及。每次创作抗战小说的时候，特别是写到决战之前，我的眼前往往就会出现"前后千里，旗鼓相望。东西万里，水陆齐进"的恢宏场面。

二、战争经历

小时候，我的梦想是当一个军官，但是我梦想中的军官同军阀差不多。比如，我想当一个团长，当上之后，把同班那些不听我话的同学捆起来打一顿，把他家里的好东西，比如缝纫机和丝绸抢过来送给我喜欢的那个女同学。

前年秋天，我回老家，在安庆和一个著名的黄梅戏女大腕同桌吃饭，这个大腕即席唱了一段黄梅小调，我开玩笑说，难怪男人都想当军阀。我的本意是恭维她戏唱得好，当军阀就能经常听她唱戏了，不料她理解偏了，认真地瞪着我说，当军阀干什么？欺男霸女啊？我一看情况不对，马上解释说，那是从前的想法，现在我改主意了，为了打击欺男霸女，我决定当作家。这回女大腕高兴了，认真地问我，当作家就能打击欺男霸女了吗？我说，当作家不仅能打击欺男霸女，当作家还能做很多事，弘扬正气，传播真善美，揭露假恶丑，也许我们不能立竿见影，不能马上奏效，但是文学的力量是无所不在、无处不在、潜移默化的，文学的力量天长地久。

这就涉及文学观了。这个问题暂时不往远处讲，我还是先讲讲，我是怎样挤上文学小道的。

众所周知，20世纪有一段特殊时期，中国人的职业选择极其有限，除了工农兵，最有诱惑力的就是当作家。我曾经武断地说过一句话，20世纪五六十年代，凡是具有初中以上文化程度的人，大都做过作家梦，我也不例外。

我的幸运在于，尽管我的文学梦也因为谋生糊口等等客观原因几度黯淡过，但是它始终没有破灭，我在回乡当农民的日子里，仍然坚持写诗歌、散文、小说，还模仿陈登科的《白色的蔷薇花》，写了一个电影剧本。

不能否认，在我的青少年时期，尽管我虔诚地热爱文学，但是在这热爱里面，也确实有功利的考虑。那个时候，一个作家往往一夜成名，成名之后甚至能当中央委员，当文化部长，当县委书记，对我的诱惑非常大。我那时候的目标就是赶超浩然，随时准备写出自己的《金光大道》。

就在这个时期，在我的文学创作道路上，一个重要人物出现了。

我家是吃商品粮的，就是非农业人口，回乡其实是就地下放，把非农业人口变成农业人口，把粮本子换成工分。我那个生产队里有个老先生，叫王多伦，原国民党县政府的科长，当时算是历史反革命分子，但是我父亲——那时候是公社书记，暗中跟老王有些交情，比较关照他，可能也有点想利用他的意思，把他安排跟我下放在一起，给生产队喂猪，同时给我做饭。这位老大叔通古博今，写得一手好字，经常给我指点。他有一次含含糊糊地说，《白色的蔷薇花》写得是不错，但是把那个国民党写得太坏了。我说国民党当然都是坏人。他沉默了一会儿说，不能这么简单地看问题，国民党也是人，是人就有好有坏。我那时感觉他确实很反动，骨子里还是个国民党。我记得有一次聊到抗日，他跟我说起国民政府抗日的事，津津乐道。我无比震惊，问他，国民党还打鬼子？他说当然，国民党也是中国人啊！这是我第一次听到国民党也抗日的说法，而在此之前，我一直认为国民党就是我们最凶恶的敌人，跟日本鬼子是一伙的，比日本鬼子还要坏。虽然我对他的话半信半疑，但是我没有揭发他，因为我需要他给我做饭，再说，我们之间已经无话不谈了。

十年后，我已经成为解放军艺术学院一名学员，读了不少抗战作品，特别是看过刘再复的《性格组合论》之后，我开始琢磨"人"这个动物，回想王大伯当年的话，恍然顿悟。那个年头对于历史和历史中的人，太不客观了。我后来非常关注国民党抗战，是关注得比较早的作家之一，应该说，同王多伦的点化有关。这是后话了。

高中毕业后，我当了两年农民之后，还是没有当上作家，眼看年龄越来越大，实在没有出路了，我父亲只好同意我参军。

没想到，一参军就遇上打仗。我是1978年底入伍的，刚到部队不久，营房里的气氛就变得庄严而神秘。我们得到消息，部队很快要到中越边境执行作战任务，天天给我们放电影，三战，即《地雷战》《地道战》《南征北战》，战争气氛营造得非常浓厚。

奔赴战场是个什么心情？这个话题三天三夜也说不完，我现在只能用一个成语来形容，叫作七上八下。我记得在开往前线的军列里，战友们大都沉默不语，我却高谈阔论。我在给我父母的信里，东拼西凑，抄了许多诸如"醉卧沙场君莫笑，古来征战几人回"，"人生自古谁无死，留取丹心照汗青"，"马革裹尸，在所不辞"之类的豪言壮语，把我的父母吓得心惊肉跳。据说那个大年三十，我父亲端起酒杯，一口没喝，泪流满面。

事后分析，不是不怕，不是不怕死，而是抱着侥幸心理，认为自己不会死。再说，还有面子上的考虑，硬着头皮，碰运气吧，既然逃不掉，还不如豁出去干他一场，这应该是我当时的真实心理。

我参加的第一次战斗，是攻打越军的复和县城。部队开进的时候，我站在驾驶楼后面，把冲锋枪架在驾驶楼顶棚上，老是想开枪，把老兵们吓得够呛。就在即将通过一个极有可能被伏击的地段时，我的冲锋枪弹匣突然掉了下去，我惊出一身冷汗，因为战斗动员的时候，指导员明明白白地说过，丢失武器装备，是要受到处分的。我二话不说就跳下车去找我的弹匣，一个老兵捶打驾驶楼，让司机停车，但是另外的老兵立即反对，因为我们那辆车是最后一辆，车队快速通过，万一车停了，遭到对方的伏击，那就全完了。况且他们本来就很讨厌我，因为我老是想开枪。司机不仅没有停车，反而加大油门，眼看就把我甩了，就在这个时候，我的战友汪友国把冲锋枪对准了司机，命令他停车。我在三百米外找到了我的弹匣，脸色苍白地回到了车上，幸亏没有被伏击。

关于战斗故事，我就不说了，说多了有吹嘘之嫌。我只披露一点，我是本团新兵中第一个立三等功的，那场战争中，我们连队是广州军区命名的"炮兵英雄连"。战后归建，我的主要任务就是写一篇报告文学《炮兵英雄王聚华》，一直写到提干。这期间，我遇到我文学道路第二个贵人——我的指导员赵蜀川，是他及时地把我从绝望的边缘上拯救出来。这里不展开讲了。

如果说这一次上战场是抱着侥幸心理的话，那么时隔四年之后，第二次上战场，则是主动请缨的。1984年春天，我所在的部队要组建侦察大队到云南麻栗坡参加边境轮战，我得到消息，二话没说，就找到师政治部主任，要求到前线去。闫主任喜出望外，因为当时就缺政工干部，其他同志都不太想去，没想到就有一个二百五送上门来。

我为什么要去前线呢？是找死吗？不是。还是同创作有关，因为那时候我的业余创作正在方兴未艾之际，写了很多小说，但是成功率很低，仅在甘肃的《飞天》杂志发表了一个短篇小说，这使我感到很屈辱，我决定回到战场去体验别人体验不到的东西。除了这个原因，还有一个原因，就是想升官。至于说不怕死，那不是实话，我当时还是有侥幸心理，觉得自己命大福大造化大。万一子弹不长眼睛怎么办？那时候没有多想，听天由命吧，反正有机会不能放过。

第二次去前线，感觉就不一样了，这时候我已经是副连级干部。我清楚地记得，出征之前，师部摆了壮行酒，师长把我叫到一边，问我："你知道你腰里的手枪是干什么的吗？"我说知道，是用来战斗的，还有，万一情况紧急，用来自杀，不当俘虏。师长一脸深沉，严肃地告诉我："你说得对，但是手枪的作用不仅是自杀，必要的时候还用来制裁逃兵。"

我们那个侦察大队是由一个集团军各师的侦察连和军直侦察连组成的，因为我所在的师是总参作战值班部队，所以我们师是两个连队，师部成立了一个指挥组，五个参谋，我一个干事。还有一个志愿兵报道员，老蔡，大胖子，比我大两岁，早我一年当兵。前线的故事很多，我着重讲讲这个老蔡。

我们到达麻栗坡是个下午，当地的区委书记老熊带领群众在路边迎接，神秘地告诉我们，对方的电台已经公布了，下金厂方向进驻了中国特工部队，共有282人。我们听了非常吃惊，因为我们师两个侦察连共有280人，在这么短的时间内，情报就被对手搞准了，而我们对他们还一无所知，这仗还怎么打？这里离边境线只隔一座大山，敌情非常复杂。

这样一来，就很微妙了。当天晚上，发生了很多故事。指挥组全体住在区公所办公楼一个大房间里，那是南方的土墙木板楼，上面有一个很大的窗户，侦察科长老卢分配老蔡住在窗户边上，老蔡嘟嘟囔囔说："你们都是干部，受过训练，我一个志愿兵，让我住在窗户边上，万一特工摸上来，我怎么办？"他不顾众目睽睽，硬是把自己的行李搬到最里面。我们几个参谋干事都很年轻，爱捉弄人，七嘴八舌地说，越南特工的火箭弹非常厉害，如果从窗户打进来，肯定是撞到后墙爆炸，所以住在里面是最危险的。这样一说，老蔡就没主意了，又把铺盖搬到窗户下面。我和朱参谋是指挥组最年轻的干部，卢科长分配我们两个住在门口，担任战斗值班。

第一次宿营，前半夜几乎所有的人都没有睡着。果然，半夜里出现情况，只听楼板传来沙沙的声音，我们都在暗中摸到了手枪扳机。那时候真安静啊，连蚊帐飘动的声音都能听见。过了一会儿，卢科长低沉地说："小朱、小徐，你们两个下去看看，什么情况？"我和朱参谋悄悄起身，掂着枪，走出木门，朱参谋说："老徐，你站着别动！"我还没有反应过来，只看见一串火光从我眼前划过，楼梯一阵巨响。原来是朱参谋以为特工摸上来了，搞了个步兵战术动作，抱着枪，一边射击一边滚下楼梯。这一下，外面的潜伏哨也开了枪，打了十多分钟，天亮后我们进行搜查，什么情况也没有，区委书记老熊告诉我们，夜里楼梯的响动，很有可能是耗子，真是风声鹤唳，草木皆兵。

以后我问朱参谋："根本就没有敌情，你干什么要开枪？差点就把我击毙了。"朱参谋诡秘地笑笑说："我是吓唬老卢他们的，你放心，我的战术动作是一流的，跟我在一起绝不会吃亏。"我这才明白，原来这小子在炫耀他的单兵动作。

我们在前线一年，出击了几次，没有太大的动作，只是在1985年春节，两个连队到越境纵深拔点，我因为学过炮兵参谋业务，协调南京军区一个炮兵营进行火力接应，打得还不错，得到大队长和本师首长的表扬。但是因为大队长和政委意见不合，我的这次行动，被政委安了个"谎报战果"的罪名，差点儿没有立功。

回想那个时候，我们几个年轻干部真有点春风得意，老是有一种天降大任的感觉。那个老蔡被我们整得很苦，特别是我，每次出去勘察地形，我都要逼着他一起行动。老蔡多次抗议，说他是个志愿兵，又很胖，肯定是对方的重点目标，所以但凡有战斗行动，他就找借口不去。但是我们几个总是软硬兼施把他弄到前线去。有一次他实在忍无可忍了，面红耳赤地对我说："你就不怕我打你的黑枪？"我说："有种你就从前面打，你在后面打，会暴露的。"

老蔡当然不敢打我的黑枪，因为他在业务上归我管，他还不得不和我搞好关系。就是在1985年春节行动之后，这老兄吭吭哧哧写了很多报道，其中有一篇，叫作《决胜千里的当代诸葛亮，文武双全的现代指挥员》，前面一句是写卢科长的，后面一句是夸奖我的。我当时压住这篇稿子不让发，但卢科长看了后跟我说："我看这篇稿子没有什么大问题，实事求是嘛。"我后来就睁一只眼闭一只眼了，也不知最后发表没有。

记得是1985年4月份，边境上的火药味已经很淡了，部队很快就要回撤了，有一次我们到边境线上看望前出分队，回来的路上，有一段狭窄路线，卢科长让大家保持战斗队形，避免在最后的时间段里出现伤亡。老蔡当然是一如既往的紧张，直到离开那段险要地形，他还是探头探脑。我和朱参谋在前进时发现路边有一个铁皮罐头盒，互相递了一个眼色，我猛回头一脚踢了过去，罐头盒撞在石头上发出巨响，朱参谋大喊一声："有情况！"我们本来想看老蔡顾头不顾腚的笑话的，没想到意外发生了，老蔡直起腰，东张西望，突然一个箭步冲上去，庞大的身躯把矮小的卢科长压在身下。一分钟后，卢科长爬起来，一边拍打屁股，一边狐疑地看着我和朱参谋，同时表扬老蔡。

部队从麻栗坡撤出的时候，老蔡因写报道荣立二等功，要知道，当时很多一线官兵连三等功也没有立上。

顺便说一句，我对前线生活的描述，虽然力求非虚构，但是由于过去了二十年，难免有些主观的东西，特别是对老蔡不够客观。在前线，我们几个干部捉弄一个志愿兵，本来就很不道德，而且他的行为举止都是无可厚非的，也许我们和老蔡的区别就是五十步笑百步的关系，也许，恰恰是因为老蔡的某些情感表现出来了，我们则反倒把自己架高了，因为没有机会表现了。有时候我想，假如老蔡是个作家，他来写那场战争，也许会和我描述的截然相反。也许在他的笔下，我们那几个干部贪生怕死、小人得志、拍马溜须等等，但是这又有什么关系呢？对于作家来说，如果能刻画这样一群战场小人，引起读者警醒，起到批判和净化灵魂的作用，那也是好事。

关于战斗，我在其他地方曾经有过描述，这里就不多讲了。这里我要特别提一下一个叫李军的战士。那是一次前出捕俘行动展开之前，我和卢科长等人到他们出发待机地点为他们送行。这个战士吊儿郎当的，让老蔡给他照相，老蔡没理他，他说："给我照一张嘛，这次出去就照不成了。"我在一旁觉得他的话不吉利，当即训斥了他，并说："这张照片不要照了，等你回来再给你照。"我这顿训斥，他不仅没有反感，反而欣然接受，还给我敬了个礼，连声说谢谢。那一瞬间，我感觉我们之间有了一种默契，互相是感激的。可是，就在那次行动，他踩上地雷，因流血过多，就牺牲在我的眼前。这件事情对我刺激很大，后来我翻检照片，只在我的一张照片的后面，露出他的脑袋和一条腿，为此我一直痛心。

三、文学理想

无疑，经历是一个作家宝贵的财富，特别是那些特殊的经历。我不能放弃这些经历，也摆不脱这些经历。部队1985年夏天从前线归建后，那恐惧中夹杂着亢奋的日日夜夜，就像电影一样，一遍一遍地在脑海中回放，脑细胞特别活跃，感情特别复杂，想象力特别丰富。

此后我在部队当基层干部，写了很多中篇小说，就靠这些作品当敲门砖，我考入了解放军艺术学院文学系。上学的那两年，我还是忘不了前线生活，因而同文明生活有些格格不入。我经常以战争亲历者的身份和同学对峙，同军艺和北京大街上的斑马线对峙，甚至同家庭生活对峙，而一度沉浸在战争生活的怀念中，那情景很像好莱坞影片《第一滴血》，在饭堂吃饭，别人坐着，文明进餐，而我常常蹲在板凳上，狼吞虎咽。两年中，我马不停蹄地写作，先后写了《走出密林》《大路朝天》《瞬间越野》《错误颜色》等作品，那里面的场景、人物、事件，可以说很有现代感，荒诞、扭曲、疯狂，夹杂着黑色幽默，变态的情绪在作品里四处弥漫。

这种情形一直持续到两年后，才消停下来。毕业前后，我写了《弹道无痕》和《潇洒行军》，反映和平时期军营生活，这才算对我的战争冲动做了一个了结。

这个时候，我开始考虑写抗战小说。

在我的阅读经验中，中国红色经典作品有三部对我的影响至关重要，一部是前面说的《烈火金刚》，还有一部是《战斗中的青春》，是写爱情和叛徒的。这里我着重谈谈第三部：《苦菜花》。

我已经记不得我是什么时候读的《苦菜花》了，也许是童年，也许是参军后。事实上，我对《苦菜花》的其他人物早就忘光了，但是有一个人物被我牢牢地记住了：柳八爷。这是个土匪头子，后来被收编为八路军的营长，粗暴野蛮，但是在同日本鬼子作战中，被砍掉一只胳膊，仍然坚持战斗，惊天地，泣鬼神。为什么我对柳八爷这个人物情有独钟？是因为我知道，我们中国太缺乏柳八爷这样的人了。我在当编辑期间，了解了很多历史真相，印象比较深的，一个是八国联军进中国。所谓八国联军，其实只有两万多人，其中比利时的军队只有 52 人，而中国清朝军队和义和团有几十万人拱卫京城。就算他武器再先进，有这几十万作战部队，加上天时地利人和，总不至于落荒而逃吧！遗憾的是，慈禧太后落荒而逃了。至于原因，是多方面的。我还看过一个资料，德国军队进中国，是用中国的大洋买通中国人把他们背上岸的。

还有一份资料，说的是日本鬼子打到华北，来源县城，其实是八个日本兵占领的。

这是天方夜谭吗？不是。

我给大家讲一个故事：小岗村。

2008 年春天，我随中国作家采风团前往中国改革开放的前哨阵地小岗村，我从当时的《人民日报》上抄下了这样一段话："大包干前，中国农民的生存状态已经到了什么地步，他们不偷税，不抗粮，不反党，不偷盗，他们只是想按照自己的意愿种地，然而他们却要立军令状，还要把军令状立得那么悲壮，这说明了什么？"

请注意，"按照自己的意愿种田"这句话，这是什么意思？什么是他们的意愿？就是单干。为什么要单干？我用小岗村的一段顺口溜来回答这个问题："队长哨子吹破嘴，催人下地跑断腿，喊了半天人半数，到了地里鬼哄鬼。"

看看，多么形象的比喻，多么丰富的想象力，多么生动的画面，没有刻骨铭心的感受，是写不出这样的打油诗的。

小岗村引起了我的深思，我思考的不是小岗村的改革成功，而是为小岗村，同时也是为自己的民族感到悲哀。小岗村的所谓改革，核心是什么？就是要坚决撕开集体主义的壁垒，就是要单干，中国农民宁肯被杀头，也不愿意走集体富裕的道路了，中国农民已经没有集体作战的能力了，好像只有单打独斗，他们才有活路。小岗村大包干的成功，恰恰撕开了中国人最大的悲哀的伤口。

联想到历史，我们似乎就有些明白了，为什么甲午战争中，本来军力优势的中国北洋水师会全军覆没？为什么抗日战争中，弹丸岛国日本鬼子会长驱直入？

人们通常认为，一个国家军事上的赢弱归根到底是政治的赢弱，可是，我不这么看，我认为一个国家的政治经济状况是由文化决定的，无论什么样的政治经济模式，它都离不开它所根植的文化土壤，皇帝再弱，只有一个，大臣再弱，只有一群，官吏再弱，只有一片，他们居然能够在人民群众的汪洋大海中如鱼得水，这说明什么？说明民众接受了他们，并且他们也是从民众中产生的。所以我们可以说，赢弱是全民的赢弱，腐败是全民的腐败。全民的赢弱和腐败，从根子上说，就是文化的赢弱和腐败。解决这个问题，就要从每个人头做起。

我在创作《八月桂花遍地开》的时候，满脑子都是幻想，中国人终于明白过来了，团结起来了，共产党、国民党、绿林好汉、木匠铁匠，全都凝聚在一起，大家头顶铁锅就冲上去了，一人一口唾沫，就把日本鬼子淹死了。我在扉页上写了两句话："没有谁能够击倒我们，除非我们自己；没有谁能够拯救我们，只有我们自己。"当写到最后，天竺山所有中国军民万众一心，对几百个日本鬼子展开声势浩大的围猎的时候，我自己激动得泪流满面。我想，这样的作品，对激励民族精神，还是有用的。

讲到这里，我们就要讲讲文学和文化的关系了。毫无疑问，文学是文化最重要的载体和渠道之一。上个世纪初，中国的改革先驱梁启超从日本政治小说里受到启发，好像发现了救国救民的灵丹妙药，他在《论小说与群治关系》一文中正式提出"小说界革命"的口号，"今日欲改良群治，必自小说界革命始；欲新民，必自新小说始"，"欲新道德，必新小说；欲新宗教，必新小说；欲新政治，必新小说；乃至欲新人心，欲新人格，必新小说"。

在梁启超的感觉中，小说有不可思议之力支配人道，所以，小说可以承担起救国救民的重任。虽然后来梁启超改变了看法，认为小说没有什么用处，那是他的误解，因为仅仅依靠小说，是打不倒袁世凯的。

同梁启超一脉相承的还有后来的鲁迅。鲁迅为什么弃医从文？是因为他对中国人的国民性感到痛苦，他要揭露和改变这种劣根性。

当然，我们说文学是改变国家命运的武器，并不是说文学的功用立竿见影，我坚持认为，文学的力量是潜移默化天长地久的。我曾经给自己搞了个命题，《战争文学和文学战争》，以 20 世纪初日本政治小说和同时期中国小说界革命为基本研究对象，结合军队文化建设情况，考察抗日战争中日双方战斗力和形成战斗力的根本原因。只是，因为太忙，这个研究还没有展开。

总之，我坚信，文学是有用的，对于一个民族而言，文学永远是照亮我们心灵的明灯。文学塑造英雄，呼唤英雄，文学本身就是英雄，我相信，在实现强军梦、强国梦的伟大进程中，我们这些军旅作家，一定能够找到自己的战斗位置，为中华民族的伟大复兴，提供文学支持，提供丰富的正能量！

温暖的压力

　　1988 年秋天，我军刚刚恢复军衔制度。《解放军报》文化部和济南军区文化部组织了一个"蓬莱笔会"，主题是表现授衔。那是我第一次见到大海，也是第一次参加笔会。军报派去的编辑叫曾凡华，中校。他给我们解释说，他是技术军官，技术军官同指挥军官是有区别的，就在于领花不同。也就是在那个学习班上，我了解到很多关于军衔和军队编制的知识。

　　当时，我们是很看重这次笔会的，军区几大部门、几个集团军和省军区派去的创作骨干，都把自己看作本单位的代表队，暗暗较劲。我所在的集团军划归济南军区不久，我本人又是一个基层干部，所以就比较老实，老老实实地写了一个小说《军官和他们的妻》，大致构思是，一个技术单位，连长是上尉，连队的工程师是技术少校，授衔后第一次出操，两个军官的家属怀着复杂的心理，躲在各自宿舍窗户后面看，到底谁先敬礼，结果是这两个军官迎面相遇，同时举起了右臂。小说写好之后，有点忐忑，不知道能不能被选上，如果选不上，这次笔会无功而返，那就很没面子了。

　　稿子交上去后，由曾凡华编辑进行评点，一一提出修改意见。讲到我的稿子的时候，只见他把稿子从上面移到下面，头也不抬地说了一句话，这篇稿子，就不说了。他这样一说，我就有点灰心，感觉没戏了。没想到后来报纸出来，这篇稿子上了头条，和这篇稿子并肩发表的，是军区总医院梁丰的小说《太阳照常升起》，写的是授衔后护士不发军装了，一群姑娘起先新奇，认为可以花枝招展了，买了很多时尚服装，可是到了第二天，上班之前试装的时候，哪一件都不合适，姑娘们不谋而合地穿着摘了领花的军装，到了单位，相视而笑，继而泪流满面。这个小说情真意切，表达军人情感情结，细腻深刻。写到这里，我突发灵感，要把这篇作品找出来，给军艺文学系的学生当教材。

这以后，我和军报的交往就多了起来，当年我发表中篇小说《潇洒行军》，军报记者陈先义率先写了一篇近万字的评论文章，发表在《长征》副刊上。我另一个中篇小说《弹道无痕》发表后，《长征》副刊也是不惜版面进行宣传介绍，使之成为当代军旅文学的重点作品。从《历史的天空》《八月桂花遍地开》《高地》《明天战争》《特务连》和《四面八方》《马上天下》，几乎我的每一部作品的信息，都会通过军报《长征》副刊传到部队。我能成为一名"正面强攻军事文学"作家，同《解放军报》的鼓励和支持是分不开的。

在几十年的军旅生涯里，我也成了军报的忠实读者和作者，先后在《长征》副刊上发表《虎啸中原》《军人的目光》《老兵之歌》等大块文章。近些年，军报文化部找我约稿，大多是"突击性任务"，乔林生、刘业勇、曹慧民、栗振宇等人都给我布置过紧急任务，印象最深的有几次，一次好像是在20世纪初，突然接到李鑫的电话。李鑫每次向我约稿，总是软硬兼施，软的是先表扬，说我是当代最有创作实力的军队作家之一；硬的是，这样的作家应该有担当，应该在重要时刻发出响亮的声音。这一次，他要我写一篇关于军事文学同军事高科技关系的文章，而且要得很急。我是一个形象思维强于逻辑思维的人，感觉这是一个很难做的题目，在电话里流露了畏难情绪，他耐心地说："你想想啊，你是解放军出版社的科技编辑部主任，又是军事文学作家，这个问题你不出面说，谁来说合适？"听他这么一说，我就没有退路了，真感觉责无旁贷，舍我其谁？熬了两三天，翻箱倒柜，引经据典，终于写了一篇《读点兵书》，阐释未来高技术战争对于军事文学创作提出的新的课题和我们的理论准备，听说这篇文章受到了好评。还有一次，突然接到赵阳的电话，要我写一篇班长的故事，规定三百字左右，真人真事。接到这个电话，我的第一个反应就是推辞。赵阳倒是好脾气，不紧不慢，循循善诱，那意思也是，你这个从基层摸爬滚打出来的作家，不能忘本啊，班长的故事你不写谁写啊！没有办法，我脑子一热，应承下来，挖空心思想啊想，终于激活了记忆，想起了一桩往事，写了一篇《目标正前方》。写好之后，逐字逐句地推敲，发稿的时候，感觉叙述精准，表达简洁，小中见大。

在同《长征》副刊的编辑、记者交往的过程中，有一个感觉，就是他们有很高的职业素养，约稿很讲艺术，既不居高临下，又不大而化之，而是目标明确，不屈不挠。我在军艺工作这几年，逐渐提高了理论意识，写了一些说理性较强的文章，都是在压力下完成的，比如《胜负五十四年》《让理想信念落地生根》《遍地英雄下夕烟》等等，也包括这篇小稿，感觉都还说得过去。今天我要说，在我成长进步的路上，很大一部分动力，来自军报朋友的助推。

写本好书送给你

——《马上天下》后记

　　1999 年一个晴朗的秋日，我骑着一辆破旧的自行车，驮着我的第一部长篇小说退稿，在白石桥至平安里之间的大街小巷里沮丧穿行。这已经是第二次遭到退稿了。我的创作史也可以说就是一部退稿史，从童年到中年，从短篇小说到中篇小说，退稿似乎就是我写作的影子，我走多快它跟多快。按说，像我这样一个老油条，对退稿应该有充分的思想准备，但是这一次却不行，我觉得打击特别大，原因至少有三个。一是我认为这是我最有想法的作品。我 1991 年从解放军艺术学院毕业之后，到解放军出版社当编辑，几乎天天跟战史、军史乃至兵法、战术打交道，还编辑过和帮助若干战将整理过回忆录，自认为在战争文化这个炉膛里已经炼得真经，对于战争、战争人物、战争情感的深入理解，比起别的作家有得天独厚的优势，这部作品几乎是我能够达到的最高境界，然而却被迎头泼了一瓢凉水，岂不灰心？第二，这部作品也是我的第一部长篇，从构思到初稿完成，酷暑寒冬，几度春秋，夜不能寐，食不甘味，充满了希望，充满了期待，期望值越高，失望度就越大。最后一点，也是最重要的一点，这部作品凝聚了我对小说的诸多理解，从酝酿、设计、写作，再到反复修改，可以说使尽了浑身解数，较之同时期创作的另一部作品《仰角》，下的功夫应在后者三倍以上，可结果却是连出版水平都达不到，我不能不对自己的文学功底产生怀疑，同时也对小说判断标准产生了困惑。

　　抱着这堆退稿，我回到家，一气之下把它扔到书柜的角落里，很长时间都不愿意碰它，我已经没有勇气，当然更没有信心再把它投出去。那段时间，我很不自信，这是没有办法的事情，自信是建立在成功的基础之上的。我也不打算修改了，我把我的精力转移在《仰角》上，我想：也许是那种历史战争的东西我还陌生，驾驭不了，而《仰角》属于当代军事题材，我的生活积累和感受相对要丰富一些，写起来也要轻松自如一些。至于《历史的天空》，暂且束之高阁，以后再说吧。

转机出现在秋末的一个上午。

那天，我作为解放军出版社的编辑，到总参游泳馆招待所去看望来京出差的成都军区作家裘山山，本意是向她约稿，碰巧遇到了《当代》杂志的副主编洪清波，三言两语玩笑声中就算认识了。我当时没有提稿子的事情，我确实拿不准这部屡遭退稿的作品能不能拿到人民文学出版社这样的文学大厂去制作。但是似乎又有些不甘心，过了两天，我先把稿子送到裘山山那里，裘山山看了之后，很有把握地对我说："我看很好，我把它推荐给洪清波，以后你就直接跟他联系。"

希望之光终于冉冉升起。

我在焦灼的等待中大约又过了半个月，一直没有消息。这中间，我给裘山山打电话大诉其苦，裘山山安慰我说，洪清波这个人看稿子很挑剔，处理稿子很慎重，他没有回话，也许不是坏事。

后来我还是忍不住拨通了洪清波的电话，我诚惶诚恐，不知道该怎么寒暄，洪清波却是开门见山，第一句话是："稿子我看了。"说完这句话，他不说了，等待我的反应。我迫不及待地问，怎么样？洪清波好像笑了一下，慢吞吞地说，不怎么样。

你能想象出来我当时的心情吗？这一次就不仅仅是失望了，这一次是绝望，当时如果稿子在我手里，我可能会放把火把它烧了。我故作镇定，强打精神，苦笑说，那就算了。

洪清波说："不过，我有些拿不准，又把它交给图书编辑脚印看了。你再等几天，看看他们是什么态度。"

我说好。我心想，既然洪清波这样的资深编辑没有看好，那就说明稿子真的欠水准，别人会不会高看一眼，可能性很小。

大约过了一个星期，脚印给我打来电话说："稿子我看了，高贤均副总编也看了，认为很好。高副总编要亲自跟你谈谈。"

　　那天我骑着自行车，脚下生风，颠簸在朝内大街，深秋的寒风透过敞开的夹克在我胸前鼓荡，我的心却热乎乎的。在高贤均的办公室，我和脚印、洪清波三个人当听众，高贤均激情澎湃，神采飞扬，一会儿站起来，一会儿坐下去，双手挥舞着讲了一个多小时。洪清波最担心的作品中诸如国共关系、正面人物的负面性格、我军内部斗争等等敏感问题，到了高贤均那里，几乎都提出了巧妙的处理办法。高贤均说，目前是稍微敏感了一点，要在是与不是之间做足功夫，只要把握尺度，恰到好处，这部作品就是一部创新的军事文学力作。梁大牙这个人物为当代军事文学增加了一个全新的形象。高贤均对这部作品的前景做了两条预测：参加茅盾文学奖有很强的竞争力，获得五个一工程奖问题不大。高贤均说完，洪清波和脚印又就具体细节的修改提了一些建设性的意见，我当时觉得都不是太难解决的问题。

　　我是哼着小调离开人民文学出版社的。北京的天是明朗朗的天，绝处逢生好喜欢。回到单位，我并没有马上动手修改，我在琢磨高贤均的话，我渐渐明白了我这部稿子为什么会接二连三地遭到退稿。我也在重新掂量这部作品的价值。洪清波最初说出了"不怎么样"，但是他又没有退稿，而是让脚印再看，这说明他拿不准。一部作品，能让一个阅稿无数的老编辑左右为难，这本身就说明这不是一般的稿子。而且在这期间又有好消息，解放军文艺出版社确定出版《仰角》，他们提了几条修改意见，责任编辑刘静在电话里说："你可以改，也可以不改。"我斩钉截铁地回答，不改。这时候我的心思都在《历史的天空》上，哪里管什么《仰角》啊！

　　初稿本来是手写的，改改抄抄太费事，吃了不少苦头。后来，我用了一个晚上，向我的同事——当时的解放军出版社办公室主任薛舜尧学会了电脑开机、关机和简单的输入、编辑，以后就一发不可收拾。我办公室里的那个286老电脑几乎夜以继日地运转。很快，我就把修改稿送到了人民文学出版社，这次不用高贤均看了，脚印和洪清波看。就是这次，我获得了洪清波的高度信任，以后，他屡次评价我是最会领会编辑意图、最会落实修改意见的人，一句话说到底，我的修改，让他的担忧烟消云散。

1999 年岁末，在贵州黄果树召开的全军长篇小说创作笔会上，我同时校对《仰角》和《历史的天空》两部清样，那种感觉真是很幸福，我总算可以出版长篇了，而且出手就是两部。

然而，没有想到的是，《历史的天空》出版不久，高贤均就患肺癌住院了。初次见面时的高贤均红光满面，是那样的朝气蓬勃，那样的思维敏捷，谁想到他会得这种病呢？那段时间，我经常去看他，他一天天消瘦，却仍然谈笑风生。因为化疗和放疗的折磨，连吃饭吞咽都困难了，他还关心《历史的天空》在读者中的反映。我们都忌讳提他的病，他自己却不，他掰着指头算他生命的倒计时，盘算着还要做哪些事情，如数家珍。我试探着提出请他到街上吃顿饭，他欣然同意。那是一个中午，我记得参加那次聚会的有高夫人蒋京宁和洪清波、脚印、何启治等人，在席间，他频频举起饮料瓶跟我们碰杯，笑声朗朗，听不出一丝忧伤。

据脚印说，在评选第三届人民文学奖的时候，高贤均抱病登台，就《历史的天空》，讲了 90 分钟，足可见他对这部作品的厚爱。作为一个业余作者，我感谢高贤均慧眼识珠；作为一个曾经的编辑，我钦佩高贤均的敬业精神。

2002 年，我在胶东半岛基层部队代职，8 月的一天，突然接到脚印电话，她哽咽着通知我，高贤均去世了。我听了半天不语。当天晚上，我在渤海湾一块礁石上坐了很长时间，眺望漆黑的夜空和磷火点点的苍茫大海，我的泪水无声无息地流淌。他临终之前，我不在他的身边，因此在我的心目中，他一直都是情绪饱满、思维敏捷的样子，他在被确诊罹患恶疾之后，即使明知大限将至，也从无悲凉，仍然豁达。我记得我在出京之前最后一次到北京肿瘤医院看他，他从外面散步回来，头上戴着红色的毛线帽，上身穿着黑红相间羽绒服，下身一条牛仔裤，步履轻捷，好像还伴着什么节奏，一跳一跳的。那时候，他的病已是晚期的晚期了。如果说这个世界上真有能够坦然面对死亡的人，我见过的，目前只有高贤均。

高贤均对《历史的天空》前景的预测，无一没有实现，这部作品先后获得第十届中国人民解放军文艺奖、第八届五个一工程奖、第六届茅盾文学奖等多种奖项。

2005 年 7 月，我从茅盾故居乌镇领奖回来，约同脚印和洪清波驱车到京郊凤凰岭看望安葬在这里的我的良师益友高贤均，在弯腰鞠躬的一刹那，我的泪水又止不住地往下流。贤均老师，你的预测证实了，你在生命最后阶段的努力没有白费，可是你却不能同我们一起分享这成功的喜悦了。

下山的路上，脚印说，别哭了，往后，写出好作品，再交给人民文学出版社出版，这就是对高贤均最好的回报。

我抬头看天，说了一声，好。

2009 年年初，我把《马上天下》书稿送到了脚印和洪清波的手上。

遥远的星

认识朱德奎，是二十年前的事情，一次探亲回乡，当时的六安地区副专员王启敏到叶集公干，途经姚李，把我也拉了去。那时候的叶集已经是六安地区经济开发的前沿阵地了，农商贸易比较发达，街道两岸新楼群起，商铺货摊鳞次栉比，市场呈现一片繁荣景象，给人的感觉生机勃勃。那一次，接待我们的人中，有一位个头不高、敦敦实实的汉子，说话声音洪亮，举手投足自信从容。让我印象深刻的是，此人穿了一件紫红色长袖衬衫，盛夏的天气，还扎着领带，即使脑门热气腾腾，额头汗珠滚滚，领带和衬衫也是一丝不苟的。这个人就是朱德奎，时任叶集镇镇长。我印象在当年的贺年卡上还为这个红衬衫写了一首打油诗，可惜现在记不起来了。

写到这里，我想起了家乡的另一个人物，我的战友张怀义。世纪初，我在霍邱县城给我母亲盖了一套房子，张怀义就成了我的邻居。那几年回家次数多，怀义常常陪伴，春秋季节，总是一身银灰色的中山装，衬衣雪白，皮鞋锃亮。有一次我开玩笑说："你干吗穿得这么正经八百的？像党和国家领导人似的，又不是出席正式场合，就不能把风纪扣解开？"怀义下意识地摸摸风纪扣说："没办法，习惯了，就是救火，我也得把风纪扣扣好。"这句话让我至今难忘。也许，朱德奎和张怀义都当过兵，有严谨的生活规律。更也许，同文化有关，我的家乡，历史上以"文藻之乡"著称，朱德奎和张怀义早年都参加过文艺演出队，都喜欢舞文弄墨，文人的风骨不知道在什么时候已经融入骨子里了，在生活细节上都能体现出来。从一个人穿什么，怎么穿，往往也能看出一个人的生活品质、生活情调和生活原则。

我记得，就是那一次，听王启敏讲了朱德奎的一个故事，好像是王在霍邱担任县委书记期间，朱德奎在一个乡镇担任党委书记，一次王下乡检查精神文明情况，要求建设卫生乡镇。岂料走到一个村庄外面，一只猪拦路出恭，气味不太好闻，自然有损文明乡镇的形象，可能是王书记说了两句批评的话，朱书记眉头一皱计上心来，捡起土坷垃虚张声势地追打那只不识相的猪，一边追还一边骂："叫你不文明，随地大小便，让领导不高兴!"朱书记这个动作搞得王书记啼笑皆非，只好连连摆手说，老朱老朱，算了算了。

这件小事，也可以看出朱德奎性格的另一面：机智幽默，不卑不亢。

同朱德奎第二次接触是2013年"非典"期间，我被滞留家乡，住了五十三天。那些日子，我是因祸得福，快乐得就像小时候放暑假一样，在喻廷江、孙俊等师兄的支持下，皖西文学前辈史红雨和徐航等人陆续陪着我遍游皖西山水，从淮河到淠河，从白马尖到天堂寨，从东石笋到八公山，那是我对家乡的大面积、长时间的阅读，当地的文化渊源、民俗风情、人物掌故、革命历史……那五十三天的游历，可以说让我储蓄了一汪深邃的精神源泉，为我后来的创作注入了源源不断的活力，比如《八月桂花遍地开》《马上天下》《四面八方》等等，都是在那个时候、那个地方获得的灵感、思想和素材，如果没有那五十三天的经历，我后来的创作可能完全是另外一个走向。而在那一时期热情陪同我的队伍中，就有朱德奎。依稀记得是在霍山境内，史老师、朱德奎和我坐在一辆车子里，你一句我一句地背诵毛主席诗词：一山飞峙大江边，跃上葱茏四百旋。冷眼向洋看世界，热风吹雨洒江天。云横九派浮黄鹤，浪下三吴起白烟。陶令不知何处去，桃花源里可耕田？在那辆盘旋在山路的车子里，我们快乐地大喊大叫大笑，手舞足蹈地比画，好像还唱起了歌，真是无拘无束，无遮无拦。彼情彼景，同我们当时身处的大别山腹地，同家乡的山川河流和山水间的耕读生活图景浑然一体，此情此景现在回忆起来，仍然历历在目，让人回味无穷。所以说，我对家乡的感恩是具体的，我受恩于家乡的山水风情和人文历史，也受恩于家乡的亲朋好友。

这以后，因为工作渐多，事务渐忙，回家次数渐少，同家乡亲友的接触也就渐稀，只是逢年过节打个电话、发个短信，问寒问暖。前几日，突然接到德奎兄电话，告知我他将几十年所作散文、诗歌整理成册，准备出版。我这才恍然有悟，说到底，朱德奎是个文人。其实，再说到底，我的家乡，上一辈人和我这一辈人，其实都有文人风骨和文人情结。翻阅德奎兄的文稿，心中升起很多感动和感慨，尤其是那篇《母亲的红浮萍》，情真意切，质朴无华。一个很早就失去"当家的"母亲，拉扯了九个孩子，并且确保他们思想和身体均得到健康成长。母亲含辛茹苦，在艰难的岁月，最大限度地开发了生存智慧，也最大限度地开发了自己的意志和品质。这是我们最经常听到的故事，也是我们永远听不够的故事。套用托尔斯泰的话说，天下的儿子各有各的不同，但是天下的母爱大都相似，尤其是我们江淮地区的母亲和母亲的母亲，她们往往就是我们的第一所学校，她们的故事里携带着美好善良的愿望，她们是我们的第一个哲学老师，也是我们的第一个文学老师。夏天的夜晚，在门前树下，老祖母和母亲指着遥远的天上的星星，给我们讲牛郎织女的故事，讲嫦娥奔月的故事，也有"电灯电话、楼上楼下"的憧憬，还有孟母择邻、岳母刺青等等规范道德和励志铸魂的故事，母亲们总是希望我们做一个有教养、有气节，也有本事的人。常常，我们望着天上的星星，幼小的心灵里倏忽闪过一道亮光：等着吧，等我长大了，我要当英雄，我要当作家，我要当科学家……就是在母亲们的讲述中，我们的想象力展开了，我们的英雄梦和文学梦起步了。

我们，包括我和朱德奎，以及家乡的众多的文友，我们为什么要写作？并不是所有的准备当作家的人才写作，更多的时候，我们就是想表达我们的感情。朱德奎的经历比我丰富得多，当过农民、工人、战士、农村基层干部，几十年来在那片土地上跋涉奔波，有感而发，竟先后发表了五十多篇文章，日积月累，终于成书。我不想从文学的、文化的角度对它进行审美解读，我只是凭借一个作家的经验做出这样的判断，那是从我们共同生活的那块土地上生长出来的一个文学少年、文学青年、文学中年的生命体验，是一个人社会生活和文化生活的经验结晶。

最后，我想用一句著名的诗句来诠释我对朱德奎的理解，为什么我的眼里常含泪水？因为我对这片土地爱得深沉。

在 青 川

汶川大地震发生的时候,我正在赣南的几个县里辗转。5月16日,接到电话通知,要我回京参加中宣部和中国作协等部门联合组织的赈灾义演活动,但我当时已在深山,交通不便是一个原因,坦率地说,那时候也不知道这个活动会产生那么大的影响,尤其是不知道会不会起到实实在在的作用,有些不以为然,所以没有采取紧急行动。

5月18日晚,在一个小旅馆里,我和全国人民一起坐在电视机旁泪流满面,铁凝同志的那一句"中国作家不能沉默",让我愧疚了很长时间。甚至连我老家的领导和我的岳母都在电话里问我:"在这样重要的时刻,你为什么没有露面?"我无言以对。在上犹县的一个山头上,我给中国作协的张健书记和我所在的解放军出版社的政委于丹同志打电话,希望有任务不要忘记我,他们都表示赞同,让我待命。

5月21日,我返回北京。这时候总政和中国作协都派出了作家,但是名单里没有我,因为我不是专业作家。单位也派出了采访小组,名单里还是没有我,因为我也不是记者。我觉得我的身份很尴尬。

此后我一直寻找我能做的事情,想当志愿者,也想到部队直接参战,但均被人劝阻,认为我这时候去,帮不了忙还添乱。这时候我的心情很复杂,就是到前面去,也不知道该到哪里去,该做什么事。就像我的一位朋友说的,我的这种瞻前顾后的表现,充分表现了我的实用主义嘴脸。我注意到一些作家和新闻界的朋友在前线的表现,愧疚日深。我感觉我已经错过了第一时间,也错过了最重要的任务,就只好耐心等待,搜集各类报道,在电视机前干着急,写了很多大而无当的诗句,甚至还创作了一个中篇小说，当然没敢发表，因为浅薄。

6月中旬，抗震救灾已经进入到规范阶段，很多情况都明朗了，我认为该行动了，遂向单位打了一个报告，请假一个半月，我说我想到抗震救灾部队从容地、深入地采访一下。单位领导表示为难，因为我当时是一个编辑部的主任，身后还有几个人，长期离职，工作会受影响，而且活动经费也不好处理。我当即表示，我可以不当这个主任，按照军队行动规则，在免职之前，我已经指定了代理人，也可以由社里指定临时负责人。我的行动，经费完全自理。这样，单位才批准了我的请假报告，并且口头答应了我的辞职请求。

6月25日，我飞往成都，在都江堰采访三天，写了一篇两万多字的纪实文学《绝地穿插》，的确像有些同志批评的那样，有着明显的功利色彩，我自己也觉得价值不大。此后我就进入青川。7月1日，我的老部队"猛虎师"和青川县联合举办抗震救灾文艺演出，我再次被感动得热泪盈眶，好像突然找到了我可以做的事情，脑子一热，登台表示，灾后重建，重在人才，为支援灾区恢复和发展教育，我个人捐款二十万元人民币，每年奖励青川县文、理科高考状元各一万元，资助应届贫困大学生四名各五千元。五年后视情况续捐。

这个决定宣布之后，麻烦来了。二十万元虽然只是车薪滴水，但对我来说还不是一笔小数。我给家里打电话要钱，我爱人倒是通情达理，态度肯定地说："你捐多少我们都支持，但是家里没有钱。"她只答应给我六万元钱。没有办法，我只好给人民文学出版社打电话，请他们预支了六万元稿费，其余的，是找影视界一个朋友和我的乡党杜明权借的。直到7月10日，我把款打到广元市教育基金会青川县分会账户，拟定了一个"徐贵祥青川县奖励和资助基金协议"，并由我老部队的师长胡虎帅、政委李振领和青川县陈县长出面主持，搞了一个签约仪式，然后我才转道汶川。

后来就发生了一件事情，成都科技大学一位名叫胡桂芳的大学生，在青川县教育局的捐助公示榜上看到了这个信息，七找八找，把我的电话号码找到了，给我发短信，申请资助。这下我就为难了，因为她是在校大学生，不在我的资助范围内。不管吧，怕真是一个特别困难的学生求助无望，善心引来了伤心。管吧，这种情况恐怕不是一个两个，开了这个头，会不会有麻烦？想来想去，我给青川县教育局和团委打电话，看看他们能不能帮助解决，他们均表示为难。我又给成都军区的作家裘山山打电话，请她帮助考察胡桂芳的情况，如果这个学生确实是大学生，确实很困难的话，可以代我给她两千元，以解燃眉之急。很快，裘山山会见了这个学生，聊了半天，不仅同情，还有好感。裘山山回话说，这个学生家里受灾严重，房屋全被埋在山下，一贫如洗，而且她是个优等生。裘山山已经给了她两千元，并表示不要我偿还。我当然婉言谢绝，我当好人，让朋友出钱的事情不能干。

胡桂芳很满足，给我发短信说，两千元够她和弟弟半年生活费了。后来还给我发来一篇文章，意思大约是感恩之类。我回信说，困难尽量自己解决，实在为难了就说一声。到了下学期，她并没有向我求助，只是发短信汇报学习情况。我突然想起了学费的事情，发短信问胡桂芳有没有困难，回信说，她已经开始勤工俭学了，课余当家庭英语教师，好像还是游泳教练，学费和生活费问题都不大。我觉得这孩子很懂事，又给她寄了两千元。

此后，偶尔接到她的祝福短信，但再也不提求助，倒是裘山山不断地会见她，给她一些衣服、生活用具之类的东西，还向她采访灾区的情况，感觉她们已经建立了很好的关系。在电话里，裘山山向我介绍她的情况，这个孩子很上进，当了班干部，还入了党，并且已经开始帮助别的贫困生。春节前后，中国作协开全委会，裘山山和我坐一起，给我看了她的新作《亲历五月》电子版，里面有胡桂芳的很多情况，我看了很高兴。

前不久，又接到青川县教育局来函，介绍了我首批奖励和资助的邢飞等六名同学的情况，全都品学兼优。一位同学在给我的信中说："灾难使我们认识了很多好人，也使我们明白了应该成为什么样的好人。这个社会给我们的每一点帮助，我们都要加倍回报，而最好的回报就是学有所成，重建家园。"

我欣然接受这份回报。实话说，我做的这点小事，一半出于真情，一半为了自己。我总算做了一点有意义的事情，愧疚也就减轻了不少。

枣树里的阳光

一

晴朗的日子里，一把阳光洒下来，落在密密匝匝的树叶上，哗地一下变绿了，亮晶晶的绿反溅上去，空气也被染成湖水的颜色。一瞬间，门前那棵大枣树像是被阳光之手推了一把，梦幻般地放大着，向我眼前缓缓移动。

枣树下站着一个人，双肩微微下陷，清癯的面容有些朦胧，依稀可见他的手里举着刚刚点燃的香烟。他眯缝着眼睛，久久地向上凝望着什么，然后把烟送到嘴边，目光依然保持在某一点上，直到烟头挨到嘴边，这才收回视线，深深地连着吸了几口，于是，在他的前方出现了一团由蓝渐白的阳光，袅袅飘进头顶上方的叶缝里。

这应该是他留给我的最初的印象，连同他的姿态和他一侧肩上那片被染绿的阳光。一个老作家，一个十六岁就参加八路军的老战士。那个时候，他是解放军艺术学院文学系的第二任主任，我是他门下的学生。他的名字叫王愿坚。

他站立和我眺望的那个地方，我把它命名为白楼，是解放军艺术学院文学系的教学楼兼宿舍楼。白楼前面，南边一棵枣树，北边一棵枣树。刚入学的时候，还是夏天，午饭后在热浪中滚滚返回，一头扎进枣树下面，顿时换了季节，似乎从枣树的叶子上弹出一阵清凉的风，扑面而来，伸手往脸上抹一把，掌心已经触到秋天。

记忆中，在门前树边看见他，只有那一次。在阶梯教室里，他给我们讲的第一课，是短篇小说创作。文学系前几届很多同学都记得他的那个经典的比喻：写小说好比削铅笔，要想笔芯长，就得把外面的木头削短。这句话看似平淡，其实寓意非常深刻，它的表层意思是说，要想突出主干，就必须砍掉枝杈，不能讲废话。它还有一个深层含义，就是去伪存真，作品的生命在于真诚，要写出灵魂深处的东西。

他一生中写过很多短篇小说，是当之无愧的短篇小说大师。我后来研读他的作品，不说字字珠玑，确实惜墨如金，比如《粮食的故事》《七根火柴》《支队政委》等，几乎每篇作品都有一个清晰的脉络，感情真挚，催人泪下。我后来给我的学生讲短篇小说创作，也讲"长与短的辩证法"，为了提高教学效果，我还发明了一个"结构核"，从老主任的作品里解析出用于结构的核心人物或核心事件，使"结构"这个抽象而又见仁见智的概念，变得直观形象。有时候我想，我们的老师不一定天天给我们上课，也许，一堂课甚至一句话，就足以让我们悟出很多道理。

就在我们入学的第二年，老主任因病去世。

二十多年过去了，我回到了这个地方。每当我在校园散步，路过这两棵大枣树，我就会停下来，仰起脑袋，看看这两棵高龄枣树，看看那上面如云的枝叶，我总在琢磨，老主任当年站在树前，跟它都说了些什么呢？

二

这幢楼原本是白色的，一层是当年文学系学员的宿舍，仅在最南头，有一个阶梯教室。教室往北，依次是 101 室、102 室……113 室。

从 20 世纪 80 年代开始，很多人在这里做过白楼梦，梦中鲜花盛开，同窗外红绿相间的脆枣相互映照。

很多人在这里做过梦，很多人又带着梦想离开了这里，活跃在中国军内外文坛。而老树依然挺立在这里，年年岁岁，叶荣叶枯。老树确实很老了，树干如墨，皱纹密布，虬枝向天。只是，每到春夏，嫩叶绽放，千万颗太阳滚动在叶子上，玛瑙样的枣果闪烁其间，又是一片蓬勃生机。我曾经听一个同学赞叹,这么老的树,还能结出这么新鲜的果子,简直就是长生不老。

那时候,我们听课听累了,写作写累了,就会出门钻进树荫里,呼吸弥漫在大树四周的芬芳,舒展郁闷的肺叶。我经常以大树为圆心绕几圈,慢悠悠地,转着转着,倏忽间停住步子,傻傻的目光空洞地看着一片树叶,突然一拍脑门,大步流星返回宿舍,摊开了稿纸,奋笔疾书去了。伴随着跳跃的指尖,那些厚重的深红色的枣子就像无数个精灵在眼前飞舞。不知道有多少灵感,有多少顿悟,就是这样跳进了心里。

每天清晨,出操的学生队伍会从大树底下通过,稚嫩的、豪迈的口令声日复一日地倾注到大树的年轮之中。

或许,大树也和这些虔诚的学子一样,就从那些年轻的声音和灼热的目光里汲取了思想的营养,因而青春永驻?我们和大树互相滋养着,我们和大树的关系千丝万缕、盘根错节。

曾记得,那几年的夏天,午饭后,午休前,同学们三三两两地散布在大枣树四周,热烈地高谈文学,常常吸引其他系的同学也来加入我们的枣树沙龙。舞蹈系的几个女生,是我们这个沙龙的常客。舞蹈系女生宿舍离我们的白楼很远,但是从饭堂到宿舍,文学系的白楼门前,她们是必然要经过的,可能因为我们门前大树下面有阴凉,也可能不是这个原因。有时候,她们中间的几个会逗留一会儿,同文学系的男生交流艺术。那些女同学好像是百里挑一挑过来的,个个气质高雅,漂亮非凡,事实上她们确实是百里挑一甚至是万里挑一的。有个同学开玩笑说,因为她们的出现,连大枣树也跃跃欲试了,常常在夜里跳芭蕾。

据说,文学系第一届学员莫言当年也常常在午饭后散步,并在枣树下面发表醍醐灌顶的演讲,特别擅长同舞蹈系的女生交流艺术。但是据我后来观察,莫言这个人少言寡语,一脸深沉,同女生交流艺术,并非他的强项。只不过人出名了,莫名其妙地就要戴上许多花环或者背上许多黑锅。

说起莫言,就不能不说说他住的那个宿舍。1984年莫言入学,即被分配在阶梯教室旁边的101室。自从莫言先后获得各类文学奖之后,101室行情一路飙升。我曾经听好几位师兄师弟说过,谁谁当年住在101室,谁谁住在莫言当年住过的床上。2012 年秋天，与我同届获得茅奖的柳建伟回学校开会，晚餐中，借着三分酒意，柳师弟拎着酒壶发表讲话，呼吁保留101 室，当年他就是住在 101 室并且就下榻在莫言生活和战斗过的床上。我也借着酒意煞有介事地附和，能不能在保留 101 室的同时，顺便把 102室也保护一下？因为当年我本人是住在 102 室的。

这当然是玩笑话。我们并不认为莫言获奖是因为他当年住过的宿舍"风水好"，因为紧挨阶梯教室而得风气之先，但是话又说回来了，谁又能确定这中间就没有一点联系呢？

当年，我们这些行伍出身的文学中青年在文学系就读的时候，那是一种怎样的姿态啊，阶梯教室里似乎永远都有激烈的争论，夜深人静的时候，从 101 室到 113 室，多数灯火通明。半夜里从楼道里走过，常常听到里面有笔尖戳在稿子上的声音，嗒嗒嗒，犹如奔驰的马蹄。因为我们是业余的，是从部队基层来的，也因为我们老大不小了，所以求知欲旺盛，有紧迫感，学习激情和创作激情始终都在燃烧着我们。也许，那一代人苦思冥想、挑灯夜战的身影已经映在阶梯教室 101 室、102 室……113 室的记忆深处了；也许，今天，当你走进那些房间，你依然能够感受到那种火热的气息；也许，在你不经意的时候，就有一些信息在你的血液里奔突冲撞，呼之欲出。

2013 年开学典礼后，彭丽媛院长带领我们参观教学楼改造工程。如今的白楼已被粉刷成红色，并成为二号教学楼。就在门前的大枣树下面，院长问我，有什么要求？我说，请院里把二号楼的阶梯教室给我。院长问分管的副院长，这个教室分配了吗？副院长说，文学系的教室够了，按计划这个教室已经分给其他系了。院长微笑地看着我说："你的教室够了，为什么还要？"我说："我想多要一个，这个教室有……传统。"院长沉思了片刻说："既然这样，那你就打报告吧。"

三

翻开二十年前的听课笔记，张学恒、朱向前、黄献国、张志忠、刘毅然……每一个名字后面都有一串故事，那时候他们经常出现在教室里，出现在我们的宿舍里，我们的老师同我们就像哥们儿。有时候为了一部稿子，可以争得面红耳赤，争论之后还是争论，直到作品发表了，获了奖，依然还是鸡蛋里面挑骨头，不留情面。我们中许多人后来获得茅盾文学奖、鲁迅文学奖，都是在那个时候打下的基础。

时光荏苒，如今他们大都已退休或者临近退休，往事渐行渐远。2012年秋天，学院孙政委找我谈话，宣布调我到文学系工作。离开孙政委办公室后，我带着复杂的心情，来到白楼前面，可是一个熟人也没有了，凄凉中，看见门外的两棵大枣树，这大约就是我二十年后回到军艺最早见到的故知。我在树下徘徊很久，虽然它们一言不发，但我感觉到，它们是欢迎我的。

有一天晚上加班后回家，刚走到树下，遇见一个老人，从背影看，头发花白，精神矍铄，远看似曾相识，追上去细看，果然是他，我就读时候的老师，史论教研室的主任吕永泽。我当时一阵内疚，我到文学系工作两个多月了，怎么把这个老先生忘了？

吕老师患有白内障，三步之外看人都是一个样，而那天居然很快就把我认出来了，连声说："好，好，听说你回到文学系了，好，接上茬了。"

吕老师说的这个接上茬，我似懂非懂。

老先生是特招入伍的，来军艺的时候已经快五十岁了。至今我还记得吕老师给我们讲课的情景，他风趣地说："瞻前顾后，左顾右盼，给你们理清了中国文学发展的大致脉络。"他在黑板上画了一个表格，从秦汉文学到隋唐诗歌，宋词元曲明清小说，一路走来，如数家珍。他授课的神态很有意思，仰首看天，如入无人之境，朗读《山中与裴秀才迪书》，抑扬顿挫，宛若唱歌。

我对吕老师的敬重还不止于此。我后来听我的搭档、文学系政委陈存松说，移交老干部是一件十分棘手的工作，但是到了吕老师那里，一切都变得简单了。吕老师说，国家有政策，滞留没道理，退休了该移交就移交，有什么为难的？还有一件事情，也是陈政委说的，说老干部办了移交，系里一般都要表示个意思，可是到了吕老师那里，意思也不让意思。

有一次过节，系里让参谋送去三百元过节费，老先生坚辞不受，还把参谋训了一顿，振振有词地说："我已经不上课了，不上课还拿什么钱？无功不受禄你懂不懂！"

事实上，我的吕老师，一个古稀之年的老学究，退休之后还在上课，至少，给我上了一堂生动的课：学为人师，行为世范。我想，没有人会认为我的吕老师在作秀吧！

同吕老师见面之后，我就谋划一件事情，要尽快把我当年的老师们走访一遍。可是没想到，很快又发生一件让我追悔莫及的事情。

1989年夏天，我到军艺文学系报到的时候，是政工干事林晓波帮我办的入学手续，那时候她四十来岁，就像保姆似的，负责办理我们日常生活和行政上的一切烦琐事务，事无巨细，非常耐心，同学们对她印象极好。我记得，我都毕业回部队了，她还一次一次地给我打电话，寄毕业证，寄稿费，转寄各种邮件，一丝不苟。2012年年底，曾经打听过林大姐的去处，文学系的老职工徐萨平说，林干事后来调到音乐系了，现在已经退休了。我说抽空带我去看看她，徐萨平支支吾吾欲言又止，我因为初来乍到，工作千头万绪，也就没有多问。今年暑假后，我再次向当年的教学参谋苏达仁打听林干事，苏教授一句话让我难受半天，他说林晓波病了，绝症。我说我去看看，苏教授劝阻说，别去了，人在医院里，不像样子了。我踌躇了好几天，终于没去看望。突然有一天，系里开会，苏教授告诉我，林晓波走了。

那是我见过的最美的告别仪式。林大姐躺在花丛中，曾经悬挂遗像的地方换了一个电子屏幕，上面放映着林大姐的录影，音响播放着《沂蒙颂》深情的旋律，年轻的林大姐翩翩起舞，她的舞姿是那样优美，她的笑容是那样的灿烂。这时候我才知道，林大姐曾经是舞蹈演员，十一岁就进入军艺。她的青春年华，连同她的梦想，全都奉献给军艺了，那些受益者中，也有我。

面对林大姐的遗体，我弯下了腰，低下了我的头颅。等我直起腰来，已是泪流满面。

今天，写完这篇文章，已是夜深人静了，万籁俱寂。窗外是墨黑墨黑的天，只有那棵落光了叶子的大枣树在秋风中轻轻地摆动。这一刻，我真的相信它是有思想的，是有记忆的，是有情感的，它见证了几代军艺人平凡而庄重的事业，刻录了一代又一代新人的成长。

我久久地凝视着它，等待从它身上传递过来的第一缕曙光。届时，一支新的文学部队将从这里列队通过。

南来北往

从安阳出发

1978 年冬，一列火车把我们上千名新兵拉到安阳南站，然后转乘卡车，在风雪中穿城而过，抵达北兵营，从此就开始了我的军旅生涯。营房西边是海军滑翔学校的机场，跑道北边，有很大一块草地，那就是我们的野外训练场。从训练场往西看，视野十分开阔，远处的地平线是纱厂的厂房、钢厂的烟囱，再往西，就是天穹和太行山。

这个训练场是我人生的重要一站，以后我写的几部当代军事题材的小说《弹道无痕》《仰角》和《明天战争》，里面有很多场景都是来自于此——此为后话。

安阳是个好地方，这是我参军来到安阳的第一印象。我们这批新兵来到安阳，恰逢春节将至，地方政府在安阳剧场连续搞了几场慰问演出。我看的那场戏是曲剧《陈三两》，讲的是一个惩恶扬善的传统故事，这是我第一次接触到曲剧，也是第一次感受到河南文化。

坦率地说，那年头我之所以参军，是因为想当军官。1979 年初春，部队到前线参战，我积极得要命，摩拳擦掌地抱着冲锋枪，老是想朝谁打一梭子，以至于有些老兵非常讨厌我，怕我把敌人的火力吸引过来。很快，我在我们那批新兵当中第一个立了三等功。从前线回来，我被抽调到团报道组写新闻稿，不久又作为骨干选送到团教导队，入伍八个月后即当了班长，这在同年兵中又是第一个。感觉中，四个兜军官服就在前方的路口等着我。虽然我只是个班长，但是在组织训练的时候，我已经开始给我的手下大谈连营战术和炮兵群指挥了，我已经把自己当作未来的炮兵团团长了。

　　然而，就在我踌躇满志的时候，一个政策下来，今后将不再从士兵中直接提升军官。我一下子蔫了，再也没有过去那种趾高气扬的感觉了。有时候望着眼前挂在房檐的冰凌和远处一望无际的大草甸子，我的心里就有一种莫名的苍凉，不知道自己的前途在哪里。我在那里开始写诗，对着苍天和大地默默地抒情。

　　有一次训练间隙，眺望夕阳余晖，大漠孤烟、长河落日的悲壮油然而生，忽然从心底升起一缕旋律——起来，不愿做奴隶的人们，起来，全世界受苦的人……要创造人类的幸福，全靠我们自己……我进入到忘我的状态，唱着走着，从营房北门一直走到韩王渡。在我最不得志的时候，就是《国际歌》在燃烧着我。我相信我的歌声至今也没有消失，它们一定被北兵营训练场那片草地收留并珍藏。

　　就在那天，我坚定了信念，不气馁、不放弃，只要有一线希望，我就要坚持下去。那段时间，我成了一个沉默寡言的人，咬紧牙关，操枪弄炮，把我的那个班带得虎虎生威。年底，我的班成为全连战术基准班、全团队列示范班。翌年春天，我被推荐报考军区炮兵大队，一年后终于被提升为排长，回到原部队任职。

　　我当排长的时候二十三岁，做过一件很幼稚的事情。记得那是1982年夏天，我刚领到第一套四个兜干部服，就迫不及待地穿上，请假到汤阴拜谒岳飞。因为穿着军装不便烧香磕头，我就写了一个纸条，大意是：我也很想"乃文乃武"，可是我现在职务太低，写作还老是遭到退稿。我希望得到岳大元帅的帮助。乘人不注意，我把这张纸条塞到一个亭子的砖缝里。

　　也不知道岳大元帅是否注意到我的纸条，但这样做后，我的心里底气足了许多。几个月后，我被调到师政治部当干事，并且于第二年在当时很有影响的《飞天》杂志上发表了我的第一个短篇小说《相识在早晨》，从此拉开了军旅文学创作的序幕。2010年中国作协组织中国作家看河南，我重返汤阴，对随行的记者说了这个故事，他们兴致勃勃地去寻找那张纸条，可惜没有找到。

　　也是那个夏天，因为连长参加整党学习，我一度代理连长，和指导员王道聚带领连队为安阳市人民公园修建人工湖。那时候年轻，不知道什么叫累，我和一名大个子武汉兵轮流执掌一辆板车，像牛一样地起早贪黑。安阳市人民公园那个军民共建湖，里面不知道有我多少汗水。我十年前回安阳，还特地去人民公园转转，回忆我的连队我的兵，很有感慨。

那个时候，好像是个文艺复兴的时代，各种文学刊物如雨后春笋，年轻人最时髦的话题就是文学艺术。记忆中的安阳工人文化宫是很红火的，阅览室里有全国省以上的报纸和各类文学期刊。文化宫的外面，马路两边的灯箱里经常展览书法美术作品。给我的感觉，安阳不仅是历史文化名城，当代文化氛围也十分浓厚。

1984年，我所在的部队再次到前线执行任务，战斗间隙，在热带丛林十分艰苦的环境里，我仍然坚持文学创作，常常夜不能寐、奋笔疾书。一年多的时间内，我一共写过六部中篇小说。那时候，侦察大队的同志都知道我是个作家，大家随时准备祝贺大作发表，我也随时准备一鸣惊人，但我很快失望了，投稿后几乎全都石沉大海。每周，麻栗坡邮局的冯大爹挑着沉重的担子，翻山越岭来到前线，都会引起我无限的期待。起初，通信员赖四毛发现有我的大宗包裹，就会欢天喜地地冲进连部嚷嚷："指导员，你的作品发表了。"可是每次打开，都是退稿，搞得我无地自容。后来，我找赖四毛郑重其事地谈了一次话，以后但凡有我的大宗包裹，先藏起来，等没有别人在场的时候再交给我。

1985年冬天，部队已经回到安阳半年了，有一天我到通信员和文书合住的宿舍检查卫生，发现赖四毛的床下藏着一堆脏乎乎的东西。我问这是什么东西，赖四毛鬼鬼祟祟地说："指导员，是你的退稿，我把它藏起来了。"我掂掂包裹，很大很沉，心里疑惑：我哪里会有这么大的退稿啊？我让赖四毛把包裹打开，眼前顿时一亮，原来是十本崭新的《小说林》杂志，打开封面一看，眼前更亮，我的中篇小说《征服》赫然出现在头条上。这次成功就像打开了闸门，此后不久，就接到《清明》《莽原》等文学刊物的通知，六部中篇小说，有四部早在半年前就发表了。那年头能领到近千元的稿费，可谓是巨款，我请本部的文友到安阳老街江南包子馆大吃一顿。这以后，我的文学创作事业就进入到良性循环状态，一发不可收拾。同时，在安阳，我结识了一大批文学朋友，比如黄京湘、梁广民、朱冀濮、朱江华、郭亚平等人，并开展了各项文学活动，有声有色，影响很大。我和朱江华联合创作的摄影小说《血源》，在全国摄影小说大奖赛中获得进步奖。那个时期，安阳市差不多成了全国摄影小说的第二个根据地。安阳文联主办的文学杂志《洹水》和《安阳日报》副刊，也是我发表作品的主要阵地之一，给我很大的鼓励，这是我至今难忘的。1987年建军节，我同《安阳日报》副刊编辑马金声策划，搞了一个军事专版，整整一版发表的都是驻军作者的文章。现在想来，安阳文艺界和新闻界对驻军的文化事业，支持很大。

我是1994年在安阳驻军某部宣传科长位置上调到北京的，事实上，这些年我和安阳文学界的联系始终没有中断过，安阳本土作家郭亚平编剧的两部电视剧《兵变1938》和《滇西1944》，我都参与策划了，我还随时准备同亚平兄进一步合作，为弘扬古城文化，彰显红旗渠精神，尽一份努力。

转眼之间，三十多年过去了，从我当新兵开始，步步成长，安阳可以说是我事业进步的重要起点。如今再回安阳，漫步在洹河岸边，安阳桥头，北兵营外，青春的光芒依然在我眼前照耀。

穷 人 树

一

进入大门往里走，近处，一汪湖水在秋日下微微起伏；远处，河岸和阳光的交界处，几团如烟的树荫掩映着零星的低矮房屋，若隐若现。沿湖边一条长长的土质缓坡上行，在接近东翼楼的岔路口，向西，路过西翼楼，再向北，进入白桦林。

不知道什么时候，我已经脱离了照相的同伴，一个人进入密林深处，三转两转就没了方向感，只是按着路标的箭头，在弯弯曲曲的路上，大步流星地往前走。

已是下午，阳光从杂乱无章的树梢上筛落下来，投下一地斑驳。路上的行人越来越少，很快就见不到人影了。我感觉我已经进入一个无人之境，远离了人间烟火，除了阳光、树林，在这一小块土地上，在这一小段时间里，只有我和树上东张西望的小鸟。我希望在这与世隔绝的瞬间，听到他的声音，我甚至希望看到他穿着白色长衫的身影，飘着白色胡须的脸庞。

这是什么？土路一侧，仍然是杂乱无章的林间空地，出现了一条整齐的青草，大约有三四米长吧，高不过三十公分。难道，他就在这里？

按照路标的指示，前方已经没有路了。我停住脚步，四下打量，没有墓碑，没有墓室，也没有烟熏火燎的痕迹。只有几束野花，那是刚刚和我擦肩而过的外国人从附近采来的。

213

我只能相信，就是这里了。

我走近那一排像哨兵一样列队的青草，弯下腰，我把我的手掌按在青草附近的泥土里。我不知道为什么要这样做，或许想感受一下历史中某个时刻的温度？应该是。

同行们陆续赶到。中国军事作家代表团全体人员，凝视着阳光下微微摇曳的青草，按照中国军队的礼节，行注目礼；再按照中国民间的习俗，鞠躬。

青草下面，是19世纪俄罗斯最杰出的作家、世界上最伟大的小说家列夫·尼古拉耶维奇·托尔斯泰。

二

东翼楼是托尔斯泰最后的住所。几个小时前，我们在这里聆听这位伟人的历史。我们看到了追求"平民化"的托尔斯泰当年种地用的农具，做鞋的工具，还有一些简朴的生活用品。二楼一个简陋的房间里，按照当年的样子放着他当年用过的书桌、椅子，还有一件破旧的长衫。

东翼楼的门前，有一棵小树，单薄瘦弱。据说，当年托尔斯泰在这里写作的时候，周围的穷人经常到托尔斯泰庄园来寻求帮助。他们不愿意在托尔斯泰工作的时候打扰他，就在这个地方等待，待托尔斯泰出来散步，这才上前向他倾诉，获取帮助。后来，这棵树就成了一个中心，托尔斯泰常常在树下的长椅上同农奴们交谈，帮助他们寻求自由之路。所以，这棵树被人命名为"穷人树"——当然，此树已非彼树，这棵树是那棵树的后代，不变的只是位置，它的名字仍然是"穷人树"。

我不明白的是，这棵树为什么就不能长大一点呢？难道是为了保持它当年的模样，怕的是那些穷人——还有我们这些精神匮乏者不认识它了？

据说，晚年的托尔斯泰为了摆脱荣誉和财富，曾经称自己为T. 尼古拉耶夫——我不知道这个名字的含义，而此时，我突发奇想，也许，这个名字的含义就是"穷人树"，至少同这三个字有关。

在东、西翼楼之间的一片空地上，还有许多树，其中的一棵脱颖而出，高耸入云。据说，托尔斯泰晚年曾经对来访者说："我就出生在那里，在三层楼的一个房间，在妈妈的怀抱里。"

我们拍照了那棵树的一个显著的枝丫，那就是当年主楼里托尔斯泰出生的房间的位置和高度。

雅斯纳·波良纳庄园（即托尔斯泰庄园）是祖上留下的财产，1853年，从军队退役的托尔斯泰参与农奴改制活动，把主楼卖了，办了一份杂志。除此之外，还将西翼楼改成学校，托尔斯泰亲自担任老师。

在东翼楼里，我们幸运地听到了托尔斯泰讲课。那是从一个半世纪以前留下的一台留声机里复制下来的。声音洪亮浑厚，语速较快。翻译告诉我们，这是托尔斯泰在晚年勉励孩子的话：快乐生活，学习知识，做有用的人。

三

1910 年 10 月 28 日清晨，树木之间还挂着漆黑的夜，雅斯纳·波良纳庄园仍然沉浸在睡梦之中。托尔斯泰从东翼楼书房里，蹑手蹑脚下楼，拎上小女儿亚历山德拉为他准备的简单的行装，和他的私人医生一起，消失在夜空之中。

不知道这位伟大的平民是否真的像传说的那样，是因为家庭纠纷，不胜烦扰，负气出走。但可以肯定的是，托尔斯泰在离开家门的时候，心情应该是非常复杂的，尽管他的态度可能是坚决的，是义无反顾的。显然，他并没有打算告别人生，或许恰恰相反，他要脱离贵族的奢靡生活，完成他心灵的蜕变，实现他平民生活的理想。关于农奴制的问题，关于社会变革问题，关于教育问题，还有他为之倾注心血的文学，他都已经有了全新的见解，他要有新的行动，新的创作，他要发出新的声音！

一棵伟大的"穷人树"在悄悄地移动。

奥地利作家茨威格用他那精细的笔触和小说家惯用的套路，将托尔斯泰的这次出行描写得一波三折、险象环生，逃离荣誉，逃离财产，逃离那种含混不清的生活——到任何地方去，去保加利亚，去高加索，到国外，到随便哪个地方，到荣誉和人们再也够不着他的地方，只要终于进入孤独，回到自己，回到上帝那里。在火车站，他还潦草地给他妻子写了一封信，通过马车夫把它送回家："我做了我这个年龄的老人通常做的，我离开了这种世俗的生活，为了在孤独和平静中度过我最后的有生之日。"在萨莫尔金修道院，他还同他的妹妹、女修道院院长告别：两个苍老衰弱的人一起坐在宽厚的僧侣们中间，因安宁和潺潺的孤独而具有幸福的表情。

几天后，女儿随后赶到，成了他逃亡的盟军。但世界不允许"它的"托尔斯泰属于自己，属于他本身的、省察的意志。这个被追捕的人几乎还没有在火车车厢里坐下，就已经被出卖和包围了，荣誉再一次，最后一次拦住了托尔斯泰通向完满的去路。呼啸而过的火车旁的电报机线充斥着消息的营营声，所有的站都被警察告知，所有的公职人员都被动员起来，家里他们已经订好特快车，记者们从莫斯科，从彼得堡，从尼什尼叶—诺高奥特，从四面八方追踪他这只逃跑了的野兽。列夫·托尔斯泰不应该也不可以单独同自己一起，人们不容许他属于自己和实现他的神圣化。

托尔斯泰的出逃已经够隆重的了，而对他的阻止则更是声势浩大，他已经被包围了。茨威格说，是上帝及时地派来了增援部队，死神将托尔斯泰从人间的包围中解脱出来，让他回到他想达到的理想境地：在逃亡途中，他罹患感冒，在 11 月 4 日夜里，这棵苍老的穷人树又一次振作起来并呻吟道："农民——农民究竟怎样生活？"

11 月 7 日，比所有人都更明白地看过这个世界的眼睛熄灭了。庄园工作人员告诉我们，托尔斯泰最后说的话是，人类所有的哲学只有一句话：爱与和平。

四

从东翼楼到墓地，直线距离应该有一公里以上，绕路似乎应该更长一些。庄园的工作人员对我们说，托尔斯泰下葬那天，他生前的同盟者、受惠者、崇拜者、反对者、政府的工作者……从四面八方赶来。以东翼楼门口的"穷人树"为起点，托尔斯泰的遗体由几千人用双手托着，接力传递，送到了墓地。今天我们已无从看到那种朝圣般的场景，但我们的内心依然能够感受到在那一段时空里凝聚的情感。这个自发的仪式代表整个人类，表达了对于一个伟大的作家、思想家的尊敬和新的信仰。

在雅斯纳·波良纳庄园东翼楼，在莫斯科博物馆，在冬宫博物馆，我们都看见了那张照片：一个白须如瀑，身着白色长衫的矮个子老人，赤裸双脚，立在土地上，他的双手插在腹前的腰带里，长衫的口袋里沉甸甸地装着一本红色封面的书本，露出一角——应该是《圣经》，晚年的托尔斯泰主张让灵魂主宰肉体，使自己走向道德完善。

这张画像似乎是托尔斯泰留在人间最完整的形象，同时也传达着作为"平民化"的思想家的内心世界。

茨威格对托尔斯泰外貌的描绘，采用了层层递进的手法，从这个人身上看不出有任何精神的东西……混在人群里找都找不出来。对他来说，穿这件大衣，还是那件大衣，戴这顶帽子，还是那顶帽子，都没什么不合适。一个人长着这么一张在俄罗斯随处可见的脸。

为了证明这张脸的平庸，茨威格还进一步举了两个例子。他说，假如托尔斯泰和一群农民坐在一起，如果不是他在侃侃而谈，你很难搞清楚在那堆农民中间，哪个是托尔斯泰。如果他和马车夫并排坐在马车上，你得仔细看清楚，其中是哪一个人手里攥着缰绳，你才能判断出来，另外一个人是托尔斯泰。茨威格这么说，当然不是为了贬低托尔斯泰，恰好相反，而是在于证明：托尔斯泰并没有自己独特的面相，他拥有一张俄国普通大众的脸，因为他与全体俄国人民同呼吸共命运。

因为脸的平庸，就突显出眼睛。茨威格笔下的托尔斯泰，面部的其他部件如胡子、眉毛、头发，都不过是用以包装、保护他的眼睛——凡是从这双眼睛面前经过的一切，哪怕极其微小的事物，还有假象，无不为其洞悉。它们像X光一样透视着社会和人间的奥秘，就是这双眼睛日积月累的观察，建筑了《复活》《战争与和平》《安娜·卡列尼娜》。

据说，对这双眼睛，屠格涅夫和高尔基等上百个人都做过无可置疑的描述，而尤以高尔基的那句话最为经典："托尔斯泰这对眼睛里有一百只眼珠。"

因为拥有这双眼睛，所以托尔斯泰能够拥有常人不能拥有的东西，那就是对于人的意义，人的生活，人的尊严的理解，还有社会的诸多问题，关于等级的形成，亲情、爱情、伦理道德等等——正是因为他拥有深邃的思想，所以他肯定缺少一样东西，那就是属于自己的那一份幸福。

五

雅斯纳·波良纳庄园的南门口，建起了几座简陋的木屋，供游客歇脚。中午我们就在那里草草用餐。

餐毕，我站在不足百米的"小街"一侧，打量庄园内外，突然想，俄罗斯人真是太缺乏商业头脑了，像托尔斯泰这样重量级的大作家，留下的故居，对世界的文学家和文化名人都有极大的吸引力，而这么好的，几近天赐的旅游资源，居然被俄罗斯人忽视了。如果——我按照中国人的习惯思维推论——如果将托尔斯泰故居修缮一新，在此地建造一两座三至五星级酒店，建造几个旅游商店，再修建一些如银行等配套设施，这里很快就能成为一个旅游重镇，从而带动当地的经济。这要是在中国，用不了几年就可以升格为县级市。他们居然就让它荒废着，依然是一个古老破旧的村庄。

我把我的想法告诉了我们的老朋友奥列格，奥列格没有理解我的意思，倒是我们临时请来的翻译闫兰兰，沉思一会儿对我们说，俄罗斯人的想法和我们不一样，他们的理念是尽可能地保持名胜古迹的生态。如果不是政府严格控制，世界范围内，尤其是中国人，早就在这里投资了。

哦，我说。我只说了一个字，就不再说话了。因为，我所想到的，正是托尔斯泰极力逃离的。我为我一刹那的念头感到惭愧。

庄园工作人员说，托尔斯泰晚年有个心愿，就是要到中国去一趟，可惜未能成行。那一瞬间我突然想，未必，或许，他老人家的灵魂早已在中国扎了根，生长出一些"穷人树"来。

傍晚，我们离开了托尔斯泰庄园。夕阳西下，冈峦起伏，广袤的原野里一簇簇紫的、黄的、暗红的色彩像跳动的火焰，与天穹下的晚霞交相辉映。奥卡（伏尔加河支流）河碧波荡漾，在我们的视野里蜿蜒延伸，直到汇入落日余晖，水天一色。

窗外的景色，就像油画的长廊，快速地流过。我们的心中涌动着那首淳朴的歌谣，那杂树丛生的墓地，和那像哨兵一样列队的青草，在眼前挥之不去。

我和《安徽日报》

　　我和《安徽日报》建立联系，应该是在1996年前后，那时候我在解放军出版社当编辑，也是业余作者。1997年八一前夕，我突然接到《安徽日报》副刊部主任车敦安的电话，说建军七十周年之际，《安徽日报》副刊要搞一个"我与国防征文"，约我写一篇稿子。当时我刚从新疆回来不久，边境上吐尔尕特哨所给我留下很深的印象，我当即答应，并连夜写了一篇《当兵当到天边边》。我记得文章是周六晚上写的，周日上午发传真给车敦安，周一见报。那时候我还不会使用互联网，通信不便，现在想想，效率是相当高的。一个月后，车敦安给我打电话，说这篇散文在征文大奖赛中获得一等奖，还给我发了一千元钱奖金。

　　这以后，我和《安徽日报》的联系就频繁起来了，主要是在副刊上发表作品。我很看重在《安徽日报》上发表作品，因为我的亲朋好友可以从《安徽日报》上了解我的情况。

　　2005年4月，我的作品《历史的天空》获得第六届茅盾文学奖，坦白地说，当时我有点茫然，一是因为我并不知道茅盾文学奖是个什么概念，此前我一直认为鲁迅文学奖才是最大的奖，因为鲁迅的名气比茅盾大；二是因为没有看到报纸上公布的评奖结果，我那时候只相信官方报纸。所以4月11日中午以前，我婉言谢绝了所有的采访，怕闹笑话。

　　后来情况发生变化，4月11日中午12点左右，《安徽日报》旗下的《安徽商报》记者杨菁菁把电话打进来了，她语气肯定地告诉我几个事实：第一，茅盾文学奖是长篇小说奖，属于中国当代文学最高奖项；第二，第六届茅盾文学奖评奖结果已经公布，我的作品《历史的天空》名列其中；

第三，我是第一个获得茅盾文学奖的安徽籍作家。

不夸张地说，我是通过杨菁菁才确认自己获奖了，也是第一次接受了采访。家乡的媒体关注了我，这比俄罗斯和美国的媒体关注我更重要。

2005 年秋天我回安徽探亲，《安徽日报》老总汪家驷特意安排我和甘臻、丁光清、杨菁菁等人见面，和这些同志打交道，给我的感觉，《安徽日报》有一支快速反应队伍，职业敏感性很强，而且完成任务有突击精神。此后，又陆续认识了马丽春、闫红、赵焰等人，君子之交，以文会友，受到很多教益。丁光清采写的《"历史的天空"与江淮文化》和甘臻采写的《江淮大地上升起了历史的天空》发表后，影响很大，许多人看了这些文章才知道，难怪《历史的天空》看起来这么眼熟，原来是安徽人写的。

安徽是一个文化大省，历史上文人荟萃，在中国的文化大格局里占有重要地位。我参军之前，对于安徽文化界，一直心存敬畏，特别是小时候从《安徽文学》上读过陈登科的《白色的蔷薇花》，后来又在《安徽日报》副刊上读过祝兴义的《抱玉岩》，至今难忘，受益颇多。离开家乡之后，我仍然以自己是安徽人为荣，认为安徽人天生就比别人有文化，安徽人洗菜都比别人洗得干净——当然，这是偏见，是狭隘的地域观念在作怪。但是，我们也不能不说，一方水土养一方人，安徽人肯定有安徽人的缺点，也一定会有安徽人的优势。近些年，虽然谋生在外，但我一直关注安徽的文化，特别是文学艺术的发展状况。在我的印象中，《安徽日报》也是一个培育和弘扬安徽文化的重要基地，是培养安徽籍文学和新闻人才的园地。如今，《安徽日报》已经走过六十年光荣历程，我祝愿这棵大树根深叶茂，青春永驻，桃李满天下。

河　南

　　1978 年年底，我参军来到了河南，刚到安阳北兵营不久，因为部队要到南方参战，地方的拥军非常活跃，在安阳剧场连续搞了几场慰问演出。我看的那场戏是曲剧《陈三两》，讲的一个传统故事，姐姐为了弟弟读书，不惜卖身挣钱，弟弟赶考高中，当了官后不仅嫌弃身份卑贱的姐姐，而且趋炎附势，在一个案件中加害姐姐。反而是被姐姐资助的，后来当了更大官的结拜弟弟深明大义，主持公道，惩恶扬善，结局是真相大白，花好月圆。那是我第一次接触到曲剧，也是第一次感受到河南文化。

　　坦率地说，三十年前河南农村给我的印象是落后的，也是贫穷的。部队野营拉练，经常往辉县和林县的大山里跑，站在山上眺望夕阳余晖，也有大漠孤烟、长河落日的辽阔感觉，但是视野里的农村，却是满目苍凉，老百姓的生活也很艰苦，西部山区很多地方没有水。有些村庄，一条水沟人畜共用，井里打出来的都是黄泥汤，再好的茶叶泡出来都有一股奇怪的味道。所以我一度认为，河南西北部的落后，是自然条件造成的，很难改变。但是后来我逐渐知道，这些地方的人们并没有屈服，一直在为改变生存环境而奋斗，老一代新闻工作者穆青当年说过："走遍河南山和水，至今怀念三书记。"这三书记指的是带领群众治理盐碱的兰考县委书记焦裕禄、引水上山修建红旗渠的林县县委书记杨贵和开山造田"青石板上创高产"的辉县县委书记郑永和，20 世纪六七十年代，这几个县委书记在当地有口皆碑，至今仍然为人民群众敬重。

　　前些年，在社会上曾经出现过一个不正常的现象，说河南人如何如何，好像坑蒙拐骗都是河南人搞的，其实这是非常不客观的。河南人的素质，代表着中国人的素质，河南人的缺点，中国人都有。河南地处中华核心地带，也曾经是华夏文明的发源地和中心，河南的历史，凝结着中华文明的辉煌，河南文化集中地体现了民族文化特色。我在安阳、新乡和确山先后学习、工作了十四年，我不认为河南人同其他的中国人有什么不同，反而觉得河南人的智慧、善良和勤劳，一点儿也不比别人逊色。

当然，从农村看，河南地少人多，一度物资匮乏，老百姓为了生存或曰生活得好一点，苦苦挣扎中有一些不良行为，在所难免，这种情况，也不仅是河南有，哪里都有。如果说，就普遍意义而言，可以对某个地方、某个区域进行文明素质判断的话，那么，我可以说，越是人口密集的地方，越是文化教育落后的地方，越是贫穷的地方，越是封闭的地方，人与人之间利益勾扯得越紧，礼尚往来、蝇头小利经营盘算多了，久而久之，淳朴的民风就会受到损害，自私、狭隘、目光短浅、唯利是图的情况都会出现，人穷志短，贫穷即罪恶，这是我们不能不正视的客观现实。

但这不仅仅是河南人的问题，而是在改革开放初期，整个政治经济体制转型时期，在法制和市场机制还不健全的情况下，市场经济运行过程中的共性问题。我曾经在一个场合说过，因为河南人多，暴露缺点的概率可能相对大一些，还因为河南劳务输出量大，暴露缺点的机会可能相对多一些。当然，我的这个说法也不一定正确。

离开河南十六年，这次参加"中国作家看河南"采风活动，重返第二故乡，从郑州、洛阳，直到安阳、新乡，一路走来，可以说越看越触动，越看越振奋。改革开放三十年来，中国农村已经发生了可喜的变化，这是有目共睹的事实，但是我没有想到河南变化得这么快，新农村建设搞得这么好。尤其是安阳、新乡，以刘庄这样的老典型为龙头，中心开花，以点带面，城乡统筹一体化建设已经进入到一个高潮阶段，方兴未艾。在豫北大地上，似乎在一夜之间耸立起很多微型的、袖珍的，然而又是现代化程度非常高的阡陌小城。这些新型的村庄模糊了城乡界限，真正地缩小了城乡和工农差别，当然也在缩小贫富差别。在新乡县古寨镇祥和村一户农民家里，我写下了两句话：把城市搬到乡村，让幸福的歌声洒满田野。这是我的观感，也是我的祝愿。我们欣喜地看到，农民不仅住上了别墅，用上了抽水马桶，而且还有三卫两厨，这哪里还是农村？刘庄一户人家拥有的住房和庭院，比国务院一个部长的家里还要气派。我拍了一个新农村面貌的照片，我把这种崭新的农家巨变命名为村庄革命，到处发送这张村庄革命的照片。我为我的第二故乡新农村建设取得的成就感到由衷的高兴。

尤其可喜的是，像刘庄这样的新农村，在发展经济的同时，还没有污染环境，也没有乱砍滥伐破坏资源，没有占用耕地，相反，由于整合了宅基地，还节省了很多耕地。也许会有人认为，一个地方的发展，得益于这个地方有丰富的资源。可是刘庄有什么资源？天上没有神仙，地下没有矿藏，连像样的山水都没有。刘庄最好的资源就是史来贺，刘庄最大的优势就是刘庄的人被调动了积极性和创造性。在我看来，刘庄所有的资源优势就是刘庄的人。刘庄的财富不是从山上开发的，不是从海里打捞的，不是从地底下开采的，刘庄的财富是从自己的心中生根开花的。

辩证唯物主义的基本观点是，经济基础决定上层建筑，物质条件决定意识形态。如今，当农民住进了高档公寓，当农民拥有了自己的卫生间和书房，当农民的医疗、交通和受教育不再成为难题时，他的境界、他的品位自然就会高尚起来。在发达国家，中国人的形象也是经常被打问号的，为什么？原因有很多，但归根到底是文化问题。什么决定文化？是经济基础，物质文明必然影响精神文明，精神文明推动物质文明，这个问题需要一个长期互动的过程。在洛阳一个号称"牡丹村"的地方，一位基层干部介绍，这个村里有很多男人打工去了，把妇女和老人组织起来学画牡丹，创收是一个方面，同时还有更重要的意义，妇女和老人被集中起来了，有所事事，精神充实，家长里短、搬弄是非、聚众赌博的情况大为减少。这个情况是很令人宽慰的。在新乡的刘庄和祥和村这样的地方，一位基层干部充满激情地介绍新农村建设给老百姓带来的精神面貌，其中说到一条，说，过上好日子了，干群关系会得到很大的改善，上访的情况可能会大大减少，甚至可能会杜绝。因此我认为，让农民富起来，让每一个中国人都有优越感和自豪感，爱国主义精神就会更加深入人心。富国强兵，首先要让老百姓富起来，这是硬道理。

当然，我们看到的毕竟只是新农村建设冰山一角，是不是豫北所有的农村都是这样了，显然不是。我曾请教过新乡市委一名领导干部，请他预计新乡地区农村全部达到刘庄这样的水平需要多少年。他说："很难预料，但是我们将竭力推进、加快新农村建设的步伐，也许十年，也许二十年。"我的看法是，困难是有的，阻力是有的，挫折也是有的，但是，星星之火，可以燎原。既然已经有了刘庄、龙泉、祥和这样的新农村，周边的旧农村还有理由继续故步自封吗？推而广之，如果我们一个乡一个县全部达到了新农村的水平，那么周边的县乡还会安于贫穷吗？

新农村建设的意义是不言而喻的。但是这项工作毕竟刚刚开始，还有许多新的课题摆在我们的面前。新农村的"新"，除了体现在物质上，更应该体现在精神层面上。随着经济的发展，构建精神文明的任务日益艰巨。我在很多新农村基地里看到，有很上规模的文化服务中心，有很完善的教育机构，给我们的精神文明建设搭建了平台。但仅仅有形式上的东西还是不够的，还应该大力培养文明素质，大力发展文化教育产业。只要我们坚持以人为本，以国家利益和民族长远利益为重，我们就一定可以把这项工作推进到一个健康的、良性循环轨道。

在所有的建设中，文化建设仍然是重中之重。在登封，我听李佩甫同志说，80年代初他到登封看到的县城，仅仅是半条街，还很破旧，连个像样的餐馆都没有。一部香港人拍摄的电影《少林寺》，一度风靡海内外，随后，我们始料不及的事情发生了，三十年后，登封已经是一个相对繁荣的县级市了。一部作品成就了一个城市，就像史来贺这样一个人改变了一个地方。文化的力量有多大？我的理解是无穷大。也许它不那么直接，不那么直观，但是它潜移默化，持之以恒，不动声色地在起作用。

行走古战场

一

2013 年 6 月,我应邀参加"中国作家看河北"活动。

同行的有我尊敬的河北籍老作家蒋子龙,河北籍同辈作家关仁山和龙一,大哥级作家陈世旭,还有新锐级作家邵丽、须一瓜、魏微、李浩、胡学文……老少搭配,男女混合,一路上谈笑风生,高谈沧州野猪林,阔论三国水浒,春秋霸业历历在目,英雄好汉栩栩如生。特别是省旅游局派来陪同的处长舒艳,似乎对车轮下的每一片土地都了然于心,谈起来知无不言、如数家珍。

这一路,看保定府,游荷花淀,云低野三坡,风雨赵州桥,荷花,湖水,柳树,目不暇接,美不胜收。窗外烈日炎炎,车内春意盎然。

最后一站是邯郸。

在中国,几乎每一块地方都曾经是战场,不同的是,邯郸这块土地,是文字记载最丰富的、战争最早光顾的地方,也是被战争覆盖的次数最多的地方,因此这里的战争文化尤其富饶,成为中华文明的主干河流。

小时候读连环画,枪剑戈戟之外,我的脑海里储存了许多意象,城墙、城堞、城堡、城垛,还有城墙上空高悬的明月,城墙下浮动的疑云……成年后,走南闯北,见过不少高墙厚壁,北方的长城,南方的围屋,海岸的炮台,大漠的古堡,然而目之所及,多是断垣残壁,风中呜咽,雨中黯然,一点一滴地风化,一段一段地倾诉着岁月的沧桑,直到城

226

墙不再是城墙，沧桑不再沧桑。

感谢邯郸，给我们保留了一座完整的城墙——周长四点五公里的广府古城（亦称永年城）。当地作家说，这就是曾经的邯郸城。

可想而知，这个城池给我们带来的惊喜。本来，我是很想徒步绕城一周的，但是因为天气酷热、带队的同志阻挠，我们只好乘坐电瓶车，在城墙上兜了一圈。电瓶车上，安装了音响，一路自动介绍。我们于是得知，广府古城的千年变迁。"殊具特色的是在四门之外尚建有瓮城相守，地道的关防深锁，固若金汤。城河广阔，地势低洼，周围环水，易守难攻，为历代兵家必争之地。"

显然，这是冷兵器时代的产物，或许在火器时代还能勉强支撑防御，但是，在现代装备条件下，再坚固的城池也是不堪一击的，它们悲哀地丧失了军事价值。作为一个曾经的炮兵军官，我大致估算了一下，即便把阵地设在三十公里以外，炮火袭击这里也是不成问题的，×××口径的远程火炮，一个团只消三个基数集火射击，这里就将一片火海，化为灰烬。这里说的还是常规条件下，更遑论现代信息条件下作战了，它的防卫能力接近于零。

是的，在今天，我们不能再用军事尺度衡量它的价值。它经久不衰的、不可忽视的价值在于它留给我们的思考。

二

据说邯郸号称成语之都，在这里产生的或由邯郸人总结的成语有上千个，我不知道这个说法是否准确，我只知道，我最初接触到的、最早懂得含义的成语，确实有很多同邯郸有关，比如邯郸学步、黄粱一梦、毛遂自荐、负荆请罪等等。

在一个相当长的时期，我曾下了很大功夫研究军事变革信息，有一个成语曾经引起我浓厚的兴趣，那就是"胡服骑射"，这大约可以看成是中国最早的自觉的军事变革举措。

相传，战国时期，赵武灵王即位的时候，赵国正处在国势衰落时期，经常受到邻界小国侵扰，赵国常吃败仗，大将被擒，城邑被占。痛定思痛，赵武灵王研究对手，发现胡人在军事服饰方面有一些特别的长处：穿得少，跑得快。赵武灵王毅然发布了"胡服骑射"的政令，号令全国着胡服，习骑射。

自然有人反对，理由很多很多，礼仪问题，祖制问题，习惯问题等等。以公子成为代表的反对派给赵武灵王出了不少难题。

在中国，铁腕最有可能做成大事。赵武灵王听到反对意见，召集满朝文武大臣，当着他们的面用箭将门楼上的枕木射穿，并严厉地说："有谁胆敢再说阻挠变法的话，我的箭就穿过他的胸膛！"软的怕硬的，硬的怕要他命的。公子成和反对派们面面相觑，从此再也不敢妄发议论了。

在最初明白"胡服骑射"这个典故来龙去脉之后，我曾经有过迷茫。说到底，胡服骑射时期的军事变革，其核心无非就是两个，一个就是着胡服，第二个就是习骑射。这两个动作就那么重要？后来我明白了，是很重要。

习骑射好理解，用今天的眼光看，无非就是提高运动速度，贯彻孙子的兵贵神速的思想，并且学会在运动中歼敌，提高战斗力。我想重点说说"着胡服"。所谓着胡服，就是改长袍马褂为短打，以便腿脚利索，从而提高作战中的速度和准确度。军服里面也有战斗力，由此可见一斑。记得看过一部电影，火器和冷兵器时代，八国联军进北京，中国军民殊死反抗，其中有一个看似英雄好汉的人物，在同敌军肉搏中，突然被洋人揪住辫子，就像孙悟空被唐僧念了紧箍咒，动弹不得，只能任人宰割。至今记得银幕上中国好汉被洋鬼子扯着辫子戏耍的情景，仍然悲愤交加。虽然这是电影，然而，在真实的战争中，被我们的敌人揪住辫子，扯住长袍马褂的情景，不知道有多少，不知道要残酷多少倍。

军服和军容同战斗力的关系，是显而易见的。改变军服，是求真务实的体现，顺理成章。这看起来是一件很容易理解的事情，然而在当时的时代背景下，却是一件可能会触犯祖训、伤风败俗的事情，因此赵武灵王的耳畔不乏喋喋不休的反对声音。因为这件事情是前所未有的，前所未有的事情，谁也拿不准是否靠谱。与其冒险，不如看看再说，这就是既得利益者的思想基础。但是赵武灵王不这么想，他等不及了，谁反对他，他要谁的脑袋。因此他做成了。这是大快人心的。

所有的进步都是开放战胜保守的结果，每一寸进步都是艰难的，欲做大事，必有破釜沉舟之决心，百折不挠之毅力。其实你只要横下心来要做一件事情，那些反对派自然会退避三舍，那些振振有词的所谓如此这般金科玉律，全都是幌子。谁敢砍他的头，谁就是金科玉律。

胡服骑射开了军事改革风气之先，是难能可贵的。遗憾的是，几千年之后，赵武灵王当初遇到的阻力，仍然时隐时现，有时死灰复燃。这是我们今天仍然值得深思的。

三

邯郸城里，有一个"回马巷"。

这个巷子同我知道的另一个叫作"六尺巷"的地方颇有异曲同工之妙。

《史记》有一段文字，大意是记载一场战争胜利之后，"既罢，归国，以相如功大，拜为上卿，位在廉颇之右。"这下，在战争中立下赫赫战功的赵国大将廉颇不干了，宣言曰："我见相如，必辱之。""相如闻，不肯与会。相如每朝时，常称病，不欲与廉颇争列。已而相如出，望见廉颇，相如引车避匿。"

这个"引车避匿"留下一段佳话。相传，当年赵国大将廉颇和宰相蔺相如住地相隔不远，二人每每在此巷子相遇，廉颇耀武扬威，恶语挑衅，而蔺相如则面不改色，下车掉头就走。有人认为蔺相如软弱，蔺相如说："你看廉颇将军同秦王哪个厉害？"回答说，廉颇当然不如秦王。蔺相如说："像秦王那样的强势，我都当众斥责，我岂会惧怕廉颇？我顾忌的是，强秦之所以不敢贸然侵犯赵国，就是因为有我和廉颇同在朝廷效力。""今两虎共斗，其势不俱生。吾所以为此者，以先国家之急而后私仇也。"

这就是我们今天说的，微言大义，襟怀坦白，这是处理个人恩怨同集体利益、国家利益、民族利益的经典范本。蔺相如并非懦夫，他的勇敢是不动声色的，比起匹夫之勇，他的勇敢是形而上的。正是蔺相如开阔的胸怀，迎来了一个令人激动的场面："廉颇闻之，肉袒负荆，因宾客至蔺相如门谢罪。"

2013 年 6 月，我走在回马巷狭窄、凌乱的街面上，打量似是而非的廉颇和蔺相如二人的所谓故居，心里涌动着真切的感动。我在想，战斗力是什么？是武器装备，是民心士气，是指挥艺术，是⋯⋯其实，在战斗力构成的诸多因素里，除了智慧的力量，更重要的就是人格的力量。

人格也是战斗力。

冶炼之路

苏联元帅苏沃洛夫有一句名言，在战争中，手是辅助的，脚才是胜败的关键。中世纪人同罗马的对决中，迦太基的部队师老兵疲，濒临绝望，统帅汉拔尼孤注一掷，率部翻越白雪皑皑的阿尔卑斯山，绝处逢生，意外地出现在罗马军队的面前，出奇制胜，于是就定格了一个千古不朽的战例。然而，比较七十年前中国工农红军的长征，汉拔尼的壮举又是小巫见大巫了，毛泽东主席曾戏谑地称之为一次有惊无险的旅行。

2006 年 6 月，当我第三次走上长征路，而且是真正走在"爬雪山过草地"的这段路程时，我才知道，七十年前的中国工农红军双脚，踏过的是怎样的一条路。

同日月宝鉴擦肩而过

我是在四姑娘山上看见那位红军战士的，不知道为什么，我一直认为那是一名红军女战士。翻越小金县的猫鼻梁山，海拔仅仅才四千五百多米，我们脚步就开始乱了，身体就开始飘了，呼吸就有点上气不接下气了。这时候的人，似乎有了几分脱俗，有了几分空灵。那一夜没有睡好觉，一方面忍受着高原缺氧的折磨，一方面想象着当年红军队伍的困顿——他们何止缺氧？他们乃是弹尽粮绝。史料记载，红军三过草地，其中两次正是冰天雪地的季节，我们在夏天盖着棉被，腹中填充了足够的热量，尚且感到寒意，那些衣衫褴褛、食不果腹的红军在风雪刀剑的蹂躏之下该是怎样的情景？我不寒而栗。我第一次意识到自己的赢弱和另一类人

231

的顽强。

我们在高原的第一夜下榻在小金境内一座藏式宾馆里，一边是山，一边是河，流水潺潺，夜雨不期而至。昏昏沉沉，不知何时，我看见了那位戴着眼镜的女红军。她是鄂豫皖地区的一位知识女性，是怀着拯救贫苦大众的愿望参加红军的，在一次渡河过程中，为了首长的安全，她松开了马尾巴，被激流卷走。而那位首长，正是她的丈夫。昏昏沉沉中，她飘然进入我的视野，凝视着我并发出轻微的叹息。后来我们就开始对话。

我说："你不该松开马尾巴，你应该同他生死与共。"

她的微笑如同绽开的玉兰，她说："你不可能理会的，需要马尾巴的不仅仅是我一个人，而他不可能让每一个人都能抓住马尾巴。"

我说："在放弃生命的时候，你有没有过动摇？"

她说："有的，我多么想活下去啊，可是彼时彼境，我别无选择。我死了，留下他和他们，就能把我们的事业进行下去。"

我说："你知道吗？后来革命成功了，他也当上了将军，娶妻生子，尽享天伦之乐。"

她说："我们革命，就是希望大家都能过上好日子。"

我说："你有没有感到不公平？"

她说："你不能用你们今天的心态去揣度我们。我们没有那么复杂，我们那时候就是一个想法，为了信仰，为了理想。"

我说："我似乎明白了，我不下地狱谁下地狱，这大约就是你这样的知识女性的革命理念吧。"

她笑笑，她说："我给你唱一首歌吧，皖西民歌。"说着她当真唱了起来，八月桂花遍地开，鲜红的旗帜举呀举起来……她的歌声像阳春三月的暖风，轻轻抚过我的耳畔，伴我进入梦乡……

这个故事是我听来的，在我的家乡流传甚广。我的前辈，我的乡亲，我多少年来脑海里挥之不去的那个女红军的形象，在我重走长征路的第一个高原之夜，出现在我的梦里，安抚着我茫然的心境。

次日清晨，雨过天晴。我们向四姑娘山腹地开进。说不清楚拐了几道弯，倏然之间，眼前一亮，我们全被突如其来的奇迹惊呆了。只见群峰之中，高天之下，白云之畔，视力所及的远方，巍巍然出现两片巨大的平坦的类似镜面的物体，一左一右，平行而卧，流光溢彩，光芒四射。这景象直让我们疑惑置身天穹，徘徊在苍茫宇宙之间。同行的当地干部介绍说，这就是著名的日月宝鉴。关于日月宝鉴的来历，当地人有许多传说，主题无非是抑恶扬善，大意是两位女子为了抵御恶人强暴，联手与恶魔展开天空大战，终将恶魔制伏，两位女子死后成为天庭的两座宝鉴……坦率地说，我对这一类牵强附会的传说向来不感兴趣，那天我仰望着两座所谓的宝鉴——其实就是两座雪山的斜面，却突发奇想。七十年前，红军也从这里走过，不过他们恐怕无暇，也没有兴趣细细欣赏这两座山峰，他们同这两座山峰擦肩而过的时候，留下的是匆匆的步履。但是他们奇特的身影已经被这两座山峰摄入自己的躯体，成为自己的内在语言。我想，如果人类真的有灵魂，我宁肯相信那两座宝鉴是我梦中那位女红军的眼睛，她在深情地注视着我们这个时代，注视着芸芸众生，她所关注的也许是，她为之献身的理想实现了吗？

跟着黑锅前进

2005 年我第一次重走长征路，走的是江西和贵州段。在江西于都县的长征纪念馆里，我发现了一口硕大的铁锅。这口铁锅让我震惊，也让我产生很多疑惑。我的问题很多，首先是，这口铁锅有多大，能够承载多少人吃饭？其次是，在断了炊烟的长征路上，这口铁锅是不是能够派上用场？第三个问题是，饿得只剩下皮包着骨头的红军，谁能背得动这口铁锅？第四，在七十年前，这口锅从哪里来，又到了哪里去？第五，背这口锅的人是什么人？也许是个身经百战的老班长，也许是个发育不良的小战士，也许是因为某种原因被批判的"改造分子"。这些已经很难考证了。

这口黑锅在我的眼前晃动了一年，每当提起长征路，我便会想起这口黑锅。显然，黑锅背后隐藏着很深刻很丰富的故事。背锅人的命运成为我长久遐想的源泉。

我的想象常常穿越时空，在那片阒无人迹的辽阔的草原上翱翔。我甚至能够身临其境看到了那一幕——一队瘦骨嶙峋的红军在草地上挣扎前行，一个红军战士用最后的力气睁开眼睛，劳累、饥饿和寒冷使他的视力下降到最后的极限，他看不见远处的红旗，但是他能朦朦胧胧地看见前方三步远的那口黑黝黝的大铁锅，尽管连续十几天，那铁锅始终都反扣在战友的背上，尽管那铁锅已经很长时间没有散发出粮食的香味，但是只要它还在向前移动，那么希望之火就不会熄灭。幻觉中，那移动的铁锅就像茫茫大海里漂泊的帆船，点燃了濒临绝境的红军战士的最后的求生的欲望。相当多的时候，他们是跟着黑锅走而不是跟着红旗走，或者说，他们中有相当的人是跟随铁锅找到红旗的。

从黑锅到红旗的距离有多远？也许近在咫尺，也许遥远跨过了阴阳两界。

在红原县的瓦切乡，我们去探望一位老红军，此人是湖南人，姓罗，汉族人。据说他是跟着父母一起长征的，踏上长征路的时候，他才七岁。我们见到他的时候，他已经七十多岁了，让我们惊愕的是，他居然不会说汉语，他已经变成了地地道道的藏族人——父母牺牲后，他先是跟着队伍走了一截，后来就被留在了藏区，起了一个藏族名字叫扎西尔多，在那里长大、娶妻、生儿育女，直到 80 年代被确认了身份，开始享受政府的补贴。我看着眼前这个腰椎佝偻的老人，他也用一双茫然的老眼打量着我们。我突然又想起了那口黑锅。七岁的孩子作为战士显然太小了一点，我敢说，他并不知道长征意味着什么，更不知道革命意味着什么，甚至在他七十多岁的今天，他对于上述概念的理解并不比七岁的时候多出多少。那么，在最困难的时候，是什么东西在支撑着他继续前行？也许就是那口黑锅。

据说长征之初，江西和川陕根据地的成千上万的十三岁以上的孩子参加了红军，这些孩子同我们见过的那位老红军大同小异，我不知道他们有多少人走完了长征路，又有多少人穿越了此后的战争死亡地带。但我知道，只要他们能够挺住，只要他们能够活下来，他们的骨头就练出了硬度。在此后的漫长的岁月里，他们逐步懂得了那场旷世迁徙的意义，懂得了曾经走过那段道路的意义。他们最终找到了红旗，而引导他们走向红旗的，除了指挥员的动员和战友的催促，还有那口铁锅。尽管，或许它在长征路上并没有派上过本来的用场。

红 军 柳

毋庸置疑，这是一条美丽的路线。先看地名，夹金山、红原、马尔康草原、若尔盖草原，你会想到金属的光泽，格桑花的颜色，你会想到碧蓝的天空、洁白的云朵和清澈的阳光。这一切都没有错，七十年过去了，路变宽了，河变窄了，人变多了，牛羊变肥了，然而在这片土地上留下的那些脚印没有改变。我们看不见它们，但是它却无所不在，它们已经渗透到地表之下，只有在我们这些当代俗人远离的时候，它们才会同清风明月喁喁私语。

我们赶到花湖，是在一个云低天暗的下午，气氛有些沉闷。大家手捧哈达，献给长征进入草地的第一块纪念碑。纪念碑的旁边，有一棵沧桑老柳，在草地的边缘孑然独立，十分醒目。当地干部介绍说，这棵柳树叫红军柳，据说是长征路上第一个陷进沼泽牺牲的红军战士的拐杖。

在传说中，这个红军战士是壮烈的，因为有了他的牺牲，使战友们认识到了沼泽这个恶魔的真面目，后来的战士就绕开了沼泽，再遇上，再牺牲，再绕开，最后，还是有人脱离了险境。

尽管我对传说都不以为然，但是我相信这个传说。凭借常识，我知道这种事情一定会发生的，不一定发生在谁的身上，然而一定发生在红军的身上。

我们这次重走长征路，恰逢世界杯方兴未艾战犹酣。其实世界杯有什么好看的呢？无非就是人玩人，看点无非就是跑得多快，射门多准，守门多牢，战术多精，无非就是看看人的极限。可是跟长征相比，世界杯显然还是小儿科。长征是另一个意义的世界杯，它让我们看见了，人能够承受怎样的饥饿，人能够承受怎样的寒冷，人能够承受怎样的劳累，人能够承受怎样的绝望！

我想象中的柳树是年轻的，是春意盎然的。在阳光洒满草原的下午，

235

在遍地格桑花和彩虹交相辉映的雨后，我看见了他的身影，并且听见了他们的对话。他在催促他们赶快离开。那是几位已经倒下了再也不愿意起来的伤员，他们说，死并不是最可怕的，可怕的是饥饿、寒冷、劳累，还有伤痛。他说，饥饿、寒冷、劳累，还有伤痛并不可怕，可怕的是绝望。他说："我凭什么要活着，我已经无能为力了。"他说："你们没有资格死去，因为我已经把路探明了。我倒下了，我就是一条路！"

他走了，他们走了，他们向这位陷入沼泽的战友敬了一个礼，拿走了漂在泥水上面的拐杖，把它插在沼泽的边缘。

十年后，他们当中有人回来了，他们告诉那棵绽放新芽的柳枝：同志，我们打走了日本鬼子！

二十年后，他们中有人回来了。柳树下，站着一排将军，金星闪烁，天地一片辉煌。他们告诉那棵风华正茂的柳树：好战友啊，我们同蒋介石和美国人打仗，又胜利了。

七十年后，柳树下站着我们。站在柳树下，我突然想起90年代初我采访秦基伟的时候，亲耳聆听了将军的一段话。这话是在将军回忆上甘岭战役的时候说的，在视察了上甘岭地区态势之后，这位在长征路上九死一生，以指挥临泽保卫战著称的老红军战士爽朗一笑，对那位看不见的对手范佛里特说："这地方好啊，飞机你下不来，坦克你上不来。人对人，个顶个，老子不怕你！"

秦基伟为何如此强壮如牛？将军在他的另一次同对手谈判的时候说："我们两个一起到地狱里走一趟，我老秦能够活着回来，你未必！"

壮哉斯言！冶炼金属的未必都是炉火，还有苦难。

乾坤之湾

陕北有个延安，延安有个延川，延川有个乾坤湾，这是我在 2006 年 6 月上旬知道的事实。过去的情形是，只知道延安，不知道延川，更谈不上乾坤湾了。

乾坤湾是个什么地方呢？乾坤湾是你看上一眼就目瞪口呆的地方，乾坤湾也是让你看上一眼就终生难忘的地方。从飞机上看，黄河从遥远的天际逶迤而来，进入陕北黄土高原，峰回路转，就转出个九曲十八弯，乾坤湾大约就是这十八弯中的一个——苍天之下，一湾圆润的河道像一条巨大的游龙，从层层叠叠的峰峦中穿过，高空俯瞰，蔚为壮观。

一

到达延川的第二天上午，我们开始向乾坤湾进发。路是老路，疑惑是古道，一段一段忽上忽下地颠簸不已。走到一个简陋的码头，车停人下，开始漂流。

陪同我们的延川县长冯振东给我们的感觉就像一团热情的火，在我看来，这个人具有很强的渗透能力。我们这群人，有作家，有记者，也有官员，有的德高望重，有的矜持含蓄，有的老谋深算，有的活力四射，而他一概一见如故，在很短的时间内融成一片。登上漂流艇之前，他一个一个地检查王石祥等老作家的装束，生怕老人家有个闪失。我被他邀请在同一艘艇上，一路上见他情绪高涨，一会儿如数家珍地介绍两岸景点，一会儿鼓动开汽艇的船工唱民歌，一会儿挥桨同两边的游艇打水仗。你看不出他

237

是个县长，他就像个性情率真、刚出茅庐的大学生。最让我们意外的是，他还独自一人到一段最惊险的激流中去冲浪。

我们对乾坤湾最初产生美好的印象，就是从这个年轻人的身上开始的。也许中国的官场更适合于那些老成持重、四平八稳的人物坐镇，人们通常认为他们的身上更多一些所谓的定力，但是我们知道，中国的未来需要那些拥有鲜明个性的领导者，更需要那些淡化官僚意识和富有朝气、富有冒险精神和富有平民意识的年轻的公务员。

漂流的一段路程，可以说是我们同乾坤湾的零距离接触。从河床往两岸看，但见峭壁嶙峋，巍峨耸云。那些石壁不知道经历了多少年代的冲刷，层层叠叠，裂纹参差不齐，远远看去，犹如文字数码。我们发现了一处城堡——远远眺望，在黄河之畔，河床之上，高天之下，一处耸入云霄的绝壁果真像古希腊建筑的城堡，绝壁上有一些排列规则的拱门和分布均匀的罗马柱，似真似幻，时隐时现，海市蜃楼一般。想象一下，这些密码一样的景象也许就是黄河留给这片土地的无声的语言，也许这就是历史在黄河古道上镌刻的天书。没有人能够读懂它们，但是你可以按照你的想象去诠释它们。

二

乾坤湾东南方向有个村子叫伏义村，这个村子古老得令人肃然起敬，有很多农耕时代乃至洪荒时代的渔具、农具和生活用具，还有很有历史感的窑洞，老百姓自己把这些东西集中起来办起了民间博物馆，展示这块土地上的生存状态。据说这里是伏羲和女娲的老家，如此说来，这也是整个中华民族的老家，不，按照中国人的传统理解，此地还应该是整个地球人类的老家——是否果真如此，那是历史学家和人类学家的事情，我们姑且不去管它。

伏义村最令我感动的有两个，一个是树，一个是人。树是枣树。走进乾坤湾我才知道，枣树实在是一种了不起的植物，应该看成是人类的恩人之一。我的老家也有枣树，过去只知道枣子好吃，不知道枣树可贵。

我发现这里的枣树是真正的碧绿，绿得晶莹剔透，绿得闪闪发光。这种深刻的绿色点缀在黄土上，不动声色地隐没在大山的皱褶里，当你走近的时候，你似乎能够聆听到在那太阳一样鲜艳的绿色里，正轻轻地吟唱着一首不屈的生命之歌。

伏义村对面是山西境内的河怀村，这次活动的组织者，县委宣传部长顾秀榆和延川籍作家阳波告诉我，这个村里的老百姓，每年每户都要向外输出一卡车红枣。粗粗计算一下，以每卡车五千公斤计算，以每公斤利润五元人民币计算，每户每年可收入两万余元。对于农民，尤其是此时此地的农民而言，这个收入是可观的。而我更感兴趣的还不是枣树的经济价值，甚至还不是枣树的水土保护价值，我认为这里的枣树还有更深层次的象征意义——在光秃秃的黄土坡上，一丛丛枣树顽强地生长着，不屈不挠地把自己的须根深深地扎在土里，从而把原本松散的黄土凝聚在一起，汲取天地日月的精华，滋养着自己，又反过来用自己的身体滋养着这块土地。山有多高，水有多高；水有多高，枣树就有多高。因为土地的贫瘠，枣树的生命力就显得格外坚强。也正是因为存活得艰难，枣树的生命质量就异乎寻常的壮丽。枣树的一生简直就是一部自强不息的抗争历史。

在我的感觉中，伏义村的人，或者说延川人，更甚或说延安、陕北的人，都有一种枣树的精神——扎根贫瘠土地，充满乐观朝气，不屈不挠，生生不息。

在伏义村的窑洞陈列馆里，我们看见了高凤莲大娘等人的剪纸作品，一位妇女还在现场给我们表演了剪纸。这些天然的艺术家有着不可思议的艺术创造力，一把剪刀，一张红纸，可以说翻手为云，覆手为雨，瞬间工夫，面前一堆花鸟龙凤便栩栩如生，让人叹为观止。

顾部长手下一帮子人在驻地窑洞门前组织了一个篝火晚会，方圆数里的村民从四面八方翻过山梁而来，苍凉、嘶哑而高亢的民歌在高原的上空，在群峰的怀抱中回荡。唱歌的有老人、村妇，还有孩子，老太太也扭起了秧歌，场面颇为热烈。兴致所至，县里的一位副书记带着我也加入到锣鼓队里挥槌击鼓，这才发现，敲鼓这种看似简单的活动并非简单，锣鼓阵容因为我的忙乱而乱了节奏。大约不满于我的笨拙，一位老汉向我笑笑，伸手接过鼓槌，潇洒地一甩脑袋，高举双手，示意众鼓手听令，待一片寂静沉落，鼓槌骤然落下，霎时，锣鼓又节奏分明地响了起来。很长时间，我都难忘那位老汉的表情，充满了自信，充满了自豪，充满了自足。尽管这里相对闭塞，尽管这里的人们并不富裕，但他们没有丝毫的卑琐，没有丝毫的怯懦，他们甚至对于所谓的现代文明不以为然，而在自己的歌声、鼓声里优哉游哉，自得其乐。我有理由相信，那些出自农民嗓门的歌声并没有随着篝火晚会的结束而流失，他们像雨水一样渗透到山梁的缝隙和黄土的深处了，甚至被储存进了历史的深层。一方水土养一方人。这里的黄土都是古色古香的，这里的老百姓就像这里的土地，他们并没有因为缺水和缺乏财富而缺乏自信，他们的歌声并没有因为穿着露着趾头的胶鞋而减弱，他们拥有自己的快乐，这快乐世世代代滋润着黄土地和黄土地上的人们。

我还有理由相信，比起相对发达的富裕地区，事实上乾坤湾的人们并不短缺什么，尤其是精神层面的财富。而另一个事实是，所谓的发达地区的富裕又算得了什么？对于人类历史来说，今人现在拥有的这点富裕只不过是沧海一粟、举手之劳，而且转瞬即逝。

固守清贫往往也是一种崇高。

三

篝火晚会的第二天上午参观清水湾，我受到一次特殊礼遇，冯县长委托一位叫何平的老基层干部带领我脱离大队人马，先行一步去攀登会峰寨。何平原在延川县土岗乡当党委书记，对当地的地理和风俗人情了如指掌，他一边开车一边介绍，山山水水，如数家珍。

我在最初看到会峰寨的时候，几乎不敢相信这是人工建筑的产物——据说这还是明清时代抑或是更加久远时代的战争产物，是用来屯兵囤粮的。手搭凉棚细细瞭望，才发现在一道山梁的脊背上，依稀可见几座城墙般的轮廓。下车徒步，走进深谷，但见一潭碧水翡翠宝石一般静卧山峡，使得这方黄土平添几分灵秀。再往前走，走到会峰寨山腰，果然看见断壁

240

残垣、堑壕废墟，一方人工山洞盘踞半山，成为山上和山下的锁钥，委实是个一夫当关、万夫莫开的要塞。

古人的杰作，成了今人的梦幻。

也许就是在会峰寨，我才开始对这方水土的文化精髓有了领悟，才对几天来悬挂在心头的许多问号有了一点头绪。乾坤湾是个神奇的地方，它的神奇不仅是地物地貌的奇特，也不仅仅是这里的人物和植物顽强的生命力，它的神奇在于它储存了传统文化的诸多信息密码，它就像一块大容量的芯片，容纳着中国本原哲学的深刻记忆。如果可以用一个字来概括我理解的乾坤湾的神奇，那么这个字就是：融。

乾坤湾是黄河的一段，像造物主的画笔画出来一道优美的弧线，舒展圆润。首先是这道弧线融入了险峻的山地，构成了山与水、天与地、静与动、粗犷与细腻、豪放与柔美的融合，山因水而秀，水因山而清。我不知道乾坤湾因何得名，我只知道"乾坤"二字用在这里再也贴切不过了；其次是历史文化与时代文明的融合，这里有着最古老的关于人类繁衍的传说，同时也有着时代气息浓郁的人文遗址，彼此交融，融为一体，让你看不出哪里是自然的风貌，哪里的人工的痕迹，它们同时作为文化遗产和谐互补，隐蔽在黄土高原上；再次是人与自然水乳交融，不论是古人、今人、穷人、富人，只要你生长在这个地方，甚至只要你到过这个地方，你就必然会受到这方水土的感染，会打上这方水土的烙印。

我坐在会峰寨的古城墙废墟上，眺望山水缠绵的远景，真的感觉到像是走进了远古，走进了历史，融入这片山水的深处，感受到天人合一、古今合一、阴阳合一、人物合一的境界。

乾坤湾既属于上帝，也属于人类，既是历史的产物，也是时代的延续。长年在乾坤湾观景作画的靳之林先生说，发现乾坤湾，改变美学观，可以说一语道破天机。

在李霁野的故乡

　　参加李霁野先生诞辰 110 年座谈会，对我来说是一件荣幸的事情，因为我来自李霁野先生的家乡。我注意了一下与会人员名单，有学生代表、朋友代表、亲属代表，那么，我就作为同乡代表发个言。

　　作为一个作家，我对我的故乡诞生了像李霁野这样的文学家、翻译家而感到自豪，也心存感激。在我很小的时候，我就知道了，我的故乡安徽省霍邱县，是文藻之乡。关于这个称谓的来历和含义，那时候并不清楚，望文生义，大约就是盛产文人的地方。的确，在霍邱县西部的一个小镇上，就出现了李霁野、台静农、韦素园、韦丛芜这些享誉 20 世纪中国文坛的大家。如果我们稍微把视野开阔一些，以叶集镇为圆心，在方圆几十公里的皖西土地上，还有王冶秋、李何林、王青士、蒋光慈、王明（陈绍禹）等文化和文学大家、革命家。这些名字经常出入在 20 世纪六七十年代皖西文人的口中，他们的作品和他们的故事也流传在皖西莘莘学子的手中。一股浓浓的文脉和崇文之风，就是这样通过书籍和口口相传继承下来，弥漫在皖西的土地上。我读中学的时候，家乡各个乡镇的文化馆站都很活跃，尤其民间戏曲和文学创作发达，家乡人始终视文学艺术为神圣的事业，这正是李霁野等先贤留给我们的宝贵的精神财富。

　　一方水土养一方人。文藻之乡的传统滋养着后来者，这是我今天想在这里汇报的主要话题。如果说，安徽省霍邱县是文藻之乡，那么在我看来，李霁野先生的生长地叶集镇，则是这个文藻之乡的藻源。我读中学的时候，我们老家除了县城以外，另有三所中学——河口中学、三元中学、叶集中学，而尤以叶集中学最为驰名，在我的印象中，我老家的教育和文化界但凡有点建树的，多数出自叶集中学。考高中的时候，我本人对叶集中学的向往，几乎不亚于对北京的向往。20世纪六七十年代，霍邱县和六安市，每年都要举行文艺调演，叶集镇的业余文艺演出队，经常拔得头筹。

叶集镇是一个历史悠久的文化名镇，西接大别山脉，南织淮河水系，史河干渠穿镇而过，接壤两省三县，清代中叶《霍邱县志》记载："邑中舟车之集，商贾所凑以叶家集为最。"同时，这里也是红色革命根据地，著名的将军县金寨和叶集同饮一河水。我早年读过的小说《破晓记》，把叶集镇描述得像一个神秘的城市。而我小时候，也确实把叶集镇当作城市，不仅那里有电灯、电话和几座三层小楼，更因为那里有很多神奇的人物和故事。

据说，新中国成立前的叶集镇上有会馆、庙宇多达二十多处，商贸街一条长为五里，也就是现在保存下来的叶集老街。1925年8月，由鲁迅先生创办的未名社，共有六名成员，除了鲁迅和河南籍的曹靖华外，其余的韦素园、韦丛芜、台静农、李霁野都出生于皖西叶集，而且均出生于这条老街。

上个世纪末，安徽省将叶集镇划出霍邱县建制，成为经济单列的县级实验区，应该说，除了发展经济的考虑，更有文化的考虑，李霁野等先贤创造的文化资源，功在千秋，福泽当代。我近年探亲回乡，经常去叶集采风，仍然能够感受到延绵不绝、势头益猛的乡土文风，在大别山东北方向缭绕弥漫。

几十年来，叶集镇的作家、学者和文学青年薪火相传，老一辈的文化人有安天国、姜兴云、朱德奎等。姜兴云长期从事经济工作，业余从事诗歌创作，出版过两部诗歌集《心雨》《眷念》，并创办了叶集人自己的文学刊物《未名文艺》。从叶集镇走出去的学者黄开发，现任北京师范大学文学院教授，博士生导师。主要从事周作人研究，以及中国现代文学观念和现代汉语散文研究。主要著作有《文学之用——从启蒙到革命》《人在旅途——周作人的思想和文体》等，选编过《未名社作品选》。在叶集镇土生土长的中学老师黄圣凤，目前已经出版个人文学专著五部：诗文集《野

菊花的秋天》、散文集《一路轻歌》、散文集《一棵树的穿越》、诗歌集
《凤的江山》、散文集《等一朵花盛开》等等，在文坛产生很大的影响。还
有李静、李艳、黄菊等后起之秀，小荷已露尖尖角。而叶集镇的母体霍邱
县，近年来文学创作更是枝繁叶茂，仅仅一县，就有五名中国作家协会会
员，如著名的打工诗人柳冬妩，小说作者张子雨、陈斌先等，散文作者穆
志强、张烈鹏等，歌词作者张冰等，非常荣幸的是，我也是他们中的
一员。

　　每次回到故乡，同霍邱和叶集的文友相聚，我们就会兴高采烈地回忆
起《外套》《被侮辱和被损害的》《罪与罚》《简·爱》等等世界名著，我
们快乐地感叹，陀思妥耶夫斯基、夏洛蒂·勃朗特、果戈理，这些灿若明
星的文豪原来离我们如此亲近，似乎就在我们身边，因为我们的身边有李
霁野、台静农、韦素园、韦丛芜，正是他们用深邃的思想和生花妙笔把那
些文学巨匠拉到我们的身边，把他们关怀底层、呼唤自由的文学作品送到
我们的眼前，让我们感受到文学的温暖和强大，让我们拥有一颗善良美好
的文心。

阳春三月问弋阳

一、远去的琴声

初到弋阳，一脚踏上叠山书院，心情久久不能平静。

在我的英雄记忆中，谢叠山的名字似乎并不响亮，不像岳飞、文天祥、于谦等人那样耳熟能详，大约是因为他没有直接战死在御敌战场的缘故。但是在细细研究谢叠山生平之后，我的敬意油然而生。在这个人的身上，似乎更能体现英雄行为以外的价值：读书人的骨气。

谢叠山，宋宝祐五年进士，据说其在"对策"中指责当朝丞相董槐及宦官董宋臣等权贵的腐败行为，由第一被贬为第四，所幸的是，状元桂冠由另一位民族英雄文天祥摘取。谢叠山做官不算小，曾经担任兵部侍郎，但仕途不顺，屡次同官场污浊行为做斗争，又遭权贵贾似道陷害，被贬到地方当个小官。时值元军犯宋，文天祥等人在朝辅佐皇帝抗元，谢叠山在野组织军队策应。及宋朝覆灭，谢叠山隐姓埋名，一个副部级干部，在建阳驿桥算卦，所获酬金拒收元币，只收粮食和草鞋——为什么要收草鞋呢？因为谢叠山在兵败之后曾经发誓，不见南朝不着鞋。那时候的谢叠山，自然是一贫如洗，然而他的行为却闪耀着人格的光芒。当地的百姓很快就被这光芒照亮了，发现了这个算卦人不同寻常的魅力，恭敬地把他请到塾馆，让他教书育人。

忽必烈坐稳江山后，大赦天下，广揽人才，收买民心，很多前朝官员摇身一变，成了当朝鹰犬，这其中也包括谢叠山的恩师和同乡、同学、同傺。朝廷得悉民间有个谢叠山，先后五次派人前来拜望，封官许愿，软硬兼施，均被谢叠山以各种理由拒绝。谢叠山明确表态，他只做前朝遗民，今朝逸民。

姑且不论谢叠山在中国文学史上留下的那些泣血之作，较之通常意义的英雄，谢叠山的身上，至少还有两点与众不同，一是做官不怕丢官，二是在野不求当官，这是许多读书人为官者很难兼具的。高贵是什么？高贵不是高官厚禄，不是锦衣玉食，高贵是流淌在血液里的精神。对于读书人而言，高贵就是"自由之精神，独立之人格"。这一点，谢叠山做到了。当然，高贵是需要付出代价的，谢叠山"不合作"的态度终于惹恼了朝廷，派参政魏天祐带领兵士将其强制押到北京，最后在法源寺绝食而亡。

是什么照亮了谢叠山的慷慨赴死之路？他有一段话大概能回答这个问题："大丈夫行事，论是非，不论利害；论顺逆，不论成败；论万世，不论一生。"扪心自问，同样作为大丈夫，同样作为知识分子，我能做到吗？我们能做到吗？如果我们中国人都做到了，我们还会有鸦片战争之耻、甲午战争之耻吗？我们很多人都没有做到，因为我们有太多的不高贵。

英雄多悲剧。史料记载，谢叠山抗元兵败之后，其妻女均遭屠戮。诚如多数英雄的遭遇一样，有些灾难是敌对营垒施加的，有些则来自于同一阵营的那些卖国求荣的人。我后来看到一则资料，在押解谢叠山前往北京的途中，谢叠山以绝食抗争。元朝官员、福建省参政魏天祐"召见"谢叠山时，谢"傲岸不为礼"，魏还讥讽谢叠山，为什么在兵败的时候不死？谢叠山回答，那时候不死，是因为九十三岁的母亲尚且健在，做儿子的不敢先死。如今母亲不在了，"某自今无意人间事矣！"

作为一个前朝官员，同样作为一个读圣贤书的知识分子，魏天祐转眼之间就当了异族的奴才，这个贱骨头何来的自豪感？何来的优越感？何来的脸面去讥讽一个宁折不弯的英雄？事实上，最让英雄无语的，不是面对面的敌人，而往往就是自己阵营里的人。几乎每一个英雄之死，背后都有同胞的放弃、出卖和帮凶。

谢叠山被押到北京之后，身上衣衫褴褛，腹中空空如也，唯有一把古琴被带在身边。那把被他取名为"钟"的古琴，成了他最后的精神寄托。

住在燕山驿馆里，他三天粒米未进，第四天回光返照，操琴一曲。至于那是怎样的旋律，今人已经无法得知，我们能够确信的是，那是一个读书的民族英雄向这个世界发出的最后的声音。

站在信江之滨的叠山书院，望着缓缓流淌的江面，我意识到这就是当年谢叠山读书的地方，那个风华正茂的学子，曾经用他的琴声映照着踌躇满志的岁月。我突然想到一个问题，那琴声还会有吗？那琴声消失了吗？不，也许，它就落在两岸的林木里，蛰伏在不远处山峦的缝隙里，在电闪雷鸣，雨过天晴之后，从那摇曳的枝叶起飞的一缕空谷足音，或许就是它的一声咏叹。

二、清贫的贵族

五百年后，叠山书院换了一茬学生。

我不知道方志敏在叠山书院读了几年书，但是我知道，他一定听到了那琴声。信江不宽的河面，流淌着千古不衰的故事。

方志敏是大家熟知的英雄，不熟知的是方志敏的童年和少年时代。跟随上饶三清媚女子文学会的朋友，我们在零星小雨中来到弋阳县漆工镇的湖塘村。此处是个适合人居的山坳，四面环山，一幢古色古香的木楼坐落在山根处，旁边是两汪平静的水塘。毫无疑问，在一百年前，这幢阔大的木楼象征着主人的富足和气派。这就是方志敏故居。

一路上，不时听到当地朋友介绍方志敏家族历史，有几个年轻女子，还眉飞色舞地说方志敏是她们心目中的白马王子——据说，方志敏身高一米八二，高大俊朗，才华横溢自不必说，在担任闽浙皖赣苏维埃主席的时候，身穿白色西装，骑一匹白色骏马，当真是白马王子的标志性装束。当地人说，方志敏很讲生活质量，他喝的咖啡，那是要从外国进口的。

这些传说，令我有些疑惑。小时候读语文课本，有一篇方志敏写的文章《清贫》，里面写到方志敏在北上途中被俘的故事，抓获他的国民党士兵从他的身上连一个铜板也没有搜到，很失望。可是，朋友嘴里的方志敏，却是一个连咖啡都要进口的人物，岂不是同我所知道的方志敏相去

247

甚远？

是的，方志敏有阔绰的童年和少年时代。事实上，回顾 20 世纪二三十年代那些投身革命的知识分子，大都有殷实的家境，他们不缺吃穿，不乏体面的生活，可是他们放弃了，因为信仰，因为要革命，因为要建设可爱的中国。他们放弃了高贵的物质生活，追求着精神上的高贵。从他们的手里经过的财富成千上万，可是他们自己的身上，却往往连一个铜板也没有。

并不是每个人都配得上"清贫"这个字眼的，仅仅身无分文，还不是清贫。清贫是一种境界，只有高贵着的清贫才是清贫。

方志敏的故事很多，散珠碎玉一般遗落在闽浙皖赣的山水草木之间。给我印象深刻的，还是在他被俘之后，国民党屡次派出高官劝降，甚至蒋介石亲自出面许以高官厚禄，均被方志敏在谈笑中拒绝。

我们后来从各种渠道看到的方志敏，戴着镣铐，神色泰然自若。而在方志敏创立的闽浙皖赣苏维埃根据地首府葛源，我看到一张方志敏身穿军装挥手告别的照片，那是在他率部北上抗日的前夕，在葛源的枫林村，那个高高举过头顶，直直指向天空的手势，让我好像明白了，为什么那么多女孩子说方志敏是她的梦中情人。那个手势沉稳、自信、决绝，释放出一个男人、一个具有骑士精神的革命者勇敢无畏的力量。那一瞬间，我对身边的朋友说，方志敏不仅是一位革命英雄，也是一个贵族。

贵族是什么？不是世代因袭的爵位，也不是显赫的权势，真正的贵族，有一颗悲天悯人的心，有一腔实现理想信仰的热血，有一副宁为玉碎不为瓦全的铮铮铁骨。这个当年才三十多岁的年轻人，在闽浙皖赣四省交界的地方创建了革命根据地，发行货币，兴办学校，开设医院，还构建了股市，这一切都是超前的，他是按照苏联社会主义的模式经营着他的根据地，让那里的老百姓都过上好日子。那时候的方志敏，掌管着闽浙皖赣苏区的政治、经济、军事大权，可谓一言九鼎，从他手里经过的真金白银不在少数。可是，在"方志敏式"的苏维埃政府内，节俭却蔚然成风，连铅山县委买了十二元黄烟、五元英文水，都受到严厉的批评，被挖苦为"好阔气的铅山县委"。

回想小学时代读过的《清贫》，我突然发现那个时候我并没有真正读懂，不，几十年后仍然没有读懂。放眼望去，在这个物欲横流的时代，心里再默默地诵读那些文字，似乎从字里行间领略到另一种风景。北上部队受到国民党军队的围追堵截，在生死考验的关头，方志敏拒绝脱离部队，拒绝逃生，坚持和同志们战斗在一起。后因叛徒出卖，在藏身的柴堆里被俘。在敌人的刺刀下面，这个命悬一线的囚徒，就像个调皮的孩子，居高临下打量着因为搜不到铜板而失望的士兵，冷静地看着他们的眼神和表情，"微笑淡淡地说"，甚至还有几分幸灾乐祸。

尽管多少年过去了，我至今仍然记得英国作家伏尼契的小说《牛虻》中的那个情节，作为革命者的牛虻——亚瑟被执行枪决的前后，亚瑟从一开始就对即将到来的死亡谈笑风生并且评头论足，唇枪舌剑拒绝忏悔。在士兵向他射击时，他一次次地嘲笑和校正士兵的枪法："来吧，孩子们，不要害怕，朝这儿打！"

而在今天，我从回忆中的《清贫》的文字里面，看到了另一个更加伟大的亚瑟，因为他领导了更多的亚瑟，还因为他的清贫，而且他的清贫是为了更多的人不再清贫，今天的清贫是为了明天不再清贫，这样的清贫才是高贵的清贫。

我们还有这样的清贫吗？

三、文学进行时

在近代中国历史上，文学和革命是一对孪生兄弟，不，甚至可以说，文学就是革命，革命就是文学。马克思主义思想是以文学的名义进入中国的，苏俄革命的模式也是以文学作为载体携带进入中国的，于是在中国黎明的前夜，奋起呐喊进击的那样一群人，他们的革命者的身份和文学家的身份是那样难解难分，譬如梁启超、陈独秀、毛泽东、瞿秋白、鲁迅、方志敏……文学从来就不是孤立地存在，而是同中国人的精神解放、民族独立和社会改革紧密地联系在一起。

距方志敏牺牲八十年后，在他的家乡，我突然发现文学的另一种存在和另一种力量。

直到上了火车，我才知道我们这次到弋阳，是受到上饶"三清媚"文学杂志社的邀请。从上饶下了火车，刚在中巴车上坐稳，就有一个女孩子恭恭敬敬地递上几本《三清媚》杂志，我认真地看了几篇，有些发懵。坦率地说，这个杂志还算不上纯正的文学杂志，里面所刊诗文都是上饶文学爱好者所作，作者多为少妇少女。路上聊起杂志的前后左右，才越发觉得这件事情不简单，才越发敬重起来。

上饶有个女干部毛素珍，资深文学爱好者，前几年放着好好的税官不当，提前退休，不仅办起了杂志，还搞了一个轰轰烈烈的民间文学活动，创办了"三清媚女子文学研究会"，迄今会员已经发展到千人以上，多为职业女性，法官警官，医师教师，工人农民，家庭主妇，各行各业都有。这些人入会一没有官阶，二不拿工资，业余时间凑在一起，谈文说艺。

我曾在旅途中和两次座谈会上见到过上百个"三清媚"会员，她们对于文学的虔诚让我感到吃惊，她们虚心求教关于文学创作的方法技巧，热烈地讲述生活中的逸闻趣事。陪同我们的几个女孩子都是"三清媚"的会员，性格爽朗，谈吐率真，多愁善感。她们的讲述，都是发生在日常生活中的鲜活的故事，有矛盾冲突，有困惑思考，也有愤世嫉俗的情绪，但更多的是，她们把文学作为精神的憩园，她们觉得文学就是"读了感动"和"写了快乐"。在我看来，她们是一群最少功利的阅读者和写作者。

在前往葛源根据地的路上，一个名叫陈瑰芳的"三清媚"会员对我们说，她家几代人都是方志敏的崇拜者，她走访过很多人，也写过一些文章，她的目的就是要让那些散落在民间的英雄故事重见天日，激励后人。也就是陈瑰芳，热情地挽留我们在葛源多待一会儿，他们的县委书记、县长都是文学爱好者，都想和北京来的作家见一面。陪同我们的县委宣传部长、葛源的书记和镇长，都表达了相同的愿望。

那几天，我们辗转了很多地方，仅仅在弋阳境内就感受到一种浓浓的文学氛围，车上，路边，乡村舍外，纪念馆广场……活跃在我们身边的是文学和文学爱好者，眼前看到的是文学作品和渴望文学的目光。这种氛围让我们感到温暖，感到安全，也平添了对文学新的理解。尽管我们的生活车水马龙，但是，在这里，在人的心灵深处，正在悄悄地进行着一场当代文学革命。

有天晚上，"三清媚"几名会员给我们演奏"葫芦丝"，还唱了黄梅戏，比不上专业水平，但是洋溢着浓郁的原生的自然气息。活动结束后，我问她们，这么如醉如痴地演奏，有没有想到要去人民大会堂露一手？几个女子含笑摇头。我又问："你们热心写作，有没有想过成名成家，或者拿个奖？"她们还是含笑摇头，她们说："我们的文学其实就是自娱自乐，让自己过得更充实一些。"

实话说，我的同行很多人已经把文学当作事业了，当作实现价值目标的征程，没想到在上饶这个地方，文学降低了身段，成为大众化、常态化、普及化的生活必需，成为一件表达情感的乐器，那么多人喜欢文学，那么多人介入文学，他们集中精力只为了一件事情：快乐！

快乐，这是多么美好的字眼！可是现实是，尽管我们的经济发展了，尽管我们的物质丰富了，我们有了车子、房子、位子，我们拥有了很多，可是我们拥有快乐吗？快乐从哪里来？我的答案是：知足常乐。如果文学能让我们从欲望的网络中得到解脱，如果文学能让我们每个人体验到精神拥有的快乐，如果文学成为茫茫人海中照亮我们心灵的一盏明灯，那么，文学岂不是救世的菩萨？事实上它就是。

在最后一场座谈会上，我说了一句话：让文学回到千家万户，让文学贴着地皮行走。如果中国有更多的"三清媚"，你会发现，美丽的不仅仅是油菜花。

四、难得龟态

走进龟峰景区的大门，脚步不知不觉放慢了。

在参观叠山书院的时候，同行的几个作家几乎同时产生了这样的看法：古有谢叠山，今有方志敏。

一方水土养一方人，一方人又何尝不养一方水土？地杰人灵所产生的效应，是人灵地杰。文化传承，在改变人的同时，也在改变着土地。

上饶境内，没有多少自然的名山大川，却不乏精神上的高山。从这个意义上讲，我们就不难理解，为什么会在婺源那个地方形成波浪一般壮观的油菜花海，为什么会在这里率先发起民间的文学行动。

上饶"三清媚"女子文学社还有一个独特的创意，就是在每个旅游景点开设"女子写作营"，总共有多少，我没有统计。在龟峰旅游区，人工湖畔，曲桥一侧，伫立着一幢古色古香的建筑，斗室之中，书画悬挂，茶墨飘香，这就是龟峰女子写作营了。站在门前看山，心里装着一个"龟"字，似乎眼前到处都是憨态可掬的龟，不由得让人想起那则古老的寓言：龟兔赛跑。那不紧不慢、目不斜视、我行我素的龟，最终赢了身手矫捷的兔子。中国人都认为龟是灵性动物，不知道依据是什么，而在我看来，龟的最大灵性就是与世无争，唯其不争，莫与能争。龟所需甚少，动静低调，战斗力和竞争力极低，而龟寿命最长，这其中蕴含着深刻的哲学命题。

如果说文学是一剂调节心灵的良药，那么，美丽的风景也往往就是最好的药材。

午餐后，登上金钟峰，回望龟峰女子写作营的营房，我突然想，尽管龟峰步步是景，有那么多神工鬼斧的造型，然而在这自然的馈赠里面，增加了一道美丽的人文风景，是对龟峰品质的提升。这就好比给冰冷的龟峰安装了一颗勃勃跳动的心，让人从青山绿水之中，感受到文化的力量。

游览途中，龟峰管委会党委书记查佳告诉我们，当年徐霞客顺信江漂流而下，前往贵溪的龙虎山，途经弋阳，忽然眼前一亮，"心艳之"，流连忘返，沉浸其中三天，问奇龟山。在当地方丈的带领下，拨芒刺，披荆棘，走无路之路，探未景之景，经历了阴、雨、晴三种天气，写下了三千多字的《江右游日记》。

我们今天置身龟峰，回味徐霞客的文字，想象着"竹色林岚，掩映一壑，两岸飞瀑交注"和"雨气渐收，众峰俱出，惟寺东南绝顶尚有云气"的景象，想象着作为旅游家同时又是文学家的徐霞客，站在山顶上，裹着被雨水打湿的衣衫，挂着拐杖，看着刚刚被雨水冲洗过的大小峰峦，那是一种怎样的惬意！

还记得方志敏的文章《可爱的中国》吧，那里面罗列的山川河流和海岸线，美不胜收。我想，方志敏心目中的中国之美，一定是从龟峰开始的。

风景，从来就是文化的风景，没有文化的风景是不存在的。中国人常说，山不在高，有仙则名。其实，我们也可以把这个"仙"理解为文学。文学往往可以代替神仙，文学不仅提供精神滋养，也可以营造人间仙境，何况在龟峰从事文学的还是心美貌美的女子呢？设想雨后天晴，一弯彩虹悬挂天穹，晚霞中那几个女孩子走出营地，走上倒映在水中的银河桥头，岂不就是游人眼中婀娜多姿的仙子？

风景也是文学的风景，没有文学的风景也是不存在的，或者说等于不存在。在旅游景点开设女子写作营，文学的美和自然的美都找到了支撑，就好比晚霞映照龟峰，霞中峰瑰，峰上霞飞。一群有文学追求的女孩子置身于美的境界，发现美、创造美、延伸美、传递美，用文学的方式弹奏龟峰的天籁之音，为龟峰注入了新的灵性之美。

大自然是一本书，造物主之所以在不同的地方设计出不同的造型，是为了表达不同的情感和思想。那么，龟峰蕴含着什么样的主题呢？我在一页一页阅读龟峰山水的时候，一直在思考这个问题。因为这里有许多峰峦和巨石的造型与龟相似，用徐霞客的话说，"何酷肖也"，所以这一路我们就在议论有关龟的话题，龟的风度，龟的心态，龟的表情，龟的哲学……我恍然有悟，在这喧嚣浮躁的世界里，造物主特意安排一座龟峰，似乎是一个不动声色的隐喻，似乎就是暗示我们提醒我们，当我们走过了漫漫的黑暗长夜之后，该放慢我们的脚步，耐心地看看两岸的风景了。其实幸福是一件很简单的事情，大家都保持一颗平常心，幸福不仅是可能的，也是持久的。

突然想起刚到弋阳的时候，毛素珍在车上说的那句话："龟峰是一个适合谈恋爱的地方。"

是的，在一个从容的地方从容地谈一场恋爱，那才是地久天长。

穿过硝烟寄乡愁

到汕头去了一趟，我便熟悉了他们，一群活跃在两个世纪交接处的生命的旅者，生活的强者，希望的歌者。遥望南天，我仿佛能听到他们涉洋远渡的水声，感知他们讨生活的艰辛和创业的曲折，甚至还能抚摸到他们浓浓的乡思乡愁……

"无奈何，打起背包过暹罗"。背井离乡，对于他们中绝大多数人来说，是不得已的选择。每逢王朝更迭、政权更替，刀枪在所难免，死难实属平常，不堪战乱的人们便纷纷离开故土，移向海外。历史上，地少人稠而又饱受天灾人祸的汕头地区，老百姓一次又一次、一批又一批地到南洋谋生。

无论走到哪里，无论走多远，身后的家园永远都是心头的牵挂。这些侨居海外的人，在打理完每天最后一单生意关上店门时，在结束了园林里一天的劳作时，在做完最后一件银器时，在编完最后一个袋子时，在修完最后一双鞋子时，想得最多的就是当初离家的脚步，就是家中的亲人和朋友。家山北望，感慨系之。有的拿出刚刚挣来的血汗钱，寄回去贴补家用；有的找来纸笔，向家人诉说衷肠；有的把自己喜爱的物件，托人捎给远方的朋友。于是，专门从事南洋至中国大陆之间通邮的民间"水客"们穿梭往来，办理邮政和汇兑事务的"侨批局"一天到晚忙碌不停。

穿越层层叠叠的岁月，我们有幸窥见这浩浩荡荡的乡愁，品味这浓烈如火、醇香如酒的乡思。在"汕头侨批文物馆"，面对十二万封从大洋彼岸和时光深处迤迤而来的"侨批"，我被这些粗糙纸张上大大小小、粗粗细细、浓浓淡淡的汉字震撼了。"批"也就是随汇款而来的"信函"，作为彼时银信合一的通信方式,很像我年轻时用过的"汇款附言"。在交通不畅、信息不便的年代,"侨批"上的或简或繁的文字不仅是随着洋元和物品寄上的问候,也承载着侨民们作为子女、作为父母亲的心愿与期盼。甚至,透过那些宽宽窄窄的字条,还能深深感受到一群身在异国的游子对于祖国的诚挚热爱,对民族命运的关注和襄助。

作为军人,徜徉在斑驳侨批之间,流连在侨民的往事中,我嗅到了浓烈的硝烟味。这是我熟悉的气息,也是我和我们这代人无法真正溯及的伤痛。1937年全民族抗日战争爆发之后,从南洋寄来的侨批不仅数量剧增,而且几乎每一封都心系家仇国难。有的侨批上,赫然印着、写着"抵制日货、坚持到底""卧薪尝胆、誓雪国耻"等战斗口号。有的对家乡的安危非常牵挂,"迩来潮汕事发,未卜俺乡情况若何否?祈列明示晓",字里行间透着急切与焦虑。更有的把对祖国和亲人的牵念之情,化作了支援抗战的力源。在一封字迹稠密的侨批上,有这样一段话:"……然我人虽旅居海外,无不时时刻刻怀念祖国。近日,各缝衣裤,寄回祖国,以赠伤兵,聊尽国之职耳……"这般情深义重的文字,让人浮想联翩热血沸腾!这些当初由于战乱而远走海外的人,这些或许由于种种原因立身未稳的人,这些在异国他乡为衣食而打拼的人,却念念不忘祖国,时时牵挂国难,并以点点微弱而炽热的能量,聚拢起中华民族奋起抗战的又一处大后方。

旷日持久的抗战期间,"有钱出钱,有力出力"成为侨民们共同的心声和行动。他们通过私人捐款、团体捐款、常月固定捐款和各种义卖活动,为抗日军民筹集寒衣、医药和车辆、飞机、大炮、弹药,有的甚至卖掉了自家的汽车和橡胶园,真可谓舍家纾难、毁家救国。1938年,汕头籍旅泰青年侨领苏君谦和同乡郭子纲、黄奕联手捐款二百元国币,支援抗日军政大学办学,极大地鼓舞了全国军民。可以说,从抗日军政大学走出的每一位将士,都曾得到过南洋华侨的助益,伟大抗战的胜利果实里,蕴含着广大爱国华侨的心血与汗水。有学者做过粗略统计,整个抗日战争的军费,至少有三分之一来自华侨的捐款。这其中,汕头籍侨民做出了艰苦卓绝的付出和可歌可泣的贡献。

汕头,一片革命的热土!当我们以探寻者的目光走进这片土地时,不仅领略了来自海外儿女的慷慨激昂，更感受到"潮汕七日红"的雄浑悲壮。1927年9月23日，八一南昌起义军挺进汕头，攻下国民党警察署，成立革命委员会和中共中央南方局，创办《革命日报》，开展轰轰烈烈的革命运动。但仅仅七天之后，在国民党部队的疯狂进攻下，终因寡不敌众，不得不退出汕头，开启"农村包围城市"的征程。汕头，以宽广温暖的胸怀拥抱革命的队伍，又恋恋不舍地目送这新生的希望奔赴远方。

那些远赴大洋的人们，当年或许曾为南昌起义南下部队当过向导，或许曾用米酒和茶水热情地慰劳官兵，也或许就是在那次战火中离开了家乡。战乱，是他们心头的伤痛；硝烟，是他们深重的乡愁。在日寇入侵，国难当头之际，这些远在海外的游子，必定是以切肤之痛最大可能地唤醒良知、激发道义。正是由于他们意识到，只有身后屹立着一个强大的祖国，旅居海外的游子才能真正挺直腰杆；正是由于缕缕乡愁上升为爱国之志，他们对祖国抗战军民的支持支援才那么众志成城，那么慷慨大气，那么不计代价，那么不遗余力！

这卷帙浩繁的侨批，只是一百多年间南洋侨批中极其微小的一部分，这些在时光淘洗中幸存下来并走进公众视野的私家物件，每一封莫不是经过千道曲折、万重水声。我特别感动的是那些被称作"水客"（又称"批脚"）的传送侨批的使者，在那个半明半暗的年代，在那险象环生的路途中，他们肩挑背扛，栉风沐雨，奔走于异国他乡和故土之间，把侨胞的血汗钱和信息传送给他们的亲人。他们宁肯丢掉性命，也绝不会丢掉乡亲的嘱托，他们以厚德和诚信赢得了海外侨胞和亲眷的尊重，开创中国民间邮政的通衢大道。

在抗日救国的艰巨斗争中，"水客"发挥了巨大的作用。当年，苏君谦、郭子纲、黄奕三人的捐款，便是通过"水客"以"口批"即口头约定的方式办理的。先是由泰国增顺批局对汇汕头友信银庄，再寄达三人共同的好友詹欧波，然后再由他转交给八路军武汉办事处。在抗战时期日寇严密封锁下，这些"水客"随时都有生命危险。但无论多大困难，"水客"费尽周折，不负众望，及时准确、分毫不差地把款项送达批转人手中。收到捐款后，八路军驻武汉办事处代表周恩来、叶剑英和驻粤办事处代表潘汉年、廖承志四人特地联名向三位爱国华侨致函答谢。"先生等关怀祖国抗战人才之养成，爱国热忱殊堪钦敬！"这真诚的"钦敬"中，是否也有一份属于"水客"荣耀？

当年的"水客"或已经谢世，或岁至耄耋；当年的下南洋的侨民，或早已客死他乡，或正在享受天伦。无论岁月如何变换，在汕头人乃至中华民族心目中，一代人奠定的"海纳百川、自强不息"的汕头精神历久弥新，已然成为一座城市的象征。他们的乡愁，已化作遍地风流，濡染绿水青山，也将成为"中国梦"绚丽底色上炫目的亮点。

胜负五十四年

1881 年 6 月 9 日，是英国火车发明人乔治·史蒂芬的百岁诞辰纪念日，李鸿章特意选了这个日子举行通车仪式，但是他遇到一个天大的麻烦，因为清政府以"震动东陵，且喷出黑烟，有伤禾稼"的理由，禁止使用机车。李鸿章无奈，只好下令将火车头卸下，改为驴马拖着火车走。

这荒诞的一幕很有象征意义，几乎可以看成是当时中国社会状况的生动写照。从 1840 年的鸦片战争到 1894 年甲午战争爆发之前，中国人已经放下"天朝上国"的架子，林则徐开始"睁开眼睛看世界"了；魏源提出了"以夷之长以制夷"的宏观战略设想并撰写了《海国图志》；朝廷终于在外国使节的下不下跪的问题上做了让步；向外国派出公使；引进了电报和铁路。上述几件大事可以看成是鸦片战争之后五十多年里中国对外开放的主要成果，然而，就这寥寥几项，推进的过程却又有那么多苦涩的故事。

尽管鸦片战争强行打开了中国闭关锁国的门户，但是中国的朝廷仍然不相信，或者说感情上不能接受国力衰弱的事实，仍然做着"天朝上国四方来朝"的美梦，把战争失败归咎于洋人"妖术"，寄希望于神仙帮忙。这种迷信，朝廷用于麻醉，百姓源于绝望。

倒是一衣带水的邻邦日本，从中国的鸦片战争中受到当头棒喝，梦醒过来，替中国人反思这场战争。日本思想家佐久间象山指出，清朝失败是由于"不知彼之，熟练于实事，兴国利，盛兵力，妙火技，巧航海"。经受这样的惨败，中国的朝廷仍然坐井观天，不仅不学习，而且"视外国为贼物"。

日本民族以学习为立国之本，自 16 世纪日本被西方列强打开国门之后，他们把中国和西方进行了比较，结果发现，西方国家"学格物究理，不为天性空言，虚谈妄说……"一言以蔽之，西方国家务实，中国人坐而论道。一个名叫杉田立百的日本人甚至用轻蔑的口气说："地者，一大球，万国分布，所居皆中，任何一国皆可为中土，支那亦东海一隅之小国也。"

坐而论道，热衷清谈，这是中国官僚阶层和知识阶层一个比较普遍的陋习。几千年来，中国的"文章"浩如烟海，而祖冲之、张衡这样的自然科学家却始终未能在中国文化占据主流地位，这似乎也佐证了中国文化在博大精深的同时也有着向虚、向大、向空，缺乏科学精神的特征，这个特征甚至在一定程度上揭示了晚清以来积弱积贫、屡弱屡贫的文化缘由。

鸦片战争之后，日本人不仅把中国的底摸透了，也把自己的出路找到了。他们要征服中国，要"脱亚入欧"，要成为东方的老大。1868 年，明治天皇明确宣布"破旧来之陋习，求知识于世界"。学习西方各国技术，学习西方社会制度，学习西方先进文化，派遣留学生，派遣使节团，兴办铁路电信，普及教育……凡是有用的，统统拿来。

从鸦片战争到甲午战争，五十四年间，日本的明治维新由上而下，从政治体制到经济体制，实行了深刻的改革，成为大和民族的共同理想。那些关于天皇节衣缩食、民众捐赠、万众一心购置军火的传说如今已为中国人熟知，"天照大神""八纮一宇"的神话成为举国上下的信仰，激发了前所未有的狭隘的民族情绪，加之根深蒂固的武士道精神，甲午战争前夕的日本民族，就好比吃了激素，虎视眈眈地注视着曾经的东方巨人中国。

同样在五十四年间，中国的洋务运动却是命运多舛，"睁开眼睛看世界"第一人林则徐在鸦片战争之后，替朝廷背了黑锅，流放伊犁等地，客死他乡；魏源的观点被认为"长他人志气，灭自己威风"而遭到清廷上下围剿，就差没被杀头了。中国赴英伦第一个外交官郭嵩焘，不仅众叛亲离，甚至被家乡的学子宣布开除湖南省籍。刚刚在中国萌芽的电报被斥为"惊动祖坟"，只能在地下行走。至于铁路，就是我们曾经看见的那样，只能用驴马拉之。包括军事装备在内的西方现代科技，仍然被视为"奇技淫巧"，西方文化仍被视为"异端邪说"，科技发明被斥为雕虫小技，至于西方的社会制度，那是提都不能提的，提得不好是要杀头的。

在这五十四年间，我们的对手窥视着我们，在一条看不见的战线上隐秘地角逐，开放与封闭，科学与迷信，学习与守旧，积极扩张的热情和侥幸防御的态度，几乎构成了甲午战争胜败的全部先决性条件。

公允地说，洋务运动也曾有过短暂的辉煌，曾几何时，踌躇满志的李鸿章不惜重金从德国买回来"镇远""定远"等十数艘军舰，甚至还耀武扬威地开到日本"访问"了一番，那两艘来自天边的黑压压的庞然大物也曾让日本朝野"无不骇然"，但是日本的军官代表团到北洋水师的军舰上一个"回访"，很快就发现了破绽。

洋务运动中建立起来的中国海军，无论是舰船吨位还是火器配置，在当时确实不比日本海军逊色，然而指挥和操纵这些装备的官兵素质，却是一言难尽。泱泱大国的盲目自信和坚船利炮的行头，让朝廷和相当数量的官员乃至直接指挥舰队的军官都滋生出十分可笑的傲慢，不惜重金请来的外国教官经常受到嘲笑和嘲弄，这同日本海军孜孜不倦的学习精神形成了明显的对比。日本海军军官在中国军舰上看到了北洋水师貌似威武的阵容，也看到了在这阵容背后最致命的弱点，那就是军纪废弛，训练没有章法，贪污腐败之风盛行，官有骄矜，兵无斗志，军舰上也是声色犬马。日军一名大佐戴着雪白的手套往军舰的炮位上轻轻一拭，看着手套上的尘埃，嘴角露出轻蔑的微笑，回去就写了一份绝对自信的请战书，称中国海军"貌似庞大，实不足虑也"，一句话说到底，可以动手了。

可以说，中国在甲午战争中的惨败，不是兵力差距的原因，也不是装备差距的原因，甚至不是战术技术的原因，归根结底，还是民族文化导致的民族精神的差异，是两个民族的国家意识差异，也是两个民族对先进文明的学习态度的差异。

在这五十四年间，晚清讳疾忌医，病入膏肓，不能容忍先进的文化质疑朝廷的权威，宁可让百姓迷信"天子"也不能让百姓相信科学。在这样的政治环境里，无论是林则徐、魏源这样的"开放派"，还是李鸿章、沈葆桢这样的"洋务派"，只能是头痛医头脚痛医脚。洋务运动只能局限于军备和器物制造方面，而并没有上升为真正的国家意志，更没有营造出全民族的爱国热情，而且朝廷对此还半信半疑，求全责备。

在这五十四年间，封建专制的腐朽和腐败，导致政权威严尽失，即便是开放的洋务运动，内部也充满朋党之争，争权夺利，嫉贤妒能；朝廷借机挪用军费，官商勾结，唯利是图，就连军火制造行业也出现以次充好、以假乱真的现象。清朝的军官，什么都想到了，就是不想打仗；什么都学会了，就是不会打仗。

在这五十四年间，江山板荡，风雨飘摇，苛捐杂税横生，底层不堪重负，已经形成民不聊生的局面。老百姓往往误把朝廷当作国家，国家是朝廷的国家，甚至就是那些鱼肉乡里的贪官污吏的国家，而不是芸芸众生的国家，国家这个概念离老百姓十万八千里。

在这五十四年间，偌大一个中国，千疮百孔，已经丧失凝聚军心民心的灵魂了，国家意志，民族精神，道德信仰，生活希望，已经滑落到最低临界线上。

在这样一个精神对比中发生的甲午战争，胜败已经不是悬念了。

诚然，我们不能把战争责任推卸给老百姓。朝廷不爱人民，人民一盘散沙。好在这沙里还有金子，还有邓世昌、丁汝昌、刘步蟾那样惊天地泣鬼神的民族英雄。不是人民有负国家，而是朝廷愧对人民。

没有谁能够击倒我们，除非我们自己。没有谁能够拯救我们，只有我们自己。今天，习近平总书记提出强国梦，实现中华民族的伟大振兴，极大地鼓舞了中国人民的爱国之心。我们要真正做到以史为鉴，直面屈辱和失败，客观总结深刻教训，深化改革开放，冲破思想观念的束缚，突破利益固化的藩篱……爱国就是我们的信仰，学习就是我们的战略，改革就是我们的武器。学而时习之，在学习中知己知彼，在学习中取长补短，在学习中去伪存真，在学习中发展壮大，激发我们的爱国主义精神和英雄主义精神，敞开海纳百川的胸怀，我们的目标就一定能够实现。

虚实之间

——中日两国甲午战争中的精神对决

　　没有任何悬念，步鸦片战争后尘，甲午战争又是以中国北洋水师全军覆灭，割地赔款而告结束，那些浴血奋战毙命炮位、葬身大海的官兵阴魂不散，在那茫茫波涛之上，凝视着波诡云谲的人间，渴望着后人给一个明白的解释。

　　后人众说纷纭。在众多的答案里面，似乎可以归结到一个根本的原因，决定战争胜负的是人而不是武器，是人的战斗精神，包括人的战争观念、国防意识、指挥能力、献身意志、军队管理、战斗技能等等。而这一切，都与文化有关。

　　追根溯源，日本文化深受中国传统文化的影响，这是众所周知的事实。但是，我们在研究日本文化历史的时候，发现了几个重要的环节，或许可以看出两个国家对同一文化在传承和延续上的明显差异，并由此而产生的精神分支和价值错位，进而形成两个不同的方向。

　　首先，多灾多难把日本民族凝聚在"天照大神"的旗帜下，诸侯割据和异族入侵让中国人混淆了家国概念。

　　中国文化是何时传到日本的，也是一个见仁见智的话题，但是日本对于中国儒家学说的传承，已为史家论证。区别在于，这个民族对于任何外来文化的选择，都有着趋利避害的本能，非常注重实用性。这或许与国小震多风大的自然环境有关，总是处在惶惶不安中的日本人似乎天生缺乏浪漫精神和幽默感，而总是把实用放在首位。他们比中国人更深刻地意识到整体的力量，更懂得"十箭难折"的道理。他们不太喜欢的"仁者爱人"

之类的空谈，他们祖祖辈辈渴望有一个英雄带领日本走出困境，所以他们把"君权天授"的思想奉为神谕，作为日本建立国家秩序，实行精神统一的理论武器，实际上已经成为日本民族的宗教。

日本几乎是一个单一的民族，没有像其他国家那样普遍存在着民族大迁徙和异族之间的残酷战争，而且，即使出现内部纷争，在幕府和战国时代，天照大神的精神领袖地位仍然照耀着日本民族。这一点，同中国历史的江山板荡，不断地改朝换代，不断地一个神话取代一个神话，一个信仰取代另一个破灭的信仰，形成了鲜明的对比。也就是说，日本人心目中始终有一个固定的神，中国人的"神"总是"你方唱罢我登场"，以致搞到不可信的地步。

日本最初的政治形态，完全排除了种族的对立，以民族统一作为政治统一的中心，其中贯穿着皇室的权力，以天皇作为国家与民族统一的象征。这种机制对于日本民族的心理和性格形成的影响是至关重要的。所谓"君权天授"，首先是以神的名义把天皇放在第一位，"八纮一宇""万世一系"的核心是天照大神，天照大神的代言人即天皇领导的国家政权是至高无上的，统一的法律和秩序成为全民的意志，君权与神权集于一身，国家与朝廷同出一辙。不管这天皇是真神还是假神，但是只要有一面旗帜，就能凝聚民心。在这样一种信仰的旗帜下，日本人的个人是渺小的，国家是唯一的宗教，为了天皇可以毫不犹豫地"玉碎"，切腹或者饮弹甚至是一件幸福的事情。

中国的情况与此大相径庭。中国古代亚圣孟子曾经提出"民贵君轻"的思想，虽然体现了民主和民生意识，但是民主政权从来没有建立，没有完备的民主制度，更谈不上科学的民主理论体系。一方面，在历代的专制集权统治下的高压政策和蛰伏在知识分子和民众灵魂深处的民主、民生意识构成了潜在的对抗；另一方面，中国历史伴随着军阀割据，改朝换代频繁琐碎，"天子"的神话不攻自破，而每当朝代更替，尤其是异族占据统治地位的时候，"民贵君轻"的思想就会点燃民众的反抗之火，这些火种在蒙古族和满族入主中原之后，在社会底层蔓延尤甚。所以说，元和清两个朝代，把中国人对于"天子"的信仰和敬畏荡涤得七零八落。没有了政治信仰，没有了政权信任的中国人好比一盘散沙，只好信仰自己，只好把个人或者家族的利益作为宗教，即便从外国高额进口"坚船利炮"，也只能是落在一盘散沙上面的铁疙瘩，是不堪一击的。中国人不是不懂得"皮之不存，毛将焉附"的道理，而是统治者没有给民众提供一张可以提供安全、让人信任的"皮"，那么中国的"毛"们只好随风飘零。

近代战争史上，中国民心涣散的例子触目惊心，规模最大的、最典型的涣散要数义和拳时期，闹出个八国联军进中国。所谓八国联军，其实只有两万多人，其中比利时的军队只有52人，而当时中国清朝军队和义和团有几十万人拱卫京城。就算他武器再先进，有这几十万作战部队，加上天时地利人和，总不至于落荒而逃吧！遗憾的是，慈禧太后落荒而逃了。至于原因，是多方面的。有一个资料说，德国军队进中国，是用中国的大洋买通中国人把他们背上岸的。

在距此几十年后发生的抗日战争中，战争之初，日军长驱直入，在华北，八个日本兵占领了中国的一座县城，中国军民望风而逃。还有南京大屠杀，几十万军队、上百万民众没有挡住日军进攻的步伐，最后成堆成堆的活人埋在坑里。我们可以设想，就是杀人这件事情，如果换位，中国人来杀日本人，成千上万的日本人能够束手就擒吗？即便是被俘，成千上万的日本人会任人宰割吗？凭借日本人的战斗意志和性格，即便赤手空拳，他也要以死相搏。在现存的资料和文学作品里，不乏这样的信息。别说杀死几十万日本人，就是杀死几十个日本人，也是一项浩大的工程。

再往后的例子仍然不容乐观，上百年过去了，经过战乱和各种政治运动，中国人的信仰和国家意识、集体主义精神，始终处在不确定状态。20世纪中国改革开放之初，是从安徽凤阳小岗村发出先声的，当时的《人民日报》社论有这样一段话："大包干前，中国农民的生存状态已经到了什么地步，他们不偷税，不抗粮，不反党，不偷盗，他们只是想按照自己的意愿种地，然而他们却要立军令状，还要把军令状立得那么悲壮，这说明了什么？"

请注意，"按照自己的意愿种田"这句话，这是什么意思？什么是他们的意愿？就是单干。为什么要单干？用小岗村的一段顺口溜来回答这个问题："队长哨子吹破嘴,催人下地跑断腿,喊了半天人半数,到了地里鬼哄鬼。"

看看,多么形象的比喻,多么丰富的想象力,多么生动的画面,没有刻骨铭心的感受,是写不出这样的打油诗的。

小岗村引起了我们的深思,我们思考的核心不是小岗村的改革成功,而是为小岗村,同时也是为自己的民族感到悲哀。小岗村的所谓改革,核心是什么?就是要坚决撕开集体主义的壁垒,就是要单干,中国农民宁肯被杀头,也不愿意走集体富裕的道路了,中国农民已经没有集体作战的能力了,好像只有单打独斗,他们才有活路。小岗村大包干的成功,恰恰撕开了中国人最大的悲哀的伤口。

联想到历史,我们似乎就有些明白了,为什么在鸦片战争中,为什么在甲午战争中,为什么在抗日战争中,为什么在一系列侵略战争中,中国军队会如此羸弱。一个没有国家意识和信仰的民族,只能是一盘散沙。这种情形,一直持续到中国共产党成立,中国的军队在国际上打出威风,是在朝鲜战场上。我们今天反思历史的状况和变化,是有重要的现实意义的。

我们有理由说,在甲午战争前后,日本人的国家意识和中国人的国家意识,有较大的差距。中国人没有占领精神的制高点。日本人把天皇当作神,中国人把朝廷看成鬼。日本人为神作战,自然义无反顾;中国人为鬼作战,其精神状态可想而知。在甲午战争中,尽管有邓世昌、刘步蟾那样的民族英雄和一批热血将士,但是从参战军队的总体情况看,不想打仗、不会打仗、不敢打仗的情况仍然是普遍的,如此,战争胜负,已是不言而喻了。

从鸦片战争到甲午战争的五十四年间,日本首先从中国的羸弱看到了西方世界的强大,进而被美国准将柏利率领的"黑船"撞开了门户,在幕府改革的基础上,明治维新将日本民心空前凝聚起来,而中国,在这期间虽然又经历了多次外敌入侵,并发生了第二次鸦片战争,但是朝廷已经自顾不暇,只能拆东墙补西墙,尤其因其国防和海防观念落后,投入混乱,对于民众和军队的号召力每况愈下。

其次，对外开放促进了日本走上了"富国强兵"道路，闭关锁国让中国在积弱积贫的道路上越走越远。

诚如有人判断，在世界各民族中，没有哪个民族能比日本更大量、更持久地接受外来文化，如饥似渴地关注外部世界，以极大的热忱模仿孤岛外面的先进文明。17世纪以后，欧美诸强崛起，葡萄牙和荷兰的工业文明传入日本，令日本人目瞪口呆，得知西方世界"学格物究理，不为天性空言，虚谈妄说……且万巧精妙……"（语出《现代日本思想大系》）这句话有两个意思，一是对西方国家发展自然科学表示崇敬，第二是对"空言""虚谈妄说"表示蔑视。那么，谁最善于"空言""虚谈妄说"呢？这里所指当然是中国人。在中国统治阶层，朝廷还是"泱泱大国"，把西方各国和日本看作"蕞尔小国"，还幻想着"年年来贡、岁岁入朝"的旧梦，但凡各国来使，见中国皇帝要下跪，至于单腿下跪还是双腿下跪，几度在庙堂之上引起轩然大波，争论不休，没完没了。

西风东渐，早在16世纪初就进入中国，中国人同葡萄牙人做生意的时候，日本人还不知道西方是个什么概念，将近三十年后，日本人才同西方有了接触，这一接触，就拉开了"乌龟和兔子赛跑"的序幕。西方最早传到中国的多数是科学文化，其遭遇颇不乐观，首先是朝廷担心"妖言惑众"；其次是民间不具备接受能力，最有可能成为先进文明引领者的士大夫阶层，偏偏成了绊脚石。士大夫阶层对外来文化半信半疑或者说不屑一顾，因为中国是科举制度，靠科举当官，而在科举考场上，这些"奇技淫巧"派不上用场，至于说这些东西对于民族、国家和未来，那些拼杀在科考战线的读书人是无暇理会的，所以最早的西方文明流传到中国，除了徐光启、李之藻等几个开明士大夫给予重视以外，多数只能在和尚道士阶层传播。而在日本，却完全是另一种景象，由于日本战国时代诸侯纷争，各派势力都希望得到枪炮和其他军事装备，所以在最早的贸易中，日本对西方的需求，主要选择在武器和相关用于军事的物质和技术上，也就是说，在我们的和尚和道士尚在琢磨长生不老炼丹术的时候，日本人已经开始琢磨滑膛或线膛哪个更精确了。而且由于枪炮技术的传入，加速了日本从割据走向统一。

17、18世纪，中日都是闭关锁国政策，但是闭关锁国的方式和带来的影响是不同的。日本在闭关锁国的堤坝上留了一条缝隙，那就是在长崎为荷兰人专设了一个贸易商馆，日本人相信荷兰的医药，事实上，西方文明就是通过这个小小的渠道，源源不断地渗透进日本。而在中国，朝廷担心西方文明威胁皇权，读书人担心自己皓首穷经学的那点学问贬值，因此防西方文明犹如洪水猛兽。

对于中日两国来说，1720年具有划时代的意义，就在这一年，德川幕府下令，禁书中除基督教有关的内容以外，允许其他洋书进入，这就拉开了全面开放的架势，西方的科技知识和文化观念像春风一样扑向岛国。无独有偶，同样是1720年，在中国，因为"教仪"问题——下跪还是不下跪，是个问题，单腿跪还是双腿跪，更是个问题，而且是持久的原则问题——清朝政府和罗马教皇发生争执，导致"禁教"——中国唯一的引进西方文明的窗口又被封死了。

此后不久发生在中国的鸦片战争，让中日两国在接受西方文明的方向上，更是背道而驰。

西方的发达让日本震惊之后毅然决定改革，明治维新的主要内容就是开放门户，向西方学习，首先派出右大臣岩仓具视率团出访游历欧美，历时一年零九个月，全面学习欧美政治、经济、文化、科技乃至民俗。岩仓具视在《派遣特命全权大臣事由》中分析日本落后的原因，乃由于"世代锁国之旧习"和"东洋独特之国体政俗等陈规旧习之弊"。西方的一切犹如风暴，席卷了大和民族的心灵。随后，大规模的效仿开始了，一方面大力引进西方"实学"即自然科技，派出大量留学生和工程技术骨干，"留洋之风，为天下盛"，同时引进西方专家到日本指导办厂；另一方面，进行思想变革，私塾先生福泽谕吉直接提出了"脱亚入欧"的理论，从政治体制到经济体制，乃至文化观念、生活习俗，全面向西方先进文明靠拢。兵马未动，粮草先行，战争还没有开始，军事科技突飞猛进，给日本官兵带来的信心又聊胜一筹。

与之形成鲜明对照的是中国的洋务运动。可以说，中国的国门是被列强的枪炮强行打开的。鸦片战争之后，随着西方列强对中国的瓜分蹂躏，书斋里的知识分子一方面对晚清政府深感失望，备感屈辱，同时又在悲愤中幻想着富国强兵之道，官场中有林则徐"睁开眼睛看世界"，魏源提出"师夷之长以制夷"。除了对政治体制的疑惑，西方的坚船利炮让中国朝野不得不正视"科技的伟力"，李鸿章、左宗棠、沈葆桢、张之洞等人如履薄冰地推动了洋务运动。然而，比起日本的上下一心全面开放，中国的洋务运动不知经历了多少坎坷。朝廷出于维护统治的心理，宁可继续穿着"皇帝的新衣"，惧怕西风东渐，多方搪塞、阻挠、推诿，"中学为体，西学为用"的枷锁使得洋务运动就像小脚老太太上了马拉松赛场。所谓"中学为体，西学为用"，就是以中国固有的专制和封建制度以及与之适应的伦理纲常为根本，政治、经济、文化诸方面均是"天朝体制"，仍然认为中国是世界的中心，周边都是"夷"，是依附在中国的身边，必须抱中国大腿的寄生虫，而仅仅将西方的技术，而且是浅层次的技术搬过来几套，在"器物"而且是非核心"器物"上多了几桩贸易，一锅夹生饭，治标不治本。

还有一点非常值得重视的现象，洋务运动在中国的遭遇，除了朝廷瞻前顾后，时不时地念紧箍咒，还有来自民间的阻力。这至少有两个方面的原因：一是鸦片战争之后，中国底层百姓对洋人恨之入骨，仇恨的情绪导致全民排外；再有就是，洋务运动会给固有的秩序和利益带来冲击。所以说，鸦片战争之后，从朝廷到民众，都没能反思战败的原因，没有汲取教训，没有把"师夷之长技以制夷"落到实处，光是一味地仇恨、抵制，寄希望于侥幸，岂料酿成更大的悲剧。1849年，广东、福建士绅聚众反对西洋人，取得了"反进城胜利"，盲目的攘夷排外活动导致中国向西方学习的可能再次陷入最低。这种洋务运动在近百年后用蒋经国的话说，是把一件玉器搬进了一间破房子，很快就会灰头灰脸。

而此时，日本已经蠢蠢欲动，准备"脱亚入欧"了，准备扎领带吃西餐了。

第三，注重"实学"使日本科技和军事人才学以致用，华而不实的"科举"让清朝军队外行指挥内行。

古代日本对于中国文化的吸收，有两项重要内容被摒弃了。一个是太监制度。日本历史上没有宦官，在民族精神发育的历史上，这应该是一个值得研究的情况。再有一个重要的情况是，日本人没有接受中国的科举制度，这更是一个值得深思的问题。我们研究甲午战争，尤其不能忽略这个细节。

明治维新之后，日本的教育主流追求是"有用"，也就是说重视科技教育，"择其善者而从之"，西方国家凡是有用的东西，统统为我所用。维新改革，教育改革实行得最早，公布的法令最多。在国外大开眼界的岩仓具视说："使国家进入文明，走向富强，不言而喻，在于启发人的智力。"甲午战争前夕，日本成立了"文部省"，首要的任务就是引进欧美教育制度，制定全国的统一学制，兴办理科和工科以及其他实业教育，如铁路、桥梁、电报、军工和纺织、建筑实用学科等等。再有就是开设军校，以及在普通学校里广泛开展军事教育。到甲午战争爆发，日本海军军官全部接受过海战训练，达到实战要求的水准。

同样，在1840年到1894年的五十四年间，中国虽然经历了鸦片战争的惨败，然而却没有能够认真汲取教训，"天朝体制"下，皇帝和衮衮诸公，希冀用百姓血汗填满列强欲壑，不敢想象还有更大的灾难。洋务运动在瞻前顾后中艰难爬行，亦步亦趋，进一步退两步，而开放之风到了昏聩的庙堂之上就变得细若游丝、微不足道。至于天下的读书人，还是坐在书斋里，摇头晃脑地子曰诗云，一门心思地做着金榜题名的美梦。

必须强调的是，中国的科举制度，除了并不可靠的所谓相对公平以外，所起到的最大的作用就是鼓励了一代又一代的读书人在升官发财的道路上皓首穷经。中国人既然不相信朝廷，那么做官就是最高的追求，为自己做官，为家族做官，为后代做官，光宗耀祖，封妻荫子，当官成了读书人的信仰，科举成了读书人的宗教。在这希望与坎坷交织的漫长年代里，在对曹丕称之为"经国之大业"的"文章"的孜孜不倦的精雕细刻中，很多官员其实更多地学会了"空言"和"虚谈妄说"，经天纬地、治国方略、头头是道，你"语不惊人誓不休"，我"下笔泣鬼神"，你"板凳坐得十年冷"，我"一朝成名天下知"，津津乐道妙笔生花，喋喋不休巧夺天工。中国的读书人在遣词造句舞文弄墨方面下的功夫，比在忧国忧民匡世济民方面下的功夫，不知道要少多少倍。这些最有想象力、最有创造力的民族精英阶层，多数都在加官晋爵的道路上惨淡经营、形容憔悴，直至耗干了最后一滴心血。

科举制度带给中华民族的伤害是深远的，除了把官本位推向高潮，它的深层危害是鼓励"文章"而轻视科技，中国历朝历代的科举优胜者，很少有科学家。祖冲之、张衡、李时珍、蔡伦……几乎所有的古代科学家都被排除在科举金榜之外，具体到甲午战争，除了屈指可数的像林曾泰、邓世昌、刘步蟾、严复等管带（舰长）或大副受过海军职业训练以外，大部分海军军官，尤其是高级将领，多数都是科举制度培养出来的文官，夸夸其谈，舞文弄墨都是炉火纯青，而组织训练洋相百出，临阵指挥颠三倒四。北洋水师一位将领曾经说过："我军无事之秋，多尚虚文，未尝讲求战事。在防训练，不过故事虚行。故一旦军兴，毫无把握。虽执事所司，未谙款窍，临敌贻误自多。平日操演炮靶、雷靶，惟船动而靶不动，兵勇练惯，及临敌时命中自难。"如此训练，演习变成了演戏，训练变成了走过场，自欺欺人，鬼哄鬼，吃败仗也就在所难免了。

一百年后，在中国改革开放之后，正是部队大搞生产经营之际，一名当代中国军人为了完成一部文学作品创作，深入到军队了解战争准备情况，结果发现，"我们这支军队，什么都学会了，就是不会打仗！"从根本上说，中国军队的职业精神、战争意识、牺牲精神，较之一百年前有了很大的改观，但是，参军当官，仍然是很多人谋生，甚至是加官晋爵的手段，花拳绣腿，以形式主义应对形式主义，一级糊弄一级，仍然是普遍存在的问题。这是我们不能不特别警醒的。

我们固然可以说，甲午战争的失败有很多原因，最根本的原因当然是政治腐败，朝廷不可爱，天下一盘沙；其次是积贫积弱，经济实力和军事实力输给敌人；而最直接的原因当然是军事上的，指挥官的能力、军心斗志、训练管理、战术技术、后勤保障等等。但是无论如何，我们不能把战争失利的账算到老百姓和底层官兵身上，况且，在那样一种政治体制下，在那样昏聩的指挥体系下，在那样一种民不聊生的状态下，我们的北洋水师，还是出现了一批为国浴血奋战的官兵，如邓世昌、林曾泰、刘步蟾等。丰岛海战中，"济远"号与敌舰近战，出现了前仆后继接替指挥的悲壮场面，激战中指挥战斗的大副都司沈寿昌头部中弹牺牲，二副柯建章接替指挥炮击，被弹片击中胸膛，见习生黄承勋自告奋勇，登高振臂，继续指挥战斗，也在炮击中殉国。

今天我们细细检索甲午战争资料，一方面我们为北洋水师全军覆灭扼腕叹息，同时，我们不禁又为那些以血肉之躯，以微薄之力，以生命作为武器同敌人血战到底的将士而动容。事实上，在这个留下了太多话题的战争中，中国军人的气节和英雄气概、英雄行为，都是空前绝后的，壮怀激烈的并不止邓世昌和他的"致远"舰。"定远"管带刘步蟾，在战斗最后时刻，为了使军舰不落敌手，下令将"定远"舰炸沉，然后自杀，实践了"船亡而亡，志节凛然，无愧舍生取义"的誓言。水师提督丁汝昌在战前即做必死准备，派人将水师的文件送到烟台，在战斗的最后时刻，派手下将提督印裁角作废，防止有人盗印投敌，然后自杀明志。一场甲午战争，惊天地泣鬼神，彪炳青史，黄海海面忠魂萦绕，尽管那是一场失败的战争。

甲午战争在物质和精神的双重层面上，给中国人民带来了极大的伤害。今天我们有勇气冷静地、理性地、客观地分析原因（当然，以上分析仅仅是一己之见，也是挂一漏万），正视失败，不再讳疾忌医，不再自欺欺人，不再盲目自大，不再心存侥幸，这本身就是很大的进步。在这一点上，我们要向我们的敌人学习，实实在在，虚怀若谷，别人做得好的我们就学，哪怕是我们的敌人。对于战争而言，学习敌人的长处尤其重要。今天我们反思一场沉重失败的战争，不是为了抒发悲伤，不是舔伤口，而是为了振兴，为了强大，为了不再重演历史的悲剧。

山上山下

丛林往事

刚穿上军装，就玩真的。

军列在白雪皑皑的中原隆隆驰骋。过了黄河，再跨过长江，视野就渐渐绿了起来。

更多的时候，车厢里是沉默的，只有几个老兵偶尔咋咋呼呼地打扑克，打过扑克之后还是沉默。

那时候，我正是血气方刚的年龄，攻击欲和破坏欲都十分旺盛，有许多侥幸和不切实际的想法，睡梦中甚至还有几分战地春梦的浪漫。我设想着自己能够在一个天赐良机里大显身手，并且迅速成长为一名卓越的指挥员。我甚至还美滋滋地假设，我军的一名优秀的情报女谍，机智地打进敌人的内部，同我这个年轻的203号首长（小时候看样板戏，记住了年轻有为的203号首长少剑波）密切配合，打了一场举世瞩目的漂亮战役，然后我们一起走向功勋的高地……至于流血牺牲，想都不敢想，也不愿意想。我不相信运气那么差。所以这一路上我还算活跃，三书——请战书、血书、遗书，什么马革裹尸，什么男儿吴钩之类，写得花团锦簇。

军列昼夜行驶，抵近边境了，多次出入老兵口中的神秘的山岳丛林突然推到了眼前。在一个由竹子构成的村寨里，连队召开了一次秘密会议。参加会议的，除了班排长以外，还有一些老兵，我这个新兵居然也荣幸地跻身其中。

会上说了许多事情，我都记不清楚了，但有一项内容被我记得很牢。指导员赵蜀川说，有些同志情绪消沉，要防止在意志方面出现问题。班、排长和战斗骨干们要特别注意和帮助他们。后来连长又就"注意"和"帮助"的具体方法和原则进行了阐述。

就是在这一次会议上，我判明了我在连首长心目中的位置——战斗骨干。我很看重这个角色，它像激素一样，将我的骨骼摩擦出喀喀的响声。我不仅有资格参加战斗，而且是骨干；不仅有权力使用自己，而且有权力"注意"和"帮助"别人，我的热血沸腾了。

不夸张地说，那时候我是勇敢的，当然，这种勇敢带有很大程度的盲目性，也带有很强的目的性：我想要一支手枪。在我的心目中，手枪就是身份的象征。我参军的时候，不，在我很小的时候，我就非常羡慕电影里挥舞着手枪的人，我是多么渴望得到一支手枪啊！

一

刚刚开进战区的第一天清晨，天蒙蒙亮，远处的丛林黑乎乎的，隆隆的声音就从那里向外渗透，搞得大家心里很压抑。正行进间，车队突然停下来。听说前面步兵同对方交火了，不时有阵亡者和伤员从火线运下来。我们炮兵暂时派不上用场，在一个村庄边上待命。

这里显然刚刚经历过战斗，硝烟还没有散去，断枝还在燃烧。我们接到命令，下车隐蔽。就在寻找隐蔽地的过程中，透过朦胧的雾霭，我突然惊喜地发现，在距离我们车队大约三十米的地方，在一个炮弹坑的边上，静静地躺着一把手枪。尽管能见度很差，但我还是清晰地看见了棕红色的枪套在渐渐升起的朝霞中熠熠闪光，弯曲的背带像蛇一样静静地蜷伏在凌乱的草丛边上。天啦，这简直就是老天爷送给我的啊！我的心头一阵狂跳，瞅瞅四下没有人，我毫不犹豫地一头钻进甘蔗地，猫腰向手枪的位置快速移动。

身后传来喊声，担任警戒的我的同年兵王强咋咋呼呼地喊："徐贵祥你干什么？小心地雷！"

我根本不理会王强的警告，我继续向手枪的方向挺近，甘蔗叶子把我的脸划出了血乎乎的口子，我毫无感觉。终于，快了，就在距离手枪还有五六米远的地方，我多了一个心眼，停了下来，做了一个战术隐蔽动作，伏在地上警觉地打量四周,然后折断一棵甘蔗,匍匐前进,在一个适当的距离上,自欺欺人地用甘蔗去划拉那个手枪,一次不成再来第二次,过程惊险而又刺激。终于,背带被甘蔗一端牢牢地缠上,手枪顺利到手。我迫不及待地打开枪套,不禁倒吸一口冷气,他妈的,居然……原来是个空枪套!

可以想象我当时的心情,用恼羞成怒来形容应该是比较准确的。我沮丧地拍打着手枪套,不甘心地再次趴下,继续用甘蔗扒拉枪套所在位置的周边,希望能在散土里找到手枪,可是找了几遍一无所获。就在这时候,远处传来沉闷的炮声,王强的叫声也随之更加强硬地传了过来:"徐贵祥,指导员骂你,你再不回来,指导员说要枪毙你!"

看来确实找不到了,我犹豫着扔掉枪套,快速返回车队,就在我快要跑到王强身边的时候,身后传来爆炸声,刚才躺着枪套的地方掀起一股飞扬的尘土,一发炮弹落在那里——需要说明的是,事过三十多年之后,我突然不敢相信这是真的,也许是三十年来逐渐生成的幻觉。但是我问过王强,这确实是真的。

两个小时之后,我们货真价实地投入到第一次战斗,战史上记载那次战斗的全称是"复和外围环形高地进攻战斗",我们九连(八五加农炮营三连)被师长指挥到步兵前沿阵地下面去支援步兵战斗,说白了就是把炮当枪的干活。因为在山根下,其他各班无法展开,只有二班(也叫二炮)在拐弯处勉强把炮架抵在山根石头上。推炮上山的过程中,对方的火力点噼里啪啦地向这边射击,山上步兵出发阵地上不断有伤员或者烈士滚下来。

第一次上战场,大家都很紧张,占领阵地后一看,全连只有连长李诚忠和指导员赵蜀川,加上二班副王聚华,剩下的只有随连行动的副营长杨世康,再有就是我了。我是无线兵,因为是直接瞄准射击,用不上电台,副营长就让我当通信员。我在一片杂乱无章的喧嚣中上蹿下跳,传达副营长的命令,要后面的同志把炮推上去。有一趟我正在公路上跑着,对面的机枪打了过来,我的班长陈仁进正好在路边的壕沟里,见我傻乎乎地不知所措,一头蹿了出来,把我推到沟里,还骂了我一顿,说:"你小子一点战术都不懂，瞎跑个屎！"我说副营长命令四炮和五炮都上去，我得传达命令啊。陈仁进就对着电台喊，老四老五，快向黄河靠拢，黄河有令，贻误战机，枪毙，枪毙！

但四炮和五炮还是没能上去——不怪他们，的确是公路狭窄，运作不开。所以，整个战斗还是李连长和赵指导员在打，二班副王聚华负责装填炮弹。指导员打得出汗，把军上装扒了扔到一边，并且把手枪也扔给我了。他穿着白色的衬衣，十分醒目，副营长猫在后面喊："龟儿子赵蜀川，你龟儿子给敌人指示目标啊？把衬衣也脱了！"但指导员终究没脱衬衣，他不习惯光膀子。下面在打，上面步兵在喊，打得好！左边还有一个，石头下还有一个，向上五密位还有一个……赵指导员也不搭腔，吭吭哧哧地笑着，有时候从体视仪里向外瞄准，有时候干脆从炮膛里直接吊线，连肉眼都能看见，他打得的确很准。

不知道打了多少发炮弹，终于把对方的火力吸引过来了，先是听到一阵号叫，接着就看见左前方火光冲天，原来是一发火箭弹落在阵地附近，正在修车的老司机胡江富当场被削掉半拉屁股。对方迅速修正射向，暴露在前沿的二炮很快成了重点目标，一发火箭弹落在炮位一侧——

　　　　正在装填炮弹的王聚华全身数处负伤，生命垂危之际，他端着已经上了引信的炮弹，顽强地挺立着，睁着血肉模糊的双眼，用尽最后的力气……就在这千钧一发的关键时刻，指导员转身看见了雕像般伫立的王聚华，大叫一声冲过来，接过王聚华手中的炮弹，猛力推进炮膛，按下发射手柄。炮弹呼啸出膛，避免了炮毁人亡的悲剧……
　　　　（摘自武汉军区政治部报告文学集《烽火新一代》之《炮兵英雄王聚华》，作者徐贵祥）

这里回过头来讲讲我的情况。那发火箭弹爆炸的同时，我刚刚传达命令回来，坐在杨副营长面前的一块石头上喘气，突然听到巨响，我惨叫一声，一个后翻砸到杨副营长身上。杨副营长猝不及防，被砸了个仰面朝天，爬起来半天才回过神来，拍拍屁股，看着我，龇牙咧嘴地说，嗯，不错，还知道保护首长。记一功。

就这样，我稀里糊涂地立了个三等功，成为全团第一个立功的新兵。其实，我那一仰，纯粹是马后炮。

战斗终于结束了。离开阵地的时候，我去给指导员拿衣服，指导员的胳膊上搭着军上衣，顺便把手枪挂在我的脖子上，我的心里突然一阵狂喜。我琢磨，要是一会儿能再遇到一点情况就好了，我就能假公济私开两枪了。我现在依然记得，当我们连队撤下来之后，走到一个路口，等在那里的营长谢必绪看见我的身上背着手枪，神色突然凝重起来了，问了一句，哪位同志……哪位干部同志牺牲了？

指导员大手一挥说："没有，小徐背的是我的手枪。"

那次战斗，我们连队负伤了十几个人。重伤员王聚华后来被辗转送到救护所、战地医院、广州军区总医院，七转八转，没消息了。直到部队撤到广西扶绥山圩农场，上级正式通知，王聚华同志牺牲了。连续很多天，部队沉浸在悲痛之中，从团里到连队，都开了追悼会。这年5月，部队归建回到中原，有一天全连紧急集合，到了操场，突然发现一个瘦骨嶙峋的陌生人，仔细一看，原来是王聚华。这个故事确实有点传奇，但不是虚构的——此为后话，按下不表。

二

"复和外围环形高地进攻战斗"结束后，部队进行简短休整，一路向南。一天中午，路过一个峡谷，车队呈一路纵队逶迤前进。据说这里很危险，我们头顶上方两边都是深不见底的丛林，那里面到底潜伏着什么，谁也不知道。我自然很快就进入了"战斗骨干"的角色，屁股上挂着指导员的手枪，心里装着三等功，怀里搂着一支弹匣饱满的冲锋枪，大义凛然地站在了车厢最前面的位置上，一路上瞪大双眼东张西望，崭新的枪口也跟着我一起东张西望。我紧张而又亢奋地等待着附近传出异常动静，老是想朝谁打一梭子。然而，什么也没有发生。

唯一发生的事情是，我在一路东张西望中，不慎碰着了冲锋枪的弹匣机关，装满子弹的弹匣猝不及防地从驾驶楼和车厢板之间的缝隙里坠落下去。事情看来并不大，但又确实很严重。离开驻地之前，我们就曾经被警告过，丢失武器（也包括弹药和其他装备）就算事故，而出了事故是要受到战场纪律处罚的。

我顿时惊出一身冷汗，二话不说就擂响了驾驶楼的顶棚。司机不知道发生了什么事，稀里糊涂就把车停下了。车子还没停稳我就哧溜下去，扑向已经躺在几十公尺以外的弹匣。我那时候不顾一切了，害怕战场纪律处罚胜过害怕敌人的子弹。

事后我才知道，就在我跳下车子的那一会儿工夫，车厢里发生了一场激烈的争夺战。因为我们当时处于对方的火力控制之下，大部队行进时，人多势众兵器优良，对方的零星人员不敢轻举妄动。可是眼下，前面的车队已经过了峡谷，我们这辆车子是在最后压阵的，车上的人本来就高度紧张，如今让车子停了下来，差不多就是把鱼肉置于刀俎。我完全可以理解车上的人对我的严重不满，谩骂和诅咒是不可避免的，他们还气急败坏地喊我回来。可是弹匣还没有找到，我怎么能回去呢？

恐惧笼罩着一方天地。车上有几个人咆哮着，让司机把车子启动，颠颠簸簸地又往前面开走了。而这时候我仍然在路边不屈不挠地寻找着我的弹匣。车子开走了意味着什么呢？那是显而易见的。

就在这个关系到我生死的非常时刻，同我一起参军的汪友国在一片嘈杂中挺身而出，举着冲锋枪大声命令司机停车。汪友国说，徐贵祥还在下面，车子怎么能开走呢？车子开走了，徐贵祥不被打死，就会被俘虏。某老兵说，前面的车队已经走出里把路了，再不走，这一车人都得让那个二杆子给毁了。另外一个副班长说，一路上就那个新兵蛋子张狂，他不是牛皮吗？留下他在山里打游击好了，再等一会儿，大家都得玩完。汪友国则旗帜鲜明地说，要完咱们一起完，不能让他一个人完。

但是在那种场合里，汪友国显得有些孤立。出于各自不同的考虑，即使有人赞同汪友国的举动，在态度上也表现得暧昧。更多的人则是拿不定主意，因为，那几个坚决主张把车开走的老兵，显然也是有他们的道理的。

这时候车子还在前进，我并不知道那里已是剑拔弩张，我仍然没有找到我的弹匣。我紧张得连眼泪都来不及往外流。眼看车子离我越来越远，我才设身处地地品尝到了恐惧的滋味。

我想这回恐怕是真要完屁了，就因为这个该死的弹匣，是多么的不值得啊。

是汪友国把我从绝望的边缘拽了回来。

汪友国拉开了冲锋枪的枪栓，把子弹压了进去。冲锋枪的枪口在驾驶楼的左窗玻璃上出现了，在司机的反光镜面上出现了。汪友国没有再跟他们大喊大叫，他最后解决问题的方式简单而又坚决，他只用了一支比画的枪口和咬牙切齿的两个字：停车！

车子在距离我三百多公尺的地方终于停下了，并且一直等到我找回了弹匣。在汪友国的强硬干预下，我又诚惶诚恐地回到了人间，并且没有受到纪律处罚。

三

在穿越了那段险象丛生的峡谷之后，我们的队伍继续前行。好像是第三天的中午，我们被堵在一段十分崎岖的山路上。

山的对面有一所村庄，居民们自然早逃之夭夭，但是还有几头耕牛在户外漫不经心地游动。这些牲畜没有意识到战争的危险正在向它们逼近，还在我行我素地觅食糊口。

就在这时候，一支枪，从我们身边的某个地方悄然伸出。

一声响闷之后，我看见远处水田里的耕牛像是吃了一惊，接着就颠簸着跳了起来，方向是盲目的。但是接着又是一阵枪声，耕牛终于不跳了，庞大的身躯隆重地卧倒在泥水里，先是跪下了一条腿，却用力地仰起了头，向我们这个方向张望。它大约是想在最后的时光里看清楚那张面孔，看看到底是谁，是什么原因促使他向它开枪。可是它什么也不可能看见，我甚至担心它最后一眼看见的是我。

终于，它的眼睛在巨大的困惑中慢慢地闭上了，带着无限困惑，将目光转向了另外一个世界。

而我清晰地看见了那个人，看见了那双眼睛，那双曾经在军列里沉默而又卑琐的眼睛。他正是连队干部暗示我们要"注意"和"帮助"的那个人。此刻，他的双眼仍然在恐惧着，准确地说是在恐惧地勇敢着。在我和另外几名士兵鄙夷地注视他的时候，我看见他的脸上滑过一丝得意的神气，举起手中的枪，又瞄向了另外一头耕牛。

这时候我听见了一声斥责，有人在制止。可是他没有中止他的战斗行动。于是就有了一块坚硬的压缩饼干准确地砸在他的脸上。他愣了一下，当他辨认出是谁砸了他时，便乖乖地放下了枪，并且一脸茫然。

用压缩饼干砸他的，是穿四个兜的排长。

那天夜里我们经历了一场货真价实的战斗。不过这场战斗主要是步兵打的，我们炮兵只是在火线靠后的地方实施了一阵压制射击。

黎明时分，战斗结束了。太阳照在丛林里，硝烟在挂着露水的枝头上缭绕。步兵抓了几个俘虏，捆成一串从我们的阵地上路过。俘虏穿的都是普通衣服，我怀疑他们不一定是武装人员。其中还有一个女的，上面穿一件黄色的绸布褂子，下身是一条肥大的黑裤子，她的双手反绑在身后，眼上蒙着黑布，步子却走得很熟练。因为她的皮肤很白，我又怀疑她不是南方人。她好像不大在乎，嘴角还挂着微笑，我注意到她的下巴很丰满。

在他们走近我们的阵地时，又一件出人意料的事情发生了。

还是那个需要我们"注意"和"帮助"的老兵，勇敢地冲出了阵地，揪住了俘虏当中的一个，拳打脚踢，边打边骂，甚至带着哭腔："……你这个××鬼子，你杀我边民，你害我战友……我要报仇，我要……"他一边声讨，一边拼命地往那个俘虏身上脸上饱以老拳，那种巨大的仇恨和愤怒让我们面面相觑。

在十分有力的打击下，俘虏的鼻孔和嘴角都渗出了液体。我们阵地上有几个士兵看不下去了，可是没等我们上去制止，押解俘虏的步兵兄弟先不高兴起来，三个人一拥而上，把他推开了。一个步兵干部鄙夷地说："你他妈的要报仇，昨天夜里你干什么去了？你怎么不掂根枪到阵地上去？

他的手都被捆住了，你还在他面前耍什么威风？你要是把他打死了，我怎么交代？走——开！"

需要我们"注意"和"帮助"的那个老兵不解地看着步兵干部，扭曲的脸上仍然用力地愤怒着，嘴里喃喃地嘟囔："敌人——你包庇敌人，难道……阶级敌人……不应该吗……"

步兵干部说："去你妈的！这家伙是特工队长，我把他放了，给他一杆枪，你敢不敢跟他比试一下？"

那个老兵顿时脸色苍白，嘴巴蠕动了两下，终于没有再争辩下去。

我记得是在当天夜里构筑工事的时候，我在指导员赵蜀川的面前狠狠地奏了那个老兵一本，我说这个人不仅十分怕死，而且下作。我说我敢断定，这个人要是被敌人抓了去，肯定要当叛徒。如果我发现他在战斗中有逃跑或者变节行为，请组织上批准我代表党和人民把他干掉。

赵指导员听了我的话，哈哈大笑，后来又拍着我的肩膀说，这话讲过就讲过了，以后不要再讲了。

四

我最露脸的一次，是此后不久的 G 城战斗。战斗打响前，连队给养员龙怀富接到指令，率领我和炊事员汪柏昆到指挥所前指送饭。

这里需要说明一下炮兵打仗的有关常识。在战斗当中，炮兵阵地往往是相对安全的，而炮兵指挥所要担负对目标的观察、诸元的确定和射击修正指挥，一般都要随步兵行动，有时候甚至前出到步兵的前面，而指挥所主要是由团长、营长、连长和计算兵们组成，人员少，武器轻，危险性大。

龙怀富是一个很有经验的老兵，而且曾经当过有线兵，就是我们在电影里经常看到的背着线轱辘一边跑一边放线的那种行当，打仗的时候，指挥所和阵地往往相隔三到五公里，有线兵的任务就是在这三到五公里铺设电话线，确保指挥畅通。但那天龙怀富的任务不是铺设电话线，而是率领我们送饭。

龙怀富背着干粮，汪柏昆挑着稀饭，居然还有开水。大约看我人高马大，把三个人的冲锋枪和手榴弹都集中在我身上。其实我是虚胖，并没有多少力气，尤其是缺乏耐力。连续行军，我都快累死了，翻过一座山，我几乎不想活了，从山上往下，我们索性不走了，前面的步兵已经给我们开辟了一条奇特的捷径——顺着倒下的竹子和小树往下滑，那情景有点像三国时期的邓艾大军翻越剑门关。

累还在其次，最糟糕的是，走着走着就迷路了。这里的山峦模样大都相似，丛林一个连着一个，迷宫似的。在这样的环境里迷路，结局是不言而喻的。

幸亏有个龙怀富。出发之前，龙怀富多了一个心眼儿，背了一部电话机。因为大军云集，到处都是友邻部队，只要留心，就能看见草丛里潜伏的电话线。就靠一路询问，我们最终找到了连队前指，更绝的是，不仅找到了我们连队的前指，而且找到了团指，因为团指所在的山头下午刚被对方小分队袭击了一下，伤亡了好几名干部，团长钟声琴命令前出的各个连队的指挥干部都集中在一个地方，轻武器统一使用。就在他们敌情不明、饥肠辘辘、人心惶惶之际，我们连队的三个送饭员突然赶到，团首长喜出望外，政治处汤主任用颤抖的苏北口音向前指二十多个官兵通报了这一信息，阵地上一阵骚动，前指的干部简直像救星一样拥抱我们。送上去的饭菜固然鼓舞人心，更重要的是我背上去的三支冲锋枪，对于只有手枪、接近赤手空拳的指挥所来说，三支冲锋枪的威力是一颗很有效的定心丸。那天夜里，我和连长李诚忠相拥而卧，裹着一件军大衣。半夜里听见动静，是因为发现敌情，团长在电台里呼唤步兵。不一会儿，连长就把我叫醒了，我们的臂上扎上白毛巾，再次进行转移。

第二天下山，又累又饿，路过友邻部队的防地，龙怀富用罐头盒子装上大米和水，放在火堆里烧，还因地制宜找到了青菜和猪油。那是我迄今为止吃过的最香的一顿饭，尤其是罐头盒里焖大米，米饭颗粒饱满，香味扑鼻，真是无与伦比的美味。

当天夜里我们回到阵地，已是精疲力竭，指导员拍拍我的肩膀说，小徐，好样的！

说完，又把手枪套在我的脖子上。

半夜里，战斗打响了，阵地上十几门大口径远程火炮同时发射，瞬间从炮口喷射而出的火焰液体一样融化在夜幕之中，星星和月亮黯然失色，长空一道道撕裂，大地和胸膛一起战栗，人与地球共振。这是我三十年后回忆的情景，而在当时，我很快就睡着了，集中精力进入了梦乡——

　　火炮怒吼，映红了夜幕，就在这震耳欲聋的炮声中，我们亲爱的新战士，来自淮北的小徐兄弟，进入香甜的梦乡，脸上洋溢着稚气的笑容。《列宁在1897年》里的那个英勇的瓦西里，在押送粮食回到苏维埃之后，睡梦不也是这么香甜吗？

　　（摘自《解放军文艺》1979年第5期特写《铁鞋踏破千重山》，作者刘田增）

空军作家刘田增可能没有想到，他的这篇作品对我这个本来的文学青年意味着什么。

战争很快结束了，我们回到了广西，驻扎在扶绥山圩农场。我因为了解王聚华的情况，参加了战例编写工作，主要是口述战斗情况。突然有一天看到了刘作家的这篇特写，我激动得热泪盈眶。在返回连队的红土山路上，我一遍一遍地念叨，瓦西里，瓦西里……突然，一个念头火花一样在眼前闪耀——我的事迹可以进入作品，为什么我自己不能写出来？我可以啊！

之后不久，我就开始了业余报道写作，主要是以我们连队，特别是以王聚华的事迹为素材，先后在广州军区《战士报》《广西日报》发表《山岳丛林炮兵游击战》《难忘的夜间战斗》等文章，写着写着就小有名气了，先后抽调到团里、师里、军里创作组，参加各类写作学习班。尤其值得一提的是，当时在扶绥东门师部，还见到了《解放军文艺》杂志的编辑雷抒燕，印象中他戴着很厚的眼镜，手里夹着烟，热情澎湃地给我们讲怎样写诗。具体内容如今已经记不清了，只记得小黑板下面扔了很多烟头，雷抒燕消瘦的脸庞在诗情中和夕阳下，闪闪发光。

或许就在那块红土地上，我的文学生涯起步了。

五

我的兵旅生涯和文学生涯之初，有两大幸运，一是遭遇了战争，二是遭遇了英雄。战后评功评奖，我们连队被中央军委授予"炮兵英雄连"荣誉称号，二班副王聚华则被广州军区授予"战斗英雄"称号。

我先后参加团、师、军政治机关组织的业余创作学习班，主要的任务就是一个，创作报告文学《炮兵英雄王聚华》。反复修改，数易其稿。那段时间真是如饥似渴，读莎士比亚，读托尔斯泰，驻地图书馆、群艺馆的阅览室经常晃动我的身影。

功夫不负有心人，很快就有消息了，这些作品将由军区政治部结集出版。我们这些战士作者，心中的喜悦可想而知。

不久，新书出版，军政治部文化处通知我们去领书。我怀着激动的心情，第一个赶到文化处办公室，自告奋勇帮王干事打开邮包，捧出一本散发着油墨香味的新书《南疆战歌》，用颤抖的手打开目录，从头往下看。

可是，看着看着，我的心就沉下去了。天哪，我们军部创作组七个人，其他人的作品都在书里，唯独我一个人的作品没上，我怎么向我的连队和首长交代啊！那是一种什么样的心情？自杀的念头都有。

那个晚上，我在军部东边的河边徘徊良久，直到半夜。文化处领导听说我夜不归宿，吓坏了，带领创作组的几名同志，赶紧四处找，重点部位是井边、河边和树下，最后终于在河边的一片小树林找到我，软硬兼施把我拉回了招待所。

第二天，我背着铺盖灰溜溜地回到连队，我对指导员赵蜀川说："指导员，我对不起连队，对不起王聚华，我写了半年，可是人家没有用。"赵指导员说："怎么会啊？你那个稿子我们看了，写得挺好嘛。"

我说："你说好没有用，你不用安慰我，你不批评我我更难受。"

指导员说："你把这个书留下来，我来看看。"

第二天出操的时候，赵指导员告诉我说："书我看了，有的比你写得

286

好，多数不如你。咱那篇稿子他们没有用，是他们的问题，不是咱们的问题。"

那一段时间，我对文学心灰意冷了，放下包袱，把全部心思用在训练和工作上，班长当得很好。我带的那个班是全团示范班，炮兵基准班。不久，团里又推荐我考取了军区炮兵教导大队，并且于一年后毕业当了排长。那时候当个小军官，浑身都是劲，我把我那个排带得虎虎生威。

后来得知，我的第一篇作品《炮兵英雄王聚华》当年未能及时发表，果然不是我的问题。因为王聚华是个二级战斗英雄，而其他那些创作骨干书写的对象，是一级战斗英雄。另外，那本书还有续集，我的作品会编在续集里。当时不知道这些背景。如果没有指导员的那一番话，也许我就破罐子破摔了。

果然，就在我当排长期间，续集《烽火新一代》出版了，拙著《炮兵英雄王聚华》赫然在册。

六

1984年春天，我所在的部队要组建侦察大队到云南麻栗坡参加边境轮战，得到消息，我二话没说就找到师政治部，要求到前线去。政治部闫主任喜出望外，因为当时就缺政工干部，其他同志都不太想去，没想到就有一个二百五送上门来。

我之所以如此积极，自然另有所图。自从广西回撤之后，我写了很多小说，但是成功率很低，仅在甘肃的《飞天》杂志发表了一个短篇小说，这使我感到很屈辱，我决定回到战场去体验别人体验不到的东西。

第二次去前线，感觉就不一样了，这时候我已经是一名干部了。我清楚地记得，出征之前，师部摆了壮行酒，师长把我叫到一边，问我："你知道你腰里的手枪是干什么的吗？"我说知道，是用来战斗的，还有，万一情况紧急，用来自杀，不当俘虏。师长一脸深沉，严肃地告诉我："你说得对，但是手枪的作用不仅是自杀，必要的时候还用来制裁逃兵。"

我们那个侦察大队是由一个集团军各师的侦察连和军直侦察连组成

的，因为我所在的师是总参作战值班部队，所以我们师是两个连队，师部成立了一个指挥组，五个参谋，我一个干事。还有一个志愿兵报道员，老蔡，大胖子，比我大两岁，早我一年当兵。前线的故事很多，我着重讲讲这个老蔡。

我们到达麻栗坡下金厂区驻地是个下午，区委书记老熊带领群众在路边迎接，神秘地告诉我们，对方的电台已经公布了，下金厂方向进驻了中国特工部队，共有282人。我们听了非常吃惊，因为我们师两个侦察连加上指挥组，共有280人，在这么短的时间内，情报就被对手搞准了，而我们对他们还一无所知，这仗还怎么打？这里离边境线只隔一座大山，敌情非常复杂。

这样一来，就很微妙了。当天晚上，发生了很多故事。指挥组全体住在区公所办公楼一个大房间里。那是南方的土墙木板楼，上面有一个很大的窗户，侦察科长老卢分配老蔡住在窗户边上，老蔡嘟嘟囔囔说："你们都是干部，受过训练，我一个志愿兵，让我住在窗户边上，万一特工摸上来，我怎么办？"他不顾众目睽睽，硬是把自己的行李搬到最里面。我们几个参谋干事都很年轻，爱捉弄人，七嘴八舌说，特工的火箭弹非常厉害，如果从窗户打进来，肯定是撞到后墙爆炸，所以住在里面是最危险的。这样一说，老蔡就没主意了，又把铺盖搬到窗户下面。

我和朱参谋是指挥组最年轻的干部，卢科长分配我们两个住在门口，担任战斗值班。

这里的地形，较之广西更复杂，虽然山峦比较平缓，不像广西那边直上直下陡峭险峻，但这里的密林更加原始，密不透风。周边稀稀落落的几个村庄，几乎与世隔绝，那里面到底是什么情况，连当地干部都说不清楚。

第一次宿营，前半夜几乎所有的人都没有睡着。果然，半夜里出现情况，只听楼板传来沙沙的声音，我们都在暗中摸到了手枪扳机。那时候真安静啊，连蚊帐飘动的声音都能听见。过了一会儿，卢科长在黑暗中低沉地说："小朱、小徐，你们两个下去看看，什么情况？"我和朱参谋悄悄起身，掂着枪，走出木门。朱参谋说："老徐你站着别动！"我还没有反应过来，只看见一串火光从我眼前划过，楼梯一阵巨响。原来是朱参谋以为特工摸上来了，搞了个步兵战术动作，抱着枪，一边射击一边滚下楼梯。这一下，外面的潜伏哨也开了枪，打了十多分钟，天亮后我们进行搜查，什么情况也没有，区委书记老熊告诉我们，夜里楼梯的响动，很有可能是耗子——哈哈，真是风声鹤唳、草木皆兵。

以后我抱怨朱参谋："根本就没有敌情，你干什么要开枪？差点就把我击毙了。"朱参谋诡秘地笑笑说："我是吓唬老卢他们的，你放心，我的战术动作是一流的，跟我在一起绝不会吃亏。"我这才明白，原来这小子在炫耀他的单兵动作。

我们的任务是防止对方的特工渗透和侦察捕俘。

那次潜伏，对我的勇气是一次严峻的测量。越是万籁俱寂，心里就越是没有底气。我们那种鬼鬼祟祟的行动充满了阴谋意味，阴谋也就自然包围着我。潮湿的密林到处弥漫着霉烂的气息，在漫漫长夜里，无边的恐惧和蚊虫一起向我发起进攻，还有在暗中随时可能会出现的毒蛇猛兽，尤其是随时可能出现的来路不明的某一颗子弹，使我一次又一次地想到可能会提前出现的死亡。

平庸的七天过去了，已经开始断粮了，喝水的自由也失去了，更谈不上洗脸刷牙了。我老是担心我和同伙们身上的气味太大，会招来对方的军犬。闭上眼睛，我就像是亲眼看见了死神正在向我一步一步地逼近，每一次风吹草动在我听来，都不啻是死神的脚步声。那种潜伏如果再继续坚持下去，不用对方下手，也姑且不论蚊虫和毒蛇的进攻，单凭那种没完没了的恐惧和面目狰狞的夜暗，就能把我杀死。

好在这一切总算结束了。

到了第八天的上午，指挥所发来电讯，说对方对我意图似有察觉，防范严密，零散武装不再出动，而且还可能调兵搜山。命令我们火速后撤。

那当然是没有二话了，我带着我的小分队，全神贯注地跑了回来。

七

次年 1 月，本部的两个连队深入对方的境内执行任务，因为我是炮兵出身，曾经系统地接受过炮兵参谋业务训练，大队部便派我带领一名排级台长、三名报务员和一部电台，到一个叫茨竹坝的山头协调友军炮火支援，并构成临时炮兵指挥所，我为该指挥所副连级最高长官。

这回遇到了一个好天气。

我们到达茨竹坝的时候，那里刚刚雨过天晴，一轮新鲜的太阳悬在潮湿的天空上，透过刚被雨水冲洗过的纯净的空气，玫瑰色的光辉泻落在连绵蜿蜒的群山汇成的海洋里。立刻，就在我眼皮底下的原始森林里，喷射出了无数圆的或弧的彩虹。那些圆而小的虹环就像玛瑙手镯，一串串一直延伸到我立身的山坡上。我试着挥了一下手臂，我的身影便立即被淹没在虹的潮水之中。在那样的生死之地，我几乎是全身心地看了一个下午的山川美景。

前出分队是在我们到达茨竹坝的第三天打响的。此时我的心中已经绘制了一张色彩斑斓的图纸，全是由坐标和高程的数字组成的，它们将决定我身后四公里处十几门大口径火炮的射击表尺和射向。

在接到前指发出的"前出分队正在接敌"的预先号令之后，我立即登上山顶，凭借四十倍大功率望远镜向战斗发起地域观察。

在我的感觉中，那阵子我早已不是一个小小的副连级干部了，而是一个统帅，一个可以决定无数生灵命运的上帝。其实那时候我能直接指挥的只有四个人，虽然身后有一个炮兵营，但那是临时配属的，我的口令还要通过该营的指挥分队下达。但是我感觉自己很伟大，我戴着墨镜，在山顶迎风伫立，南风掀动我的衣襟，拍了一张神气活现的照片。

我的眼前是一片云海，什么也看不见。电台在我的身边慌乱而又嘈杂地叽里呱啦。打响之后，前出分队的带队参谋柯其林干脆在电台里用明语大吼大叫，说情况不妙，敌人追上来了，要赶快开炮拦截。

我模仿电影《南征北战》里国军张军长的做派说："镇静，慌什么慌？

290

用密码报目标号或者坐标。现在不知道你的位置,我要是下口令,把你们敲掉了算谁的责任?"

柯参谋在电台里指名道姓地骂我,说:"你小子站着说话不腰疼,你那里离目标两千多公尺,当然不慌。"柯参谋说他那里敌人已经追到屁股底下了,密码全忘尿了,反正是再不实施炮火拦阻,他就要当俘虏或者烈士了。

后来我跟友军的营长商量了一下,下了一道口令,让阵地一炮一发地对预定覆盖目标试射,让柯参谋报告他们与炸点的距离和方位关系,同时修正炸点诸元。

这一招果然奏效,几炮一打,我就弄清楚了老柯所在位置,指挥关系迅速理顺。

我记得那天我们一共发射了一百九十多发炮弹,这个数字足以使一座中等城市陷入火海,足以摧毁五六座县城。弹丸们按照我的意志破膛而出,从我们的头顶上方掠过,然后轻柔地刺破云层坠落下去,再落地开花,又将云层膨胀成一团团气泡。眼前的世界就像是一个开水锅,咕咕咚咚地翻卷涌动。但是,雪白的云层下面显然是一片狼藉、面目全非了。那种尖锐嘹亮的呼啸声,那种惊天动地的爆炸声,那种地面振动的隆隆轰鸣,都在我的心中升腾起一种妙不可言的愉快。摧毁的确是令人愉快的,巨大的摧毁自然又会令人产生更大的愉快。这个世界上,原来还有这样一种豪迈的抒情方式。这的确是一种令人心旷神怡的事情,它甚至还是一件一次性创造而且不可能重复的壮丽的作品。

没想到这次行动以我的悲剧收场。

战斗结束后,友军炮兵营长拿了一份战果材料让我签字,他的部队打了将近二百发炮弹,当然不能白打。我让前出分队指挥员柯其林等人核实后,上报战区炮兵指挥部。大队政委因为对这次行动持不同意见,坚持说我们上报的战果有水分,我不仅没有立功,反而被安了个"谎报战果"的罪名,幸好是口头的,但是立功、晋升都受到了影响,直到几个月后部队撤到曲靖,我找大队长反复申诉,才勉强给我立了个三等功。但是,这个罪名还是影响了我的晋升,本部认为我在前线表现出色,本来拟订我破格晋升的计划，也被政委扣住，我和大家一样"普调一级"——此为后话。

这个"谎报战果"的结论，让我耿耿于怀很久，而在三十年后，我欣然接受。

1985年4月份，我们组织了最后一次捕俘战斗，卢科长带领指挥组成员到边境线上看望前出分队。在中寨边防连的哨所，一个名叫李军的战士摆出姿势让我给他照相，我已经调好焦距，正要按下快门，突然听到李军嘀咕说："徐干事，你可得装胶卷啊，别糊弄我，这可能是我最后一战照片了。"我一听这话，觉得不吉利，收起了相机，对李军说："胡说八道，不给你照了，等你回来再照。"李军显然明白了我的善意，笑笑，说："好，那就等我回来——但愿我能回来！"

没想到一语成谶。战斗中，李军真的踏雷负伤了。

战友们抬着他拼命回撤，但是山高林密，在那种地形里，每前进一步都要付出很大代价，两公里不到的距离，他们挪动了三个多小时。大队指挥组干事徐贵祥带领小分队赶到接应地点时，李军已经牺牲了。

（摘自步兵第×××师师史《猛虎雄风》）

李军就牺牲在我的眼前，这件事情令我悔恨交加，回来后冲洗照片，没有李军最后的单独留影，只在一张照片里面，有他背着枪的半个模糊身影，而在照片中央，是我春风得意的全身照。我为这张照片感到内疚。

八

在下金厂住熟了，卢科长嫌十几个人住在一起太挤，让我们分开住，我搬到区妇联主任罗金秀的隔壁，那是区公所的仓库，这样我就有了单独的空间。一年多的时间内，我在昏暗的电灯下面，更多的时候是在油灯下面，一共写过六部中篇小说，其中《走出密林》就是以李军等人为生活原型的，我在作品里塑造了一个现代军人形象"丛林虎"，几年后部队回到内地，我在电影院里看电影《第一滴血》，我惊异地发现，影片中的兰博，同我笔下的"丛林虎"就像哥俩，都是一身创伤一肚子苦水，一身功夫找不到北。

那时候，侦察大队的官兵都知道我要当作家，大家随时准备祝贺大作发表，我也随时准备一鸣惊人，但我很快失望了，投稿后几乎全都石沉大海。每周，麻栗坡邮局的冯大爹挑着沉重的担子，翻山越岭来到前线，都会引起我无限的期待。

在前线，指挥组的生活由二连（即师直属侦察连）负责保障，最初的时光，通信员赖四毛只要发现有我的大宗包裹，就会欢天喜地冲进指挥组大呼小叫："徐干事，你的作品发表了！"可是每次打开，都是退稿，搞得我无地自容。年轻的时候自尊心和虚荣心都很强，我不想让别人知道我老是被退稿。后来，我找赖四毛郑重其事地谈了一次话，告诉他，以后但凡有我的大宗包裹，先藏起来，等没有别人在场的时候再交给我。

1985年冬天，部队已经归建了，回到原来的驻地，我也调到侦察连当指导员了，有一天我到通信员和文书合住的宿舍检查卫生，发现赖四毛的床下藏着一堆脏乎乎的东西。我问这是什么，赖四毛鬼鬼祟祟地暗示我不要问了，我觉得奇怪，坚持要赖四毛把床下的东西拿出来。赖四毛无奈，只好把我拉到一边，神秘地说："指导员，是你的退稿，怕别人看见了影响不好，我把它藏起来了。"我从床下拖出包裹，掂掂，很大很沉，心里疑惑，我哪里会有这么大的退稿啊？我让赖四毛把包裹打开，眼前顿时一亮，原来是十本崭新的《小说林》杂志，打开封面一看，眼前更亮，我的中篇小说《征服》赫然出现在头条上。

原来，这是我在云南期间向《小说林》投的稿子，他们很快刊发了，而在此期间，我们部队归建，正好遇上部队整编，代号也变了，《小说林》几次寄稿费和样刊，都被退回了，他们还一度以为我阵亡了，还为我悲伤惋惜过。直到前不久，又收到我新的投稿，一看我还活着，非常高兴。《小说林》当时的主编名叫赵润华，后来知道是个女同志，字写得刚劲有力，信写得情深意切，充分体现了对子弟兵的深情，对我这个文学后辈的期待。

一年多的时间说长不长，但是因为经历特殊，给人带来的变化还是很大的，特别是我后来又在侦察连工作，继续同那些前线战友死缠烂打，搞到最后，都有点像野蛮人了，有点不食人间烟火了。1989年夏天，我考上解放军艺术学院文学系，初到北京，焦虑浮躁，感觉与现代文明格格不入，动辄得咎。最集中的体现都在生活小事上，比如吃饭，吃相不雅，老是狼吞虎咽；比如行为，姿势不雅，老是喜欢蹲在凳子上；比如上街，一见到红绿灯就犯踌躇，过斑马线老是出错。丛林生活恍若隔世，我迷失在车水马龙之间，感到自己既不安全而且渺小。

我经常以战争亲历者的身份和同学对峙，同军艺和北京大街上的斑马线对峙，甚至同家庭生活对峙，而一度沉浸在战争生活的怀念中，那情景很像好莱坞影片《第一滴血》里的兰博。

两年中，我马不停蹄地写作，先后写了《走出密林》《大路朝天》《瞬间越野》《错误颜色》等作品，基本上都是宣泄压抑情感，抒发野蛮情绪，与现代文明冲突的基调。那里面的场景、人物、事件，可以说很有现代感，荒诞、扭曲、分裂、疯狂，夹杂着黑色幽默，变态的情绪在作品里四处弥漫。

这种情形一直持续到两年后，才消停下来。毕业前后我写了《弹道无痕》和《潇洒行军》，反映和平时期军营生活，这才算对我的战争冲动做了一个了结。

现在回过头来重读那些小说，感觉稚嫩粗糙，不值一提，但是，在我心里，它们还是很珍贵的。如今，我虽然已经是一个专业作家了，并且为人师表，但我知道，我再也写不出那些文字了，至少，没有那样一份真挚的感情和炽热的激情了。

建设美丽文山

——在"老山英雄回老山"研讨会上的发言

几天来，生活在英雄中间，行走在英雄的土地上，心灵受到一次洗礼，似乎又回到了青春岁月，回到了三十年前火热的战斗生活。

报到的时候，我对负责会务的同志说，此次来文山，我不是以作家和全国政协委员的身份，而是以一个参战老兵的身份。他们感到很惊讶，没有想到这么巧合。请允许我首先介绍我在文山地区的一段经历。

1984 年 7 月，我所在的集团军奉命组建侦察大队，奔赴云南边境，配合老山、者阴山地区军事行动。经过十天的火车和汽车运送，7 月 26 日下午抵达边境下金厂乡（当时为下金厂区），担负三段一号和二号界碑之间的警戒和侦察任务。我当时为师指挥组政工干事，后为侦察二连（即本师侦察连）政治指导员。我至今记得，车队从县城向东北方行进，道路坎坷狭窄，有的路段盘山旋转，好像直插云天，让我们的司机胆战心惊。快到下金厂的时候，出现一段泥石流，前方有很多人在抢修公路，师侦察科长卢兴元让我下去了解情况，我找到正在指挥修路的下金厂区委书记熊德安，问他是否接到上级的通知，这么多修路的群众，我们担心有对方的情报人员。熊书记说，县里通知他们做好迎接准备，但不知来的是什么部队，也不知道有多少人，倒是从收音机里听到对方广播，说下金厂方向即将驻扎中国侦察兵 282 人。我回到指挥车上，把情况做了汇报，大家都很震惊，深感敌情复杂，因为我们两个连队加上师机关指挥组的官兵总共是二百八十人，对方掌握的情况惊人的准确。进入战区的第一个夜晚，部队高度警惕，每个干部枕头下面一把手枪，床里边是一支微声冲锋枪，都是压满子弹的，打开保险就能射击，真有点风声鹤唳的感觉。

这以后，在将近一年的时间内，我们依托当地党委、政府和人民群众，先后组织了1999高地南侧捕俘战斗、茶山哨所捕俘战斗和高马白据点破袭战斗。我的战友、指挥组参谋李加良首战负伤，十八岁的战士李军在茶山哨所捕俘战斗中牺牲。我本人在高马白破袭战斗前夕，带领一名干部、两名战士进驻茨竹坝乡的猴子菁，协同指挥炮兵，也因此立了三等功。

这段难忘的战斗岁月，特别是和战友们一起在密林深处潜伏，一起迎接生死考验所建立的情感，还有同下金厂干部群众结下的鱼水情谊，几十年来一直铭刻在我的心间。中寨骑线点上的边关明月，飚水岩上俯瞰的苍茫云海，巡逻途中战友们疾进的脚步，行动归来街道两边关切的目光，都是我脑海经常出现的画面。从1985年6月部队归建开始，我坚持业余文学创作，很多作品都是以那一年的生活为原型，先后发表了中篇小说《征服》《大路朝天》《走出密林》《请跟我来》等等。前天晚上散步，意外地得知，文山州文学刊物《含笑花》当年曾经刊登我的小说习作《远逝的岁月》，是一个姓万的编辑从当年的无数自然来稿中选发的。我到现在还没有同万编辑见过面（诗人胡世宗插话："万老师名叫万国华。文山文学界的同志已经做了安排，今晚你们就可以见面了。"）。

说到这里，我特别要提到一个人，那就是原下金厂区的妇联主任罗金秀阿妈。有一段时间，指挥组考虑我写材料需要安静，让我和一名负责警卫的战士住在罗主任隔壁的一间空房子里。因为不适应雨季气候，1985年春节后我患了感冒，一病就是二十多天，感冒和疟疾并行，身体非常虚弱。那段时间，罗主任经常酿制米酒，放在炉火上烧得滚烫，给我发汗。雨雾笼罩的日子，我基本上不出门，就在罗主任的家里，和她爱人时老师等人在火塘边烤火聊天，有时候还有小兄弟时绍周。我们聊得很多，人生、战争、日子、边境的情况等等。现在回忆起来，我后来写的很多作品，都是在罗主任家里那盆火塘前播下的种子。今年7月，我到文山参加一个活动，在前往文山途中，通过电话，我把我同罗主任一家的交往告诉了文山军分区政治部副主任边富斌同志，边副主任很快做了安排，等我们下了飞机，罗阿妈已经被接到了招待所。吃饭的时候，分区吕美璋司令员和我一起喊妈妈，一起给老人家敬酒。

当年，我们在前线执行任务的时候，交通和通信还十分落后，那真是烽火连三月，家书抵万金，特别是在雨雾笼罩出行困难的日子里，更是望穿秋水。那时候，从麻栗坡县城到下金厂的山路上，经常能看见一个身穿破旧邮递制服的老者，佝偻着腰，挑着沉重的担子，在崎岖陡峭的山路上艰难地跋涉。当地群众和官兵对他有一个统一的称呼：冯大爹。战士们盼望冯大爹，犹如盼望亲人。冯大爹来的那一天，就是下金厂军民的节日。老人家很少说话，在邮政所小屋里，看着战士们急切的表情和喜悦的眼神，擦着汗，一脸憨笑。我们侦察分队有几辆吉普车，常常往返县城和驻地，买菜购物，途中只要发现冯大爹的身影，司机就会主动停下车，几个战士会跳下去，跑到山路上，把冯大爹和他的担子接到车上。那情景，真是水乳交融，至今难忘。记得20世纪90年代末的一天晚上，我在电视里看到一个节目，题目记不清了，好像是"子弟兵的亲人"，突然出现一张熟悉的沧桑的脸，我情不自禁地喊了一声："冯大爹！"

三十年过去了，麻栗坡的山更绿了，水更清了，天更蓝了，子弟兵同麻栗坡人民的感情也更深了。三十年后，我们这些人重返故地，不仅是怀旧、寻找和纪念，也带着一颗感恩的心。我们这一代官兵，多少年来，心里一直回旋着老山的歌，心头一直萦绕着老山的梦，心中一直飘扬着老山的红旗。

昨天下午，文山的记者采访我，让我谈谈对"老山精神"的理解，我给他讲了一件往事：1985年春节后，我到茨竹坝执行步炮协同指挥任务，沿途看到很多用草木拼成的楹联，其中一副我印象非常深刻：图私利前线铺满黄金龟儿才去，为祖国战场遍布地雷老子我来。何等慷慨！何等豪迈！这就是老山精神的形象体现。横批我记不得了，我现在加一句：信仰无价。我们今天研讨老山精神，就是要坚定我们的理想信念，摒弃拜金主义、享乐主义，杜绝奢靡浮华之风，打击贪腐。用老山精神净化我们的心灵，激励我们的意志，固守高贵和高尚的品格，脚踩坚实的生活大地，建设我们的国家，建设我们的家园，为子孙万代留下一段美好的记忆和一个美好的空间。

这几天，我看了很多地方，也听到了很多感慨。王锦志同志昨天对我说，不仅要发言，还要就文山的建设提出意见和建议，那我就谈一点粗浅的看法。对于文山的发展，我的建议可以用一句话来概括：研究特点，形成特色。

文山有什么特点呢？我认为主要有三个方面，一是丰富的少数民族文化资源，二是丰富的新时期战争文化资源，三是丰富的自然生态资源。我给文山的同志三条建议，一是把文山建成文山，二是把老山建成老山，三是把山建成山。下面我具体谈谈。

首先，文山是一个少数民族自治州，在发展经济的宏观构架中，要充分利用少数民族文化资源。比如城市建设，过于追求时尚和形式上的现代化，追求高楼大厦，如果把握得不恰当，就有可能丧失自我，陷入东施效颦的迷失。无论我们怎样努力，在现代感方面我们赶不上外国，在高大厚重方面我们赶不上北京、上海，不可能也没有必要攀比，攀比的结果无非就是建设一些千篇一律的街道和楼房。如果我们充分考虑到我们的少数民族文化特色，在城市建设中增加一些少数民族文化元素，更多地体现苗寨、瑶寨和壮族村寨的风格形式，实现现代化的内容和民族化的形式的完美统一，就可以扬长避短，化劣为优，以劣胜优。我们希望，未来的文山，是一座飘扬着少数民族风情，洋溢着少数民族风采，弥漫着少数民族风味的城市，下了飞机，看见的是少数民族的颜色，听到的是少数民族的歌声，尝到的是少数民族味道，感受到的是少数民族的习俗。少数民族的语言文字，衣食住行，礼尚往来，都有其历史的内涵，体现出独特的人文精神，这些不能被忽略，不能被丢弃。如果在未来的几十年里，我们把文山建成北京、上海那样的城市，那我们就失败了；如果我们把文山建成文山，建成一座集中的、南方少数民族文化的锦绣之城，那我们就成功了。我觉得文山州的每一个县城每一个地方都应该有它的特色，都应充分考虑少数民族文化元素。

其次，20世纪80年代中期发生在文山地区的自卫战争，是新中国成立以来历时最长的一次边境战争。老山作战，已经成了一个符号，涵盖着同时期发生的包括者阴山、扣林山等领土作战在内的相关战斗。老山作战，诞生了非常丰富的当代战争文化资源，比如战争事迹、战斗英雄、战争文艺、战史、战例等等，这些财富也是绝无仅有的。在表现形式上，有小说、诗歌、散文、楹联、歌词、报告文学等等，还有戏剧、音乐、舞蹈、电影、电视剧等等，以及书法、绘画、雕刻、摄影等作品，这些宝贵的战争文化资源，值得深入挖掘、认真总结、重新整合，成为文山文化的一道亮丽风景。据我所知，在座的很多参战老兵都写过回忆文章，有的还出版过专著，可以设立专门的机构收集和研究这些资料，建立资源体系和实物档案。

这次"老山英雄回老山"，具有历史和现实的双重意义，文山州委、州政府具有远见卓识，有胆有识，也可以说抓住了根本。前不久召开的文艺座谈会上，习总书记说，如果风气坏了，经济上去了，又有什么用呢？所以说，精神建设是经济建设的根本，而精神建设，我们文山得天独厚。我们固然有三七、石斛和祖母绿，但是这些并不重要，也不值钱，你有的东西，别人也可以有，没有的，他也可以移植或者复制，但是，独有老山，属于文山。我们有一座实实在在的老山，这是世界上绝无仅有的。是否可以集中在麻栗坡县，建设老山英雄之家；建立边境作战战例示范基地；县里可以同参战部队建立联系机制，尽可能全面地同参战老兵以及当时参与前线保障和文艺创作的同志取得联系，以"我与老山""在前线的日子里""我守卫在边境线上""我所参加的老山文艺活动""新时期战争中的官兵关系"等等为题，开展征文活动，一方面可以宣传"老山精神"，一方面也可以梳理线索，收集资料，积累硬件，将来可以建造一个颇具规模的老山作战纪念馆。现在仅在麻栗坡烈士陵园里开辟了一个小小的纪念馆，有点遮遮掩掩的，对外界基本上不产生作用，要改变这种情况。新中国这么大的一个动作，为什么要遮掩？就是要大张旗鼓地宣传。在10月15日的文艺座谈会上，习总书记说，在社会主义核心价值观中，最深层、最根本、最永恒的是爱国主义。爱国主义是常写常新的主题。拥有家国情怀的作品，最能感召中华儿女团结奋斗。爱国主义精神哪里找？到老山来走一趟就找到了。

我们要整合资源，长远规划，科学设计，把老山建设成为一座精神之山、信仰之山，建成爱国主义、英雄主义教育之山，建成陶冶情操、提升道德的精神圣地。我们有那么多经济特区，我们也可以考虑建设一个精神特区，而老山、麻栗坡、文山具有最好的资源，得天独厚。当然，要实现这个目标，需要付出很大的努力，需要精密的顶层设计和基层的发掘整理工作，还要有一个可持续发展的基础。如果说现在还受到一些限制，还在摸索的话，我觉得文山州来做这个摸索、尝试、储备，是非常及时的，老山老兵感谢、支持这项工作。

前天晚上参加"国旗下的老山"文艺晚会，在场热泪盈眶，但是回来之后，脑子里没有留下太多的记忆，为什么？我们之所以感动，是因为我们有老山情结和英雄情结，台上和台下的情感能够产生共鸣。而那些没有经历过这场战争，不知道这场战争的人，他们没有共鸣，可能会觉得莫名其妙。从文学的角度上讲，这台节目最缺的一个东西叫叙事元素，就是里面没有故事，没有完整的人物和情节，比如说，刘斌一家几口人匆匆而过，一人露了一面，过去了也就过去了，最多会记住他几句话几个动作。这一台节目应该是很厚重的，仅仅有声光色电的形式是不够的，看起来热闹，想起来没有留下深刻印象。我们有丰富的内容资源，史光柱、安忠文、臧雷、张大权等等英雄，在座的滚雷英雄、排雷英雄还有很多，都是有故事的。还有麻栗坡人民的很多感人的故事，比如冯大爹的事迹，这些故事相对来说是比较完整的，不仅是通过小话剧、小歌剧、小歌舞剧，甚至也可以穿插在歌词里面，如果这样设计，效果可能就不太一样了。

今年 10 月 15 日，习总书记亲自主持召开文艺座谈会，在会场上，我的脑海里反复闪现两个字"回归"，理性回归。为什么叫理性回归呢？我们的文艺不能丢掉根本，不能被金钱牵着鼻子走，不能做金钱的奴隶，我们的文艺能做的就是提供正能量，只要是正能量的东西，我们不必回避。政治是一回事，外交是一回事，文化和文艺又是一回事，我们现在必须来做这个事情。

第三，丰富的生态资源。在我看来，文山交通不太发达，有很多地方还很封闭。昨天我去看望麻栗坡县下金厂乡原来的区委书记老熊，当年我们在下金厂驻防一年，老熊给我们介绍情况，当向导，帮助部队解决困难，我们是老战友，可以说是生死之交。他现在退休了，住在踩山坪山腰的苗寨里，"白云生处有人家"。他们虽然并不发达，但是不等于他们不幸福，他感觉很幸福。当地的苗族寨子，老熊陪我去走了走，那里的人们比较满足，自得其乐。这给我一个启示，有时候说起发展经济，我们的脑海里往往会出现一些概念，认为现代化的经济建设就是高楼大厦宽路大街。但是我们也可以换一个思路，假如我们把用在城市的经费，多拨一些给村寨，多修一些道路，多补贴一些坚守大山深处的少数民族，改变他们的生活方式，改变他们的生活条件，不用费太大的力气，就可以建成很多个白云生处的桃花源，也许十年二十年之后，很多北京人退休之后都到下金厂来了。有的同志可能认为这是异想天开，其实还是观念问题，即便眼前不能实现，不等于将来不能实现，即便是不能在下金厂实现，也可能在上金厂实现。人类应该诗意地栖居在大地上，只有回归乡村，回归土地，才可能诗意地栖居。

交通不便当然不是什么好事，但也不一定全是坏事，也许就是因为交通不便，才为我们子孙后代留下一块净土，这是我们今天应该看到的，应该想到的，应该有的忧患意识，应该有的胸怀。当然，我这样说并不是说反对修路，并不是说鼓励大家过穷日子。我的核心理念是，发展经济要以人民根本利益为出发点，要解决眼前利益与长远利益的关系，要保护自然、保护环境、保护生态。在形式上返璞归真，在内容上实事求是。那些个少数民族居住地，现在为什么不是桃花源呢？就是生活方式不行，太脏、太穷、太陈旧。要实现形式和内容的完美统一，把文山建成一片英雄的圣土和最适合人类栖居的精神净土。

刚才纳杰书记阐释了三农发展大规划、城乡二元结构的总体构想和森林保护举措，以及边疆建设蓝图，我感到这些规划脚踏实地，前景广阔。就是说，我们想到的，州委和州政府已经想到了；我们没想到的，他们也想到了；我们想到的，他们已经做到了。这让我们感到振奋。我相信我们这些老兵都是热爱文山的，文山就是我们的精神家园。我们今天在这里七嘴八舌提意见谈建议，不管是否可行，目的只有一个，我们期待我们老山老兵的精神家园，我们的文山明天更加美好。

当兵当到了天边边

进入戈壁，除了一方恬静的蓝天，满眼尽是无垠的辽阔，心中便涌出大漠孤烟长河落日的意境。倏然发现窗外飘起如羽雪花，这才确信，仅仅过了个把时辰，我们便从六月之夏进入高原隆冬了。再往前看，什么也看不见，天边一片苍茫。而那什么也看不见的地方，正是我要去的地方——克孜勒苏柯尔克孜军分区的吐尔尕特哨所。

我们乘坐的是一辆被边防官兵谑称为"巡洋舰"的三菱越野车。越过海关口岸之后，就进入了雪山，道路变得模糊起来，一会儿山脊，一会儿谷底。车子果然如同在海洋中颠簸，忽高忽低跳着走。司机的表情总是很严肃，一路上咬牙切齿，摔跤似的，反复跟方向盘较劲儿。

终于到了一个山根下，"巡洋舰"大喘几口，总算不跳了。老远看见一道隐隐约约的山脊，几个人影就在这隐约中向我们放大。近了，才看清几张腾着热气的年轻的脸庞。见面之后，谁也没说什么，笑笑，然后便一见如故地架起我们的胳膊，兴高采烈地往山顶上拽。路上才知道，这几个兵早晨就接到电话通知，说北京来了一位客人，由分区政治部廖主任陪同到哨所看看。兵们很高兴，并且是真高兴，早饭过后便开始用四十倍望远镜一遍又一遍地搜索山下。我曾经经历过许多欢迎的场面，甚至包括夹道欢迎，但我敢断言，这几个兵对我的欢迎绝对是我所享受到的最真诚的一次。

兵们委实很苦。在阒无人迹的高山雪原，几乎远离人间烟火，连自己国家的电都用不上，用的是吉尔吉斯斯坦的电。长年累月就这五个士兵相依为命。因为运输线长，他们吃不上新鲜蔬菜，收不到报纸信件，看不到电视，听不到音乐。如果是大雪封山，一连好几个月只能靠一条常修常断的电话线同人间联系。在这里，一切都变得简洁了，纷繁世界里的一切扯皮都不存在了。边境线上的界碑就是他们的坚强依托和后盾。这里的所有问题，甚至包括国际间的某些争端问题，往往就是那个脸色黝黑的陕西籍上士班长说了算。在这里，除了因运输不便造成的物资匮乏，最难忍受的还要算是精神文化生活的巨大寂寞。兵们自然有他们的办法。他们会在大雪封山的日子里，每个人轮流讲述自己的故乡和童年的故事，每一次都能讲出一些新鲜的情节和意趣。即使只有五个人，他们也照样举办联欢晚会，并且把节目演得声情并茂。他们还会把一盘看了百遍的录像带快速后退倒着看。他们能将他们所能够读到的一篇好文章倒背如流。他们就是在抵御艰难的过程中坚硬了男人的骨骼。而那些界碑，则靠这些兵们的体温焐热了尊严。

我在观察这些兵的时候，心里忽然就涌上一层烫烫的感动。这里才是男人应该占据的舞台啊。这里是苦了一点，可是，艰苦不正是男人的教科书吗？堪称卓越的男人们，有几个不是从艰难困苦中脱颖而出的呢？一个男人，一生中能够到昆仑山脊走一遭，到帕米尔风雪高原的哨所里浸泡锻打一番，应该说是一件幸运的事情。严格地说，没有经历过艰苦磨炼的男人，是永远也不会成熟的。

我崇尚艰苦和能够承受磨难的精神，我把这种精神视为男人的必需素质。

尤其令我欣喜的是，就在这五个已经赢得我由衷尊敬的士兵当中，还有一个列兵是我的乡亲。他在班里是最年轻的，所以在交谈中就极少说话，只是不断地用稚嫩的目光闪闪烁烁地看着我。送我们下山的时候，列兵扶着我，突然有点神秘地问："你是安徽人吧？"我说："是啊，你是怎么知道的？"列兵说："我早就听出来了，怕首长们说我新兵蛋子没大没小地拉老乡关系，才没敢问。这里安徽人少，每回上面有人到哨所来看望，我都留心有没有安徽人，可是每回都没有。今天总算看见了一个安徽人，我觉得心里可亲了。"

列兵的话说得我怦然心动。想当年我们那一茬子当兵的时候，安徽兵重乡情是出了名的，如今我仍然很看重这份情谊。我问列兵是安徽哪里的，他回答是巢湖的。当时我很想为这个列兵老乡做点什么，或者送给他一点什么。可是我没能这样做。我只带了一篓青菜，那是送给吐尔尕特哨所全体士兵的，他们都是我亲爱的兄弟，我没有权力同时也根本用不着给我的乡亲一份多余的偏爱。我问列兵想不想家，列兵说当然想了，可是时间长了就好多啦。班里的几个老兵都跟哥哥似的，好着呢，这里也是一个家。我说："这就对了。你还年轻，年轻人吃点苦算不了什么。吃过这一段苦，人生就丰富了。"列兵点点头，亲亲地同时也是悄悄地叫了一声老乡，说："放心吧，我不会给咱们安徽人丢脸的。"

　　合影的时候，我把列兵叫到了我的身边，我们什么也没再说，只是把两只安徽手默默地紧握在一起，照了很多相。然后，在上士班长的统一指挥下，我们一道唱起了那首流行于边防哨卡的歌——好高好高的大坂　好冷好冷的冰山　好远好远的边关　当兵当到了天边边　守着好长好长的国境线　好冷好冷的明月　好长好长的思恋　好沉好沉的枪杆　当兵当到了国境线　抬头望白云故乡在身边……

老虎灶的故事

过了黄河，火车便一头扎进冬天。一路上始终伴随漫天雪花。然后转换汽车，进入营区，已是白皑皑天地一色。

带队干部带领我们走向一幢红顶瓦房，再走进最东边的大房间，贴墙根两边各摆放四张双人木床，可以住十六个人，带队的干部分配了床位之后说，先安家，再吃饭。

那一瞬间，十几个新兵都没有动，背着背包的队伍不易觉察地摇晃了一下。家，这就是我们的家？

我们的兵旅生涯就从千里冰封的中原大地上开始了。首先是不适应，不适应北方的严寒，不适应北方的粗粮，不适应半夜骤然响起的紧急集合哨声。但是很快，我们对那个不是家的家就开始怀念了。白天在训练场上训练拔正步，又累又饿又冷，这时候，最能牵动我们思绪的就是"家"，在我们的感觉中，它越来越像家了，家里，哦，我们的家里有一盆通红通红的炉火，老兵们叫它"老虎灶"。那是怎样一幅情景啊，老虎灶上黑色的煤块被燃成橘红色的半透明的晶体，荡漾着、跳跃着蓝色的火苗，竹叶一样摇曳。冬天就是这样被老虎灶驱赶到了门外，到了夜里，十几个人拥挤的宿舍里，雄性的青春的梦中，鲜花盛开。

每当训练结束，在宿舍短暂小憩的片刻，就会有人围在老虎灶边，望着红彤彤的炉火出神。夜深人静，总有带岗的干部或老兵轻手轻脚地进门，察看通风窗，捅捅炉膛，加两块煤，再摆弄摆弄灶台上拥挤的棉袄棉裤棉鞋，那都是在训练中被雪水和汗水浸透的新兵的衣物。

周末开班务会，当然也是在老虎灶的旁边。我记得我参加的第一次班务会，有一个开展批评与自我批评。我没想到，就在那次会上，班长话里有话地把我批评了一下，主要是我工作不积极，具体地说，就是打扫卫生不积极。

我当时忍不住替自己辩解了几句，我说人各有志，我不想在鸡毛蒜皮的小事上浪费时间。我说了一句，"有些同志出生农村，多干一点少干一点无所谓"，引起了大家的不满，七嘴八舌，都冲着我来了，还有人揭发我站岗偷懒，老是磨磨蹭蹭地不想起床，总是让上班岗多等几分钟，老是提前几分钟叫醒下班岗。

我的抵触情绪非常大，他们越批评我，我越是不服。后来指导员赵蜀川检查班务会情况来到我们班，大家都不作声。指导员挨个打量大家，目光落在我的脸上，呵呵一笑说，是不是小徐同志挨批评了，想不通啊？我委屈地说，他们小题大做，欺负我这个新兵。指导员还是笑眯眯的，说，好了，新同志承受能力差，不要再吵架了。小徐今天站第几班岗？我回答说倒数第一班。指导员说："好，今晚我陪你站岗。"

那天夜里，我没睡好，我想着指导员陪我站岗，不知道要怎么批评我，有点忐忑，也有点亢奋。我计划，到时候我就把我的想法和盘托出，我希望指导员把我调到连部当文书，我写得一手好字，我一定会当一个好文书。

后来的情况有点出乎我的意料。站最后一班岗的时候，指导员来了，我早早地穿好衣服，站在指导员的身后，看着他翻检老虎灶上的棉衣，看着他检查通风窗。指导员做这些事的时候，一言不发，非常仔细。给老虎灶添煤的时候，他特意将里面的一块木屑挑了出来，看看身后的我，轻声说了句，木头放在煤里，要起烟，会呛醒大家的。

出了门，上了岗位，指导员问我："对同志们的批评，你有什么想不通的，就跟我慢慢说吧。"

我咔地一个立正，鼓足勇气，正要把满腹心事说出来，可是话到嘴边，却莫名其妙地拐了个弯，我说，指导员，其实大家批评我也是为了我好，我只是……我错了。

路灯下，指导员意外地看着我说，怎么，自我批评了？

我说，刚才指导员挑木屑的时候，我突然想，指导员这么大的官，也做这样的小事，那就说明，这些小事是有意义的。也许，是我错了。

指导员沉默了一会儿说："很好，你是个很有个性的新兵，有文化，有追求，但是有一条我要提醒你，千里之行始于足下，你认为大家批评你是小题大做，但是我告诉你，这个小题大做非常重要，但凡一个有作为的人，就是从小事做起的。我们现在还看不出哪个同志能做大事，我们首先要看看哪个同志能把小事做好。"

我看着指导员，心情非常复杂。我想起了头天晚上指导员从煤块里挑出的木屑，这个看似不经意的动作，莫非有什么寓意，莫非在提醒我，我们都不能当木屑，我们应该和大家一样燃烧，给大家温暖和光明？

指导员说："你知道为什么你今天站最后一班岗吗？这里面有讲究，因为最后一班岗结束后就起床了，这样就避免了睡到半截又被叫起，可以睡一个囫囵觉。而跟你调换的同志，就是被你认为干多干少无所谓的农村兵。至于他为什么要跟你调换，也许是出于老兵对新兵的关怀，也许是因为他不想叫你的岗。这两个原因，不管是哪一个，都值得你深思。"

我当时就懵了，看着指导员，嘴巴嗫嚅着，却什么也没有说出来。

指导员说："好吧，跟老兵们好好相处，也许你很快就会发现，他们虽然做的是小事，却并不是简单的小事。把每一件小事做好，就是大事。"

我记住了指导员的话，这以后，我做了两件事，一件是小事，甚至在若干年后，我也养成了一个习惯，就是把每一件事当事做，哪怕是极不显眼的小事。这几乎成了我做成事情的法宝。第二件事，我学会了同老兵相处，不，我也学会了同新兵相处。就在那次班务会之后的第二年，我当了班长，那个跟我调换岗序的老兵，那个曾经被我讥讽干多干少无所谓的农村兵成了我的副班长，就在我们那个特殊的家里，就在那个让我难忘的老虎灶边，我们一起给当年的新兵开了一次班务会，我们一起给那些新兵讲述发生在老虎灶边的故事。

连队的压岁钱

把我派到侦察连当指导员，是因为在刚刚结束的侦察兵边境轮战中，我是师部指挥组成员，同侦察连打过交道，混了个脸熟。在此之前，师里为侦察连物色了几个连长和指导员，都因种种原因没有到位，在长达三个多月的时间里，整个连队只有两个排长轮流坐庄当老大。

关于侦察连的传说，这几个月听了不少，该连归建之后，据说毛病很多——但凡执行重大任务而且出色完成之后，部队难免有些骄横自大，难免有些个人利益方面的活思想，争功闹奖，打架斗殴，酗酒妄言，不一而足。最严重的一个传说，是师长家房檐下挂着的腊肉，也被下岗的侦察兵半夜里飞檐走壁"顺"去下酒了。

我到连队之后的第一个任务，就是组织搬家，用有些人的话说，是被撵出了师大院。搬家那天，兄弟连队在一墙之隔挂上喇叭，不厌其烦地播放《驼铃》："送战友，踏征程，默默无言两眼泪，耳边响起驼铃声……"呜呼，简直就像放哀乐。

就在这样凄风苦雨的氛围里，我带着一百多号人灰溜溜地"滚"到了北兵营一座废弃的营房里，开始了韬光养晦的日子。

转眼就到了年关，腊月二十七接到师政治部通知，说马副师长要到侦察连过年。得到这个消息，我喜忧参半。

我召集两个排长和班长们开会，一个突出的主题是"控"，过年之前不放假，控制外出，控制行动。同时，严格控制"重点人"，必要时将个别可能闹事的人安排在除夕夜担任公差勤务，滚远远的。说真的，我恨不能在大年三十把"重点人"关禁闭，不让他们在首长面前出现。好在当时我没有这个权力。

我把话说得很重，我的表情也很严肃，加上我嘴角的燎疱，多数干部骨干也都信誓旦旦，表示要严阵以待。

只有四排长刘观潮持不同意见，认为一味地"控"，不是上策，控制行为不等于控制了思想，老是对战士采取不信任的态度来控制，反而容易积累情绪。再者，如果首长知道我们是采用高压"控制"出来一个安定团结的假象，他未必会放心。刘观潮提出的建议是"放"，一是对同志们放心，二是按规定放假。当然，放假不等于放任自流，得给他们安排一些有意义的工作，把他们的精力吸引到正确的轨道上。

刘观潮是个老排长了，在前线执行任务时，因为擦枪走火受了处分，没有提升。但我感觉这个同志有基层工作经验，责任心也很强。

经过一番思想斗争，我最终放弃了"控"的思路，苦思冥想怎么个"放"法，回忆小时候在家过年的情景，眉头一皱计上心来。这天中午在队列前，我宣布，按规定放假，同时倡议，我们每个人在大年三十给连队献上一份礼物，可以是做好事，也可以是为连队建设献计献策，还可以是发牢骚提意见，唯一的前提是不许花钱。我把这份特殊的礼物命名为献给连队的压岁钱。

超出我的想象，这个倡议，还当真让战士们亢奋起来。

当天下午，就有几个老兵一展身手，到汽车班借来工具，叮叮当当地打制工艺品，无非飞机大炮坦克之类，越干越起劲。

到了第二天，我出去转了一圈，发现厕所、猪圈、菜地焕然一新，黑板报也换了内容，就连车场也被冲洗一净，九辆摩托车在阳光下闪闪发光。再看那几个"重点人"，正撅着屁股砌猪圈院墙呢。刘观潮和另外一个排长的身影始终活跃在"重点人"中间，这让我放心了许多。

大年三十晚上，饭堂里张灯结彩，还挂了很多谜语，桌子上饭菜飘香，这顿年饭，几乎没让我操心，全是战士们的"献礼"。

马副师长准时出现，全连唰地起立，敬礼，表现了很高的素养，完全不像我曾经担心的那样。

马副师长四下打量，笑哈哈地说，听说同志们还给连队准备了压岁钱，亮亮宝吧！

没有想到，战士们准备的"压岁钱"那么富有创意，有炮弹壳做成的工艺品，有重新抄写的班务会记录，有班排长们联合编写的《兵头将尾语录》，真是琳琅满目。特别值得一提的是，有个原本被纳入"重点人"的名叫郑海龙的战士，从挎包里抖搂出一堆纸片，红着脸说："首长，从侦察连搬家那天起，我就一直捡拾营区的纸片，没有一张是泄密的。首长，咱们连是犯了错误，可是咱们连不会犯大错误，咱们连是能打仗的啊！"

就在那一瞬间，我看见马副师长的眼圈红了，马副师长说，谁说侦察连犯错误了？侦察连就是一只虎，老虎下山了，吼几声，那是示威……

马副师长的话是什么意思，我不太肯定，但我知道马副师长是肯定侦察连的。

轮到我了，我面向连队，抬手敬了一个礼，我说对不起大家，我这个指导员没有经验，以前误会了大家，是排长们帮我找到了带兵的感觉。我也给我的好连队送上一份礼物，这份礼物就叫：信任，我信任我的兵，同志们也请信任我这个指导员！

我的老营盘

　　漫天飞雪在落到地面之前变成雨，于是视野里就出现这样的奇观：头顶以上飘雪，眼睛以下飘雨。更绝的是，车队穿过城中的时候，还有些许阳光照射在远方的郊外，那里就是我们的"北兵营"——很多年过去了，这个景象一直储存在我的脑海里，挥之不去，如梦似幻。

　　没想到，我们刚参军，战争风声就呼啸而至。训练动员的时候，已经升任营长的老连长谢必绪给我们讲课，我牢牢记住了一句话：在战场上，只有第一，没有第二！

　　印象最深的一个故事，发生在应急训练考核结束后的午饭前，整队唱了歌，大家正要进饭堂，有线班副班长王跃进突然站出队列说："等一等，我说两句。"王跃进说，在这次考核中，个别同志骄傲自满，只拿了第二名，记大过一次。说完，他扬手给了自己一个耳光，并且转身回到宿舍。那个中午，王跃进没有吃饭。

　　此后不久，就开到南方参战。首先是孤山高地进攻战斗，然后是班占外围战斗，接着就是军史留名的复合长形高地战斗。一路转战，连队荣立集体一等功，涌现了战斗英雄王聚华，指导员赵蜀川等人荣立二等功，王跃进二十多人立了三等功，我作为一名新兵居然名列其中。我那个连队啊，说英雄辈出有点夸张，但确实一直有一股虎虎生威的精气神，后来不知道又干了多少"第一"的事情。我当排长的时候，帮助驻地公园修建"军民连心湖"。因为连长和副连长参加整党学习，指导员王道聚指定我代理副连长，我带着几个大个子战士，像牛一样拉板车运土方，王指导员更是身先士卒，连续几天没下工地。可是工程结束后，副营长讲评，我们连队意外地没有拔得头筹，我委屈得跟副营长吵了一架。

再后来，我离开了北兵营，上军校，调北京，并开始写小说，《弹道无痕》《潇洒行军》都生长于那块土地，再往后创作的长篇小说《仰角》《明天战争》《特务连》等等，也是以北兵营为背景的，北兵营一代又一代官兵的故事，北兵营门前永远的"八路"公共汽车，北兵营西边那个被我们当作训练场的荒废的机场，不知道给了我多少灵感和素材。

2014 年，我们全家回到第二故乡过春节，住在军分区招待所里。除夕之夜，我和几个战友驱车到北兵营外面兜了几圈，兴之所至，还诌了一段顺口溜："久有思乡情，重返太行山。洇河桥头看新楼，北兵营外寻旧店。战友相约至，醉在往事间。"

正月初二，我按照当地风俗"回娘家"，团政委廖峰陪我在营区走走看看。原先的营房变成了楼房，树长高了，路长宽了，可是，我的心里却感到了莫名的失落，大约是怀旧心理在起作用吧。直到在老连队的荣誉室里，看到那些熟悉的和不熟悉的面孔，心里才好受一些。廖政委把连队集合起来，让我讲话，我讲了这个连队的光荣历史和光荣的精神，讲了老连长的那句话和王跃进的故事，然后我们一起唱起了连歌："红军的后代八路的兵，战火锤炼铁的精神；白山黑水初露锋芒，三下江南四战四平；渡江战役激流勇进，千里追敌风卷残云；保边疆大炮上刺刀，卫祖国热血洒丛林；青春无悔，弹道无痕……"

铁打的营盘流水的兵，一方水土养一方人。如果说第一故乡给了我们第一生命，那么，军营，我们的第二故乡，则是我们永远的精神家园。几十年来，我情感的根一直扎在我的北兵营，我的每一部作品，都有那块土地的身影。

一次让人后悔的"伏击战"

　　那个夏天某日，我们炮团九连出了一件不大不小的事情。早操完毕，三班长照例要来到菜地忙活一阵。三班的菜地与众不同，种的是黄瓜和西红柿，这体现了三班长的风格。三班长是个文学爱好者，有点浪漫情怀，蹲在菜地边上看着那些碧绿鲜艳的果实，他的心里很惬意。在他的心目中，这些果实的审美意义远比改善伙食重要，它们是一道风景，是一片盎然的春天。为了捍卫这片春天，他不仅严令本班战士不得擅自享用，还同炊事班长数次进行艰苦卓绝的斗争，尽量减少掠夺。本连的同志都知道，三班种的菜不是为了吃，而是为了看的，所以很少有人敢于冒犯。

　　但这天早晨情况发生了变化。三班长蹲在菜地边，一边松土一边欣赏自己的作品，看着看着脸色就变了，倒吸了一口冷气：他娘的，少了六条黄瓜？还少了三个西红柿。赶紧起身再数一遍，千真万确，六条黄瓜和三个西红柿去向不明。

　　这天的早饭，三班长只吃了半个馒头。

　　情况很快就分析出了大概眉目。九连是炮团大营房的最后一个连队，与卫生队同住西北角。前几天，师医院卫训队结业，有七名女兵被分到炮团卫生队实习，小偷八成就是这几个馋嘴丫头。

　　三班长化愤慨为力量，眉头一皱，计上心来。

　　果然不出所料。第二天晚上熄灯前，卫训队的女兵们当真出动了，这次来了三个，她们相伴到营房南边后勤处洗澡，回来路过此处，既然有这么水灵晶莹的瓜果在路边等待，不顺手摘上几个，那她们就不是女孩子了。她们可没把问题想得那么严重，走进菜地的时候，从容不迫，一点儿也不慌张，一边选择，还一边叽叽喳喳地嬉笑。她们做梦也没有想到，恐怖正在悄悄地向她们逼近——就在她们即将动手的时候，从菜地的某个角落里传出一个低沉凶狠的类似鬼叫的颤抖的声音："缴枪不杀！"

女兵们大惊。然而这只是个开始，就在她们拔腿要逃的时候，在朦胧的月光下，她们看见两个猪脸怪物四肢着地，蹦蹦跳跳地向她们爬了过来。三个女兵顿时魂不附体，她们哪里见过这种似鬼似妖的东西？于是乎惨叫着碰撞着，跌跌撞撞地逃出菜地。

不难猜想，这场惊险的闹剧自然是九连三班长导演的，他和他的副班长备好了防毒面具，已经在菜地里等待一个多小时了。

该三班长就是鄙人。

这场富有创意的"伏击战"，曾经令我得意一时。以后我写过一个中篇小说，叫《弹道无痕》，其中有这么一段：老班长李四虎为了报复排长，利用热恋中的排长辨别能力较差的弱点，引诱排长雨夜赴约，结果被一个戴着防毒面具的怪物吓得屁滚尿流。这个情节就是从当年菜地吓唬女兵派生出来的。

在现实中，这次行动并不光彩，事后不久，几乎全师的女兵都知道炮团有个坏人叫徐贵祥，问题的严重性甚至危害到我提干后谈恋爱。那时候我已经是本师著名的笔杆子了，在师政治部当干事，本来找女朋友不应该困难的，但是师医院的一名女医生谆谆告诫我当时锁定的目标，说："千万不要跟这种人交朋友，几个小女兵吃了他几条黄瓜，他就能使出那样的坏，可见没有一点怜香惜玉的胸怀，心狠手辣，这样的人你别指望他疼你爱你。"不知道这些话是不是起了作用，或者是部分地起了作用，反正我向往的那个漂亮姑娘最终婉言谢绝了我的追求。

此事已经过去快二十年了，那个夏天的夜晚仍然时时让我汗颜，每当想起，我就内疚不已。我至今还记得那几个差点儿被我吓掉魂的女兵的名字：黄秋云、秦晓玉、李甜。曾经听说李甜患肾病很严重，我有时想，会不会与那场惊吓有关呢？那时候真是太年轻了，年轻得不知轻重，为了保护我的那一小片春天，却伤害了几个豆蔻年华的女孩，鄙人的确是鄙人。不管她们现在生活得怎么样，但在她们的心里，我的形象可能一直都是一个阴险的家伙。我希望有一天我们能够重逢，我会真诚地向她们说，对不起朋友们，如果让我们再回到二十年前，我愿意正经地当一次护花使者，把我种的黄瓜和西红柿统统送给你们，你们比那些黄瓜和西红柿远远重要得多。

战友旧事

　　冬天扑面而来。我们在冰天雪地里应急训练，刺杀、射击、投弹……火急火燎的，什么都还没有学会，哗地一下，军列拉着我们，到广西前线，参加边境作战。二十几个日夜，不知道是怎么过来的，四川籍的干部们经常说的一句话是：跟着起！我们这些新兵懵懵懂懂地跟着走，从冬天一头扎进春天，等部队归建回到驻地，已经是夏天了。

　　军里成立了业余文学创作组，集中在军部第二招待所，写报告文学。负责人是军直地炮团的副指导员董得春，但董副指导员并不和我们住在一起。长期驻扎招待所的，有我们师政治部文化干事翟力实，步兵团老班长李书怀和刘国清，副班长彭争明，一个新兵就是我。我们的任务是创作报告文学，写各单位的战斗英雄。

　　那正是文学的春天，驻地城市邮局专设了报刊专柜，各种文艺杂志琳琅满目，图书馆和阅览室常常座无虚席，伤痕文学余音缭绕，爱情文学推陈出新，姑娘小伙谈恋爱约会往往也拿着文学杂志作为接头暗号。

　　军部东边是河南师范大学，再往东是横穿东西牧村的卫河。常常是在晚饭后，我们几个未来的作家踌躇满志地徜徉在卫河岸边，沐浴着落日的余晖，眺望西天变幻莫测的晚霞，进入到一个神奇的境界。记忆中的卫河很宽，岸边杨柳依依，那些树啊草啊一定会记得那个年代，会记得那几个穿着军装的年轻人，当然，最有可能记得的还是老兵李书怀，因为他是我们那个业余创作组里唯一在正式刊物上发表作品的人，他在《解放军文艺》上发表过诗歌《通往胜利的路》，虽然那首诗只有十句，不到一百个字。在卫河岸边的杨柳下面，到处都有李书怀的许昌普通话，我们虚怀若谷地听他如数家珍地谈论莎士比亚和巴尔扎克，谈论艾青和李瑛，谈论我们武汉军区的作家白桦和虞文琴。

李书怀高谈阔论的时候，刘国清和彭争明都是忠实的听众，也只有这两个人能同李书怀对话，特别是彭争明，和李书怀一样读书很多，一样才华横溢，常常让我自惭形秽。因为读书少，又因为是新兵，所以我在那个群体里显得非常渺小，问题是，我又不甘渺小，经常自作聪明地写出诗歌散文小说之类，暗暗希望引起老兵们的注意甚至惊讶，但是李书怀对此嗤之以鼻，经常教训我，要多读书，不要奢望一夜成名一鸣惊人，这使我感到很自卑。只有翟力实，谦虚低调，经常鼓励我，说些尺有所短寸有所长，贵在坚持，只要功夫深，铁棒磨成针之类的安慰话。在心里，我觉得翟力实很像一个老大哥，尽管他长着一张娃娃脸，也尽管他实际上比我大不了几岁，但跟他在一起，有种依靠感。

相处久了就知道了，翟力实原来是我们那个师宣传队的舞蹈演员，很小就入伍了，部队出征之前才提干的。同他一起提干的还有一个女兵叫郭蓉蓉，郭蓉蓉很早就失去了父母，是哥哥把她带大的，很小的年纪就流落在我们师宣传队，当一个编外的小演员，其实就是有个落脚的地方，有碗饭吃，跳舞跳得非常卖力。后来感动了部队首长，接受她入伍，出征之前提干当了电影队长。在一次战斗中，电影队的卡车受到袭击，郭蓉蓉就牺牲在翟力实的眼前，这件事情给翟力实很大的刺激。我们在一起搞创作的时候，经常听他讲起郭蓉蓉，还给我们看许多郭蓉蓉墓地的照片，我们能够感受到他内心深处的痛苦和思念。就是那段时光，翟力实写了很多关于郭蓉蓉的文字。

按说，翟力实是干部，应该是我们那个创作组的负责人，但实际上，真正能够控制创作组的精神领袖是李书怀。我听彭争明说，翟力实的家世很复杂，他的外祖父是一位乡绅，国民政府的县长。翟力实的母亲是辉县的副县长，他们家里是"国共合作"。翟力实的性格有点软弱，温文尔雅，敦厚寡言，所以李书怀等人并不把他作为领导，而翟力实本人似乎也是两耳不闻窗外事，一心只写郭蓉蓉。

翟力实写郭蓉蓉，并不打算发表，因为郭蓉蓉只是二等功臣。上级赋予他的任务是写一个英雄集体，但是他把他的主要感情投放在郭蓉蓉的身上，所以他的报告文学好像写得并不好，有点三心二意。我的任务是写我们连队的"炮兵英雄王聚华"，同翟力实不同的是，我把这个任务看得很重，它几乎寄托了我当时的全部理想。

那个时候我太渴望出名了！我写呀写呀，常常夜不能眠，满脑子都是梦想，梦想我的名字变成铅字，我笔下的文字变成配有大幅插图的作品，刊载在花里胡哨的报刊上。我得承认，我的动机并不高尚，我希望通过发表作品，达到两个目的：一是把两个兜的战士服换成四个兜的干部服，并且挎上手枪，戴上手表，穿上皮鞋；二是当了干部之后迅速解决爱情问题。那段日子，住在军部招待所的还有宣传队和篮球队，那些女兵在我看来个个貌若天仙，骄傲得像孔雀，我希望我的作品能够早早地激起她们的惊叹：啊呀，瞧瞧，就是那个大个子小伙子，是我们军里的大才子。这种美梦不知道做过多少版本，但是，现实生活中，她们几乎没有拿正眼看过我一眼。有一次，我惊讶地发现那个圆乎乎的女篮队员同李书怀说说笑笑，这使我的心情一下子复杂起来了，更加焦虑起来了。我别无选择，只能把满腹心思收起来，继续不屈不挠地修改我的《炮兵英雄王聚华》。

记得是快到秋天的时候，有一天，军政治部文化处通知，我们的作品出版了，让我们去领书。我怀着激动的心情，第一个赶到文化处办公室，自告奋勇帮王干事打开邮包，捧出一本散发着油墨香味的新书《南疆战歌》，用颤抖的手打开目录，从头往下看。

可是，看着看着，我的心就沉下去了。天哪，我们军部创作组七个人，其他人的作品都在书里，唯独我一个人的作品没上，我怎么向我的连队和首长交代啊？那是一种什么样的心情啊？自杀的念头都有。

最危险的是，在我最需要安慰的时候，没有安慰，翟力实那天恰好回辉县家里了。

那个晚上，我不记得是怎么离开军部的，神情恍惚，独自一人走到卫河边，徘徊良久，直到半夜。文化处领导听说我夜不归宿，吓坏了，带领创作组的几名同志，赶紧四处找，重点部位是井边、河边和树下，最后终于在河边的一片小树林找到我，软硬兼施把我拉回了招待所。

第二天，李书怀等人带着新书，兴高采烈地回部队交差去了，我仍然待在军部招待所里，望着窗外灰蒙蒙的天空。那天是个阴天，黑云压城，细雨霏霏。回部队的火车是夜里的，我的心情像枯枝一样萧瑟，迟迟不想起程。创作组解散了，招待所已经撤了我们吃饭的席位，再说，我也没脸再到招待所的餐厅吃饭了，那些宣传队和篮球队的女兵们，我再也不想见了，我担心她们会问我，你的作品是哪一篇？尽管我知道她们从来不认识我，也不可能关心我的作品。

中午没有吃饭，到了晚上九点多钟，我还是饥肠辘辘，我没有勇气出去吃饭，也不打算吃饭。就在夜幕即将降临，我的心里一片凄凉的时候，翟力实出人意料地回来了，还带来了烧鸡和蔬菜罐头，居然还有一瓶香槟酒，他显然已经知道我的遭遇了。他乐呵呵地对我说，先吃饭，大丈夫能屈能伸，不就是一次失败吗，失败是成功之母，先吃饭，吃饱饭回部队，咱们从头再来。我的眼泪一下子涌了出来，我已经记不清那天我和翟力实都说了些什么，反正是吃饱喝足了，翟力实把我送到火车站，我回部队了。

这一分手就是三年。我在这三年里发愤图强，当班长，上军区炮兵教导大队，坚持业余创作，提干的同时，也发表了一些作品，真的被我们那个师当作"人才"使用了。再见到翟力实的时候，我已调到师政治部当干事，而翟力实可能因为工作不太顺利，到下面一个步兵团政治处当干事。那一次我是随首长下部队检查工作，单独在一起的时候，他跟我谈起他对社会的一些看法，也谈到他的一些困惑和苦闷，我想，大约还是郭蓉蓉的事情，引起他太多的思考。

80年代中期，我因为第二次参加边境战争，后又调到军部工作，再往后考入解放军艺术学院，并最终调到北京工作，一路辗转，同翟力实的联系稀疏起来，只是听说他转业了，分配在河南省新乡市委宣传部工作。这期间我写了一些作品，获了不少奖，在老部队和驻地有了一些名气。当年的老班长李书怀已是一个成功的企业家，有一次到北京办事，跟我联系上了，我请他吃饭，聊起我们曾经的战士创作组，特别是讲到他恃才傲物，数次打击我创作积极性的事。李书怀毫无愧疚，振振有词地说："你今天成了作家，这或许就有当年被我修理的一部分功劳。"我们哈哈大笑，我认同他这个说法。我们一起怀念过去，感物慨事，太行山下，卫河岸边，东干道上，招待所里，青年岁月，历历在目。

也就是那一次，从李书怀的嘴里，我得到翟力实的很多信息，知道他转业后仍然保持书生意气，当官不大，事业一般，不过倒也风平浪静。我问李书怀，当年翟力实是不是同郭蓉蓉恋爱过，所以郭蓉蓉牺牲后，翟力实精神状态一直不佳。李书怀说："据我所知，他们还没到那一步，翟力实是干部子弟，很小就当兵了，比较单纯，也有点脆弱，别说是郭蓉蓉，就是别人，牺牲在他眼前，他也会受到刺激，会念念不忘的。"我当时无语，我认为李书怀的分析有道理，事实上，很多年来，我也是这么想的。

2009年秋天，我参加"中国作家看河南"活动，又回到河南新乡，市委宣传部的同志告诉我，非常不巧，翟力实到澳大利亚探亲去了。聊起翟力实，对方交口称赞，说翟力实为人如何厚道，做事如何扎实，人品如何纯正。这一切都在我想象之中。新乡变化很大，参观的车子穿过东干道，穿过牧野村，穿过卫河桥，看着两岸如烟的杨柳，我的眼前不断浮现三十年前，那些个落日黄昏，那些个波光粼粼的河面，那些依然鲜活的往事……

前年夏天某日，我的办公室突然来了一位客人，矮胖，谢顶，定睛一看，竟是失散多年的翟力实。尽管翟力实不胜酒力，但那天我们还是左一杯右一杯，醉眼蒙眬，直到说话舌头发硬方才罢休。我避开郭蓉蓉这个话题，向他打听他的家世，因为此前我已经知道，翟力实的外祖父是著名抗战英雄鲁雨亭，抗战时期是国民政府河南永城县的县长，其实也是新四军彭雪枫领导的中共党员，毁家纾难，拉起一支队伍，最后壮烈牺牲在抗日战场上。我在解放军出版社当编辑的时候注意过这段历史，朱德、彭德怀、陈毅等人对鲁雨亭都很关注，鲁雨亭牺牲后，中共中央和八路军总部都发了唁电，在厚厚的《中国革命战争历史资料丛书》里面，有这方面大量的记述。

我建议翟力实把这段历史写出来，把资料性文字按纪实文学的文体，写出一本文学作品。翟力实几经犹豫，接受了这个建议，花了三年多的时间，最终写成，并由我信得过的前同事、解放军出版社军事编辑部姜念光主任亲自担任责任编辑，数易其稿，相信应该是一本上乘之作，在此我就不多说了。

一言为定

一

部队从前线撤下来之后，临时驻扎在广西扶绥县，我们九连住在山圩农场。有一天，通信员通知我开会，到了连部才知道，原来是接受作家采访。采访我的作家戴着眼镜，军装上绿下蓝，空军的。我以为他要了解我在"长形高地进攻战斗"荣立三等功的事迹，于是兴致勃勃娓娓道来，哪知道每当我提起"长形高地进攻战斗"就会被他打断，他反反复复只问我在G城战斗中送饭的事情，这让我有点失落，但我还是硬着头皮把那次送饭的情况详细地描述了一遍。

没过多长时间，记得还是在山圩农场期间，有一天指导员赵蜀川把我叫了过去，乐呵呵地递给我一本名叫《解放军文艺》的书（那时候我们把装订成册的纸张都称为"书"），我惊疑地打开，指导员指点说，这里。我找到"这里"——《铁鞋踏破千重山》，特写，作者刘田增。刘作家的文章详细地记叙了龙怀富、汪柏昆和我火线送饭的事迹，最后几句话我终生难忘——火炮怒吼，映红了夜幕，就在这震耳欲聋的炮声中，我们亲爱的新战士，来自淮北的小徐兄弟，进入香甜的梦乡，脸上洋溢着稚气的笑容。《列宁在1897年》里的那个英勇的瓦西里，在押送粮食回到苏维埃之后，睡梦不也是这么香甜吗？

尽管我不是来自淮北，而是来自皖西，但是这篇作品还是令我感到荣耀。并且，就是这篇作品，激活了我的文学梦。要知道，在参军之前，我也是个文学青年，还模仿《伤痕》写过一篇小说，当然，这是过去的事了。

进入休整状态，我成了连队的一名业余报道员——因为我们炮团九连被广州军区授予"炮兵英雄连"的荣誉称号，我们的二班副王聚华是二级战斗英雄，所以指导员要求我们，凡是具有初中以上文化程度的，都拿起笔来写报道，写回忆文章。那一阵子，我热血沸腾，主要是以我们连队，特别是以王聚华的事迹为书写对象，马不停蹄地写呀写，先后在广州军区《战士报》和《广西日报》发表《山岳丛林炮兵游击战》《难忘的夜间战斗》等文章，写着写着就小有名气了，先后抽调到团里、师里、军里创作组，参加各类写作学习班。尤其值得一提的是，在扶绥东门师部，还见到了《解放军文艺》杂志的编辑雷抒燕，印象中他戴着很厚的眼镜，手里夹着烟，眉飞色舞地给我们讲怎样写诗。具体内容如今已经记不清了，只记得小黑板下面的红土地上扔了很多烟头，雷抒燕消瘦的脸庞在诗情中和夕阳下，闪闪发光。部队从广西回到中原之后，我就从《解放军文艺》上读到了他的诗作《甘蔗和孩子》，以后就特别关注他，又读过他的著名诗篇《小草在歌唱》。

二

20 世纪 80 年代之初，我在基层一直坚持业余创作，但是收效甚微。

幸好有了第二次参战经历。1984 年夏天，我作为一名政工干部，随本部侦察大队赴云南边境轮战，在另外一片丛林里摸爬滚打一年多，深入地体验了战争，也深入地体会了文学。那个期间我写了很多小说，当时投稿，基本上泥牛入海，意外的惊喜是在战后，从前线回来后，这些作品陆续发表。

1987 年夏天，解放军文艺出版社原社长凌行正率领该社部分编辑到我所在的集团军召开"中原笔会"，带去很多编辑和作家。我那时候在军政治部组织处当干事，负责勤务保障。集团军首长非常重视那次活动，机关和部队夹道欢迎，又在大礼堂搞了一个隆重的见面会，作家和编辑登台亮相，凌行正、金敬迈、袁厚春、佘开国、刘立云、王瑛……我站在礼堂后门口，一方面观察着四周的警戒情况，同时远远地注视着那些亲切的身影，我真想跑到后台告诉他们，我是一个文学骨干，我写过小说，让我跟你们一起走吧。但是，我不能，我觉得，我和他们之间隔着很远很远的距离。在《解放军文艺》发表作品，一度是我崇高的理想。后来我作为基层业余作者，参加了一次座谈会，对《解放军文艺》处理稿件不及时、答复作者缺乏耐心提了意见，当时在场的有王瑛和刘立云，两个人都很重视，追问我具体是哪一部作品。中原笔会结束后，不到半个月，我就收到了《解放军文艺》的来信，详细地说明了我的稿子被耽误的原因，同时还有退稿，稿子上密密麻麻都是批注，原来，这篇稿子因为层层送审，一直处在用和不用的权衡之中，所以被耽搁了。

1991年秋天，我从军艺文学系毕业之后，在解放军出版社帮助工作，业余写了一个中篇小说《弹道无痕》，写好后一直拿不定主意往哪里投稿。济南军区有个作者叫梁丰，当时在《解放军文艺》杂志帮助工作，我们几个外地来的"老帮"经常聚到一起玩，梁丰听我说了《弹道无痕》的构思，觉得挺好，看了稿子更觉得好，就拿回去给陶泰忠。陶主编当天看完，非常高兴，说意外地发现一个作家，潜力很大。他把我叫到办公室，告诉我几个需要修改的地方，又问我还有没有别的作品，我就把几个稿子送给他，陶主编选了一个短篇《一段名言》，做了当期的头条，接下来的一期，又是《弹道无痕》做了头条，就这样，我和《解放军文艺》正式接上头了。

1997年夏天，《解放军文艺》编辑王瑛约我写一个古代战争题材中篇小说，我欣然接受。那时候我已经把自己定位为战争文学作家了，我认为凡是与战争有关的文学活动，我都有责任首先表态。但是真正进入构思状态，我才发现这不是我的强项，我对于古代战争的生活体验接近于零，创作激情接近负数。但是开弓没有回头箭，我费了很大力气，几乎把十几卷《中国古代战争史》浏览一遍，终于找到了感觉，写了一个"上战不战，上谋不谋"的中篇小说《决战》。王瑛看后拍案叫绝，说这个作品可以获大奖。作品付印之后，王瑛率领我和汪守德、张为、庞天舒一干人等，到东北搞了个采风。路上王瑛津津乐道《决战》，讲到了我的战争谋略，广州军区作家张为表示怀疑，我们在火车上表演心理战，猜"有"和"无"，他出我猜，猜对十之七八；我出他猜，多数南辕北辙。张为于是得出结论，徐贵祥"善诈"。后来果然被王瑛言中，《决战》获得第七届中国人民解放军文艺奖，从此拉开了我不断获奖的序幕。当然，这同王瑛和《解放军文艺》的大力宣传、鼎力推荐是分不开的，没有他们的努力，我八竿子也够不着那个奖。

再往后，我同《解放军文艺》的联系就更加密切了，我记得上个世纪末，王瑛约我写一个创作谈，并配发了一张我第一次授衔时的照片，摄于山东长岛，一个上尉坐在山顶一块石头上，头上是蓝天白云，背后是宁静的海面，踌躇满志，意气风发。我与大海，一起宽阔起来。2005年，我出版第一个小说集《弹道无痕》，根据小说改编的电影《弹道无痕》由八一电影制片厂出品，在军内外获得不少奖项，在当时，很多部队老兵复员、新兵入伍都要把这个片子拿出来放一放。我写了一篇创作谈《地铺上的梦想》在《解放军文艺》发表，不知道是表扬还是批评，王瑛说，这是一篇很像小说的散文，也是一篇很像散文的小说。

岁月荏苒，这个社会发生了很大的变化，但是《解放军文艺》发展军事文学，扶持军队作家的宗旨没变。编辑人员也一茬一茬地更换，我最初认识的人基本上都离开了，只有王瑛像种子一样牢牢地扎根在这块园地上，从编辑到副主编，再到主编。而我，也从解放军出版社调到空政文艺创作室，再调到解放军艺术学院文学系当主任。

我调回军艺工作之后，很快发现一个现象：文学创作教学，理论家讲课往往隔靴搔痒，作家往往会写不会讲。那么，恰好是文学编辑，阅稿无数，既有鉴赏水准，也有表达能力。在计划聘请校外指导老师的时候，我首先想到了王瑛。当然，聘请王瑛，还有另一个意图，那时候我有个想法，要把学生的作业打造成作品，要在军内外刊物上陆续发表。这个意图被王瑛一眼看穿，起初犹犹豫豫，怕我给她上套，但禁不住我软硬兼施，最后只好参与进来。

2013级招生结束之后，为了强化学生的创作意识，我决定从他们穿上军装开始，即布置创作作业，直至达到发表水平。要知道，我的学生都是刚刚毕业的前高中生，部队生活不熟，艺术风格尚未成形，连基本的写作训练都没有经历过，要其作品达到发表水平，确实有些揠苗助长之嫌。我明明知道这一点，仍然一意孤行，确实醉翁之意不在酒，我是希望在"揠苗"的过程中把我聘请的校外指导老师和我的学生紧紧地捆绑在一起，长治久安。

王瑛看了稿子之后对我说，差距太大。

我说："没有差距，我要你干什么？"

王瑛说："你这个人真不讲理。"

我说："当年你约我写《决战》的时候，我的基础还不如这些学生。你这样的编辑，我这样的老师，强强联合，哪怕是个猴子，我们都能教会他写小说。"

王瑛笑笑，带着她的助手吴述波和唐莹，一遍一遍地看稿子，一遍一遍地跟学生谈，一遍一遍地改稿。文学系的会议室成了他们的第二办公室。经过反复打磨，那些稚嫩的稿件终于像模像样了，确定在《解放军文艺》2013年第12期刊发文学系新生专辑，学生们在这个过程中受到了极大的、有益的锻炼。

我记得，在最后一次讨论即将结束的时候，王瑛如释重负地把手中的稿子往面前的桌子上一放，似笑非笑地说："我这一辈子，算是和军艺文学系绑在一起了，我的前半生用来培养徐贵祥，后半生用来培养徐贵祥的学生！"

我喜出望外，连忙接上去说，好，一言为定！

目标正前方

阳光从雪地反射过来，在准星上跳动。我屏住呼吸，每隔十秒钟扣一次扳机，恍惚中，每一次都命中靶心。当然，这是幻想，此前两次新兵考核我都不及格，因为我是左撇子，瞄准的时候右眼睁开了，左眼却闭不上，两只眼睛一起看出去，自然瞄不准。听说连队准备让我到农场去喂猪，是班子向连长立下军令状，给他五天时间，我如果再不及格，他就跟我一起去喂猪。

班长的苦难开始了，每天跟着我在雪地里死缠烂打，十分艰难地帮我实施"左换右"。

记得是第三天，一次击发后，我爬起来，忐忑地闪到一边。班长趴下去，在枪位后瞄了很久，突然跳起来兴奋地说，八环！我吃惊地看着班长，将信将疑趴下，右眼看了再用左眼看，再拉开距离看，千真万确，我刚刚确定的瞄准点落在距枪口五米开外的十六开白纸上，聚焦在八环线上。

"我，可以瞄准了？"我好像在问自己。

"你当然可以瞄准了，一个会用左眼的人，不可能不会用右眼，习惯了就好了。"班长坚定地说。

此后的两天，只要上了训练场，班长那道"目标正前方"的口令一下，我就浑身发烫，就像吃了激素，不仅眼睛亮了许多，神奇的是，用来击发的右手食指也灵活了许多，我感觉每一次都是弹无虚发。

五天后，我加入了本营补考的行列。趴在地上，我的脑海异常纯净，只有那个意念中的八环线从白纸跳到百米外的胸环靶上。我终于及格了，五发子弹打了三十七环。

后来我知道，当初班长让我看的那个八环，其实是虚构的，他是为了树立我的信心才搞了一个小动作，而就是这个"八环"，改变了我的人生。

遍地英雄下夕烟

一、英雄，往往只需要半秒钟

英雄，一个古老的话题，一片照耀和温暖人类生活的阳光，一个深藏于我们每个人内心深处的梦想。

第一次认识英雄，是1979年春天，那是一个云雾浓重的早晨，对面山坡枪炮射击孔火光闪烁依稀可见。战史上记载那次战斗的全称是"二号环形高地进攻战斗"，我们八五加农炮营三连奉命到前沿支援步兵战斗。推炮上山的过程中，对方的火力很猛，山上步兵阵地上不断有人滚下来。第一次经历这样的场面，大家都很紧张，笨手笨脚，行动难免迟缓。最先上去的是三个人，连长李诚忠和指导员赵蜀川，加上二班副王聚华，再往后就是副营长杨世康。我是电台兵，跟着副营长，这也就决定了我能够近距离观察。因为地形限制，公路拐弯处只能展开一门火炮，所以说这场战斗实际上是三个人一台戏，李连长观察指挥，赵指导员瞄准射击，王聚华装填炮弹。指导员打得出汗，把军上装和手枪扔到我手上，他穿着白色的衬衣，十分醒目。副营长猫在后面喊："赵蜀川，你龟儿子给敌人指示目标啊？把衬衣也脱了！"但指导员终究没脱衬衣，他不习惯光膀子。指导员一边打，连长一边修正射角，一会儿左边，一会儿向右，赵指导员也不搭腔，吭吭哧哧地憋着气，有时候从体视仪里向外瞄准，有时候干脆从炮膛里直接吊线，打得很准。

毫无疑问，就是那个时刻，英雄在我的身边诞生了。后来发生的事情是，我们暴露了，密集的炮火向本连阵地扑来，一发火箭弹落在炮位一侧——

> 正在装填炮弹的王聚华全身数处负伤，生命垂危之际，他端着已经上了引信的炮弹，顽强地挺立着，睁着血肉模糊的双眼……就在千钧一发的关键时刻，指导员赵蜀川转身看见了雕像般伫立的王聚华，大叫一声冲过来，接过王聚华手中的炮弹，猛力推进炮膛，按下发射手柄。炮弹呼啸出膛，避免了炮毁人亡的悲剧……

那次战斗，我们连队负伤了十几个人。我很走运，不仅未被击中，还因为扛炮弹立了三等功，那时候我参军才三个月不到。以后回忆起那一幕，仍然心惊肉跳。在炮弹落下的时候，我和副营长距离炮位不到二十米，连长和指导员就在炮架内，在最初几秒，我似乎看见王聚华像是被电击了一样，全身抖动并扭曲。后来，不知道从哪里传来一声惊呼，我清楚地看见那个瞬间，王聚华站稳了，指导员上去了，那个瞬间连半秒钟都不到。以后我曾经设想，如果王聚华提前半秒钟倒下，如果指导员延迟半秒钟冲上去，会出现什么情况？

英雄，往往只需要半秒钟。

这个故事还没有讲完。重伤员王聚华后来被辗转送到救护所、战地医院、军区总医院，七转八转，没消息了。直到在边疆一个农场休整的时候，上级通知说，王聚华牺牲了。连续很多天，部队沉浸在悲痛之中，从团里到连队，都开了追悼会。这期间评功评奖，连队被军区授予"英雄炮兵连"称号，指导员赵蜀川荣立二等功。这年五月，部队归建，有一天全连紧急集合，到了操场，突然发现一个瘦骨嶙峋的陌生人，仔细一看，原来是王聚华。这个故事确实有点传奇，但不是虚构的。上面引述的那段文字，摘自我的第一篇报告文学《炮兵英雄王聚华》，那里面的每一个字都像我亲眼一睹的那样真实。

从英雄连队出发，带着当英雄和写英雄的双重理想，我踏上了文学道路，开始了寻找英雄之旅。

二、英雄，是人类的梦想

中华民族是一个崇尚英雄的民族，中国人的童年大都伴随着英雄的故事和英雄的梦想，从女娲补天、后羿射日那样战天斗地的神话英雄，到各个时期的战争和战斗英雄……更多的时候，英雄不再是存放在凌烟阁上的牌位和封神榜上的名册，而是行走在原野和河流山川之间的风，而是传送在书斋和村头集市的雨，以书面或口头的形式携带传播，以潜移和默化的形式生根开花，成为中国性格的重要特征。

文学，是携带、传播、种植英雄文化的主要工具，同时，又是催生英雄文化的使者。每当发生危机的时候，我们就渴望英雄出现——通常，是以文学的方式。

鸦片战争之后，中国的知识分子痛定思痛，开始做梦，试图用文学的方式敦促实现"国运强盛"，一批"呼唤英雄"和幻想"坚船利炮"的小说应运而生，比较典型的有梁启超的《新中国未来记》，碧荷馆主人的《新纪元》《新野叟曝言》，陆士谔的《新中国》和《未来空中征战记》《电术奇谈》等等。在作品里，古代运筹帷幄、神机妙算、智勇双全的战争将领重新回到了当代，舍生取义、精忠报国的官兵又奔突在杀敌驱倭的战场上。值得称道的是，这些作品所塑造的英雄人物，已经突破了农耕文化背景下的英雄模式，有应对未来高技术战争的远见卓识，有向对手学习的勇气和行动，有指挥科技战争的能力。还有很重要的一点是，那些带有科幻性质的关于武器装备的预测，很多都是建立在科学常识的基础上，在今天不仅得到了实现，而且更多的都已经得到了超越。用当代眼光来看，这些作品是在中国历史的一个特殊时期内，文学对英雄、文化对国家命运的一次直接关注，一次文学和文化正能量的集中爆发。可惜的是，在那个蒙昧的时代，被摇摇欲坠的朝廷视为"奇技淫巧"，斥为"荒诞不经"，因而受到冷落，这不仅是文学的遗憾，也是英雄的遗憾，终归是中国人民的遗憾。

晚清社会，中国历经两次鸦片战争，国力衰弱到一触即溃，民心涣散成一盘散沙。作为思想家和政治家的梁启超，几近绝望。何以救国？呼唤英雄！英雄何来？梁启超把目光投向文学，"欲新政治，必新小说"，"欲新道德，必新小说"，乃至"欲新人心，欲新人格，必新小说"。一言以蔽之，就是要通过文学改变中国人，达到"四海之内皆兄弟""八亿神州尽舜尧"的境界。

与梁启超观点接近的还有鲁迅："……凡是愚弱的国民，即使体格如何健全，如何茁壮，也只能做毫无意义的示众的材料和看客……所以我们的第一要著，是在改变他们的精神，而善于改变精神的是，我那时以为当然要首推文艺，于是想提倡文艺运动了。"鲁迅也认为"文艺"——其实更多的是指文学，可以提供思想基础，可以改良民族精神，这就是他弃医从文的原因。

梁启超和鲁迅文学救国的梦想在他们的时代未能实现，不是梁启超和鲁迅的观点出了问题，也不是文学出了问题，而是文学生成的土壤出了问题，在清末民初那个病入膏肓的躯体上，文学不可能妙手回春。

但这并不等于文学没有力量，文学的力量无所不在，潜移默化，春风化雨，地久天长。文学和文学教育，其独特的审美功能、慰藉功能和激励功能，以其思想的力量、智慧的力量和艺术感染力，一点一点地改变着中国人的精神，直至这个苦难的民族于病痛中苏醒，重新找回民族自信。

三、英雄文化，是军事文学的灵魂

首次把文化、文艺、文学的地位和作用上升到关乎军队战斗力的强弱，关乎战争的胜负，关乎国家前途命运的，是中国共产党。从抗战时期的延安文艺座谈会，到2014年10月的全国文艺工作座谈会，一脉相承，都是把文化事业作为思想政治工作的重要组成部分。

从一定意义上讲，文艺、文学，尤其是军事文学，提供理想信念，提供行为楷模。战争年代，一首好歌，一台好戏，一部好的文学作品，可以直接转化成战斗力。而在和平时期，好的文艺、文学作品，春风化雨、启迪思想、温润心灵、陶冶人生，能够扫除颓废萎靡之风。

在中国人民的阅读记忆中，英雄形象一直像灯塔一样照耀我们的心田。20世纪六七十年代，特殊文化生态下的中国读者曾经秘密传阅英国作家伏尼契的小说《牛虻》。作为革命者的牛虻——亚瑟被执行枪决的前后，那段描写其实很超现实意味，亚瑟从一开始就对即将到来的死亡谈笑风生并且评头论足，唇枪舌剑拒绝忏悔。在士兵向他射击时，他一次次地嘲笑和校正士兵的枪法："来吧，孩子们，不要害怕，朝这儿打！"亚瑟和保尔·柯察金是那个时代中国读者最早接触的外国英雄，为主义而战，为主义献身，视死如归，那样的形象让我们刻骨铭心。

诚然，中国式英雄更是深入人心。新中国成立后，以军事文学为主体的文学作品占据了中国文坛的大半壁河山。很多人可能都有这样幸福的记忆，因为那些作品，我们不知道流了多少眼泪，不知道做了多少梦。在梦中，我们就是飞檐走壁、刀枪不入、无所不能的英雄。在战友伤势恶化、奄奄一息的时候，我们就是《烈火金刚》里的肖飞，骑着车子进城，在日本鬼子眼皮底下买药；在心爱的姑娘被鬼子包围，即将受到凌辱的时候，我们就是《战火中的青春》里的李铁，从天而降，所向披靡；在阵地被突破，敌人纷纷拥到眼前的时候，我们就是《苦菜花》里的柳八爷，砍掉打断骨头连着筋的胳膊，挥舞大刀继续战斗。我们这一代人，是在英雄文化的火热氛围里长大的，是做着英雄梦走向生活的。我们通过文学结识英雄，也通过英雄结识文学。这是文学的幸运，也是英雄的幸运，更是我们这一代人的幸运。

20世纪80年代，是新中国的文艺复兴时期，各种思潮蜂拥而至，同时也是爱国主义和英雄主义旗帜高扬的时期，边境作战不仅展示了军队的风采，同时也诞生了一批优秀的文艺作品，比如小说《高山下的花环》《西线轶事》，电视剧《凯旋在子夜》等等，这些作品来自生活，情真意切，具有强烈的思想和艺术感染力，像阳光雨露一样滋润着中国人民的心灵，爱国主义和英雄主义精神成为时代的主旋律，戍边战士被誉为"新一代最可爱的人"。尽管在改革开放之初，人们的价值观不尽相同，但是，新时期军事文学提供的英雄形象，还是让改革开放中的中国人民心灵为之一颤，精神为之一振。

时光荏苒，进入新的世纪，各种外来文化剧烈激荡，西方反动势力和平演变的战略步伐一天也没有停止。在这样的语境里，军队作家站在国家民族利益的大局，秉持文艺工作者的道德良心，固守思想意识形态阵地，创作出大量思想博大、艺术精深的文学作品，比如《我在天堂等你》《音乐会》《惊蛰》《英雄无语》《戎装女人》《突出重围》等等。其中多数作品通过电影、电视剧、戏剧、广播和网络等渠道，携带理想信念，彰显英雄人格，进入千家万户，在世纪初世界文化博弈的格局里，形成独具一格的中国军事文学特色，显示了中国文化强大的实力。

四、英雄形象，代表国家形象

三十多年前，我离开了我的英雄连队，开始了漫长的寻找英雄之旅，接触过各种各样的英雄，除了那些耳熟能详的著名英雄，还有很多英雄和潜在的英雄，隐身于平凡的岗位，耕耘在普通的领域，有的偶露锋芒，有的终身无名。就是这些人，成为建构国家形象，实现民族文化认同的重要素材。这其中，英雄形象，军人形象，宛若一张精神凝聚的名片，展示了中华民族新的风采。

海湾战争和科索沃战争以后，我军实施科技强军战略，加速培养高素质新型国防科技人才成为重中之重。这期间，因为酝酿长篇小说《明天战争》，一位国防科技教育家的事迹引起我的关注。抗战时期，一位中国学子在美国道格拉斯飞机制造公司，间接地参加了中美合作抗战。因业绩突出，美方多次敦促他加入美国籍，但他在新婚后不久，扔掉洋房洋车，拎着两只皮箱回国效命了。新中国成立后，他应周恩来总理之请，参加军事工程学院的筹建工作。从此，他把自己的全部心血浇注在军事工程技术教育园地里。从"哈军工"到长沙工学院，再到国防科技大学，培养的英才遍布三军。20世纪90年代，国防科技大学分给他两套各二十二平方米的住房，他坚持只要了一套。直到1995年他去世的时候，前去悼念的人们才发现，这个人真是家徒四壁。特别让人震撼的是，他从美国带回来的两只皮箱，上边搭了一块木板，就成了一张书桌，当真是"捧着一颗心来，不带半根草去"。他叫周鸣鷿，原国防科技大学副校长，是钱学森在上海交大的同窗好友，他们当年怀着科技救国的理想一起漂洋过海去美国留学。我们固然需要钱学森那样功勋卓著的科学家，但我们也需要周鸣鷿这样默默无闻的教育家，因为，在他的岗位上，他可以培养出更多的钱学森和周鸣鷿。

20世纪中期，我写了一部关于未来战争的长篇小说《特务连》，里面谈到了留学生的生活，主人公岑立昊的原型就来自于一个名叫刘晓东的基层干部。在委内瑞拉猎人学校训练期间，他曾经历过连续八天没有任何补给的野外生存训练，因为水土不服，还患上了登革热，身体状况逼近了极限，在最后一关攀登考核中，几次都是在到达顶端之前摔了下来，外籍教官认为他根本不可能完成攀登作业，但是他没有放弃，他已经和学校签下"生死状"了，他是代表中国军队和异国军校签订"生死状"的，所以他只有一条路：死也要死在攀登的路上。就在教官安排下一个学员接替他的时候，他把那名异国同学推开了，他又一次用血肉模糊的双手抓住了攀登绳，在教官和同学们惊恐的目光中一寸一寸地向上移动，直至爬到顶端。两年的炼狱般军事留学生活，他拼下了"国际特种兵班"总分第一名的成绩，被校方授予"特种兵突击队员"战斗勋章，成为首位头像永久雕刻在外国军事学校荣誉墙上的中国军人。

2012年12月，在广州军区进行教学实践期间，我认识了该部训练标兵刘珪，这个年轻的连长在他的部队被战友们誉为"超级勇士"，他能从三千米高空准确落到直径1米的圆圈内，落地后可以单手持枪，从拔枪到射击不到一点二秒，用脚后跟上膛，运动中瞄准百米外目标，做到枪响靶落。刘珪多次担负同外军联合演练的任务。在2010年6月21日的高空跳伞作业中，突然遇到强气流袭击，几米外的新战士陈波连人带伞卷进刘珪的伞中，两个伞衣交叉缠绕，伞绳越绕越紧，大地迎面扑来，死神近在咫尺。千钧一发之际，刘珪把危险一把揽了过来，他果断地拉开飞伞柄，抛掉自己的主伞，自己的身体随即成了"自由落体"，在失重和呼啸而来的风中，他竭尽全力拉开副伞，此时，他离地面的高度仅有200多米，幸好副伞打开了，他才和死神擦肩而过。

一位战友给我讲过这样一个故事：一个暴雨将至的夜晚，爸爸陪着两岁的女儿看电视，等待即将探亲回来的妈妈。半夜里，窗外电闪雷鸣，小女儿一个激灵，抱起床头柜上的电话，跳到床上，蒙着被子又哭又喊，妈妈，打雷了，快回家吧！爸爸说，好了，妈妈在车上，一会就到家了。过了一会儿，瓢泼大雨倾泻而下，小女儿又抱起电话机钻进被窝大喊，妈妈，下雨了，你在哪里啊？快回家吧！

这一幕，恰好被刚刚进门的妈妈看见，妈妈放下手中的行李和雨伞，跑去抱孩子。宝宝却挣脱开妈妈的手臂，执拗地抱着电话，哭喊着让妈妈回家。刚结束几个月科研实验任务返家的妈妈质问孩子父亲，这是怎么回事？爸爸无奈地说："孩子一年多了没见过你，每次都是在电话里跟你说话，她以为电话机就是妈妈。"这个妈妈，是某部科研所的干部，常年生活在一个封闭的山区里。

这些故事里的主人公，未必都是授予称号的英雄，但是他们不乏英雄人格和英雄气质。在他们的身上，彰显出中华民族公而忘私的美德，蕴含着中国军人坚忍不拔的毅力，体现了中国人民"先天下之忧而忧，后天下之乐而乐"的博大胸怀，他们才是国家形象的代表，才是民族精神的代言人。

五、英雄，不是传说

再次与英雄并肩，是继第一次参战六年以后，在另一段边境线上。

1985 年春天，我所在的侦察部队执行一次战斗任务，我作为炮兵参谋到友军炮兵部队协调指挥，沿途看到很多用草木拼成的楹联，都是战士们自己创作的，不乏英雄主义气概，也不乏诙谐幽默，令我至今难忘。就是在那次战斗中，我所在的分队战士李军踏雷负伤，就牺牲在我的眼前。李军牺牲后，他的母亲李祖珍深明大义，到前线给战士做报告，把战士们当作自己的儿子，鼓励大家继续战斗。李祖珍后来被中央军委授予"子弟兵的好妈妈"称号。在此后很多年里，每逢春节，我们都会把李妈妈请到连队过年。

后来得知，就在那段时间，和我们同在一个防御区域的兄弟部队，曾经发生过更加激烈的战斗。1985年7月19日凌晨，我边境线某主峰前沿的无名高地遭遇对方两个营的进攻。我军一个哨位上四名战士，两人牺牲，其余两名身负重伤的战士苗延荣和韦昌进继续战斗，战斗中反复中弹，苗延荣昏迷不醒，韦昌进一只眼珠子蹦出眼眶，他把眼球塞进眼眶，一面救护苗延荣，一面固守阵地，坚持了11个小时，最后时刻还向炮兵呼唤火力，配合收复高地。战后，医生为韦昌进清理伤口，除了眼伤以外，全身还有22处伤口。我后来曾经研究过韦昌进的22处伤疤，它们分布在不同的部位，子弹和弹片是从不同的角度，在不同的时间进入肉体的。韦昌进身上的22处伤疤说明了什么？说明了他是多处负伤、重复负伤，说明他负伤之后还在战斗，它见证了一个英雄诞生的真实过程。

再讲一个真实而又鲜为人知的故事。山东省莒南县有个自然村叫渊子崖。抗战期间，一股日军路过该村，本来是想顺手牵羊抢点粮食，按照日本人的逻辑，一般的村民遇到这样的情况，都是望风而逃，但是这一次他们想错了，渊子崖村的老百姓吹起了牛角号，男女老少登上了往年防匪的土围子，不分青红皂白就是一顿土枪土炮。日军被打得莫名其妙，以为这个村里一定会有八路军的主力部队，第二天出动日伪1000余人，把渊子崖围得水泄不通。村自卫队用土枪土炮、大刀长矛拼死抵抗，从太阳升起打到日落西山，直到村民手里的武器打成废铁，日军才撕破一个口子进到村里，然而已经手无寸铁的村民还是誓死不降，摔锅砸铁，拿起来又同日伪军展开逐屋逐户的巷战。后来，八路军山东纵队二旅五团一个连及县、区武装赶来支援，鬼子终于撤退。这次战斗，共歼灭日伪军一百余人，渊子崖村民一百四十七人壮烈牺牲。

就是这个故事，激活了我的创作灵感，写了一部抗战小说《八月桂花遍地开》，那本书的扉页上印着两句话："没有谁能够击倒我们，除非我们自己；没有谁能够拯救我们，只有我们自己。"在这个作品里，我把渊子崖村放大为八百里山河，把几百个人口放大为几百万人口，把那个智勇双全的十九岁的村长林凡义放大为韬光养晦的抗战市长沈轩辕，设想几百万人头顶铁锅，冒着敌人的炮火前进，在广袤的原野上围猎两千名侵略者，并取得最后的胜利。

生活远远比我们的作品精彩，生活中的英雄比我们知道的多得多。诚如毛泽东主席的精辟论断："群众是真正的英雄。"毛主席的英雄观，可以用他的诗句形象地表现，"喜看稻菽千重浪，遍地英雄下夕烟"——在那晚霞和稻谷交相辉映的傍晚，从暮色和炊烟中走来的农人，都是英雄。

六、英雄，在我们心中

曾几何时，拜金主义和享乐主义让我们中间的一些人变得六亲不认，变得数典忘祖，变得对英雄也不以为然了。无知地戏谑，浅薄地诋毁，盲目地质疑，其实只能说明内心的干涸。为什么看不见英雄？为什么怀疑英雄？一句话说到底，是因为自己的心中缺乏英雄，缺乏英雄气质，缺乏英雄精神，缺乏对英雄的追求。

这是思想意识形态领域里的一场看不见的战争，也是一场关系到国家民族安危的文化战争。如果我们不能建设先进的、健康的文化，那么就会拱手让出我们的文化市场；如果我们不能真实地、艺术地树立我们的英雄形象，那么，我们的敌人就会用"假英雄""伪英雄"和"坏英雄"的形象来亵渎和遮蔽我们的英雄。我们缺的不是英雄，而是对英雄的认识和尊重；我们缺的不是英雄精神，而是对英雄精神的培育和弘扬；我们缺的不是英雄品格，而是对英雄品格的继承和发扬。

当然，英雄不是神，不是圣，也不是仙。英雄有很多种类，有拯救人类灵魂和命运的英雄，也有拯救社会和生命的英雄。英雄的表现方式也有很多种，有先天的英雄，也有后天的英雄；有准备充分的英雄，也有瞬间诞生的英雄。我们每个人都曾经有过英雄的梦想，就像种子一样蛰伏在我们的心中，一旦遇到阳光雨露，这种子就会生根开花。

在前不久解放军艺术学院文学系的一堂课上，老师谈到一位外国作家对中国长城的质疑：一座长城就能保证一个国家的安全吗？老师提问，有没有这样的城？大二女生王辰玮起立回答，有，众志成城！半秒钟后，掌声雷动，这掌声意味深长，它说明当代军校大学生懂得了担当，懂得了家国天下，或许，他们即将成为中华民族精神长城的一块砖石，或许，他们正在暗暗地做着英雄梦。

中国先贤有言："勿以恶小而为之，勿以善小而不为。"其实，英雄更多的时候，就表现在"善小而为之"，只要我们心中有爱，就能眼中有美；只要我们思之有情，就能行之有善；只要我们敢于担当，敢于作为，敢于斗争，敢于牺牲，蓦然回首，那人却在——在我们的心中，我们就是英雄。

冬天里的一把火

三十多年过去了，我依然清晰地记得那团燃烧的炉火——长方体的炉灶贴墙砌在宿舍南边窗下，宽而且高。那时候我们称那种笨重敦实的炉子为"老虎灶"，灶台上架着铁丝网，上面搭满了在白日训练中汗湿了或被雨雪浸湿了的棉袄棉裤和棉鞋。一轮皎月挂在窗外的树枝上，不时有干部或老兵们踏着薄冰在门外走动，蹑手蹑脚地开门进来，先是挨个查铺，帮大家掖好被角，又到窗前查看通风口，再将铁丝网抱下，加几块煤，捅捅火，火苗往上蹿了几蹿，立刻，雪白的墙壁就被映出一片闪烁的橘红色，然后再将铁丝网托上去，把棉袄棉裤翻个个儿，空旷的房间里就重新弥漫起夹着汗湿味的温暖——这温暖是不会冷却的，它从新兵们入睡一直持续到第二天起床号响，直到我们一跃而起，穿衣、撒尿、出操之后，才会由值日的老兵把老虎灶暂时封起来，在晚点名之后，又重新以灿烂的燃烧给我们营造一个温暖的怀抱。

这团炉火便是新兵时期留给我的难忘的记忆。我们参军到达中原古城安阳的时候，恰逢漫天飞雪，雪后就是天寒地冻。只几天工夫，手脚就长了冻疮，脸上也裂开了口子。老天爷给了我们这些南方兵一个下马威，在这样凛冽的环境里开始军旅生涯，首先就从心理上产生了畏难情绪。我是在小城镇长大的，兄弟一人，自小还是有些娇惯的。我没有想到军营生活原来竟是这样的，手上生冻疮不说，脸上还要开裂。早知道会这样，我就不来当兵了。在家里待业年把，招工当个澡堂工人、理发匠之类的，也远比受这份罪强得多。

　　但是，在沮丧的时候，我看见了那团炉火——它有时候是暗红色的，有时候是橘红色的，燃烧中的煤炭呈半透明状，有时候在红色的火焰上面还会聚集几束蓝色的火苗。它在舔噬着新兵宿舍里的黑暗和潮湿，也在融化着我们心中的寒意。以后我曾经不止一次地想过，在我参军之初最迷茫和最容易动摇的日子里，也许就是这团炉火潜移默化地影响了我，不动声色地坚定了我。新兵排二十一个新兵有山东的、安徽的、河南的、河北的，住在一间约四十平方米的大房间里，统统地铺，但铺草厚实松软。到新兵宿舍查铺查哨的干部或老兵我们大多不认识，以后认识了，我就再也没有忘记他们，譬如无线班副班长王晓华，指导员赵蜀川，二班副耿其明，六班长王宝贵……三十年后我依然能够记住这些名字，足以证明老兵对新兵的关怀——哪怕仅仅是举手之劳的微不足道的关怀，也很有可能给一个处在茫然状态的新兵留下美好的记忆，甚至会在一定程度上改变他们。

　　记得是在一个皎月当空的夜晚，一名小个子老兵又来查铺，他走到我的铺前发现我是醒着的。他注视了我片刻，轻轻地问，怎么还不睡，想家吗？我犹豫了一下，点点头。又说，不完全是。他在我的铺前站了一会儿，说："我刚当兵的时候也是。没有新兵不想家的。不过，你得好好睡觉，不休息好，明天训练会走神的。"我说："你们每天都来帮我们掖被子，真好。"他笑了笑，在闪烁的炉火映照下，我发现他的脸很年轻，但居然给我以慈祥的感觉。他说："用不了多久，你成了老兵，也会这样的。"然后他就出去了。在他离开之后，我仍然没能很快入睡，但是不乱想了，我在想他的话。

　　这个人是我们炮团九连无线班班长陈仁进。其实，那个夜晚陈班长并没有做我的思想工作，此后也没有再找我促膝谈心，但是，他那几句十分平常的话，却让我的心情久久不能平静。我憧憬着我当老兵以后的作为，就颇有点激动了。想一想那团红色的炉火，想一想那些在时明时暗的光线里悄然而至的身影，想一想那些并不比我们大多少的老兵给予我们的兄弟般的关怀，就很有感慨：当个老兵真好。

在那团炉火的陪伴下，我的新兵生活顺利地结束了，幸运的是，我恰好被分到了无线班，陈仁进便成为我下到老兵排之后的第一任班长，同时也成了我军旅人生的第一个导师，在他软硬兼施的培养下，我顺利地完成了从非军人到军人的过渡。之后不久，部队到南方参加了一场重大行动，我立了功，又因为写报道有点成绩，引起上级文化部门的重视，被作为重点人才培养，并于参军八个月之后，当上了炮兵班的班长，成了货真价实的老兵。

第一次到新兵宿舍查铺的时候，我觉得是一件很神圣的事情。记得在进门之前我踌躇了一会儿，用现在的话说可能就算是酝酿情绪吧。我像老班长那样，帮新兵们披被角，查看通风窗，添煤捅火，帮他们烘烤棉袄棉裤。做这些小事的时候，心里的感觉却很崇高。与我在新兵时候所见到的那些查铺的干部或老兵们不同的是，在做完这一切之后，抑或是不放心，怕自己有什么疏漏，抑或是想重新体验那种感觉，反正我是在离开后不久又重新回到了新兵宿舍，又在那里静静地待了一会儿，静静地观察那些比我年轻或者同我一样年轻的脸庞。其实看得很朦胧，但我能够感觉到他们睡得很踏实，很香甜。

提干之后不久，我就到机关工作了，再往后，又开始了文学创作并被调到北京，从此远离了老部队。白驹过隙，岁月悠悠，三十年过去了，我的老班长也早已复员回乡，但他曾经照料过的那团炉火却时常在我的心里燃烧。

1992 年，我写了一篇小说《弹道无痕》，被改编拍摄为同名电影后获了一些大奖。如果说这部电影是成功的话，那么，最令我感动的还是它的片头：一轮巍峨的太阳从天穹处的地平线上升起，红彤彤的光辉弥漫了整个画面——这正是我心里储存了多年的色彩啊。那团红彤彤的太阳，以及影片中好几处反复出现的炉火，都像是在展示我心灵中的一段历史。这篇小说的两个主要人物是老班长李四虎和新兵石平阳，石平阳就是在那种红彤彤的氛围里成为老兵、班长、老班长的。我记得我在写作的时候，并没有把那些人物同我的切身经历结合起来，脑子里倒是若隐若现地晃动过几位战友的影子。那么，影片里出现的并且是贯穿始终的火红的基调，只能理解为本人记忆中的色彩信息通过文字对于再度创作人员的暗示了。

如今，当我回忆起我新兵时期享受过的那团炉火的时候，突然想到，一个人一辈子要遇到多少事情啊？有大事，有小事，但是影响和改变我们的未必都是大事，尤其是对于新兵，也许很小的事情就会深埋在他们心底，并滋润或者破坏着他们的感情。

让理想信念落地生根

一、文学艺术是照亮人类心灵的一盏明灯，是慰藉人类精神的一团炉火

在人类的精神发育史上，始终伴随着一股神奇的力量，寒冷中提供温暖，艰难中慰藉心灵，困境里激活力量，穿透千秋岁月，在苍茫大地上高扬理想信念的旗帜，照亮前行的路，这就是文学艺术。文学艺术，自从它诞生那一天起，就携带着抒发情感、抚慰灵魂、陶冶情操、净化社会的功能，自古就有"经国之大业"的说法，后世又承载着喻世、醒世、警世的理想追求。随着科技文明的发展，文艺的地位和作用日益彰显。

上个世纪初，中国的启蒙主义者逐渐认识到文学艺术的巨大感染力和影响力，在医治国人心灵，铸造民族骨骼方面，以"不可思议之力支配人道"，梁启超认为："欲新政治，必新小说；欲新道德，必新小说；欲新经济，必新小说……"鲁迅因此弃医从文，蔡元培甚至提出了"以美育代宗教"，从而推动中国的文学艺术和文化活动进入一个新的阶段，为中国人民的独立和解放注入了强大的精神动力。

在 2014 年 10 月的文艺工作座谈会上，习近平主席指出，实现"两个一百年"奋斗目标，实现中华民族伟大复兴的中国梦，文艺的作用不可替代，文艺工作者大有可为。我国作家、艺术家应该成为时代风气的先觉者、先行者、先倡者，这是站在历史唯物主义的高度，赋予文艺工作的光荣使命，也是对广大文艺工作者的重托。

改革开放以来，中国社会发生了深刻的变化，经济发展日新月异。但是，历史发展的规律表明，物质文明每前进一步，必然给精神文明带来新

的挑战，在一些领域出现了信仰流失、道德滑坡、价值观模糊的现象，是我们应该正视的问题。改变时代风气，固然有千方百计，固然有法律、制度、教育等等方面的手段，然而，这些手段都是外因在起作用，本质的改变，是要净化世道人心，健全人格国魂。诚如鲁迅先生所说："……我们的第一要著，是在改变他们的精神，而善于改变精神的是……当然要推文艺，于是想提倡文艺运动了。"这是因为，文学艺术，是心灵的事业，距离人的灵魂最近，一叶知秋，先觉人间冷暖；未雨绸缪，先行理想信念；春风化雨，先倡时代风气。文学艺术作品的感染力，对于人类社会的影响无处不在、地久天长。

二、文学艺术是心灵的事业，担负传播理想信念的使命

曾经读过一首小诗："生命诚可贵，爱情价更高，若为自由故，二者皆可抛。"这是匈牙利诗人裴多菲的作品。读这首诗的时候，我是个中学生，我不知道裴多菲受了什么冤屈，诗里说的"自由"是个什么概念。但几乎就在同一时期，我读到了一位中国人的诗："为人进出的门紧锁着，为狗爬出的洞敞开着，一个声音高叫着：爬出来吧，给尔自由！我渴望自由，但我深深地知道——人的身躯怎能从狗洞子里爬出！我希望有一天，地下的烈火，将我连这活棺材一齐烧掉，我应该在烈火与热血中得到永生！"

记忆中，是在初中的语文课本上读到叶挺将军的《囚歌》，通过老师的讲解和注释，我知道了，这是叶挺被关押在渣滓洞里写的一首诗，当时他身陷囹圄，却又面临自由的诱惑，只要他肯写出"自白"，立即就可以恢复自由，仍然拥有高官厚禄，然而他却"希望有一天，地下的烈火，将我连这活棺材一齐烧掉……在烈火与热血中得到永生！"尽管那时候我不知道是什么在支撑着他，但是能够隐隐约约感觉到，这个世界有比生命和自由更重要的力量，若干年后我知道了，这种力量的名字叫：信仰。

曾经读过一本小说，是英国女作家伏尼契的《牛虻》，作为革命者的牛虻——亚瑟被执行枪决的前后，那段具有超现实意味的描写至今难忘："孩子们，枪法太糟糕了，来，朝这儿打！"慷慨就义的亚瑟给昔日的恋人留下的那首小诗常常萦绕耳畔："不管我活着，还是我死去，我都是一只

牛虻，快乐地飞来飞去。"

在我的阅读经历中，关于死亡的描写，这是最让我心动的一幕。一个面对枪口即将赴死的人，不仅已经做好了充分的死亡准备，而且依然快乐，依然谈笑风生，甚至还有几分俏皮，这就是文学带给我们的奇特感受。如果没有了文学，我们怎么会认识亚瑟呢？与之相匹配的还有："砍头不要紧，只要主义真。杀了夏明翰，还有后来人！"这是中国共产党早期党员夏明翰的就义诗，大义凛然，视死如归，回肠荡气，刻骨铭心。

曾经看过一部电影，抗日战争时期，八路军的团政委李侠化装打入沦陷区上海，同日军驻沪特高课展开斗争，被捕后遭到各种酷刑，忠贞不渝，保守了党的秘密，获救出狱后，冒着生命危险，继续为党工作。敌人千方百计地搜捕李侠达六年之久，但地下党重建的电台发出的红色电波依然存在，从未间断。在最后的斗争中，生死关头，李侠从容镇定地坚持发完全部情报之后，又满怀深情地按着电键，用密码发出最后的心声："同志们，永别了，我想念你们！"

在我童年和少年时期的阅读和观赏经历中，还有邓世昌、成刚、关天培、冯婉贞、杨靖宇、白求恩、赵一曼、赵登禹、赵尚志、张自忠、狼牙山五壮士、黄继光、董存瑞、邱少云……这些响亮的名字，我们可以无限地开列下去。

我是一个从基层土生土长的作家，第一次参战的时候我是新兵，部队突击放电影《地道战》《地雷战》《南征北战》，看得我们热血沸腾，怀着保卫祖国的信念，交上血书就上去了。1985年春天，我作为一名侦察分队干部，第二次到边境执行作战任务，曾经在友军阵地上看到一副楹联：图私利前线铺满黄金龟儿才去，为祖国阵地遍布地雷老子我来。因为是用草皮贴在猫耳洞边上的，没有横批，我给它加了一个横批：信仰无价。因为能够买动生命的，只有信仰。

回想20世纪，抗战时期，多少南洋华侨放弃了安宁的生活，回国抗战；新中国成立后，多少科学家把洋房洋车扔在国外，提着皮箱回到祖国，熬过了三年自然灾害，把卫星和火箭送到太空。是什么在支撑他们？只能是信仰。

多少年来，这些形象，这些故事，这些话语，在我的心中挥之不去，你不知道它在什么时候起作用，然而它却在不知不觉中影响着你，外化于形，内化于心。中共创始人之一李大钊的名句，"铁肩担道义，妙手著文章"，道义生文章，文章载道义，也许你看不清"道义"的模样，可是，翻开文章，它就活跃在你的眼前。

三、理想信念不是空中楼阁，通过文艺作品可以得到形象的展现

习主席说，艺术的最高境界就是让人动心，让人们的灵魂受到洗礼，让人们发现自然的美、心灵的美。2015年4月12日晚，坐落在右安门外大街的中国国家话剧院座无虚席，广州军区战士话剧团正在这里上演话剧《共产党宣言》，观众中有来自解放军艺术学院文学系的43名学生，这些同学当中，有的已经看了两遍、三遍，再来看第三、第四遍。这些大都属于80后、90后的年轻人突然发现，共产党离自己并不遥远，共产主义不是一个空洞的口号，那个放弃了荣华富贵，漂洋过海寻求真理，那个回国后为劳苦大众翻身解放奔走呼号，那个面对拷打和死亡威胁而宁死不屈，那个面对亲生儿子却不能相认，毅然拖着镣铐走向刑场慷慨赴死的女性，还有那个关键时刻为保守秘密而战斗致死的李副官，就是共产党。那一本名为《共产党宣言》的小册封面上留下的"为了我们孩子的未来"的话语，就是共产主义。受到震撼的不仅是年轻学生，容纳880人的剧场，唏嘘声不绝于耳，尽管那声音很轻。在整个演出过程中，没有杂音。

一个爱恨情仇、生离死别的故事，携带着一个崇高的理想信念，从遥远的地平线向我们走来，在我们的眼前放大着、清晰着，湿润着我们的眼睛。在写这篇文章的时候，我想起了一位伟人的话："我所说的中国革命高潮……是站在海岸遥望海中已经看得见桅杆尖头了的一只航船，它是立于高山之巅远看东方已见光芒四射、喷薄欲出的一轮朝日，它是躁动于母腹中的快要成熟了的一个婴儿。"这是20世纪30年代毛泽东主席在《星星之火，可以燎原》中的一段诗意描述——"革命高潮"，一个眼看不见、手不能触的预言，以"一只航船""一轮朝日"和"一个婴儿"的意象进入我们的眼帘。毛主席不仅告诉我们"革命"是什么，并且告诉我们"革命的模样"是什么，甚至启示我们的文学创作和文学教育：以文学的方式

讲道理，用人物携带情感，用形象承载思想，用故事传播理想信念。

在此后的讨论中，军艺文学系多数学生引用了话剧《共产党宣言》女主人公林雨霏在狱中对儿子说的那段话："一个人没有信仰，就没有追求，没有道德，没有廉耻，即使拥有一切，也会心中空虚；一个国家如果没有信仰，就没有正义，没有尊严，没有公平。"有个同学在发言中说，如果没有了这些，即便坐拥金山，又有什么用呢？精神的贫穷比物质的贫穷更穷。一场话剧，在不知不觉中掀起一股潮流，随之带来的影响是，重读经典，重读主旋律，重读革命的英雄主义和爱国主义作品，江姐、杨晓东、王成、卓娅、舒拉、保尔·柯察金……成为崇拜对象，革命、正义、道德、追求……成为热门话题。在讨论会上，三十多名党员学生再一次举起右臂，重温了入党誓词。信仰的种子，就是这样，通过文艺之手，悄然进入年轻的心灵，或许它还会蛰伏时日，但它终将开花结果。

四、理想信念是人类精神的主旋律，文学艺术是主旋律的扬声器

根基不牢，地动山摇。根基是什么，就是理想信念。为强军梦助推加力，文学首先就应该在树立理想信念方面做文章。

历史表明，一个没有信仰的民族是不可能强大的，是可悲的，也是可怕的。那么，我们的信仰是什么？入党时庄严宣誓："为共产主义事业奋斗终生。"这就是我们的信仰，奋斗终生。信仰是一个远大的目标，不是一代人、几代人就能实现的，就像愚公移山，子子孙孙前仆后继无穷无尽。或许实现我们的信仰和理想需要几百年几千年，但是我们必须有信仰。或许在实现信仰的路上会遇到挫折和反复，但是我们绝不能半途而废，必须百折不挠勇往直前。在这个过程中，每一件对人民有益的事情，都是共产主义事业的一部分。

习主席在文艺工作座谈会上强调，追求真善美是文艺的永恒价值。我们要通过文艺作品传递真善美，传递向上向善的价值观，引导人们增强道德判断力和道德荣誉感，向往和追求讲道德、尊道德、守道德的生活。

文学艺术是崇高的事业，也是奉献的事业，不能混同于一般的产业，不能唯利是图。心中有善，眼里有美，笔下有情，纸上有爱。我们只能用一双干净的手，捧着理想信念的种子，把它植入人民的心灵；我们只能用

一颗善良的心，汲取道德的泉水，浇灌理想信念的花朵。

事实证明，主旋律的作品同样可以感人。曾几何时，往往是，提到主旋律，即便是干瘪、抽象、空洞，我们也一笑了之，甚至还很宽容，认为主旋律作品"不好写"，可以放宽艺术尺度，这其实是误解。不是主旋律作品"不好写"，而实在是我们"没有写好"。通常意义上，"主旋律"的含义主要是对内容的判断，聚焦在"写什么"，事实上，主旋律主题因其关注社会和历史，关注国家民族命运，而更具有文学创作的空间。大时代、大历史、大事件、大主题的宏大叙事，矛盾冲突更加尖锐，感情纠葛更加集中，更有文学的张力，更能牵引公众的审美共鸣，关键在于"怎么写"和"写得怎么样"，当然可能也包括"谁来写"。这是我们今天尤其值得反思的问题。

纵观古今中外的文明发展历史，承载思想、传播信仰、蕴藉情感、追求美善、鞭挞丑恶的作品，都是主旋律。文学艺术是形象思维艺术，文学艺术之所以成为人类精神生活的良师益友，就在于它可以把"看不见"的东西以"看得见"的形式表现出来，可以通过多元声部携带和烘托"主旋律"，这就是文艺魅力的奥秘所在。经典文艺作品无不如此，比如《悲惨世界》《红楼梦》《战争与和平》《静静的顿河》，特别是《西游记》《十日谈》《一千零一夜》《复活》等等，都是通过人物和故事携带思想和信念的。即便是像《圣经》《佛经》这样的宗教教义，也是采用一个故事讲一个道理，承载一个观点的形式，才得以传播并经久不衰的。我们的理想信念不是空中楼阁，它是来自于人类千百年来生活实践的精神结晶，是作用于具体的生命的，不能仅用抽象的说教和口号来灌输。我们的理想信念有鲜活的人物和动人的故事支撑，有坚实的生活依据和思想基础，因此我们要用好文学艺术这个播种机，创作出思想精深、艺术精湛、看得见、记得牢、传得开、留得住的文艺精品，推动我们的理想信念在人民心中，在生活的大地，在未来的广袤原野上落地生根。

乡里乡亲

找不到我要感恩的那个人了

小时候我有两个愿望，一个是等我长大了当官了，把我的仇人都捆起来打一顿；另一个愿望是，等我长大了发财了，把我的恩人都请过来吃一顿。

然后我就开始长大，从蹒跚学步长到五十岁，我的那些所谓仇人，主要是童年顽友、小学情敌、中学持不同政见者，几十年过去，他们一个个都成了我的乡党、老友、故知，我们谁也没有把对方捆起来打一顿，相反，探亲回去，三五年见上一面，还要坐下来喝一顿老酒。

第一个愿望我没有能够实现，我不为此感到遗憾。

第二个愿望，就一言难尽了。所谓恩人，不一定都是救命恩人，也不一定就是改变你命运或者改变你生活的人，恩人就是有恩于你的人，从这个意义上讲，我的恩人很多，抛开自己家的亲人，那些曾经给我糖果、夸我聪明、教我读书、为我指路、拉我过桥的人，都是我的恩人。这些人有的后来我见过，有的没有再见过。

在 20 世纪中后期，我的身份有点特别，属于生活在农村的非农业人口，叫回乡知青不准确，叫下放知青也别扭，所以我给自己下了个定义，叫落户知青。十七岁高中毕业之后，我落户在霍邱县洪集镇一个名叫王大庄的村子里，其实就是把商品粮户口变成农业户口，再把铺盖从洪集街上搬到两公里以外的乡下。但是，这个变化对我来说是很重要的，对我的影响也是深远的。

可以这么说，王大庄这个村子，所有的人都是我的恩人，因为我干农活水平差，但是按规定我还必须拿满劳力的工分，我多吃多占的那一部分，是全村人分担的，他们没有怨言，就是有恩于我。

这里我要重点提到三个人，前两个人是我在落户期间的生产队长焦大旺和他的老伴焦大妈。焦大伯是个红脸汉子，农活把式，言语不多，主意不少。我刚落户的时候，什么也不会干，有一次铲场，一不小心差点儿把右边大脚趾铲掉了，从此以后，焦大伯就不让我干带有危险性的活。焦队长有个儿子叫焦万银，是我初中同学，也是我在农村最好的朋友之一。他们家但凡有好吃的，都要派焦万银把我叫过去或者给我送过来。要知道，那时候大家都不富裕，母鸡下蛋一般是不吃的，要拿到街上卖给食品站，然后买盐买布买针头线脑，但是我吃了他们家多少鸡蛋，我不知道。焦大妈慈眉善目，喊我老孩，把我当成她的儿子，刚落户的时候，我的被褥衣服都是焦大妈给我洗，她还帮我开了一块菜地，教我自己种菜。

我刚到王大庄生产队的时候，还没有知青点，我的临时住处旁边有一家姓台，男主人是粮站职工，女主人是农村户口，也要参加农业劳动，村里人都亲切地称呼她台老妈，我也这么称呼。

台老妈是见过世面的人，很会生活，也非常能干，因为孩子多负担重，她还养了一些鸡、鸭和猪，贴补家用。在我落户第一年割稻期间，台老妈除了喂猪，还要喂我，因为我病了。老实说，我从来没有干过那么累的体力活，初生牛犊不怕虎，两天下来，就一头栽倒，后来还发起了高烧。那几天，焦队长给台老妈一个任务，就是照顾我，我的日子一下子好起来了，天天有好吃的。因为是病号，又是知青，我的饭是单独做的，台家的孩子只能看不能吃。

台家有四个孩子，大儿子和我同岁，最小的女儿才四五岁。我记得有一天台老妈做饭，不知道是谁嘀咕，好像是说什么东西不是生产队给的，台老妈把自家的东西做给我吃了。后来才知道，生产队那时候也困难，当时就拨了点粮食给台家，而台老妈变着法子给我做好吃的，印象最深的是一碗猪油葱花炒干饭，干饭里有一个被切碎了的咸鸭蛋，红黄白绿十分好看，满屋飘香。我吃了一碗，把碗送回台老妈家的时候，台老妈说，锅里还有，说着就拿碗去盛。我没有推辞，把剩下的全吃了，台家最小的妹妹为此还哭了一场。因为猪油、鸭蛋都是他们家的，她眼巴巴地等了半天，居然一口没有吃上，她自然伤心。而这些我并不知道，我还以为人人有份呢。

两年后我参军走了，对于王大庄的长一辈，我怀念的太多。以后探亲回去，偶尔还能见到几个，焦大伯和焦大妈、台老妈我都见过，他们夸我出息了，我也问这问那，都是礼节性的。他们夸我是真心为我高兴，我也发自内心为他们祝福。但是有一点，就是始终没有请他们好好地吃一顿饭，没有耐心地坐下来跟他们拉拉家常。其实我知道他们是很想和我在一起多说会儿话的，但每次都说："你忙啊，你忙你的吧。"他们大约认为我地位变了，对我很客气，客气中隐隐有点距离感，我应该是有察觉的，只是没有往心里去。我有时候甚至想，没关系，再等等，总有一天，我休闲了，到村里去摆上酒席，把父老乡亲都请到一起，痛痛快快地回首往事。

后来因为父亲工作调动，我的老巢搬到另一个镇子上，我同王大庄的联系就更少了。

前年探亲回去，路过洪集，想起了焦大伯老两口，想去看看，又怕村里熟人多，被缠住了走不脱，就托一位兄弟，捎三百块钱去，尽尽孝心。没想到离开洪集不到半个小时，这位兄弟就把电话打过来了，说你交办的事情我没法办，我把钱交给他大儿子了。我问怎么啦？回答说焦队长去世了。我赶紧问，焦大妈呢？我那兄弟迟疑了一下，低沉地说，也走了。

那天下午，我的心情坏极了。

今年春天回老家，在一个偶然的场合见到焦万银，说起这件事情，焦万银安慰我说："你有那个心意，他们九泉有知，也就心满意足了。"我说我不能再等待了，我得抓紧时间回去看看台老妈，争取这次就去。焦万银说："台老妈去世了，你不知道？"

不知道，我真的不知道。这些年来去匆匆，疲于所谓事业，我忽略了太多的事情。我心目中的焦大伯和焦大妈，我心目中的台老妈，还有几个我记不得名字的长辈，一直都还是原先的样子，正当壮年，气色健康，仍然早出晚归，下田干活，随时准备接受我的拜访。哪里想到他们会老呢，哪里想到他们连招呼都不打一个就走了呢？

等我回过神来，想表达我的感恩之情的时候，我再也找不到他们了。

一片难忘的土地

相传很久以前，一个猎人抓到一只麂子，送给他的女儿。女儿和麂子相依为命，一起长大，但就在女儿要当新娘的前一天，麂子咬住女儿的嫁妆跑出家门，全家人痛心疾首，一起出门去捉拿这个忘恩负义的家伙。麂子跑啊跑，这家人追啊追，终于，追到了山腰，麂子不跑了，回头深情地望着主人。猎户一家回过头来，身后已是一片汪洋。原来，山洪暴发了。

三十年前，我是侦察连的指导员，熊德安是驻地下金厂的区委书记。有一天，几个战士巡逻归来抓住了一只麂子，老熊火急火燎地找到我，给我讲了这个故事，我当即下令放了麂子。麂子在战士们感动的目光中一步一回头，消失在崇山峻岭。

麂子，是当地苗家的神灵。从那以后，也是我们这些侦察兵的神灵。在那一年多的时光里，我的连队就像苗家敬重神灵一样敬重当地人民的情感。那里的群众，也像保护他们的神灵一样保护着子弟兵。在那段艰苦的战斗岁月里，我真正体会出了什么叫水乳交融，什么叫军民鱼水情。

今年暑假，我回到了文山州，找到了我的房东——当年的区妇联主任罗金秀阿姨。然后，文山军分区安排我重返战地下金厂，车子刚刚停稳，就见一个敦实的苗族汉子迎了过来，老熊顾不上也舍不得把手中的香烟扔掉，顺势夹在耳朵根上，一把抱住了我的腰，我们一起笑出了热泪。在乡政府食堂，喝着当年常喝的苞米酒，老熊又给我讲了这个故事，问我记得不记得？我说我当然记得，我不仅记得这个故事，还记得发生在边境许多感人的故事，还有长眠在那里的我的战友李军烈士。那条通向边境的飚水岩羊肠小道，差不多每一块石头都记录着我们侦察兵的脚印。

三十年啊，下金厂的山更绿了，水更清了，路更宽了，不变的只有下金厂的蓝天和白云，还有挥之不去、驱之不散的记忆，那些如诗如歌的岁月，那些风餐露宿的跋涉，密林上空的星星，仍然在我的眼前闪烁。我已经记不清那篇诞生于二十年前的小说都写了什么，但是无疑，关于下金厂的记忆，就是它生长的土壤。

老街沧桑

小时候，我认为老街是一座城市，至少曾经是一座城市，再至少将来也会是一座城市。

老街坐落在皖西中部丘陵的一个高台子上，基本上呈"F"形，三条大街构成了老街的全部。上面一横的右端，顶着我就读的小学，教室好像是道家建筑，我记得大梁上还画着八卦图案。"F"下面那一短横，一直伸向街南头，顶端是一座清真寺。我姥姥家住在老街的中心，不偏不倚，正好在下面那一短横和一竖的交界处，姥姥家的后面已不是街区，往北是一个土坎，再往北是河湾，那便是老街的"郊区"了。河湾里有茂密的树林，摇曳的竹影，老街人生活的重要源泉龙井也镶嵌在河湾中间。而龙井，在我的老街记忆中，是最具神秘色彩的，关于它的传说至今还在影响我。

老街的路心铺着整齐的青色石板，这些青色石板不仅承载着生活的步履，也勾勒着老街的历史，有些石板上还镌刻着文字。街上住着卖油条的，刻私章的，轧棉花的，修收音机的，卖百货的，木匠、篾匠、铁匠、理发匠，染坊、油坊、米坊、豆腐坊，还有清末太监，下放干部，一应俱全，应有尽有。每到夏天，街上有叫卖鸡头米（芡实）的，有拉京胡的，有说大鼓书的，倒也有声有色。大人们用龙井水沏一壶六安片茶，摇着芭蕉扇，边品边聊，那就舒坦得像神仙。

一年总有那么几次，要在东头学校的操场上挂起黑边白幕放电影，那就俨然是节日了。这样的好时光实在太少，更多的时候我们只能靠"打仗"充实文化生活。

　　跟多数人的童年相似，我小时候酷爱打仗，特崇拜陶声奎。陶声奎是公社食堂炊事员陶大伯的儿子，比我们大几岁，因而是我们"公社小孩"的司令。陶声奎率领我们南征北战，今天跟南头小孩交手，明天跟北头小孩比画，英勇无畏，所向无敌。每每遇到恶战，陶声奎总是身先士卒，冒着砖头泥块，领头羊一般左遮右挡，保护我们。比起南头小孩和北头小孩，我们的队伍装备比较现代，有手电筒，有皮带，还有手枪套。陶声奎给我们每个人都封了官，是按绰号分的，有座山雕、一撮毛、刁小三等等。我因为姓徐，与许谐音，加上顽劣好斗，被称作许大马棒。其实当时我就知道这不是个好角色，但我更知道，许大马棒是旅长，旅长有多大我不知道，但我知道旅长比团长大。为了一个"旅长级别"，我在家乡被人喊了许多年"许大马棒"。

　　这是60年代末的故事，那时候我也就十来岁的样子。无论是军事常识还是文学素养，应该说都是那个时代给我打的基础，老街既是我的少年军校，又是我的早期文坛。

　　我家老屋在老街西边的另一个高台子上，但小时候我和父亲住在老街中心。印象中有一回跟北头小孩作战，游击到了老街北面，那里是一片河湾，我站在河湾中间的龙井沿上，向东眺望，视野上空是一轮高悬的皓月，月光笼罩着的，便是"F"街上面一横向左延伸的一截，也就是街的北头，感觉中从那截街面上隐隐升腾起一片光晕，一溜屋脊鳞次栉比，在幽暗的月影中巍峨耸立。其实，有无数个白天我曾经走进过那段街面，我当然知道，那段街面只有很少几幢砖瓦庭院，而多数皆为土坯茅屋，但是，在那个月光朦胧的夜晚，在此后漫长的岁月里，在今天的记忆中，那天的老街，就是一座城市，一座有着神秘历史的城郭。我甚至依稀看见了，在老街的东边，在更远的地方，在天穹的下面，还有一座焕发异域风情的城堡，在拱卫着老街。今天想来，这个想法有点奇怪，大约是因为我太想当一个城市人，太想让我的家乡成为城市的缘故吧！

　　事实上，在我的家乡，关于老街的历史，的确流传着"娥眉州"和"六安州"的故事，说的是不知是哪朝哪代，因何缘由，"倒了娥眉州，建了六安州"，六安州就是今天的六安市。与我一街生长的民间文学作家穆志强和当下正在活跃的打工诗人柳冬妩对老街的兴衰也很关注，不屈不挠地考证着"娥眉州"，而且还将深入地考证下去，似乎拉开架式要考证个古城出来。

许多年过去了，我已经遗忘了很多东西，而唯独对于老街的一草一木乃至门板和青石路面都记忆犹新。现在我似乎有点明白了，其实，老街是不是城市，或者说是否曾经是城市并不重要，重要的是老街提供的那一份独特的感觉，那混合着叫卖声、读书声、铁匠铺里的淬火声、篾匠铺里的裂竹声、胶底布鞋踏在青石街面上的橐橐声，还有刚出炉的烧饼的香味，热豆腐的气息……这一切都似乎在显示，老街的日子是喧闹的，清贫而火热。老街的上空永远飘扬着浓郁的生活气息，飘扬着人的气息。

除了这份被岁月诗化了的生活的记忆，令我印象很深的还有老街的水色。我童年时代的老街，被两条河流环绕，东边一条，叫西汲河，也是霍邱和六安两县的界河，正东方距老街二三里有个渡口叫大埠口。据说西汲河曾经非常宽阔，河中有潭，丰水期水流湍急。在清末民初，这条河是六安、霍邱两县的商贸渠道，大埠口自然就是客运和货运的码头了。市因水而来，街因市而荣，老街过去的繁荣显然与畅通的水路有很大关系。老街西边那条小河是从上游二道河引过来的，属于季节性灌渠，从我家东边向北，再向东。在我家老屋的东边和老街的西边，有一个不规则葫芦形状的洼地，俗称西马堰，基本上荒芜，平时只有那条季节性灌渠断断续续穿梭其中，三两块歪歪斜斜的红石板拼接成"独石桥"，成为老街东西交通的必经之路。往往是春夏之交，西马堰满了，就是发大水了。发大水对于大人来说无异于又是一道鬼门关，因为涝灾，粮食歉收，日子将加倍艰难。然而我等顽少当真是少年不知愁滋味，特喜欢发大水，大水来了，有鱼有虾，路不通了要坐船，一个猛子可以扎到人家的果园去摘梨子，这些都是平时玩不到的。如果水很大的话，就会有很多陌生的面孔——我小时候连看见生面孔都可以算一项娱乐。

三十多年过去之后回忆老街，那突如其来又不知去向的大水，也应该是记忆中一道难以磨灭的风景，有很长时间我都一直认为那水是一个神秘的物件，它来自一个神秘的地方，流向一个神秘的地方，水面之下，包含着一个孩子对于世界奥秘的最初思索。

我们终于跻身于城市的峡谷，久居闹市，几乎被钢筋水泥封闭了，脚不沾地，把我们和土地长久隔离。而回忆起阔别数年的故乡，一种异样的清凉便从遥远的故土扑面而来。对故乡回忆得越多，对城市的生活就越是厌倦。

2005 年 5 月，应安徽电视台《前沿访谈》栏目的邀请，我回了一趟故乡，公干之余，排除了众多的干扰，坚决地去了一趟老街。尽管我已经有了充分的思想准备，但是老街的破败还是触目惊心。自从参军之后，离开老街将近三十年了。三十年，这个世界上发生了多么大的变化啊！天变大了，路变短了，树林变小了，河床变高了，青石板几乎被挖光了，那口长久萦绕我心头的龙井，几乎被浑浊的溪水淹没了。改革开放之后，老街的多数居民都跟随镇政府迁往西边，一条通衢大道两边真的生长出一座新型的城镇，老街便被抛弃了。

在"F"街下面那条短横的顶端，一条老狗傲然昂首，虎视眈眈地盯着我，似乎拿不定主意要不要给我来一个下马威。老狗再老，也老不过我，它哪里知道，它现在盘踞的位置，乃是我当年"打游击"的根据地，那时候我比它威风多了。

我为老狗而感动，它是留守老街的不多的动物之一。狗的主人出来了，一出来就是一群，其中有一个慈眉善眼的老太太挤着往前看我，言之凿凿地说她当过我的奶妈，我让人掏出了我"皮袍下面的'小'"作为馈赠，老人家眼窝湿润地说："没有白疼你一场，这么多年了，还知道回来看我一眼。"我的心里顿时一阵愧疚，其实我对她已经完全没有记忆了。后来我回家问我母亲，老街是不是有这样一个奶妈，母亲想了半天也想不起来，不过母亲说，老街上的人，那时候很多人都帮助过我们家。

终于找到了龙井，然而此时的龙井面目全非，全然没有我当年记忆的清澈幽深的感觉，水面与河沟平齐，分不清楚是河水还是井水，顺着井壁，水面上浮着厚厚的青苔，上面居然还有青蛙打坐。

我被这个意外打击得心灰意冷，正在失落，不远处茅屋里走出来一对估计已逾七旬的老人。陪我同行的表弟任家杰似乎有点不甘心，明知故问，这就是龙井？老汉反问，这不是龙井是什么？任家杰嘟嘟囔囔地说，龙井怎么变成了这样啊？老汉不满地说："龙井变成了哪样啊？这样不很好吗？龙井水泡茶，还是一样的清香。你们是从哪里来的？"

任家杰说："我们是……你认识徐彦选吗？"大约是看这老汉年纪大，介绍徐贵祥他很难知道，而我父亲在这里当过公社书记，几乎家喻户晓，所以任家杰先把我父亲的大名抬出来。岂料老汉眼一瞪说："徐彦选我怎么不认识？他不是徐贵祥的爸吗？知道徐贵祥吗？在北京，作家。"任家杰惊讶地问："你怎么知道他是作家？"老汉说："你门缝里看人啊？我天天看电视，只要有徐贵祥的消息，我一准能看见。《弹道无痕》《历史的天空》《八月桂花遍地开》……"老汉如数家珍，末了还得意地向我们冷笑一声："知道吗？徐贵祥就是吃了这口龙井的水才出息的，听说他要回来修这口井。"

说真的，那一瞬间，我真有点受宠若惊。河湾之上，野林丛中，荒草土坯屋内，黑白电视机前，一个孤独的看井人，一个年迈的村夫俗汉，居然有如此浓郁的乡情，居然有如此强烈的荣誉心。我知道，他当然不是为了我才住在这里守候这口老井，但是，因为有了我，他守候这口老井的心态才会更加充实，我是他自豪的资本，他是我精神的盟友。为了这个因为我而自豪的老汉，我也应该写出好的作品——我们负起责任的理由，往往就是这么简单。

站在井边，我沉默了很久。直到我们快要离开，老汉才似乎想起了什么，揉揉眼睛，手搭凉棚，疑疑惑惑地左看看右看看，然后便向我走近，把目光定定地落在我的脸上，嘴巴嚅动着说："未尝，未尝你就是……？"

我说我是徐贵祥，谢谢你老人家。

老汉神情一变，赶紧张罗烧水，要让我们喝一杯龙井茶。

离开老街之后，我突然想，其实这么多年来，我想寻找的并不是城市，而我永远需要的是老街。城市算得了什么？城市遍地都是，而且越来越多，大同小异，但是我心中的老街只有一个，尽管在三十年后面目全非，但是三十年前的老街在我的心中是不死的，那绿荫婆娑、人气旺盛的古色古香的记忆，那宽阔的河面和清澈的溪流，那如梦似幻、无限缥缈的月光，正是我心灵的家园啊！

擦一根火柴照亮人生

童年的幸福有两个，一是有饭吃，二是有书读。

先谈吃饭。我的老家在皖西的一个小镇上，父亲是当地的一名小干部，母亲是一名小职员，父母的工资加起来每个月有七十元钱左右的收入，这在 20 世纪六七十年代的农村，是颇受人羡慕的。我读高中的时候，每个月家里发给我十元钱伙食费，除了买饭票，至少还有五块钱的菜金。为了最大限度地搞好生活，星期天我到姥姥家或者母亲的食堂蹭饭，临走时再带上一大茶缸咸菜供早晚下饭，从而确保隔三岔五能在学校的食堂里买上一份肉菜。说是肉菜，其实菜多肉少，拳头大小的碗，下面是萝卜雪里蕻，上面零星覆盖几块猪肉。我连汤带水把它扣进饭碗里，首先从最底层吃起，那种沾了肉汤的米饭吃起来很香。第二个步骤，吃菜拌饭，更香。在这个过程中，那几块肉丁始终完整地簇拥在碗头，一会儿在左边，一会儿在右边，香气四溢，光芒万丈。等汤水饭菜全部吃完，好，幸福的生活开始了，这时候再看看身边的动静，咽两下口水，长长地出一口气，用颤抖的手撮起颤抖的筷子，慢条斯理地盘剥那几块猪肉。

很多年后，当有人问我什么是幸福的时候，我回答他："当你把所有的东西都吃完并且意犹未尽似饱非饱之后，你的碗头还剩下几块猪肉在等待着你，还有比这更幸福的事情吗？"

诚然，那是一个从精神到物资都非常匮乏的年代。从 1965 年到 1976 年，我读小学、初中到高中，基本上同"文革"同步进行，除了学业基本上荒废，学得一身打架斗殴、撒谎偷懒的本事以外，没有被饿死或者长成侏儒，这已经是很大的幸运了。

就像多数人经历的那样，我的文学启蒙最早是从家庭开始的，主要是听我的奶奶和母亲讲故事。奶奶一个大字也不认得，她老人家似乎特别喜欢讲勤俭持家的故事，多半是神话。她曾经讲过一个老地主考察干部的故事，老地主为了在儿媳中选择管家，故意在厕所的地上扔了一团白米饭，大儿媳、二儿媳来上厕所，对那团白米饭熟视无睹，捂着鼻子解了手就离开了。小儿媳来解手，看见地下有一团米饭，二话不说，就捡起来吃了。以后这个小儿媳就成了当家人，把家里管得红红火火。这个故事简单至极，但是却有深刻的含义。奶奶和母亲常常挂在嘴里的话是，吃不穷穿不穷，算计不到才受穷。或者是新三年旧三年，缝缝补补又三年之类。母亲粗通文墨，讲的故事似乎就有了更多的人生哲理，比如乌龟和兔子赛跑，孔融让梨，狼来了之类，多半告诫人要诚实、勤奋、礼让。

长大了，就开始读书。

我的老家洪集据说是一个很有历史的古镇，甚至有传说是一代州城的遗址。传说是否属实，我不知道，但是我很小就知道老家很热闹，尤其是夏天，街东头的操场上，三五成群，有很多人乘凉拉呱，街上有不少怀才不遇的人物，穷得连饭都吃不起，还能眉飞色舞口若悬河，谈古论今展望未来。尤其可喜的是，在那些贫穷破败的草屋瓦舍里，居然还堆积着很多书籍，有些甚至是经典名著。近年我常回故乡，发现老家小镇从人口和面积讲，至少是60年代的五倍，但是我敢断言，从民间收藏的文学经典数量而言，恐怕连60年代的五分之一都不到。

毋庸置疑，那个年代耽误了很多人才，而我要讲句良心话，我是那个年代的重要受益者之一。为什么这样说呢？原因有两个：一是那个年代考试马虎，连上课都马虎，这对于我这样一个性情懒散的人来说，无疑正中下怀；二是在那个年代里，我因祸得福读了不少书。

街上有不少小商小贩，多数是半瓶子醋知识分子，书就是造反派从他们的家里作为"四旧"收缴过来的，堆放在公社大院的一个土楼子上。有一天，我们"公社小孩战斗队"几个七八岁的孩子逃学回来，飞檐走壁潜进去，个头大的书被认为值钱，当然成了重点争夺对象，因为分赃不均，很快就发生"内讧"。我在那支队伍里实力中等，拳打脚踢，搞了不少连环画。那些连环画在相当长一个时期成了我的宝贝，吃饭、上厕所都是手不释卷，如醉如痴。看了一遍不过瘾，三遍四遍反复看。那时候，我能把许多故事倒背如流。后来我用看旧的连环画和一些自制的玩具跟其他小伙伴开展地下贸易，又换回来不少，还有大部头的书，其中印象比较深的有《安徒生童话》《蒙古民间童话故事集》，还有《烈火金刚》《平原枪声》等等，这一下就发大财了，用文人的话说，真是坐拥书城，富甲天下。我小时候对童话情有独钟，那本《蒙古民间童话故事集》，里面有很多惩恶扬善的故事，譬如一个贫穷善良的牧民，运用自己的智慧，编造一个神话，用尿脬从贪婪的财主手里换取牛羊，接济穷人……这些故事引起我的极大兴趣，也产生了很多幻想。多年后我还十分怀念这本小书，记得那是用铅灰色草纸印刷的，配有插图，工艺粗劣，但是内容丰富。去年我从《作家文摘》上看到一篇文章，纪念一名陈姓女翻译家，介绍她的译作时，提到了她曾致力于翻译蒙古民间文学，我怀疑那本《蒙古民间童话故事集》就是她老人家翻译的，在此我向她表示真挚的谢意。

　　我的童年、少年时期的阅读，也是伴着辛酸血泪的，借书不还、赖书不给、丢书不赔而被小伙伴围追堵截，有家不敢回，甚至被打得头破血流，这样的事情经常发生。我记得有一次，我和我姐姐协议轮流读一本书，好像是一本连环画《灰姑娘》，到了规定移交的时间，我赖着不给，姐姐催讨未果，就动手来抢，三下两下，战争升级，我在前面跑，姐姐在后面追，一直把我追到野外的红花草地里。那时候我还属于弱势群体，被我姐姐打翻在地。不过，我也不是省油的灯，书虽然被她抢走了，我也把她踢得浑身是泥。前几年回故乡，我开玩笑讲起这个故事，我姐姐痛心疾首说："哪里知道你后来能当作家呢？早知道这样，打死我我也不跟你抢书啊！"我哈哈大笑说，梅花香自寒苦来，读书趣味就在抢。

　　读读写写，几十年过去了，我由一个偷书、抢书、抄书、编书的人，最终成为一个写书的人，归根到底，我觉得还是早期的阅读催生了文学的种子。前几天一个编辑家问我对于畅销书的理解，我脱口说出两个字，动心。一部好的作品，只有深入人心，才能流传于世。安徒生的童话在世界上广为流传，经久不衰，这说明了什么？这说明只有抓住心才能抓住人，才能抓住市场。四十年前我读了安徒生的《卖火柴的女孩》，至今想来，仍然为之心动。我的儿子上大学之后，要我推荐课外读物，我向他推荐几本童话，他起先不以为然，可是后来读进去了他跟我讲，这个故事确实太经典了，值得长久回味。我问他："你从这个故事里读到了什么？"儿子的回答让我又是一惊："这个社会如果不能给我们提供起码的食物和温暖，我们还要这个社会干什么？"

我认为回答得好，一个小小的童话故事，你可以一遍一遍地解读，而每读一遍，你都会有新的感慨和新的判断。

我想，我们每个人可能都会受到童话的影响，也可能在很多时候都生活在童话之中。漫漫人生路，不知道会遇到多少坎坷，读一本好书，就好比擦亮一根火柴，它会在你困顿疲惫的时候，照亮你脚下的路。也许我们比安徒生笔下那个女孩幸运，因为我们有很多火柴可以擦亮，打开一本好书，就是一片明朗的天空。

显然，作为一个作家，读书更是须臾不可或缺的事情。而在我看来，读书不必跟风，不必人云亦云，不必贪大求洋。回顾我的读书历史，起步很早，范围很小，时尚很少，但是这并不影响我成为一个作家。我后来确实又读了不少书，有些还很受益，但是早年读的那些童话，对我的启蒙和影响是地久天长的，也是不可取代的。当我感到饥饿和寒冷的时候，我就会擦一根火柴，我看到的不仅是那香喷喷的烤鹅，我还会在那微弱的光焰里看见我亲爱的祖母和姥姥。

诗意地栖居

当代中国人缺什么？较之三十年前，中国人不缺钱了，不缺粮食了，不缺住房了，不缺车子了，即便最底层老百姓，衣食住行也都有了很大的改善。但是，客观地说，中国人并没有增加太多的幸福感和满意度，还是感到缺的东西太多太多。当官的觉得官不够大，革命尚未成功，仍须努力升官；经商的感觉钱不够多，腰包还有空间，仍须再接再厉；就连教师、医生、艺术家、文学家，也都觉得身份不够，收入不够，知名度不够，影响力不够。

向上盖楼，向下挖矿，向泥土要金，向石头要玉，向森林要虎骨，向海洋要鱼翅，向稻田要房产，向湖泊要土地，向神仙要乌纱，向巫婆要运气——只要欲望的轮子还在滚动，我们就永远不会停下追逐的脚步。

抬起头来，我们知道缺什么了，我们缺湛蓝的天空和洁白的云朵，缺快乐翱翔的鸟儿。据说燕子在大洋彼岸召开了一次紧急会议，说赤道边上有个国家，雨后春笋般地长出了许多工厂，雾霾蔽日，太可怕了。鸟们一致通过决议，惹不起躲得起，能不去那个地方尽量不去那个地方。

低下头来，我们又知道我们缺什么了，我们缺碧绿的大地和清澈的波浪，缺自由自在的动物。据说有一群刺猬以惊人的速度学会了运动战，连滚带爬地跑到花果山，在齐天大圣面前抱头痛哭，说："那地方太难混了，咱们还是跟你老人家蹭口饭吃吧。"

把手放在胸口上，我们更知道了，我们最缺的，还是我们自己的心——一颗尊重生命、尊重生活的平常的人心。在欲望的驱使下，我们已经不是人了。我们还是那个"先天下之忧而忧，后天下之乐而乐"的有担当的人吗？我们还是那个"不为五斗米折腰"的读书人吗？我们还是那个

"重义轻利"的生意人吗？我们还是那个"童叟无欺"的手艺人吗？

世界很奇妙。人做鬼时鬼像人，假做真时真亦假。"欲望"这两个字，害得我们人不人鬼不鬼的，害得我们良心泯灭，害得我们道德沦丧，害得我们信仰迷失，害得我们把死猪当成活猪卖，害得我们在牛奶里添加三聚氰胺，在大米里添加小石子儿，在菜里放地沟里的油……一言以蔽之，害得我们自食其果，慢性自杀。我们的创造力和想象力本来可以使我们成为科学家和艺术家，可是，就为了眼前的蝇头小利，我们毫不犹豫地成了骗子、流氓、盗墓贼和杀人犯。

人为财死，鸟为食亡，古训犹在耳畔，挡不住利欲熏心。到头来，也许我们什么都有了，可是我们没有了信仰，没有了自信，也就迷茫了人生目标。最终，我们没有了自由，没有了自尊，没有了自己。世人都晓神仙好，只有功名忘不了！古今将相在何方？荒冢一堆草没了！世人都晓神仙好，只有金银忘不了！终朝只恨聚无多，及到多时眼闭了……还记得《红楼梦》开篇那首《好了歌》吗？

德国哲学家海德格尔说，人类应该诗意地栖居在大地上。什么叫诗意地栖居？诗意地栖居就是要自己把握自己的生命，就是不能过度地消费自己的生命，就是不能廉价出卖自己的信仰，就是不能轻易地放弃自由，就是不能贪污腐败，不能行贿受贿，不能造假贩假，不能欺行霸市，不能坑蒙拐骗……总之是不能把有限的生命交付物欲的枷锁。

读一读陶渊明吧！采菊东篱下，悠然见南山；山气日夕佳，飞鸟相与还……远山、近水、夕阳、晚霞，沏一杯菊花茶，滋润我们浮躁的心。眯起眼睛，看身边飞舞的精灵，"昔日惊飞堂前燕，重新回到咱的家"。也许，此时此刻，你的心，就是天边那一抹金色的晚霞。

读一读卢梭吧！体会一下《瓦尔登湖》的宁静的美丽，体会一下没有污染的春夏秋冬。脱掉名牌，放下书本，到湖边的树林里，徜徉在幽静的、铺满树叶的小径上，呼吸着雨后植物的芬芳，走走停停，让那书写在异地的澄澈书写在你的心里，此时此刻，你的心，就是一汪纯净的湖水。

最后，我们一起来分享米兰·昆德拉讲的那个故事。一个渔民在海边晒太阳，一位绅士走过来对他说："天气这么好，为什么不去捕鱼呢？"渔夫说："先生，捕鱼干什么呢？""捕鱼你就能挣很多钱啊！"渔夫说："挣钱又为了做什么呢？""挣钱你就可以买一艘更大的船。""先生，买大船又做什么呢?""这样你就可以打更多的鱼,挣更多的钱。""那又能怎么样呢?""这样你就可以像我这样,在海边晒太阳。"渔夫说:"先生,我现在正在这样做呢。"

　　现在,我们一起来晒太阳吧,那些身外之物离我们越来越远,而我们,离我们自己越来越近。

我的家乡

　　我的家乡洪集镇在大别山北麓，那是一片肥沃的文化土壤。往远处看，江淮流域，群星璀璨，历史上有桐城派驰名中外，近现代有陈独秀、胡适、王明、蒋光慈等文化名人。近距离看，叶集区（原属霍邱县）本来就是著名的文藻之乡，上个世纪三十年代，鲁迅先生创办的未名文学社，七名成员中就有四个人是叶集人，他们是台静农、韦素园、李霁野和韦丛芜，都是青史留名的文学大家。我是在走上文学道路之后才知道，陀思妥耶夫斯基、夏洛蒂·勃朗特、果戈理，这些灿若明星的文豪原来离我们如此亲近，似乎就在我们身边，因为我们的身边有台静农、韦素园、李霁野、韦丛芜，正是他们用深邃的思想和生花妙笔把那些文学巨匠拉到我们的身边，把他们关怀底层、呼唤自由的文学作品送到我们的眼前，让我们感受到文学的温暖和强大，让我们拥有一颗善良美好的文心。

　　我上小学的时候，正好赶上"文革"开始，洪集镇的运动也如火如荼，街上有一些读书人跟着起哄，串联、游行、批斗，煞有介事，还演样板戏，好像还一度把公社的名字改为"红光镇"。那时候虽然教学乱得一塌糊涂，但是我却因祸得福，读了很多书，其中多数是安徽作家的作品，这些书被当地的造反派当作毒草收缴起来，存放在公社大院的一个小楼子里。我的父亲时任公社宣传委员，有一些方便，所以我能得逞偷书，偷回来和我姐姐抢着看，有时候为了争夺一本书，我们姐弟俩打得不可开交，房前屋后打游击战、运动战。那个时期是我文学启蒙的重要时期，我读的书有陈登科的《风雷》，李晓明和韩安庆的《破晓记》，还有《安徽文学》杂志和《活页中华文选》，都是"文革"前出版的。记忆中，那时候的

《安徽文学》杂志好像是 24 开本的，特种纸封面，"安徽文学"这四个字非常漂亮，介于魏草之间，风格独特，采用起凸工艺印刷，就像钢印那样压出来。现在回想起来，觉得不可思议。在上个世纪六十年代，条件还是很艰苦的，温饱问题尚不能很好地解决，却把一个文学杂志办得这样精美，这样考究，说明在安徽人的心目中，文学是一件多么神圣的事情！

记得是在上初中的时候，我从《安徽文学》上读过一个电影文学剧本，名叫《白色的蔷薇》，作者是谁记不清了，叙述的是一个三角恋爱故事：三个同学，一个富人家出身的男同学长大后成了国军少校，欺男霸女，强娶女同学为妻，后来被人民政府镇压；那位真正同女同学有爱情关系的男主角参加了解放军，解放后当了县长，以宽厚的胸怀，收养那位国军少校和女同学的女儿，并继续追求那位女同学。女同学无颜面对，悬梁自尽了。这部作品虽然有着明显的"阶级斗争"概念痕迹，但是写得凄婉动人，很有人性的深度，给我留下了深刻的印象。

如果说童年、少年时期的偶然阅读激发了我对文学的兴趣，那么，真正产生创作激情和创作念头，还是在青年时代。十八岁以前，我的故乡有两个，一个是姚李镇，一个是洪集镇，两地相距十一公里。我出生在姚李，长在洪集，十三岁以前主要生活在洪集。按照朱自清的说法，一个人的童年生活在哪里，他的故乡就是哪里。那么，我的故乡当然是洪集，但说在姚李也没有错，除了它是我的出生地以外，还因为过去姚李是区政府（县政府的派出行政机构）所在地，洪集是姚李的地盘，我父亲又先后在姚李担任过农科所长、公社主任（乡长）、副区长等职务。我童年的时候，我父母的工作在这两个小镇上来回调动，我们家就像一条小船，跟着我的父亲和母亲来回颠簸。

我在洪集读初中的时候，有一个语文老师叫王启昌，读书很多，语文功底很好，课讲得才华横溢，就是他最早预测了我的文学前程。有一次我写了一篇作文《在田间》，叙述一个基层干部早出晚归拾粪积肥的事迹，王老师给的批语是，这篇文章不一定是好作文，但它是一篇好作品，作为范文在课堂上朗读。王老师对我的作文，要求特别苛刻，同时也给了我很多额外的指导。

后来在姚李读高中，语文老师叫汪泛舟，此人古文功底非常深厚。那时候不重视课堂成绩，学生爱听不听，但是汪老师仍然十分认真，讲古文抑扬顿挫，字斟句酌，津津有味。几年前我调到解放军艺术学院工作，有些体会，一个老师讲课质量高低，不仅取决于他的知识能力，甚至同他讲课的表情、口吻、口型和语气、语调、语速等等都有关系。至今我还记得，汪老师给我们讲《薛谭学讴》："薛谭学讴于秦青，未穷青之技，自谓尽之，遂辞归。秦青弗止，饯于郊衢，抚节悲歌，声振林木，响遏行云。薛谭乃射求反，终身不敢言归。"就这五十多个字的文章，讲了一堂课，布置我们做作业，一是模仿此文做一篇古文，二是写一篇体会文章。我参军之后仍能背诵两篇课文，一是《曹刿论战》，二是《薛谭学讴》。现在回想起来，我的有限的古文知识和兴趣，主要就来自那个时期。汪老师在上个世纪七十年代末恢复高考之后，四十多岁还考上了研究生，现在在敦煌研究所当研究员，著述颇丰，出版《敦煌石窟僧诗校释》《敦煌儒家蒙书与意义略论》等。从他那里，我得到的更多的是对于文学的热爱和执着精神。

除了在学校直接受益，家乡的社会文化氛围对我的影响也是很大的。我在姚李读书的时候，姚李区文化站站长绰号叫周老飘，大高个，这个人给我的印象，一辈子只做了一件事情，就是抓农村文化，有很多青年都围拢在他的身边，跟他学拉胡琴，学演出，学写剧本。我亲眼看过他导演动作，人高马大的一条汉子，还会翘兰花指。那时候县里搞文艺调演，我们姚李区的代表队，不是第一名就是第二名，很少第三。姚李区的文艺演出队还经常代表县队到地区参加调演竞赛。那时候我还在上学，下自习回来，经常见到文化站灯火通明，歌声琴声锣鼓声，声声入耳。在那种环境里，我不可能不受影响，经常蠢蠢欲动。反正那时候上学不用交作业，不用考试，有的是时间，我也学着写诗，写散文，好像也照葫芦画瓢写过剧本。

前些年，《历史的天空》获奖之后，我回到故乡，我的姚李中学师兄——六安市委宣传部长喻廷江安排我到大别山采风，路上还跟我回忆当年参加姚李文艺宣传队的情景，他们一帮子少男少女，住在文化站里，日子过得无比清苦，半夜起来煮白菜，但是精神很愉快。另一个师兄谢德新也说过，他也是在那个时候，跟周老飘学了不少东西，为后来担任领导职务打下了厚实的文化基础。

我父亲在洪集公社当书记的时候，洪集文化站的站长是汪礼堂，我从部队探亲回家，父亲就会把汪站长请到家里，切磋文艺之道。后来我父亲和汪站长相继调到姚李区工作，还是在一起。汪站长跟周站长一样，一干也是十几年，也是只做一件事情，抓农村文化。当然，时代不同了，要求也不一样，汪站长的文化工作内容更丰富了，他把一个乡镇的广播站扩大成了一个县的第二电视台，以一个乡镇的力量办起了文学刊物《漫流河》，还成立了一个漫流河文学社，继续培养文学人才，这些人都是业余的，有的执教，有的行医，有的从政，还有的务农经商，有年轻人，有中年人，也有老年人，但是文学热情普遍很高。有个叫王和文的个体户，多年坚持写小说，还发表了不少。这些人很让我感动，我觉得，他们就像我的同盟，就像我的大后方。

2003年，"非典"时期，我探亲被滞留在乡五十五天。就是在那段时光里，我意外地收获了一个惊喜，结识了家乡的文化前辈史红雨先生，又通过他认识了徐航老师。小时候就听父母说过，史老师是大才子，安徽大学的老牌大学生，有不少传奇故事。接触之后，深感此人才华横溢，谈起家乡逸闻趣事如数家珍，表达情感妙语连珠。有一次他和另一文友朱德奎带我到燕子河镇参观，车子爬上山腰，极目远眺，蓝天白云，大别山群峰叠翠，蔚为壮观。山间农耕童牧，俨然世外桃源。兴之所至，我们三人你一句我一句背诵毛主席诗词：一山飞峙大江边，跃上葱茏四百旋……真是豪情万丈，欢歌笑语随风飘扬。就是那一年，在史老师、徐航老师和师兄喻廷江等人的安排和陪同下，我几乎走遍了皖西的名山古镇，也是那一次，灵感泉涌，后来写出了长篇小说《八月桂花遍地开》。史红雨老师和徐航老师合著了一本《皖西漫步》，是一本十分珍贵的地域文化读物，几乎囊括了皖西的名胜古迹和风俗人情，我为此还写了一篇文章《文化的力量》，表达了我对此书的喜爱心情。

上个世纪七八十年代，家乡还有一位很活跃的民间文艺工作者，叫陶锦源，是个深受当地百姓喜爱的民歌词作者，获过很多奖。当年歌唱家朱明瑛走红的时候，唱过的一首脍炙人口的歌，就是陶老师所作。他的弟子张振喜、穆志强至今还在这条路上不屈不挠地往前走，而且两个人的歌词作品都获过省以上的奖项。坦率地说，我能成为一名作家，在文坛产生一定的影响，有很大程度得益于家乡浓郁的文化氛围的熏陶。

还有一点需要特别强调的，我的故乡不仅是"文藻之乡"，还是一片红色的土地。众所周知，皖西地区地处鄂豫皖革命根据地，诞生过许多战争人物。原济南军区副司令员杨国夫中将的故居，和我家原是一个村的，洪集会馆村。原东海舰队司令员陶勇中将的老宅，离我家直线距离也就是十几里路。这两个人都是赫赫有名的战将，在家乡流传着他们的很多传奇。全国政协副主席，原总后勤部长洪学智将军籍贯金寨县斑竹园，离我家直线距离也只有几十里路。前些年我在解放军出版社担任总编室主任，组织编辑力量为老人家整理回忆录，有次采访，正逢中秋，老人家听说我是皖西人，非常高兴，坚持让我们留在家里过八月十五，席间还不厌其烦地让工作人员给我们夹菜，甚至下意识地亲自起身找酒，家乡人那种好客的习惯让我们感到十分亲切。

小时候听大人讲故事，耳濡目染，现在受益无穷。小说是虚构的，但不完全是空穴来风，我们对于人物的认识，对于生活的理解，离不开家乡文化的熏陶。我的作品以家乡为地理文化背景，实际上就是占领了一座精神高地，近水楼台，得天独厚，取之不尽。我的所有作品几乎都有故土文化的痕迹，这说明故乡情结已经成了我血液的一部分。《历史的天空》和《八月桂花遍地开》是倾注了我最多心血的两部作品，都以皖西地理文化为背景，之所以这么选择，是因为那里有我熟悉的人、事、情、景，还因为有感情，所以写来一切都历历在目，得心应手。我曾在接受一家媒体采访时说，心里涌动的是故乡情，笔下流淌的是淮河水，江淮大地上升起了历史的天空，皖西的山山水水都有桂花开。

就在我写这篇文章之前的一个月，传来消息，我的家乡姚李和洪集两个镇子，同时划出霍邱县行政编制，归属六安市叶集区。如此以来，我由原先的"霍邱人"又摇身一变成了"叶集人"了，所以我得专门谈谈叶集。

事实上，对于叶集，我同样有亲近感，我读中学的时候，霍邱除了县城以外，另有三所中学：河口中学、三元中学、叶集中学，而尤以叶集中学最为驰名，在我的印象中，我老家的教育界和文化界但凡有点建树的，多数出自叶集中学。考高中的时候，我本人对叶集中学的向往，几乎不亚于对北京和上海的向往。上个世纪六七十年代，霍邱县和六安地区两级，每年都要举行文艺调演，叶集镇的业余文艺演出队，实力最强，经常拔得头筹。

叶集是一个历史悠久的文化名镇，西接大别山脉，南织淮河水系，史河干渠穿镇而过，接壤两省三县，清代中叶《霍邱县志》记载："邑中舟车之集，商贾所凑以叶家集为最。"同时，这里也是红色革命根据地，著名的将军县金寨和叶集同饮一河水。我早年读过的小说《破晓记》，把叶集描述得像一个神秘的城市。而我小时候，也确实把叶集当作城市，不仅因为那里有电灯电话和几座三层小楼，更因为那里有很多神奇的人物和故事。

上个世纪末，安徽省将叶集划出霍邱县建制，成为经济单列的县级实验区，应该说，除了发展经济的考虑，更有文化的考虑，"未名四杰"等先贤创造的文化资源，功在千秋，福泽当代。我近年探亲回乡，经常去叶集采风，仍然能够感受到延绵不绝、势头益猛的乡土文风，在大别山东北方向缭绕弥漫。

几十年来，叶集的作家、学者和文学青年薪火相传，老一辈的文化人有安天国、姜兴云、朱德奎等。从叶集走出去的学者黄开发，现任北京师范大学文学院教授，博士生导师。主要从事周作人研究，以及中国现代文学观念和现代汉语散文研究。主要著作有《文学之用——从启蒙到革命》《人在旅途——周作人的思想和文体》等，选编过《未名社作品选》。在叶集镇土生土长的中学老师黄圣凤，目前已经出版个人文学专著五部：诗文集《野菊花的秋天》、散文集《一路轻歌》、散文集《一棵树的穿越》、诗歌集《凤的江山》、散文集《等一朵花盛开》等等，在文坛产生很大的影响。与此相映的是，叶集区的母体霍邱县，近年来文学创作更是枝繁叶茂，人才辈出，如小说作家张子雨、陈斌先，打工诗人柳冬妩，散文作家穆志强、张烈鹏、徐有亭，歌词作家张冰，等等。如今霍邱县、叶集区已经成为两个平级的行政区划，但是这两个县区的文学朋友，在精神上还是一个整体，非常荣幸的是，我也是这个群体中的一员。

图书在版编目（CIP）数据

枣树里的阳光／徐贵祥著. — 北京：中国文史出
版社，2020.3

ISBN 978 - 7 - 5205 - 1711 - 9

Ⅰ. ①枣… Ⅱ. ①徐… Ⅲ. ①散文集 – 中国 – 当代
Ⅳ. ①I267

中国版本图书馆 CIP 数据核字（2019）第 268151 号

责任编辑：蔡晓欧

出版发行：**中国文史出版社**

社　　址：北京市海淀区西八里庄 69 号院　邮编：100142
电　　话：010 - 81136606　81136602　81136603（发行部）
传　　真：010 - 81136655
印　　装：北京新华印刷有限公司
经　　销：全国新华书店
开　　本：720 × 1020　1/16
印　　张：24　　　　　字数：348 千字
版　　次：2020 年 3 月第 1 版
印　　次：2020 年 3 月第 1 次印刷
定　　价：69.80 元